Le violon des amours perdues

René-Pierre de Lastours

Le violon des amours perdues

Roman

LE LYS BLEU
ÉDITIONS

ISBN : 979-10-377-6137-8

Narrer cette vie ne fut que souffrance.

C'est toujours rechercher à purifier des douleurs enfouies au plus profond de soi-même. On en est vraiment guéri que lorsque le roman est fini.

La passion est le pressentiment de l'amour et de son infini auxquels aspirent toutes les âmes souffrantes.

Honoré de Balzac

Nicolas Fonzenac

Nicolas, alors âgé de soixante-dix-sept ans, était à l'automne de son existence. Joëlle, son épouse, fut emportée par un cancer foudroyant. C'était une personne adorable, malmenée par la vie, pour qui il éprouvait une grande tendresse, ce n'était pas de l'amour, mais il était heureux en sa compagnie. Son décès le laissa longtemps désemparé. Il venait de perdre tout ce qui lui faisait encore aimer la vie. Il décida de vendre l'appartement de la rue Grande où trop de souvenirs le hantaient. Il s'isola, en louant une agréable villa dans les environs de Châteauroux, et fit changer tout le mobilier.

Malgré les années, son cœur d'enfant aux sentiments exacerbés battait toujours en lui. Ce cœur qui s'attache, et qui souffre depuis qu'il est né, ce cœur sans tache que ses parents lui ont façonné, espérait toujours que le grand amour viendrait un jour frapper à sa porte.

Claude, son seul et véritable ami, celui qu'il considère aujourd'hui comme le frère qu'il aurait tant aimé avoir, spontanément, malgré les kilomètres qui les séparaient, vint le rejoindre. Il resta de longs jours à ses côtés. Sa présence et ses paroles de réconfort, mirent du baume au cœur de Nicolas.

Le destin, aussi extraordinaire que fût le sien, ne l'avait pas épargné en blessures profondes, dont les cicatrices ne se fermeront jamais. Malgré les épreuves que les aléas de la vie lui ont fait subir, rien ne put l'abattre ni le soumettre à leurs volontés.

L'été s'effaça lentement, laissant place à la douceur des fins de journées d'automne. Le vent du soir se leva.

Nicolas, assis sous la tonnelle ombragée de son jardin, les yeux mi-clos, laissa son esprit vagabonder dans des pensées plus ou moins confuses. Insensiblement, des images du temps passé surgirent alors en lui.

Comme dans un songe bleuté, il se revit au château de Lastours, cette demeure ancestrale qu'il a laissée un jour, là-bas, dans cet Éden perdu de sa jeunesse. Avec ses meubles familiers, aux odeurs de cire ancienne, dont il a si souvent caressé leurs bois patinés, l'immense bibliothèque, remplie de livres qui ont éveillé ses connaissances, et ce vieux lit en bois blond où a dormi son enfance.

Ce décor, qui l'a vu grandir, devenir l'homme qu'il est aujourd'hui, lui sembla proche et lointain à la fois. Il comprit soudain que ce monde dans lequel il vivait lui était devenu étranger, où sa place, surtout son nom, n'avait jamais existé.

Dans le calme de sa méditation, il se remémora cette enfance remplie d'amour, et de tendresse, mais ce fut également pendant cette période que tout bascula en lui.

À cet instant, les branches des arbres du jardin s'entrechoquèrent et firent grand bruit. Un reste de vent vint lui frapper le visage. L'épais rideau de nuages s'était dissipé, laissant voir une bande de ciel jaune, dernier reste du coucher du soleil.

Alors, frissonnant, Nicolas regagna sa chambre. La nuit était claire, une lune à présent éclairait la pièce sans volets. Il chercha vainement le sommeil qui ne vint que très tard dans la nuit. Au petit matin, de guerre lasse, il comprit que le moment était venu, afin d'apaiser son mal-être, d'écrire le roman que fut sa vie…

Puis il resta un long moment songeur, regardant les pages blanches de l'écran de son ordinateur…

L'histoire de sa vie ! C'était comme un vieux livre qu'il voyait défiler en se fendillant au fil du temps. Les pages se teintaient à l'encre bleue, éclairées par la blonde lueur des lunes dorées de ses souvenirs d'enfance…

Penser c'est difficile, se dit-il, car les pensées se font et se défont. Le cerveau, lui, enregistre tout, il faut se souvenir d'une image précise, à un instant précis. Et laissez faire, le reste doit suivre… Et puis vogue la galère, le récit de ma vie, je le dédie avant tout, à ceux que j'aime, et qui m'aime. Mais aussi à tous ceux qui un jour ont douté, en voyant leur vie devenir aussi instable que du sable fin dans les mains d'un enfant.

Puis il ferma un instant les paupières. Aussitôt, sa mémoire s'ouvrit au passé, faisant revivre tous les défis, tous les combats qu'il mena pour ne pas sombrer dans le désespoir. Atteindre, sans remords, ni regret, l'homme qu'il est aujourd'hui, fier de ses cheveux blancs, et d'être toujours resté une personne humble, qui court sans cesse, en quête de l'inaccessible étoile de l'amour éternel.

Son âme alors s'envola, il s'évada du moment présent, obligeant sa mémoire à chercher au fond du puits noir de ses souvenirs, ce que fut sa vie. C'est ainsi que ses doigts, tel un pianiste qui cherche à composer sa plus belle partition, se mirent à pianoter sur les touches noires de son ordinateur… Remplissant pendant de longs mois, pages après pages, le roman de Nicolas Fonzenac.

Palais de justice de Toulouse, septembre 1938

L'été touchait à sa fin. Dans l'immense salle des pas perdus, au centre de l'ensemble immobilier, régnait une certaine solennité. Le plafond était garni de cent quatre-vingt-sept caissons, finement décorés de fleurs de lys, de solives ornées de motifs peints en jaune. C'était, même dans cette froideur apparente, le point de rencontre apaisé des conflits du tumulte extérieur.

Seule, une jeune femme était assise sur le grand banc de la salle des pas perdus. Elle semblait immobile, calme. Ses vêtements étaient d'une matière soyeuse, légère. Les boucles de ses cheveux aux reflets d'or ornaient un visage d'une beauté singulière. Malgré des yeux en amande, d'un bleu profond, son regard se couvrait d'une grande tristesse. Elle levait parfois la tête vers le plafond, comme intimidée de se trouver dans ce décor austère. Puis de nouveau, fixa d'un air interrogatif, la grande enveloppe qu'elle tenait sur ses genoux. Cette jeune femme s'appelait Michelle Fonzenac, elle attendait patiemment, depuis plus d'une heure, d'être reçue par le juge d'instruction.

Elle regarda la pendule. Au moment où elle se leva pour quitter le tribunal, une porte s'ouvrit, la greffière sortit, appela son nom, en lui faisant signe de s'approcher.

— Bonjour Madame Fonzenac, désolé de vous avoir fait attendre si longtemps, mais notre juge vient d'avoir un malaise, il a dû être évacué d'urgence à l'hôpital de Purpan.

Michelle Fonzenac regarda la greffière avec une sorte d'inquiétude, mêlée d'incompréhensions.

— J'ai donc attendu pour rien ?

— Mais non Madame Fonzenac, vous n'avez pas attendu pour rien, un nouveau juge doit arriver d'un instant à l'autre, ce n'est qu'une question de minutes, n'ayez crainte, il va s'occuper de votre dossier. Entrez, je vous en prie.

Elle la fit asseoir en face du bureau du juge, puis retourna à sa machine à écrire.

Michelle, posa son enveloppe sur ses genoux, croisa les bras comme une personne qui se donne une contenance. Un certain mal-être transparaissait de sa personne. Elle regarda les monceaux de dossiers entassés sur le bureau du juge.

— Le mien n'en fera qu'un de plus, je perds mon temps ici, se dit-elle.

Au même instant, la porte du bureau s'ouvrit et le juge entra. C'était un homme jeune, grand, aux traits d'une extrême finesse, vêtu d'un costume en lin du plus grand chic. Tout juste émoulu de l'école de la magistrature de Bordeaux, il venait d'obtenir son premier poste. Il fit une courte pause, jeta un bref regard sur son futur bureau, puis se dirigea vers la greffière, la salua en se présentant.

— Bonjour Mademoiselle Gandoli, Je suis Guylhem de Villardahian, le nouveau juge, je suis absolument navré pour ce retard.

— Bonjour Monsieur le juge, lui répondit-elle d'un air réservé. Madame Donzenac vous attend, j'ai sorti son dossier, il est posé sur la table près de votre bureau.

— Je vous en remercie, Mademoiselle Gandoli.

Sans plus attendre, le juge se dirigea vers la table pour se saisir du dossier. Lorsqu'il se retourna, il fit face à Michelle Fonzenac. Leurs regards, durant quelques secondes qui parurent une éternité, se figèrent brusquement l'un sur l'autre.

Il fut fasciné par la délicatesse de son visage légèrement hâlé, faisant ressortir le rosé de ses pommettes, ses grands cheveux blonds qui coulaient en torsades sur ses épaules, sa bouche très pâle aux lèvres gonflées, et ce regard étrangement humide où perçait une certaine mélancolie.

Quant à Michelle, l'émoi qui fut le sien à ce moment-là fit que tout son corps se mit à trembler, et son cœur battit la chamade.

Sous l'œil étonné de la greffière qui avait observé la scène, Guylhem de Villardahian s'assit, le visage marqué par l'émotion qu'il venait de ressentir. Il ouvrit fébrilement le dossier, tout en évitant de lever son regard vers Michelle Fonzenac afin de cacher son trouble.

La greffière devina, à la pâleur de son visage, que quelque chose l'avait perturbé.

« C'est normal, se dit-elle c'est son premier poste ».

Michelle Fonzenac, face au juge qui étudiait minutieusement son dossier, était subjuguée par ce personnage aux allures de prince. Bien que mariée, jamais elle n'avait ressenti une telle émotion, une telle attirance pour aucun homme. Pourtant elle paraissait calme, détendue, les boucles de ses cheveux aux reflets d'or tombant sur ses épaules, semblaient comme une mer soudain apaisée.

Guylhem leva les yeux, s'adressant à Michelle d'une voix hésitante.

— Pour votre plainte contre X, Madame Fonzenac, suite à l'incendie de votre atelier de bonneterie, une enquête a bien été diligentée. Malheureusement, dans votre dossier, je ne trouve pas le résultat du jugement de mon prédécesseur.

Il se tourna vers Mademoiselle Gandoli, lui faisant part de son étonnement.

— Le résultat de l'enquête ne nous est pas encore parvenu, Monsieur le Juge… Vous savez, avec cette guerre qui semble se préparer, beaucoup de nos jeunes ont été rappelés. Nos services sont débordés en ce moment, lui répondit-elle.

Michelle retrouvant peu à peu la maîtrise de son trouble s'adressa au juge.

— Cela n'a pas d'importance, Monsieur le Juge, je suis venue pour la retirer.

— Retirer votre plainte, Madame Fonzenac ! Ceci n'est pas de mon ressort, c'est au commissariat ou à la gendarmerie qu'il faut vous adresser… Je dois également vous prévenir que le retrait de votre plainte n'empêche pas le procureur de poursuivre l'affaire devant le tribunal. Mais puis-je savoir pour quelle raison souhaitez-vous retirer votre plainte, Mme Fonzenac ? Car c'est un grand préjudice que vous avez subi là !

Il y eut un moment de silence, où Michelle sembla désorientée. Elle le regarda le visage blême, elle avait une question qu'elle n'osait pas lui poser, comme si elle redoutait la réponse. Elle se tourna vers Mademoiselle Gandoli cherchant de l'aide, mais celle-ci, les yeux fixés sur sa machine, continuait à frapper.

Guylhem devinant son trouble eut envie de l'aider.

— Je vous sens inquiète Madame Fonzenac, je vous en prie, parlez sans crainte, je suis là pour vous aider.

Michelle, le visage bouleversé, les mains crispées sur son enveloppe, lui fit face. Son regard semblait lui faire comprendre qu'il ne pouvait rien pour elle, elle baissa les yeux, et lui dit très doucement :

— Monsieur le juge, je dois vous faire part d'un fait, qui me plonge depuis que j'en ai pris connaissance, dans le plus profond désarroi… Je me sens perdue, et ne sais ne plus quelle décision prendre.

Puis elle baissa la tête, comme une personne fautive, tandis que de chaudes larmes coulaient le long de ses joues.

Guylhem la voyant dans cet état se leva spontanément de son bureau, et s'approcha d'elle avec bienveillance.

Mademoiselle Gandoli fut tout aussi bouleversée. Elle fouilla aussitôt dans son sac, sortit un mouchoir, et s'avança pour sécher les larmes de Michelle.

— Madame Fonzenac, lui dit Guylhem cessez de pleurer je vous en prie, je suis là, je vous le répète, pour vous aider. Nous allons reprendre calmement toute cette affaire depuis le début. Vous voulez bien ?

Michelle hocha la tête en signe d'approbation, tandis que ses yeux d'un bleu très clair firent un effort pour lui sourire. Guylhem, ému, eut du mal à détacher son regard du sien. Alors, il sut qu'il ferait tout ce qui était en son pouvoir pour l'aider. Il retourna à son bureau, en lui prodiguant des paroles rassurantes. Quant à Mademoiselle Gandoli, elle murmura à Michelle que tout allait s'arranger, et qu'elle n'avait aucune raison de s'inquiéter.

Le visage de Michelle restait pâle, ses yeux semblaient comme des portes ouvertes sur son incertitude. Son silence se prolongea.

Guylhem se racla la gorge, puis d'une voix pleine de mansuétude il lui dit :

— Madame Fonzenac, qu'est-ce qui vous met dans cet état, au point de ne plus savoir quelle décision prendre ? Cela m'aiderait beaucoup pour vous aider, ne croyez-vous pas ?

— Bien sûr, répondit Michelle, rassurée par cette voix qui semblait l'envoûter.

Elle passa sa main dans sa chevelure blonde comme une lune de mai, puis elle posa son enveloppe sur le bureau du juge.

D'une voix tremblante, elle lui dit :

— Je sais qui a mis le feu à mon atelier de bonneterie, Monsieur le Juge ! C'est pour cela que je suis venue vous voir ! Vous demandez de l'aide ! Ce problème est bien plus compliqué qu'il n'y paraît.

— Vous savez qui a mis le feu à votre atelier ! répondit Guylhem l'air effaré. Expliquez-moi Madame Donzenac, car je ne comprends absolument pas vos hésitations, personnellement je ne vois qu'une seule solution… Juger l'auteur pour connaître les motifs qui l'ont poussé à commettre cet acte criminel. Je vous rappelle, Madame Donzenac, qu'il s'agit là d'un acte criminel ! Cette personne encourt une peine de 10 ans d'emprisonnement à 15 ans de réclusion criminelle ! C'est très grave !

Michelle, à ces mots, ne put retenir une nouvelle fois ses larmes. Elle avait le visage douloureux d'une personne qui souffre. Il y eut un moment où le silence se fit poignant. Elle leva ses yeux embués vers Guylhem. Dans un murmure qui brouillait son souffle à chaque respiration, elle lui répondit :

— J'ignorais que cet acte pouvait entraîner de telles peines Monsieur le Juge, ne me jugez pas trop sévèrement, je vous en prie.

Guylhem attendri, s'approchant d'elle, répondit aussitôt qu'il ne la jugeait pas sévèrement, bien au contraire, il voulait simplement comprendre les raisons qui la poussaient à retirer sa plainte.

— Je vais vous expliquer pourquoi j'hésite, Monsieur le juge, répondit-elle… Je me trouve ruinée par une personne qui n'a plus toute sa raison. Elle n'a aucune conscience de la gravité de ses actes, c'est une déséquilibrée, qui, hélas, se trouve être la nièce de mon mari !

Elle entrecroisa ses doigts sur ses genoux, fixant le sol comme une personne qui implore du secours. Puis elle continua son récit d'une voix tremblante.

— C'est par un triste dimanche du mois de juillet, que mon mari a obtenu pour la première fois, l'autorisation de sortir sa nièce de l'asile de Braqueville, pour une heure seulement. Cette promenade, le long des allées de Brienne, passait près de mon entreprise. Elle voulut la visiter ! Quand ils sont remontés dans le camion, elle prétexta d'avoir oublié son sac, et partit en courant vers l'atelier mettre le feu aux bobines. Quelques secondes ont suffi à cette pauvre femme pour détruire sept années de travail… Vous savez Monsieur le Juge, sa nièce est coutumière du fait, c'est une incendiaire ! C'est pour cela qu'elle a été internée à l'asile. Là-bas, elle est sous surveillance constante… Comprenez-vous, Monsieur le Juge, devant quel dilemme je me trouve.

— Je comprends parfaitement, mais pourquoi venir si tard ? Je suppose que votre mari a dû vous en faire part en rentrant chez vous le soir !

— Hélas non, Monsieur le Juge, répondit-elle, c'est lui qui me l'a appris bien sûr, mais beaucoup plus tard. Sur le moment, il ne s'est rendu compte de rien. Quand elle est remontée dans le camion, après avoir commis son forfait, il l'a ramenée à l'asile à l'heure convenue. Ensuite, il est parti retrouver ses copains au « café du Nord » place Arnaud Bernard.

Michelle inclina la tête, pour cacher des larmes qu'elle ne pouvait contenir, et continua d'une voix emplie de détresse.

— Comme il est chauffeur routier, le lundi matin, il part charger les marchandises pour faire ses livraisons dans la région du Béarn. Il s'absente deux semaines, et lorsqu'il rentre, il est tellement fatigué qu'il ne pense qu'à dormir. Ce n'est que lendemain matin, en prenant son café qu'il est tombé sur l'article de « la dépêche du Midi » relatant l'incendie de ma bonneterie. En lisant le compte rendu, je pense qu'il comprit ce qui s'était réellement passé ce fameux dimanche !

— Voilà, Monsieur le Juge, dans cette enveloppe, tous les détails sont consignés par mon mari.

Guylhem en prit connaissance, puis s'empressa de la rassurer.

— Séchez vos larmes, Madame Donzenac, dit-il avec un grand sourire, n'ayez plus d'inquiétude en ce qui concerne votre plainte, elle sera automatiquement levée ! Cette personne sera jugée irresponsable du fait de son état. Bien sûr, cela ne vous rendra pas votre bonneterie… À moins que vous soyez assurée contre l'incendie ?

— Non, j'avoue n'y avoir jamais pensé Monsieur le juge, vous savez, je n'avais qu'un seul souci en fin de mois, celui de payer mes employés, et de régler mes fournisseurs… De toute manière, que ma plainte soit retirée m'est d'un grand soulagement. J'espère que Marius sera aussi disculpé de tout soupçon dans cette affaire… Pour ma bonneterie, je me suis fait une raison, c'est fini ! Je n'ai plus un sou vaillant, mais ce n'est pas pour autant que je vais baisser les bras !

Sous le regard stupéfait de Mademoiselle Gandoli, Guylhem se leva, prit un siège et vint s'asseoir face à Michelle. Il resta un moment silencieux, mit de l'ordre dans ses pensées, puis, d'une voix rassurante, il lui dit :

— Madame Fonzenac, tout n'est pas perdu ! Avec l'aide d'un bon avocat, vous pourriez obtenir auprès de l'asile, un dédommagement pour le préjudice subi.

Michelle leva les yeux, voir le juge si près d'elle la fit frémir. Elle se sentit brusquement intimidée qu'elle en resta sans voix. Mais à l'instant où leurs regards se croisèrent, on put entendre, dans cet espace austère, battre leur cœur. L'un et l'autre ignorèrent alors le temps, et se perdirent dans le clair de leur âme. C'est dans cette seconde magique que chacun sut qu'il était en présence du souffle de sa vie.

Mademoiselle Gandoli brisa ce moment de silence en toussant énergiquement. Guylhem se reprit aussitôt.

— J'ai bien lu le récit de votre mari, il n'est en aucune façon responsable. C'est en lisant l'article qu'il a compris que sa nièce n'était pas allée chercher son sac, puisque celui-ci était resté sur le siège passager. Connaissant ses antécédents, il a très vite compris qu'elle avait mis le feu à votre atelier. Le véritable responsable dans cette affaire, c'est l'asile ! Il n'aurait jamais dû laisser sortir cette personne ! Un bon avocat n'aura aucune difficulté à le prouver, pour obtenir un dédommagement du préjudice que vous avez subi ! Soyez-en sûre, Madame Fonzenac !

— Vous m'en voyez soulagée, Monsieur le Juge, lui répondit-elle d'une voix tremblante… Malheureusement, je n'ai pas les moyens de prendre un avocat… Non, Monsieur le Juge, pour moi cette affaire est terminée. Mais je tiens à vous remercier pour tout ce que vous avez fait pour moi.

Mademoiselle Gandoli, abasourdie, n'en crut pas ses oreilles, lorsque Guylhem s'adressa à Michelle.

— Je vous en conjure Madame Fonzenac, si vous voulez bien m'accorder votre confiance, je me charge de tout pour vous aider à vous rendre ce que l'on vous a injustement enlevé… J'ai un ami, un excellent avocat, je me fais fort de le convaincre de s'occuper de votre affaire. Je suis persuadé qu'il vous obtiendra un pécule, pour vous permettre de redémarrer votre atelier… Madame Fonzenac, je vous en prie, acceptez mon offre !

Michelle en écoutant ces paroles, sentit son cœur battre plus fort. Elle ferma ses paupières, se sentit heureuse comme elle ne l'avait jamais été. Lorsqu'elle rouvrit ses yeux, ils brillaient d'espérance. Des ondes profondes traversèrent son corps, l'émoi la submergea, des perles de pluie roulèrent alors sur ses joues. Elle balbutia :

— C'est très aimable à vous, Monsieur le Juge, je vous en remercie profondément, mais je ne puis accepter ! Pour l'instant, je ne suis pas en mesure de vous rembourser.

— Madame Fonzenac, mon ami avocat, j'en fais mon affaire, cela ne vous coûtera rien. Avez-vous confiance en moi ?

— Oui ! lui répondit-elle spontanément.

— À présent Madame Fonzenac, vous allez rentrer chez vous, vous détendre et vous reposer. Je vous tiendrai au courant des suites de cette affaire.

Sous l'œil effaré de Mademoiselle Gandoli, Guylhem prit le bras de Michelle et la raccompagna jusqu'à la porte. Michelle fit quelques pas dans l'allée « des pas perdus » puis elle se retourna, les yeux encore humides, et lui dit :

— Merci, merci du fond du cœur ! Puis elle partit précipitamment sans se retourner. Guylhem, troublé, la regarda s'éloigner.

On entendit alors dans le vent glacial des misères de ce monde, s'élever haut dans le ciel le murmure d'un chant d'amour.

Château de Lastour, 1er octobre 1938

Les mois passaient, le vert de la forêt, dans les derniers rayons d'un soleil épuisé, se diluait en une teinte mordorée. Les fougères se courbaient sous le poids des premières gelées. Les jours devenaient courts et froids, balayés de bises glaciales et mouillés de sombres pluies.

Dans le grand salon, Guylhem et son père prenaient leur petit-déjeuner. C'était la pièce la plus vaste, mais aussi la plus accueillante du château de Lastour. Elle possédait une immense cheminée, où dix personnes auraient pu tenir à l'aise dans le foyer. Sur le fronton, était gravé à même la pierre, le blason des Villardahian. Les fenêtres portaient de lourdes tentures de velours bleu incrusté de fleurs de lys. Sur les murs figuraient plusieurs Vernet, ainsi que de nombreux massacres de cerfs.

Dans cette atmosphère feutrée, dans ces vieilles pierres où le passé se faisait obsédant, flottait une odeur de cire ancienne, comme une marque du temps qui passe. Tandis que le silence se laissait bercer par le tic-tac monotone de la comtoise aux hanches généreuses.

La cloche du grand portail d'entrée se mit à tinter fortement.

Jacquelin, le père de Guylhem, se leva et se dirigea vers une des grandes fenêtres qui donnait sur la cour du château. Il aperçut derrière les grilles du grand portail une voiture stationnée, et une personne élégamment vêtue faisant de grands signes.

— Il me semble reconnaître ton ami Daniel Lavigne, va donc lui ouvrir le portail Guylhem s'il te plaît… Je me demande bien ce qui peut l'amener à passer si tôt !

— Je crois savoir mon père, j'ai confié à Daniel une affaire très importante, et on devait se revoir dès qu'il aurait du nouveau… Je vais lui ouvrir père, ne vous inquiétez pas !

Il traversa le grand salon, tira le loquet de la porte, et partit en toute hâte ouvrir la grille du château. Le souvenir de son entrevue avec Michelle Donzenac, le choc émotionnel qu'il avait connu, en croisant son regard, ainsi que la promesse qu'il lui avait faite ne l'avaient jamais quitté.

— Bonjour, Daniel, si tu savais combien je suis heureux d'avoir ta visite. Je suis très impatient de connaître les résultats de tes démarches auprès de l'asile ! Rentre et gare ta voiture au pied du perron, tu vas me raconter tout cela à l'intérieur.

— Salut Guylhem, désolé mais je n'ai guère le temps de m'arrêter, je dois plaider demain une affaire très importante à Carcassonne… En revanche, j'ai une très bonne nouvelle pour toi. J'ai réussi à obtenir de l'asile de Braqueville qu'elle prenne à sa charge toute la remise en état de l'atelier de bonneterie de Mme Fonzenac ! Et cerise sur le gâteau, elle recevra une indemnité pour les dommages causés… Tiens voilà son dossier, tous les détails du départ des travaux y sont consignés, ainsi que le chèque de dédommagement. Tu pourras lui remettre en main propre.

— Je ne sais comment te remercier Daniel, j'espère un jour pouvoir te rendre la pareille.

— Bon, je te quitte Guylhem, j'ai du chemin à faire. Salue ton père de ma part, et présente-lui toutes mes excuses de ne pas mettre arrêté.

Daniel monta en vitesse dans sa voiture, mais avant de partir, il baissa la glace de la portière et dit à Guylhem, avec un sourire sous-entendu :

— Au cas où cela t'intéresse, je te signale que Madame Fonzenac travaille et réside actuellement chez son oncle, Monsieur Carrière, au restaurant du Lauragais à Villefranche. Elle n'est au courant de rien, comme elle est de service aujourd'hui, j'ai pensé que cela te ferait plaisir de lui annoncer toi-même la bonne nouvelle ! Allez salut vieux frère, à très bientôt j'espère.

Il lui fit un clin d'œil complice, et partit sur les chapeaux de roues.

Guylhem resta un instant désorienté, ne sachant plus quelle décision prendre. Malgré tous les sentiments qu'il éprouvait pour elle, il se demanda s'il était bien raisonnable de se rendre à Villefranche pour lui remettre ce dossier.

Madame Fonzenac était une femme mariée, il ne pouvait l'oublier. Mais toutes ses hésitations furent vite balayées d'un revers de main. La simple idée de la revoir fut la plus forte, et dans la clarté naissante du jour, il ressentit un bien-être sans pareil. Il s'en retourna au château bien décidé à se rendre sans plus tarder au restaurant du Lauragais à Villefranche.

Dans le salon, son père s'étonna de le voir revenir seul.

— Daniel ne s'est pas arrêté ? dit-il d'un air étonné.

— Non, père, il a une affaire urgente à plaider à Carcassonne, il a juste eu le temps de me remettre le dossier que j'attendais. Il m'a chargé de vous présenter toutes ses excuses de ne pas vous avoir salué.

— Le travail avant tout ! Viens finir ton petit-déjeuner. Ce dossier qu'il t'a remis est important, je suppose ?

— Très important père, surtout très urgent ! Comme j'ai quelques jours de congé, je vais en profiter pour régler cette affaire au plus vite. Je vais m'absenter aujourd'hui pour remettre ce dossier. Je ne serai pas là pour le repas de midi, j'espère que vous ne m'en tiendrez pas rigueur père ?

— C'est dimanche aujourd'hui ! C'est ta mère, mais surtout Béatrix, dont nous avons invité les parents, qui vont être déçus ! Enfin, te connaissant, si tu t'absentes, c'est qu'il y a urgence. Fais ce que tu dois faire mon fils, surtout ne t'inquiète pas, je me charge d'expliquer ton absence.

Ce dimanche où l'amour se déclara

Les cloches de l'église de Baziège venaient tout juste de sonner onze heures, lorsque Guylhem, le cœur battant, prit la direction de Villefranche au volant de sa « onze chevaux Citroën ». Pendant tout le trajet, tout se bouscula dans sa tête, mille questions l'assaillirent. Comment expliquer à Madame Fonzenac, sa venue un dimanche, au lieu de la convoquer un jour de la semaine dans son cabinet. Qu'allait-elle penser de lui ?

Mais l'envie de la revoir fut la plus forte. Il coupa court à ses hésitations, et partit vers son destin.

Il était onze heures trente lorsqu'il arriva devant le restaurant du Lauragais, qu'il connaissait pour y avoir plusieurs fois déjeuné. Il gara sa voiture quelques mètres plus loin, laissa le dossier, puis se dirigea vers le restaurant.

Lorsqu'il pénétra dans l'établissement, il fut accueilli par le patron lui-même.

— Monsieur de Villardahian ! Quel plaisir de vous voir !

Il l'aida à se débarrasser de son manteau, et lui proposa une table au centre du restaurant.

Guylhem lui fit part de ce qu'il préférait une table plus isolée pour déjeuner, car il devait remettre un dossier important à une personne travaillant ici.

— Une personne qui travaille ici, Monsieur de Villardahian ? De qui s'agit-il si ce n'est pas trop indiscret ?

— De Madame Michelle Fonzenac !

— Michelle ! s'exclama-t-il ! Mais c'est ma nièce, nous l'avons hébergée ici après le grand malheur qui lui est arrivé. La pauvre, à présent elle n'a plus un sou vaillant, en plus, son ménage est fichu, quelle misère ! C'est une personne courageuse vous savez, qui ne se plaint jamais. Croyez-moi Monsieur de Villardahian, le travail ne lui fait pas peur, elle se bat comme une diablesse la petite pour s'en sortir. Depuis qu'elle est là, son aide nous est précieuse… Mais je parle trop, dites-moi Monsieur de Villardahian, j'espère qu'il n'y a rien de grave ?

— Non, non, Monsieur Carrière ne vous inquiétez surtout pas, bien au contraire, je n'ai que de bonnes nouvelles à lui faire part.

— Vous m'en voyez ravi ! Elle ne va pas tarder, mais si vous voulez je peux aller la chercher, son appartement n'est pas loin d'ici ?

— Surtout pas ! Elle ignore ma visite, je souhaite lui faire moi-même la surprise. Je suis venu exceptionnellement un dimanche à la demande de son avocat, pour lui annoncer les résultats de sa plainte contre l'asile… Mais dites-moi Monsieur Carrière, en attendant Madame Fonzenac, que me proposez-vous, à part votre délicieux cassoulet ?

— Je vous apporte la carte, vous choisirez vous-même car tout est bon au restaurant du Lauragais, lui dit-il la face hilare.

Si vous le permettez Monsieur de Villardahian, en attendant qu'elle arrive, puis-je vous servir un apéritif maison ?

— Volontiers ! J'ai une faveur à vous demander Monsieur Carrière… Me serait-il possible d'inviter Madame Fonzenac à ma table ?

— Mais bien sûr, s'exclama-t-il ! Comme je sais que la petite va enfin recevoir de bonnes nouvelles, je vais la libérer de son service, et pour fêter ça, Monsieur de Villardahian vous serez mes hôtes !

— Très aimable à vous Monsieur Carrière, je ne sais comment vous remercier, mais j'accepte volontiers votre offre.

Guylhem dégustait tranquillement son cocktail, quand, sans qu'il n'y prête attention, la porte du restaurant s'ouvrit. Michelle entra, salua quelques clients, puis se dirigea, sans s'apercevoir de sa présence, vers la porte des cuisines.

Elle s'apprêtait à se mettre en tenue pour le service du midi, lorsque son oncle la prit par les épaules, l'embrassa, avec un sourire empli de bienveillance, il lui dit :

— Aujourd'hui ma petite, point de service ! Je crois que c'est un grand jour pour toi ! Il y a quelqu'un dans le petit salon, qui t'attend pour déjeuner ! Je crois qu'il a de très bonnes nouvelles à t'annoncer ! À cette occasion, la maison vous offre le repas !

Michelle effarée ouvrit de grands yeux, suite aux propos de son oncle.

— Mais tonton, que me dis-tu là ! Tu sais bien que je n'attends plus rien de personne depuis longtemps… Et puis d'abord, qui m'invite à sa table pour m'annoncer ces soi-disant bonnes nouvelles ?

— Écoute Michelle, va voir, je ne peux rien te dire de plus, mais j'ai l'intuition que cela te fera plaisir.

— Tu m'intrigues tonton, tu as l'air bien sûr de toi ! Mais je t'écoute, j'y vais, tu as réussi à éveiller ma curiosité.

— Va, mon petit, n'aie aucune crainte !

Michelle se dirigea vers le petit salon. Il y avait en elle une sorte de pureté tranquille. La lumière qui baignait son visage en soulignait toute la finesse et la beauté. Son regard était si clair qu'on pouvait y lire comme dans un livre ouvert. Au moment où elle pénétra dans le petit salon, elle fit un mouvement de tête, rejeta en arrière sa longue chevelure blonde, et quand elle découvrit celui qui l'attendait, elle n'en crut pas ses yeux.

— Monsieur le juge, vous ici ! Mais c'est dimanche aujourd'hui, que se passe-t-il ?

Guylhem, troublé de la revoir, se leva et s'approcha d'elle. Michelle se sentit alors envahie d'un infini bonheur. Elle sut à cet instant que cet homme, aux allures de seigneur d'antan, était celui qu'elle attendait depuis toujours.

Guylhem, les yeux noyés dans ceux de Michelle, prit sa main dans la sienne. Il ressentit alors un bonheur qu'il n'aurait pu imaginer. À ce contact Michelle, tremblant de tous ses membres, à demi chancelante se retint à cette main pour ne pas défaillir.

— Je vous en prie, lui dit-il très ému, prenez place, rassurez-vous Madame Fonzenac, je suis venu pour vous annoncer d'heureuses nouvelles.

Elle s'assit, se demandant si elle ne rêvait pas. Était-ce bien celui qui avait hanté ses nuits depuis son entrevue au tribunal, qui était en face d'elle ?

Le temps, à cet instant, comme une horloge sans balancier, se figea.

Guylhem d'une douce voix, lui demanda :

— Vous souvenez-vous de la promesse que je vous ai faite ?

— Comment pourrais-je l'oublier Monsieur le Juge, j'avais une telle confiance en vous… Avec tous les ennuis que j'ai eus à la suite à cet incendie, votre promesse m'était momentanément sortie de la tête… Vous me comprenez Monsieur le Juge ? dit-elle toute rougissante.

— Bien sûr, je comprends répondît-il, toutes ces épreuves ont dû être difficiles à supporter.

Elle se tenait devant lui, avec dans son regard tout l'amour que déjà elle lui portait. Son cœur ne cessait de lui murmurer, ce que ses lèvres auraient voulu lui dire.

Dans cette seconde furtive, Guylhem put y voir dans l'eau claire de ses yeux, la profondeur de son âme. Alors, d'un geste incontrôlé, il posa sa main sur la sienne.

— Aujourd'hui, dit-il, c'est dimanche, nous ne sommes pas au tribunal, nous déjeunons ensemble ! J'ai de bonnes nouvelles à vous apprendre. Il me semble que l'on pourrait, pour une fois seulement, oublier le protocole. Je ne suis pas là en tant que juge, mais en tant qu'ami. Je souhaiterais, si vous le permettez, que vous m'appeliez Guylhem !

Sans retirer sa main, Michelle prompte à s'émouvoir sentit son cœur battre la chamade. Elle baissa les yeux, et dans un murmure presque inaudible, elle répondit.

— Je suis trop intimidée, jamais je ne pourrai vous appeler par votre prénom !

Avec un sourire sous-entendu, Guylhem lui répondit :

— À votre aise Madame ! Si vous ne m'appelez pas par mon prénom, non seulement vous serez privée de repas, mais surtout vous ne saurez jamais ce que j'ai à vous dire, tant pis pour vous !

Michelle à ces mots eut un rire enfantin.

— D'accord, Guylhem, lui dit-elle du bout des lèvres, mais à une seule condition, appelez-moi Michelle !

Leurs mains s'étreignirent, et comme un ciel qui s'illumine, ils virent dans leurs regards briller des milliers d'étoiles. Désormais, ils n'étaient plus seuls au monde, car il n'y a de pire solitude que l'absence d'amour. Ils ne prêtèrent aucune attention à Monsieur Carrière, qui venait d'entrer pour prendre la commande du repas. Gêné, il toussota pour annoncer sa présence.

— Avez-vous choisi ce qui vous ferait plaisir ?

Guylhem comme sorti d'un songe lui répondit :

— Vous m'en voyez désolé, Monsieur Carrière, Pas encore ! Nous avons tellement bavardé de choses et d'autres, que je n'ai même pas eu le temps, voyez-vous, de lui annoncer les nouvelles pour lesquelles je suis venu.

— Pas d'inquiétude Monsieur de Villardahian, prenez tout votre temps ! Je vous propose une suggestion. Pendant que vous discutez, me permettez-vous, de vous concocter moi-même, un menu qui va régaler vos papilles gourmandes ?

Michelle, le visage métamorphosé d'une joie indescriptible, lui répondit :

— Oui tonton je suis persuadée que ce sera parfait ! Puis elle se tourna vers Guylhem en lui demandant :

— Qu'en pensez-vous Monsieur… Pardon Guylhem ?

— C'est parfait pour moi aussi Michelle ! répondit-il avec un large sourire !

Pendant le repas, ils dégustèrent les différents plats présentés par son oncle, tout en parlant d'évènements divers. Au moment du dessert, Michelle s'empressa de lui demander quelles étaient ces bonnes nouvelles. Au comble de l'étonnement, elle écouta Guylhem donnant le dénouement inespéré de son affaire.

Elle resta suspendue à ces paroles se demandant si elle ne rêvait pas. Puis elle sentit passer sur tout son corps d'imperceptibles tremblements, et son cœur se mit à battre plus fort. Son regard était brillant. Elle était si émue qu'elle ne put articuler la moindre parole.

Guylhem devinant son trouble, lui demanda si elle était heureuse d'apprendre que bientôt, elle pourrait reprendre ses activités ?

Michelle était si bouleversée que des larmes coulèrent le long de ses joues. Son regard, noyé dans une brume d'excitation, le fixa intensément. Elle lui dit d'une voix tremblante :

— Je suis désorientée Guylhem ! Vous venez me voir un dimanche, vous m'invitez à déjeuner à votre table, vous me demandez de vous appeler par votre prénom, vous m'annoncez que l'on va rebâtir ma bonneterie, en plus, je perçois une somme considérable en dédommagement ! J'en suis stupéfaite et heureuse à la fois ! C'est grâce à vous Guylhem que je dois tout. La seule question qui me vient à l'esprit : Pour quelle raison avez-vous fait tout cela pour moi ?

Guylhem la regarda d'un œil empli d'amour, et lui répondit d'une voix lente et posée.

— Je vous avais fait une promesse Michelle ! Seulement, je n'oublie pas que vous êtes une femme mariée, c'est pour cette seule et unique raison, que je ne peux répondre avec sincérité à votre question ! Je puis vous dire par contre que ces instants passés en votre compagnie furent pour moi des moments de grand bonheur… À présent Michelle il est temps que je rentre ! Si vous voulez bien m'accompagner jusqu'à ma voiture, je vous remettrai tous les documents ainsi que le chèque de dédommagement.

Il y eut un moment de silence pendant lequel Michelle resta sans voix.

Guylhem se leva, s'en voulant intérieurement, de n'avoir pu exprimer les sentiments profonds qu'il éprouvait pour elle.

Ils sortirent ensemble après avoir remercié Monsieur Carrière pour l'excellent repas qui leur avait offert. Puis ils se dirigèrent vers la voiture, tous deux envahis de la tristesse de l'adieu.

Guylhem remit à Michelle tous les documents ainsi que le chèque. Son visage reflétait sa tristesse de la quitter, lorsqu'il lui tendit la main pour lui dire au revoir, Michelle, d'une voix tremblante lui prit le bras et lui dit :

— Ne partez pas Guylhem, je ne veux pas que l'on se sépare de cette manière, c'est trop injuste. Accordez-moi quelques instants, je vous en prie ! Si vous n'avez pu répondre à ma question tout à l'heure, moi j'ai des choses à vous apprendre, qui vous feront peut-être changer d'avis… Mon appartement est à quelques pas d'ici. Venez ! J'ai encore besoin de vous Guylhem, lui dit-elle en baissant les yeux.

Guylhem trop heureux de cette proposition accepta de la suivre avec une joie non dissimulée.

L'appartement était assez spacieux, et présentait une grande luminosité. Michelle n'en occupait qu'une petite partie : le salon, la cuisine, ainsi qu'une chambre. Toutes les fenêtres s'ouvraient sur une vue magnifique des coteaux environnants. Ils s'installèrent dans le salon, Michelle fit asseoir Guylhem dans un fauteuil, en prenant place face à lui.

— Désirez-vous un café Guylhem ?

— Volontiers Michelle.

Guylhem, de son fauteuil, parcourut la pièce, la trouva joliment meublée, aménagée avec un certain raffinement. Son regard s'arrêta avec étonnement, sur un étui pour violon, avec plusieurs partitions posées sur un pupitre.

Lorsque Michelle revint avec les cafés, il ne put s'empêcher de lui demander :

— Vous jouez du violon Michelle ?

— Oui, répondit-elle ! C'est un instrument qui me permet de m'évader, et de ne penser à rien d'autre… C'est un merveilleux dérivatif, ajouta-t-elle en souriant.

Il découvrit, ravi, une partie de la personnalité de Michelle, qu'il n'aurait jamais imaginée.

Ils prirent leur café, mais, très rapidement, Michelle prit la parole avec conviction et lui dit :

— Au restaurant, vous ne pouviez répondre à ma question, du fait que j'étais une femme mariée. Cela vous honore Guylhem ! Mais si j'habite seule chez mon oncle, c'est qu'avec Marius, nous nous sommes séparés. Comme je vous l'ai expliqué au tribunal, c'est d'un commun accord que nous avons décidé de divorcer ! Si je suis venue travailler, et loger chez mon oncle, c'est aussi pour être seule, mais c'est également pour pouvoir payer ce divorce…

Elle eut un petit sourire mutin, pour ajouter :

— Quoiqu'il me semble à présent, je pense ne plus avoir de problème d'argent, pour régler cette affaire !

Guylhem sourit, voulut répondre, mais Michelle prit les devants.

— Je vous en prie Guylhem, laissez-moi finir ! Si je m'arrête, je crois que je n'oserai plus vous dire, ce pour quoi je vous ai demandé de ne pas partir… Je vais essayer d'être la plus brève possible !

Les joues un peu rosies, elle continua sans le quitter des yeux.

— Avant d'épouser Marius, ma famille et moi habitions Dax. Mon père y tenait un magasin de vêtements, où je l'aidais à la vente, en m'occupant également de sa comptabilité. Quant à ma mère, elle était Professeur de musique dans un lycée de la région. Hélas, ils sont décédés dans un accident de voiture du côté de Perpignan.

Elle fit une courte pause puis reprit :

— C'est au cours des livraisons qu'il faisait chez mon père que j'ai connu Marius. C'était un garçon poli, souriant, très aimable, toujours prêt à rendre service. Je dois également vous dire que je m'ennuyais énormément à Dax. Je ne rêvais que d'une chose, voir d'autres horizons, m'évader de cette routine dans laquelle je vivais. Je me suis aperçue, au cours de ses livraisons, que je n'étais pas indifférente à Marius.

Guylhem ne perdait pas une miette de ces dires, l'écoutant avec la plus grande attention. Michelle poursuivit :

— J'avoue avoir compris par certains détails, les sentiments qu'il éprouvait pour moi. Alors, pour me libérer du carcan dans lequel je me sentais enfermée, j'ai accepté de l'épouser. Nous nous mariâmes, mais très vite je me rendis compte qu'au travers de sa gentillesse, Marius avait un grave défaut… Il se laissait facilement entraîner par ses copains, et buvait beaucoup. Au fil du temps, son état ne fit qu'empirer. De jour en jour, il devenait de plus en plus agressif. Je ne pouvais plus supporter cette vie, qui en moins d'un an, était devenue un véritable cauchemar. Le jour où j'appris que sa nièce était responsable de l'incendie, d'un commun accord, nous décidâmes de mettre fin à notre union !

Le jour déclinait dans la lumière dorée d'un pâle soleil qui se noie. Une intense émotion se mit à briller dans l'eau bleue de ses yeux. Lorsque leurs regards se croisèrent, son trouble fut si fort, qu'elle lui murmura dans un souffle brûlant :

— À présent, Guylhem, je suis une femme libre, plus rien ne peut vous empêcher de répondre à ma question.

Michelle, dans l'attente d'une réponse, sembla soudain, devenir un petit être fragile. Guylhem ne put prononcer la moindre parole tant il était touché. Il se leva, se dirigea vers elle jusqu'à ce que leurs corps se touchent. Il la serra très fort contre lui, à cet instant même, c'est tout leur amour qui s'embrasa.

Guylhem et Michelle, dont les cœurs battaient à l'unisson, virent la passion briller dans leurs yeux. Michelle, dont chaque parcelle de son corps vibrait au diapason de ses sentiments, se blottit contre Guylhem. Il caressa son visage, et dans la ferveur de cet amour qui les submergeait, il posa ses lèvres brûlantes de désir sur celles de Michelle. Puis la soulevant, les yeux dans les yeux, ils gagnèrent la chambre. Le ciel de lit, sous les larges tentures qui l'entouraient, forma un berceau de tendresse autour des corps nus des deux amants passionnément enlacés.

Le lendemain matin, lorsque Guylhem se réveilla, il entendit un violon jouer une merveilleuse mélodie.

Michelle, était là, vêtue d'un saut-de-lit blanc qui descendait jusqu'à ses pieds la couvrant comme une reine. Le violon sous son menton, sa main opaline faisait pleurer son archet sur les cordes de l'instrument. Les yeux fermés, pour mieux ressentir la profondeur de l'œuvre, elle jouait telle une virtuose, et les notes volaient comme volent les anges.

Guylhem, fou d'amour observa son visage. Il remarqua son profil qui offrait tant de beauté et de sensibilité. L'éclat du soleil sur les vitres de la pièce la para brusquement d'ombres et de jets de lumière. Michelle à cet instant lui fit penser à quelques princesses d'autrefois, revenues sur terre par on ne sait quel miracle.

Lorsqu'elle cessa de jouer, elle s'approcha de Guylhem, dont les yeux brillants exprimaient tout l'amour qu'il avait pour elle. Ils surent à cet instant qu'ils étaient faits l'un pour l'autre. La passion de ce grand amour leur fit perdre toute notion du temps. Les quelques jours de congé de Guylhem arrivèrent vite à leur terme. Ce fut alors une séparation déchirante. Ce sont les yeux embués de perles de pluie, qu'ils se jurèrent de se revoir le plus vite possible.

Mais peu à peu, le ventre obscur de l'existence vint pondre dans le cœur de cet amour, à nul autre pareil, l'œuf énigmatique de leur tragique destiné.

Le dimanche précédent, les invités étaient partis en fin de soirée. Béatrix fut déçue de n'avoir pu rencontrer Guylhem, car depuis son enfance elle était très éprise de lui. C'est avec beaucoup de tristesse qu'elle fut la dernière à prendre congé.

Vu l'heure tardive, les parents de Guylhem, Jacquelin et Virginie, son épouse, furent très inquiets de l'absence inhabituelle de leur fils.

La soirée fut longue, Virginie très fatiguée par la réception, monta se coucher. Jacquelin resta installé dans son fauteuil. Il n'arrêtait pas de sortir sa montre à gousset, la tapotant comme si celle-ci ne fonctionnait plus.

— 22 heures : Guylhem n'est toujours pas là !

Il avait beau se raisonner et se dire que son absence n'avait rien d'alarmant, c'était plus fort que lui, il s'inquiétait toujours pour Guylhem depuis son enfance.

Il finit par s'assoupir. La comtoise sonna minuit, tirant Jacquelin de sa somnolence, il monta à son tour se coucher.

Ce n'est que le jeudi, en début d'après-midi, que Guylhem fit son retour au château. Jacquelin écoutait la radio, pas très rassuré par les nouvelles inquiétantes de la montée du nazisme en Allemagne. Il se retourna brusquement lorsqu'il entendit la voiture de Guylhem pénétrer dans la cour.

— Dieu soit loué, se dit-il, enfin le voilà !

Guylhem, le visage étrangement épanoui, vint saluer son père et embrasser sa mère. Il ne donna aucune explication sur son absence, et personne ne lui posa la moindre question. Le soir au dîner, son père lui parla des évènements, mais Guylhem était loin de ces préoccupations. Il n'avait guère d'appétit, et ne cessait de penser à Michelle. La force de son amour l'avait éloigné des choses de la vie.

Depuis quelque temps, leur fils n'était plus le même, une étrange transformation s'opérait en lui, son regard avait changé, une singulière lueur brillait sans cesse dans le fond de ses yeux.

Un soir, rentrant plus tard que d'habitude, prenant place pour le dîner, Guylhem sentit le regard de son père peser sur lui. L'air absent, loin de l'inquiétude que son mutisme pouvait susciter, Guylhem, ne rêvait que des moments d'amour qu'il passait avec Michelle.

Son père n'avait qu'une idée, rompre ce silence, qui pour lui n'avait que trop duré. Mais il hésitait encore, intrigué, depuis ce fameux dimanche d'octobre où son fils, après quatre jours d'absence, était revenu transformé. Depuis ce moment, il espérait une explication de sa part, mais rien ne s'était passé.

À la fin du repas, comme quelqu'un qui se jette à l'eau, Jacquelin s'adressa à son fils.

— Ne crois-tu pas qu'il serait temps d'avoir une conversation tous les deux ? Toi qui d'habitude es si loquace, tu ne dis plus un mot. Je m'inquiète de te voir ainsi !

Virginie, très gênée d'entendre Jacquelin s'adresser ainsi à leur fils, l'interrompit.

— Calme-toi Jacquelin, je t'en prie, si Guylhem a quelque chose à nous dire, c'est à lui de le décider, et non à toi de lui poser des questions. Ce n'est plus un enfant à qui on demande de rendre des comptes. Notre fils est un homme, et un homme responsable dont nous sommes fiers.

Guylhem eut un sourire à l'encontre de sa mère, mais resta néanmoins surpris. Quelles raisons pouvait-il leur donner alors que lui-même était incapable de s'expliquer sur ce bonheur qui lui tombait du ciel ? La soudaineté de cet amour était telle, qu'il ne trouvait pas les mots pour l'exprimer. Il y eut un moment de flottement où il s'efforça de mettre de l'ordre dans ses pensées afin de tranquilliser ses parents.

— Je vous assure mes chers parents, vous n'avez aucune raison d'être inquiets à mon sujet, je n'ai jamais été aussi heureux de ma vie.

— Puis-je savoir, si ce n'est pas trop indiscret, ce qui te rend si heureux mon fils ? lui demanda sa mère le visage empreint d'une grande tendresse.

Jacquelin n'osait plus poser de questions, mais restait suspendu à la réponse de son fils, avec une impatience non dissimulée.

— Mes chers parents, le dimanche où je me suis absenté, j'ai rencontré la femme de ma vie ! J'en suis tombé éperdument amoureux ! Je n'ai jamais connu une jeune femme qui fasse naître en moi un sentiment aussi fort. C'est elle que j'ai choisie, elle possède à mes yeux, toutes les qualités de la compagne qui partagera un jour ma vie. Ce bonheur m'est arrivé si vite, de manière si inattendue que j'ai du mal à croire qu'il est le mien aujourd'hui… C'est pour cette raison que je n'ai rien dit. N'y voyez surtout pas, un manque de confiance à votre égard.

Jacquelin et Virginie restèrent stupéfaits devant cette nouvelle imprévisible. Le bruit du silence parut alors assourdissant.

Pauline, la cuisinière du château vint desservir, puis apporta l'infusion du soir qu'elle posa sur un guéridon près de la grande cheminée. Elle s'adressa à Guylhem pour savoir s'il désirait quelque chose.

— Non merci, Pauline, ça ira comme ça !

Ils s'installèrent sans dire un mot, chacun séparément dans des bergères, qui faisaient cercle autour de l'âtre. Les bûches miaulaient sous la morsure des flammes, le tic-tac monotone de la comtoise battait en mesure l'instant présent. Dehors on entendait le vent venant s'écorcher contre les angles des vieux murs.

Dans la lueur dansante du foyer, Virginie, porta sa tasse à ses lèvres, puis avec la tendresse et la douceur d'une mère, elle s'adressa à son fils :

— Je dois t'avouer Guylhem, que cette nouvelle nous laisse, ton père et moi, extrêmement surpris. Nous pensions que c'était Béatrix l'élue de ton cœur… Elle est amoureuse de toi depuis sa plus tendre enfance ! Enfin, quoi qu'il en soit, je me réjouis de ton bonheur. Tu as parlé de cette personne avec tant de flamme, et d'amour, que je n'ai aucun doute sur la sincérité de tes sentiments. Je suis sûre que tu as fait le bon choix Guylhem !

Dehors, le vent redoublait de violence. Le ciel était si bas qu'on avait l'impression de pouvoir le toucher. Jacquelin, l'air soucieux, rongeant son frein pour ne pas poser les questions qui dérangent, se leva et s'approcha de l'une des grandes fenêtres du salon. Il passa l'extrémité de ses doigts sur les carreaux embués.

— Quel fichu temps dit-il, comme pour se donner de la contenance ! C'est ce maudit vent du Nord-est qui nous amène ce froid, il n'a pas l'air de faiblir le bougre… Cette fois-ci, l'hiver est bien là, soupira-t-il.

— Jacquelin, lui dit Virginie, tu ne crois pas mon cher, qu'il y a d'autres priorités que l'arrivée de l'hiver ! Reviens t'asseoir, je t'en prie !

Guylhem eut un sourire amusé devant l'attitude penaude de son père face à sa mère.

— Bien sûr dit-il, en se tournant vers sa mère, je comprends pour Béatrix. Je sais qu'elle va certainement être très déçue, malheureuse même, mais je n'y peux rien. La vie ne se déroule pas toujours comme l'on souhaite. Si je n'avais pas rencontré cette personne, c'est Béatrix, que j'aurais certainement épousée. Si elle éprouve des sentiments pour moi, elle me comprendra, et se remettra ces promesses faites lorsqu'on est enfant.

Jaquelin, d'un air légèrement ironique, mais bon enfant, se tourna vers Virginie, et lui dit :

— Avec ta généreuse bonté ma chère, puis-je demander à notre grand homme de fils, quel est le nom de cette heureuse élue ?

Virginie eut un sourire amusé et lui répliqua sur le même ton moqueur :

— Mais bien sûr très cher, faites donc !

— Puisque ta mère à la bonté de m'autoriser à te poser cette question, lui dit-il le visage hilare, peux-tu me dire Guylhem, le nom de cette personne qui te rend si heureux ?

Guylhem sachant l'attachement de son père aux traditions ancestrales de la famille, à se marier entre gens bien nés, éluda la question. Il préféra remettre sa réponse à des jours plus opportuns.

Le jeu de lumière créé par les flammes du foyer dessinait des ombres fuyantes sur leurs visages souriants. Jacquelin à l'aide du tisonnier piqua les bûches et les fit pleurer. La soirée se termina dans une paisible quiétude.

Des drames modifient le cours des évènements

Dans ce matin pâle, les corbeaux tachetaient le ciel de leurs noires silhouettes. Il n'en fallut pas plus à l'automne frileux pour s'endormir, et laisser l'hiver se réveiller dans le silence glacial des premières gelées.

Au travers des brumes matinales, le château de Lastour émergea comme dans un songe.

La voiture de Guylhem ronronnait dans la cour depuis un moment, afin d'obtenir un peu de chaleur. Quelques instants plus tard, il descendit quatre à quatre les marches du perron, les bras chargés de dossiers volumineux, s'engouffra dans la Citroën pour rejoindre le tribunal de Toulouse.

Bien que n'étant plus dans le besoin, Michelle était restée chez son oncle pour continuer à l'aider. Les travaux de sa bonneterie n'étaient prévus que pour le début du printemps prochain.

Hier, à la fin du service du midi, Michelle eut une transpiration soudaine qui se répandit sur tout son corps. Elle pencha son visage, écarta des mèches de cheveux blonds que la sueur colla aussitôt sur son front. Elle eut de la peine à respirer, une violente nausée la saisit, le sol alors se déroba sous ses pieds. Sa tante qui l'avait vu chuter se précipita vers elle en agitant un torchon pour lui faire de l'air. Michelle reprit presque aussitôt connaissance.

— Tu m'as fait une de ces peurs mon petit ! Je vais appeler le docteur pour qu'il vienne te voir tout de suite !

— Ce n'est pas grave ma tante, juste un petit malaise… C'est inutile de faire venir un médecin pour si peu !

Michelle voulut se relever mais elle était si faible que sa tante dut la soutenir.

— Tu vois bien que ça ne va pas mon petit, pose ton bras sur mon épaule, je vais te raccompagner chez toi. Tu vas t'allonger le temps que le docteur arrive.

Une fois couchée, Michelle ferma les yeux, et s'assoupit aussitôt.

C'est dans cet état que le docteur François, accompagné de la tante, la trouva. Il prit une chaise et s'assit à son chevet.

C'était un homme assez grand, le visage ouvert, les cheveux grisonnants. D'épais sourcils noirs soulignaient des yeux d'un bleu délavé. Lorsqu'il prit son pouls, Michelle, surprise, eut un mouvement de recul.

— Soyez sans crainte Madame, je suis le docteur François… Alors, qu'est-ce qui ne va pas ? dites-moi tout !

Michelle le dévisagea et se sentit tout de suite en confiance. Elle lui expliqua qu'un coup de fatigue avait occasionné cette perte de connaissance. Il n'y avait là aucune raison de s'inquiéter.

Il eut un petit sourire, puis l'ausculta. Michelle fut gênée de répondre à des questions à caractères intimes. Il y avait des situations qu'elle osait dire, d'autres qu'elle ne pouvait pas. À force de persuasion, le docteur François obtint cependant ce qu'il voulait savoir. Il nota tout sur un calepin. Parfois, il hochait la tête de bas en haut, comme s'il se confirmait à lui-même son propre diagnostic.

Michelle ne comprenait pas très bien où le docteur voulait en venir, à poser toutes ces questions embarrassantes pour un peu de fatigue.

— Vous vous trompez, madame !

— Je me trompe sur quoi Docteur ? demanda Michelle d'un air étonné.

— Sur la cause de votre évanouissement, il n'a rien à voir avec ce que vous pensez ! Votre perte de connaissance dans votre état n'a rien d'étonnant !

— Dans mon état, dites-vous ! Mais qu'ai-je donc de si grave docteur ?

— Grave ! lui dit-il en souriant, bien au contraire, Madame, donner la vie est la plus belle des choses qui soient au monde.

— Vous voulez dire que je suis enceinte Docteur ? s'exclama-t-elle.

— Sans l'ombre d'un doute, dit-il avec son éternel sourire bienveillant, je pense que l'enfant naîtra fin juillet ou début août, vous pourrez annoncer cette heureuse nouvelle à votre mari.

Le docteur François se leva, prit congé de Michelle, lui promettant de repasser la voir dans le courant de la semaine. La tante toute remuée par ce qu'elle venait d'apprendre raccompagna le docteur. Michelle aussitôt s'empressa de prévenir Guylhem de cet heureux évènement par téléphone.

Guylhem, lorsqu'il quitta le tribunal, rejoignit Michelle comme tous les soirs à Villefranche. Ils fêtèrent ensemble cette nouvelle inespérée qui les envahit tous deux d'une joie intense. Ils décidèrent alors, d'un commun accord, de choisir les prénoms de leur futur enfant. Ils optèrent d'un commun accord pour : Nicolas ou Virginie !

Le lendemain en arrivant au tribunal, il alla saluer Mademoiselle Gandoli. Il posa ses dossiers sur son bureau, se laissa choir dans son fauteuil avec un ouf de soulagement, et réclama un café à sa greffière.

— Vous avez l'air de bien bonne humeur, cela fait plaisir à voir Monsieur le Juge, dit-elle, en lui apportant son café.

— On ne peut mieux dire, Mademoiselle Gandoli, lui répondit-il, le visage rayonnant d'un homme heureux.

Guylhem était plongé dans l'étude de ses dossiers, lorsque l'on toqua à la porte de son bureau. Mademoiselle Gandoli se leva et alla ouvrir. Le planton de service annonça que le procureur général près de la cour d'appel désirait s'entretenir avec Monsieur le Juge dans les plus brefs délais. Mademoiselle Gandoli en fit part à Guylhem qui aussitôt se rendit au bureau du procureur.

— Entrez, mon cher Villardahian, prenez place, je vous en prie, lui dit le procureur en désignant le siège en face de son bureau.

Guylhem s'assit, et écouta attentivement ce qu'il avait à lui dire.

— Voilà mon cher Villardahian, je vous ai convoqué car j'ai une affaire épineuse à vous confier à Nancy. Le juge actuel qui s'occupe de ce dossier doit s'absenter jusqu'à fin juillet pour des raisons personnelles. Ce n'est donc pas un dessaisissement, mais un état d'empêchement. Ce remplacement ne sera donc pour vous que temporaire. Par contre, je vous demande de reprendre, dès votre arrivée, l'enquête depuis le début. Comme le prévoit l'article 81 du code de procédure pénale, vous aurez tous les pouvoirs pour prendre les actes d'informations que vous jugerez utiles à la manifestation de la vérité. Croyez-moi, mon cher Villardahian, la manière dont vous mènerez cette affaire, aura des répercussions bénéfiques sur la suite de votre carrière. Des questions ?

— Une seule, Monsieur le Procureur, quand dois-je partir ?

— Le plus rapidement possible ! Je vous laisse 48 heures pour prendre vos dispositions, cela vous convient-il ?

— Parfait Monsieur le Procureur !

— Ha ! Avant de partir, je souhaite être tenu informé régulièrement sur l'évolution du dossier. Bonne chance, mon cher, on se reverra à votre retour.

Guylhem acquiesça, puis regagna son bureau l'air maussade, sa bonne humeur avait soudain disparu.

Il essaya de minimiser ce déplacement jusqu'à fin juillet, qui tombait au plus mauvais moment. En effet, l'accouchement de Michelle étant prévu à cette période, ceci lui causa beaucoup de soucis. Il voulait absolument être présent pour assister à la naissance de son enfant. Tout alla très vite dans sa tête.

Il avait 48 heures devant lui !

Ce temps, se dit-il, il faut l'utiliser au mieux : premièrement, rentrer sans tarder au château, deuxièmement, sans aucun faux-fuyant, dire à ses parents, le nom de l'élue de son cœur, enfin leur annoncer l'heureux évènement qu'ils attendaient, et son intention d'épouser Michelle dès qu'elle serait libre !

Sa décision prise, la conscience apaisée, il rejoignit son bureau pour prévenir Mademoiselle Gandoli de son départ jusqu'à fin juillet. Puis il regagna le château.

Lorsqu'il arriva, ses parents étaient assis dans les bergères près de la grande cheminée. La chaleur du foyer emplissait le grand salon. Le feu crépita dans l'âtre, des étincelles fusèrent pour s'envoler dans le conduit. Dans la cour, le vent du Nord souleva un tapis de neige poudreuse, et souffla l'haleine glacée de l'hiver forestier sur les vieux murs du château.

Guylhem salua son père, embrassa sa mère, et prit place entre eux d'eux. Il était décidé à exposer sa décision.

Il se tourna d'abord vers son père qu'il trouva plus soucieux que d'habitude.

— Je vois dans vos yeux que quelque chose ne va pas ?

— Ta mère va encore me faire des reproches, mais tant pis, Guylhem, j'accepte de subir ses foudres ! Je n'y peux rien, je m'inquiète toujours pour toi ! Pourtant je suis conscient que tu es un homme à présent. Les charges de ton travail comportent de très lourdes responsabilités. Je sais parfaitement que tu n'agis jamais à la légère dans les décisions que tu dois prendre, qu'elles soient d'ordres professionnels ou privés ! Mais il me semble, vu que tu as l'air tellement épris de cette personne, que tu brûles les étapes !

Virginie l'air furibond se tourna vers Jacquelin.

— Décidément mon cher, tu ne changeras jamais, tu dis tout et son contraire, cela m'afflige beaucoup ! Quand donc vas-tu…

Guylhem interrompit sa mère.

— Je vous en prie mère, je connais mon père, croyez-moi il n'y a vraiment pas lieu de se chicaner. Comme vous l'avez remarqué, aujourd'hui je rentre plus tôt que d'habitude ! J'ai pris plusieurs décisions dont je souhaite vous faire part.

Virginie, le regard bienveillant d'une mère attentive, posa délicatement sa main sur la sienne, que Guylhem porta aussitôt à ses lèvres. Jacquelin, impatient de savoir, se rapprocha de lui.

Guylhem, avec un calme olympien et beaucoup de tendresse dans la voix, leur fit part des résolutions qu'il avait prises. Il n'omit rien ! En se tournant tantôt vers sa mère, tantôt vers son père, il leur précisa bien ses intentions… Ses parents restèrent un long moment sans parole, émus et surpris à la fois, par ce qu'ils venaient d'apprendre.

Guylhem se leva et leur dit :

— Je vous laisse mes chers parents, je n'ai guère de temps devant moi. Je dois rejoindre Michelle pour l'informer de mon départ. Je serai là demain matin, pour préparer mes affaires afin de rejoindre le tribunal de Nancy.

Jacquelin et Virginie se levèrent à leur tour, éprouvant pour leur fils la plus profonde tendresse. D'un même élan ils s'approchèrent de lui, et le serrèrent fortement contre eux.

— Dépêche-toi d'aller la rejoindre mon fils, lui dit sa mère. Ne t'inquiète pas pour tes affaires, je m'en occupe, tout sera prêt pour demain matin…

Elle se recula en le regardant droit dans les yeux.

— S'il me restait quelques doutes mon cher enfant, dit-elle, tu viens de les balayer en un instant. L'amour est une force créatrice qui élève celle ou celui qui la connaît. Sans lui mon fils, la vie se flétrirait et s'éteindrait d'elle-même ! Tu salueras cette personne de notre part, dis-lui également, que ton père et moi passerons lui rendre visite dans la semaine, pour faire plus ample connaissance, et prendre des nouvelles de sa santé. Va vite la rejoindre, ne perds pas de temps !

Tout se mettait en place. Les évènements qui se profilaient à l'horizon allaient bientôt pouvoir jouer leurs rôles, dans cette pièce conçue et imaginée, par un destin parfaitement conscient de ce qu'il allait déclencher.

Le cycle des jours continua alors sa marche effrénée sans que quiconque puisse l'arrêter. Le temps, tel un immense torrent sans rive, se mit à déferler à une allure vertigineuse pour amener les amants vers le port qui leur était destiné.

Guylhem lorsqu'il se trouvait à Nancy, fut averti par ses parents, que Béatrix avait fait une grave chute de cheval, au cours d'une chasse à courre en forêt de Tronçais. Elle fut aussitôt transférée à l'hôpital de Montluçon. Ils le tiendraient au courant des suites de cet accident.

Quelques jours plus tard, sa mère l'informa que Béatrix était sortie de l'hôpital, mais dans une extrême détresse morale. Suite à sa chute, le diagnostic fut sans appel, elle ne pourrait jamais avoir d'enfant ! Ce fut un grand choc pour elle. Virginie, et Jacquelin, vu son état, décidèrent de la garder au château de Lastour.

Michelle était gaie, tout chantait en elle. Elle avait fait connaissance de la mère de Guylhem, heureuse que des liens d'amitié se soient noués entre elles. Lors de sa dernière visite, elle lui avait annoncé le retour de son fils pour le 5 août prochain, c'est-à-dire dans moins de quinze jours. Pendant leur longue séparation, Michelle et Guylhem s'écrivaient tous les jours.

À l'annonce de son arrivée prochaine, elle prit sa plus belle plume et ne put contenir son émotion. Elle laissa courir sur la feuille blanche, toute la force de ses sentiments, en utilisant des mots puisés dans l'encre de l'amour, procurant à celui qui les découvre un bonheur ineffable. Les pleins et les déliés se courbèrent dans les syllabes de la passion, et la lettre, par la magie du verbe, devint billet d'amour.

3 août 1939, naissance de Nicolas Fonzenac

5 août 1939. Le titulaire du poste reprenait sa charge au tribunal de Nancy. Guylhem avait terminé brillamment cette enquête. Il fit part des conclusions de cette affaire au procureur de Nancy, puis sans perdre de temps il prit le train de nuit pour rejoindre la gare de l'Est. Tout au long du voyage, il ne cessa de penser à Michelle et à l'heureux évènement qui l'attendait. Il avait hâte de la retrouver pour la serrer enfin dans ses bras.

Gare de l'Est, il héla un taxi pour rejoindre au plus vite la gare d'Austerlitz. La micheline, en soufflant de longs nuages blanchâtres, traversa Paris sous un ciel azuréen. La tour Eiffel enfonçait ses pieds dans la brume matinale. Le Sacré-Cœur se détachait sous le ciel d'un bleu tendre, montrant son dôme baignant dans un rayon de soleil magique. La cadence régulière des roues du train sur les rails finit par endormir Guylhem, qui se réveilla à la gare Matabiau.

Il se présenta à son procureur qui le félicita d'avoir diligenté de main de maître cette affaire épineuse.

— La manière dont vous avez mené cette enquête, mon cher Villardahian, vous servira énormément dans l'évolution de votre carrière.

Avant qu'il ne reprenne son poste, il lui octroya deux mois de congé anticipé.

Guylhem récupéra sa Citroën dans la cour du tribunal, et sans perdre de temps, il partit rejoindre Michelle.

Quand il arriva, le ciel était d'un bleu d'une pureté sans tache. Il descendit de sa voiture, le visage éclairé d'un bonheur souriant à l'idée de revoir sa bien-aimée. Mais lorsqu'il arriva devant la porte d'entrée, voyant dans l'encadrement une tenture mortuaire dressée, Guylhem fut glacé d'effroi.

— Mon Dieu ! Que se passe-t-il ?

L'angoisse sans prévenir, s'infiltra en lui. Sa sœur de misère, la peur, lui emboîta le pas. La gorge nouée, il monta les escaliers quatre à quatre, puis, le souffle haletant, il s'arrêta sur le palier, en restant figé devant la porte. Il était là, respirant fort, les yeux hagards, redoutant d'entrer. Il demeura ainsi un long moment sans faire le moindre geste. Puis il devina un brouhaha de paroles confuses à l'intérieur de l'appartement. Des pas furtifs glissèrent sur le parquet, et la porte brusquement s'ouvrit. À sa grande stupéfaction, c'est sa mère en personne, les yeux rougis par le chagrin, qui l'accueillit sur le palier. Elle le prit tendrement dans ses bras, et lui murmura à l'oreille.

— Nous attendions ta venue ton père et moi depuis ce matin. Tout s'est passé tellement vite mon pauvre chéri, que nous n'avons pas eu le temps de te prévenir. Il va falloir que tu sois fort mon fils, ce qui vient d'arriver est un grand malheur pour nous tous… Le destin se montre parfois cruel… Michelle est décédée d'une hémorragie foudroyante, bien que l'accouchement se soit bien passé. Le docteur François et la sage-femme ont fait tout ce qui était en leur pouvoir, mais c'était trop tard. Grâce à Dieu, ton fils est sain et sauf. Il se prénomme Nicolas, c'est un beau bébé ! Viens, mon enfant, suis-moi, et sois courageux !

Guylhem balbutia le prénom de Nicolas, puis tenant à peine sur ses jambes, le visage d'une pâleur mortifère, il la suivit. Le creux de ses yeux apparut soudain clair et fragile, vulnérable comme la peau cicatrisée d'une blessure. Il souffrait comme souffrent ceux qui ont tout perdu. Ils traversèrent le salon sans qu'il ne prête la moindre attention aux personnes présentes.

Sa mère le fit entrer dans la chambre mortuaire. Par respect pour la douleur de son fils, elle le laissa seul.

L'émotion de Guylhem fut à son comble, lorsqu'il arriva près du cercueil. Il resta là, immobile, les mains tremblantes, comme quelqu'un se refusant de voir l'atroce vérité en face. Puis il posa ses lèvres sur celles glacées de Michelle. Il caressa son visage, et ne put s'empêcher de la trouver belle dans son linceul, vêtue d'une robe d'un rose lilas. Guylhem frissonna et murmura :

— Jamais, jamais je n'aurai chaud dans mon sang ni dans ma chair mon amour. Tu n'es plus là, tu me quittes au moment où l'avenir semblait radieux pour nous deux. Sans toi, je ne suis rien, perdu dans ce pays qui est pourtant le mien, qu'il va falloir reconnaître, réapprendre à y respirer, à y exercer mon travail d'homme, sans plus entendre le son de ta voix… Si au lieu d'attendre le procureur de Nancy pour faire mon rapport, j'étais rentré plus tôt, j'aurais été près de toi ma bien-aimée dans ce moment terrible, mais qui pouvait savoir ! À présent, je me redis sans cesse : « trop tard… Trop tard… Trop tard… »

Puis sans aucune retenue, effondré sous le poids d'un désespoir infini, il s'agenouilla les mains jointes, et laissa déverser les larmes de sa douleur. Il demeura ainsi pendant de longues minutes, la tête inclinée sur sa poitrine, tel un orant en prière, refermé sur lui-même n'espérant plus rien.

Puis, lentement, il se releva pour aller se planter devant la fenêtre. Il leva ses yeux embués vers un ciel d'un bleu Van

Gogh. Il sut qu'aucune brise ne pourra jamais apaiser le malheur qui était le sien.

Soudain, des babillements, puis des pleurs de bébé venant du salon lui parvinrent aux oreilles. Il eut un moment d'hésitation. Un léger frisson le secoua. En se retournant, la tristesse de son visage brusquement s'apaisa.

— Mon Dieu ! se dit-il, mais c'est Nicolas que j'entends là, cet enfant de l'amour que nous attendions avec tant d'impatience !

Lorsqu'il pénétra dans le salon, la première personne qu'il aperçut fut Béatrix. Elle tenait le bébé dans ses bras, en le berçant avec tendresse. Près d'elle, les parents de Guylhem entouraient l'enfant, avec dans leur regard toute l'affection qu'ils vouaient à leur petit-fils.

Béatrix s'approcha de Guylhem, déposa le bébé dans ses bras, et lui dit avec une infinie douceur dans la voix :

— Regarde ton fils, il est magnifique !

Guylhem ne put retenir ses larmes en voyant le petit minois de Nicolas. Il était si beau, avec ses yeux du même bleu que ces crocus d'automne qui fleurissent dans les prés. Nicolas le regarda, il eut ce petit sourire qui fit plisser ses yeux, faisant fondre Guylhem. Ses cheveux blonds formaient des boucles désordonnées sur son front. Puis doucement, il s'endormit en suçant son pouce, ses lèvres formèrent autour, un anneau écarlate. Guylhem se pencha, l'embrassa tendrement sur ses deux joues joufflues, il sut à cet instant qu'il serait sa seule lumière, sa seule raison de vivre…

L’enfance heureuse de Nicolas

Une semaine venait de s’écouler. Les funérailles de Michelle s’étaient déroulées dans la plus stricte intimité. Guylhem avait réuni ses parents ainsi que Béatrix, toujours présente, dans le grand salon du château. De graves décisions étaient à prendre. Le divorce de Michelle n’étant pas encore prononcé, la sage-femme après l’accouchement, avait déclaré Nicolas à l’état civil de la Mairie, sous le nom de Fonzenac.

Guylhem ne perdit pas une seconde, et se démena comme un beau diable pour faire reconnaître son enfant, hélas, rien n’y fit. Toutes ses tentatives, malgré ses relations, furent vouées à l’échec. Le divorce n’étant pas encore prononcé, Marius restait, devant la loi, le père légitime.

— Non seulement je comprends ta déception Guylhem, mais ton père et moi nous la partageons. Quoi qu’il en soit, nous l’élèverons, l’éduquerons selon nos traditions et nos coutumes. Nicolas, même s’il ne porte pas notre nom, est, et sera toujours un Villardahian. D’ailleurs, ce matin quand Béatrix a changé son lange, j’ai souri en remarquant sur sa cuisse droite, tout comme toi mon fils, la même tache couleur café au lait en forme d’amande… Sans vouloir m’immiscer dans tes décisions, que comptes-tu entreprendre pour l’avenir du petit ?

— J'ai longuement réfléchi à cette situation. J'ai donc pris une décision pour que Nicolas puisse s'épanouir dans une ambiance familiale la plus soudée et unie qui soit. Mais il faut laisser du temps au temps, j'ai besoin de faire mon deuil avant de vous informer de mes intentions.

Béatrix s'approcha de Guylhem, et d'une voix émue lui dit :

— Comme je comprends la peine et le chagrin que tu ressens Guylhem, j'ai juste une demande à te proposer : tu sais le malheur qui m'est arrivé… Tes parents ont eu la gentillesse de m'accueillir au château, accepterais-tu, le temps que durera ton deuil, que je m'occupe de Nicolas, cela me ferait tant plaisir ?

Guylhem, la regardant, les yeux emplis d'une grande douceur, posa sa main sur la sienne.

— J'ai remarqué que tu avais beaucoup de tendresse et d'affection pour lui… C'est justement ce que j'allais te demander.

Les semaines se succédèrent, puis les mois s'ensuivirent. Dans la quiétude du grand salon, Béatrix vivait avec Nicolas, toutes les joies maternelles qu'elle ne pensait jamais connaître.

Lorsqu'elle se penchait sur son berceau, il tendait ses bras dodus vers elle, gigotait ses petits pieds en signe de bonheur, lui adressait des risettes à n'en plus finir, et répétait sans cesse ce mot magique qui la faisait déborder de joie « M'Am, M'Am ».

L'affection de Jacquelin et Virginie qu'ils portaient à leur petit-fils était sans bornes, ils l'entouraient de toute leur tendresse. Pauline, la cuisinière du château, ainsi que tout le personnel, ne faisait pas exception à la règle. Tous étaient conquis par cet enfant au sourire d'ange.

Ce même soir, un éclair griffa la nuit. Le faîte des arbres de la forêt jaunissait sous la blondeur d'un rayon de lune. Un vent frais, chargé d'odeurs sylvestres, parcourait les cimes, en caressant au passage, les haies d'aubépines du parc du château.

Béatrix se trouvait dans le salon, assise dans un profond fauteuil de cuir fauve. Les coudes sur les genoux, le menton dans les paumes de ses deux mains, elle regardait Nicolas assis sur son cheval à bascule partir au grand galop dans les forêts de ses rêves. Elle le couvait du regard. Comme elle l'aimait, et comme il le lui rendait bien.

Puis elle se leva en se dirigeant vers une des grandes fenêtres qui donnaient sur la cour, écarta les lourdes tentures, et ce qu'elle vit lui serra le cœur. Guylhem, le dos courbé, comme tous les soirs, tournait en rond telle une âme en peine autour du puits à margelle. Son amour pour lui était toujours aussi fort, un sentiment rare et unique en soi. Depuis son enfance sa fidélité à cet amour, était comme une flamme qui s'allume sans jamais s'éteindre. Elle aurait voulu être près de lui, le réconforter, lui dire ces mots qui redonnent goût à la vie, et de penser à Nicolas qui réclamait sa présence.

Elle s'en retourna, dépitée de se sentir impuissante. Elle trouva Nicolas endormi à même le sol, au pied de son fougueux destrier. Elle le prit dans ses bras, l'embrassa tendrement, et le coucha.

Dehors la nuit tombait, les étoiles brillaient, la lune était haute et théâtrale au-dessus de la lisière de la forêt, dont l'étendue se confondait dans les contours des coteaux lointains. Guylhem leva les yeux vers le ciel, la lune brusquement se cacha derrière un épais manteau nuageux. Il crut entendre l'âme d'un violon qui pleurait dans le soir. Son regard s'embruma de tristesse, puis de ses lèvres tremblantes s'envola un prénom que son cœur chérissait. Il regagna le salon, où seul le balancier de la comtoise scandait le silence. Il prit place près de la grande cheminée.

Lorsque le vent se leva, laissant courir le long des murs un miaulement plaintif, une sorte de murmure grave pénétra dans la pièce. Cela ressemblait à un appel venu de très loin, tel un avertissement que la raison ignore, mais que seul le cœur peut entendre.

Soudain, Guylhem se leva, demeura figé de stupeur, écoutant un discours inaudible à la plupart des gens. Les minutes passèrent, il eut un sourire, et se sentit comme délivré d'un poids trop lourd à supporter.

— Je croyais que ma souffrance serait sans fin ! Je ne sais comment tu es venue insuffler dans mon cœur, ces mots qui ont fait disparaître toute ma désespérance. Merci, mon amour ! murmura-t-il.

Il comprit alors que la vie pourrait au fil du temps lui imposer des rides sur son visage, mais jamais elle ne ferait vieillir son cœur.

3e anniversaire de Nicolas

Deux années auparavant, Guylhem s'était rendu à Loupiac pour demander la main de Béatrix à son frère et sa sœur. Depuis ce temps-là, Nicolas, malgré la guerre qui sévissait, grandit au château dans une atmosphère de grand bonheur, où il fut choyé, aimé, dorloté, par des parents et des grands-parents aimants.

Ce dimanche, jour anniversaire de Nicolas, Béatrix, Guylhem et ses parents finissaient leur petit-déjeuner lorsque la comtoise sonna huit heures. Au même instant, toute la tablée entendit une petite voix qui criait « maman, maman ». Béatrix aussitôt se leva, se dirigea vers la chambre de Nicolas qui se dressait déjà sur son lit. Elle le prit dans ses bras, Nicolas mit sa tête dans le cou de sa mère, et se tint longtemps ainsi. Puis il bascula en arrière pour la regarder, mit ses petites mains sur ses joues et lui dit :

— Tu es la plus belle des mamans, je t'aime fort, fort ! Il l'embrassa plusieurs fois sur tout le visage.

Béatrix ne se lassait jamais de ces mots de tendresse.

— Oh ! Nicolas, tu es un ange, maman aussi t'aime très fort.

Lorsqu'ils arrivèrent dans le grand salon, Nicolas tendit les bras vers son père, qui le prit aussitôt sur ses genoux. Il lui fit plein de baisers dans son petit cou, ce qui déclencha le fou rire de son fils. Nicolas descendit des genoux de son père, tout en continuant à rire aux éclats, pour aller embrasser sa bonne-maman, et son bon-papa.

Béatrix et Guylhem le surveillaient du coin de l'œil, Nicolas était comme du vif-argent. Ses petits pieds rapides le faisaient disparaître en moins de temps qu'il n'en faut pour le dire. Il était ici, puis là, et partout à la fois. Mais aujourd'hui, ni l'un ni l'autre n'étaient décidés à se faire surprendre.

Nicolas, pensant ne pas être vu, se glissa sous la table, avec la ferme intention de filer vers la cuisine prendre quelques sucreries dans le dos de Pauline. Guylhem repéra son manège. Sans rien dire il se leva, et au moment où Nicolas partit vers les cuisines, il le saisit par la taille, le mit sous son bras, et le déposa aux pieds de Béatrix. Nicolas montra sa désapprobation et dit à son père :

— Papa pas gentil du tout ! Il le regarda avec des yeux à fendre l'âme.

Guylhem se pencha vers lui et lui parla avec une infinie douceur :

— Tu es un véritable coquin mon fils, tu ne nous laisses pas le temps de souffler ! Je dois téléphoner à notre famille de Loupiac pour leur annoncer notre arrivée, ton anniversaire se fêtera dans leur demeure. Tu as trois ans aujourd'hui ! Tu es un grand garçon, et un grand garçon, ça ne boude pas ! Maman va te préparer, pour que tu sois le plus élégant possible. Après je sortirai la voiture et nous partirons tous ensemble au manoir de maman. Alors mon fils tu n'es pas heureux ?

— Nicolas retira son pouce de sa bouche. Ses petits yeux se mirent à briller de mille feux. Il tendit ses bras vers son père :

— Bisous, papa, bisous, lui dit-il d'une voix éplorée.

Guylhem le prit dans ses bras, lui fit plein de baisers dans le cou, ce qui déclencha, bien sûr chez Nicolas, ce fou rire contagieux qui gagna toute la tablée.

Guylhem le souleva à bout de bras, et lui dit avec un sourire de sous-entendu :

— Petit filou ! Tu sais t'y prendre pour obtenir ce que tu veux.

C'est sous une chaleur étouffante en ce début du mois d'août 1942, que Guylhem, dans sa « onze chevaux Citroën », toutes vitres baissées, conduisit tout son monde en direction de Loupiac. Son père se tenait à ses côtés, sa mère et Béatrix occupaient les sièges arrière. Nicolas tantôt assis sur les genoux de sa mère, tantôt sur ceux de sa bonne-maman, le nez au vent, il dévorait du regard toute la beauté du coteau toulousain.

Bien qu'en zone libre, Guylhem emprunta de petites routes départementales, contourna Auch, puis rejoignit Loupiac sans encombre. À la sortie du village, il emprunta sur sa droite un chemin de traverse, où il roula avec beaucoup de précautions, le revêtement étant dans un piètre état. Ils passèrent devant le château de « Castelmore » demeure ancestrale de la famille de Batz, puis arrivèrent quelques kilomètres plus loin au Manoir des « Mortes Mares ».

Guylhem stoppa la voiture devant le portail, prit Nicolas sur ses genoux et lui dit :

— Mon fils, c'est à toi que revient l'honneur de nous conduire jusqu'au pied du perron ! Nous allons réussir une entrée triomphale devant notre famille. Ils sont tous impatients de faire ta connaissance.

Nicolas, éclata d'un rire d'enfant heureux, puis prenant son rôle au sérieux, mit ses mains en dessus de celles de son père sur le volant, et redressa fièrement la tête. Guylhem fit avancer la voiture au pas dans l'allée du manoir, et l'arrêta au pied du perron. Les cousins, et la cousine de Nicolas agitaient de petits drapeaux en s'élançant vers la voiture !

— Nicolas ! Nicolas ! s'écrièrent-ils d'une même voix.

Ses oncles, Raymond de la Roque la Tour, frère de Béatrix, toujours célibataire, Amaury de la Brétière, et son épouse Angèle sœur de Béatrix, vinrent leur ouvrir les portières. Angèle ne put s'empêcher de prendre Nicolas dans ses bras, le couvrir de baisers, tout en répétant :

— Mon Dieu, qu'il est beau cet enfant !

Nicolas, peu habitué à voir autant de monde autour de lui, fut soudain intimidé, et se sentit perdu. Béatrix s'en aperçut, elle lui prit aussitôt la main. Nicolas, rassuré, regardait avec un air étonné ses quatre cousins, dont trois l'entouraient avec bienveillance. Peu à peu, il adressa un sourire à chacun. Seul Dominique, l'aîné de la fratrie, ne montrait aucun empressement à sa venue. Brusquement, Nicolas sentit une main prenant la sienne, puis une voix d'une grande douceur lui dire :

— Bonjour Nicolas, je suis ta cousine Anne-Marie, tu n'as pas à avoir peur, tu sais. Nous étions tous tellement impatients de te rencontrer qu'il ne faut pas nous en vouloir d'être aussi bruyants. Je te les présenterai tout à l'heure, tu verras, ils sont tous très gentils… Enfin, quand je dis tous, tu t'en rendras compte par toi-même ! ajouta-t-elle en souriant.

Nicolas découvrit alors, le dépassant de plusieurs têtes, sa cousine, dont la gentillesse et la beauté du visage allaient le marquer durant toute une partie de son enfance.

Il se leva sur la pointe des pieds, l'embrassa sur les joues, et en souriant il lui sera très fort la main. Ils continuèrent ainsi jusqu'au salon, où une multitude de cadeaux attendait Nicolas.

Son oncle Raymond, s'absenta quelques instants, puis revint l'air tout guilleret, tenant un panier en osier empli de plusieurs bouteilles de champagne.

— Il faut fêter cet anniversaire comme il se doit !

Il fit sauter le bouchon, servit le champagne. Ils levèrent leurs coupes, et portèrent un toast en l'honneur de l'anniversaire de Nicolas.

Il y eut autour de la table une véritable ambiance de fête ponctuée par le rire joyeux des enfants, qui venait souligner le bonheur de ces instants trop courts. La vie ce jour-là, pour un moment seulement, leur fit oublier les malheurs de la guerre.

Nicolas, joyeux, transmit son rire si communicatif à Henri, Arthur, et Hugues, qui s'amusaient avec lui comme des petits fous. Anne-Marie toujours à ses côtés, le couvait du regard.

Mais Nicolas, si jeune soit-il, se rendit compte, ce jour-là, de l'animosité flagrante de son cousin Dominique à son égard. Il en fut chagriné car il n'en comprenait pas la raison.

Le destin, quelques années plus tard, allait s'en charger !

La nuit tomba très vite, seules les lumières du salon percèrent son obscurité. Guylhem voyant l'heure tardive se leva pour prendre congé.

— Quand on est bien ensemble, lui fit remarquer Angèle, on ne voit pas le temps passer.

Toute la famille, à l'exception de Dominique, les raccompagna à la voiture. Ils chargèrent tous les cadeaux dans le coffre, puis firent de grands gestes de la main en signe d'adieu.

Guylhem, en prenant la route, se tourna vers son fils et lui dit avec un certain contentement dans la voix :

— Je crois que tu as fait la conquête de tout le monde, je suis fier de toi, mon fils. Mais Nicolas n'entendit pas, la tête reposant sur les genoux de sa mère, il dormait déjà.

La gourmandise du savoir de Nicolas

Au petit matin, en ce dimanche de fin août, toute la famille finissait leur petit-déjeuner sur la grande terrasse du château. Nicolas se tenait près de sa maman. Tous goûtaient la douceur du moment présent. Leurs yeux, jamais rassasiés de ce spectacle, admiraient l'éveil de la nature éclore sous leur regard émerveillé. Un instant de rare bonheur.

À l'horizon, les Pyrénées se dressaient pour se souder au ciel dans une ombre bleutée. Plus loin, les arbres de la forêt frémirent sous la caresse du petit vent, et dessinèrent sur la toile du ciel des vagues dansantes. Leurs cimes, tel un pinceau d'artiste, nuancèrent l'azur de couleurs tendres, ces teintes pastel se lièrent les unes aux autres en une harmonie féerique. Ce poudroiement, guidé par les premiers rayons du soleil, rendit aux vieilles tuiles du toit, leur couleur rose. Les langues de brouillard, sous l'effet de la chaleur montante, s'évaporèrent, tandis qu'une odeur de terre mouillée se répandit çà et là.

Pauline débarrassa la table. Les grands-parents regagnèrent le salon pour y chercher un peu de fraîcheur. Le soleil commençait à darder ! Béatrix ouvrit son ombrelle afin de protéger Nicolas. Guylhem jeta un rapide coup d'œil à sa montre gousset, puis il se tourna vers son fils :

— Tu sais Nicolas, à partir de demain, ta maman va commencer à t'apprendre à lire, à écrire et à compter. L'éducation à la connaissance des mathématiques, de l'histoire, des sciences, de l'art, des lettres, du savoir en général, sera prépondérante pour réussir dans ta vie d'adulte.

Nicolas, qui vouait une admiration sans bornes à son père, n'eut qu'une envie, lui faire plaisir. Il descendit de son siège, en se campant fièrement devant lui. Les mains sur les hanches, d'un air déterminé il lui dit :

— J'apprendrai, papa, j'apprendrai, afin que maman et toi soyez toujours fiers de moi !

Guylhem l'embrassa avec beaucoup d'amour. Béatrix sur la réplique de Nicolas ne put cacher son émotion.

— Aujourd'hui, c'est dimanche Nicolas, nous allons tous les trois nous rendre en forêt. C'est moi qui vais t'enseigner quelques leçons sur l'art de la vénerie, qui te seront tout aussi importantes pour ton éducation.

C'est ainsi que Nicolas fut initié dès sa plus tendre enfance à comprendre et connaître tout ce qui concernait la vie des grands animaux. Si bien que la forêt devint pour lui un véritable livre ouvert. L'œil fixé au sol, il parcourait avec son père ce vaste territoire. Ils passaient dans chaque enceinte pour connaître d'après les empreintes des animaux, toutes leurs entrées et sorties. Sans nul besoin de les voir, il apprit également à apprécier le nombre de têtes que composait la harde, à juger, d'après les volcelets (empreintes, en langage de vènerie), si c'était un cerf, une biche, un faon, ou une bête noire, « sanglier, en langage commun ».

Cet enseignement à l'art de la vénerie passionna Nicolas, sous le regard satisfait de son père.

Il l'initia également à l'équitation sur une de ses pouliches préférées, du nom de « Lyska », en lui expliquant :

— Si un cheval n'aime pas l'odeur d'une personne, celle-ci ne pourra jamais s'en faire un ami. Mais si l'odeur ne lui est pas odieuse, l'amitié n'est qu'une question de temps et de patience.

Nicolas subit l'épreuve avec succès : plusieurs semaines plus tard, « Lyska » lui mordillait tendrement les fesses, s'amusant à le pousser gentiment avec son museau, pour le faire choir dans la litière des écuries.

Chaque matin, Béatrix lui enseignait la lecture, lui apprenait à écrire, à lire, ainsi que les premières bases de l'arithmétique. Elle lui fit découvrir l'histoire, au travers du passé Vendéen de sa famille. Tous les mercredis soir, pour parfaire sa culture, ils écoutaient ensemble une émission, intitulée « le masque et la plume » diffusée à la TSF. Le jeudi, c'était soirée théâtrale interprétée par la troupe du grenier de Toulouse.

Nicolas en demandait toujours plus à sa mère, sa soif d'apprendre semblait intarissable.

Souffrance et bravoure de Nicolas

Les années passèrent. Nicolas rentrait dans sa 6e année. Béatrix et Guylhem avaient décidé, d'un commun accord, de donner les cours à Nicolas au château, comme la loi les y autorisait, au lieu de l'inscrire à l'école communale de Baziège.

En cette fin du mois de septembre 1945, les cousins de Nicolas : Henri, Arthur, Hugues, Dominique, sa cousine Anne-Marie, accompagnés de leurs parents, vinrent passer quelques jours de vacances au château de Lastour.

Ce jour-là, Dominique, toujours aussi dédaigneux à l'égard de Nicolas, avec ses trois frères, ils empruntèrent l'escalier menant au vaste grenier du château. Dominique voulait initier, et apprendre à ses frères leurs rôles dans la « confrérie des fiers chevaliers » qu'il avait créée. Ils le craignaient tellement, qu'ils le suivaient par peur des représailles de ce dernier.

Une partie du grenier était meublée d'une série de lits superposés, pour permettre aux saisonniers de venir s'y reposer, au moment des vendanges.

Nicolas et Anne-Marie, main dans la main, se promenaient autour des douves du château. De temps en temps, ils s'arrêtaient, s'amusaient à jeter de petits cailloux sur les carpes qui faisaient surface pour aspirer un peu d'air. Ils se regardaient en riant, avec dans leurs yeux toute l'innocence de l'enfance, exprimant le bonheur d'être ensemble.

Dans le grand salon, l'annonce de la promotion inattendue de Guylhem au tribunal de Versailles pour la fin de l'année suscita de nombreuses questions. En dehors du déménagement à Meudon où une villa de fonction lui était réservée, le problème tant redouté de l'inscription de Nicolas à l'école surgit.

— Je savais pertinemment que ce moment se produirait, intervint Guylhem, mais Nicolas est encore jeune, bien trop jeune pour recevoir un tel choc. Il n'est pas question de se soustraire à notre devoir !

Virginie, quant à elle, se montra d'une confiance sans bornes à l'égard de son petit-fils :

— Je ne me fais aucun souci à ce sujet, Nicolas est encore jeune certes, mais c'est un véritable Villardahian ! Tenons-nous fin prêts, il vaut mieux qu'il apprenne la vérité sur son nom le plus tôt possible. L'éducation donnée par Béatrix, tout l'amour et la tendresse que nous tous lui portons, ont fait de lui, un enfant qui s'est éveillé au savoir, d'une manière assez stupéfiante, je dois l'avouer.

Elle eut un regard rassurant à l'encontre de Béatrix.

— À trois ans, poursuivit-elle, il récitait sa table de multiplication par cœur sans la moindre hésitation. Cet enfant est des plus intelligents… Plusieurs fois, je l'ai surpris en train de faire des petits trous dans du papier, avec une aiguille pour dessiner divers objets. Ensuite, il les mirait à la lumière des bougies pour voir le résultat, et fièrement venait me les montrer. Extraordinaire non ! Il lit énormément, et un enfant qui lit sera un adulte qui pense. Son seul handicap si j'ose dire, mais qui pour moi n'en est pas un, c'est ça trop grande sensibilité. Croyez-moi, lorsqu'il sera informé, vous verrez comment réagit un Villardahian. Il va surmonter cette épreuve, comme il surmontera toutes celles que la vie lui réservera.

Béatrix se leva pour se diriger vers une des grandes fenêtres qui était ouverte, elle ferma les yeux et respira l'air vif qui venait de la forêt. Ses longs cheveux noirs, sous l'assaut caressant des premières rafales, se mirent à danser autour de son visage. Malgré les paroles rassurantes de Virginie, son cœur se serra, à l'idée que Nicolas puisse la rejeter, quand il apprendra qu'elle n'était pas sa mère.

Guylhem la rejoignit. Ils se regardèrent, et surent, sans échanger la moindre parole, ce que chacun pouvait ressentir. Elle posa sa tête sur les épaules de Guylhem sans dire un seul mot. Émus, ils observèrent Nicolas et Anne-Marie se tenant par la main, regagner le château en sautant à cloche-pied.

Nicolas proposa à Anne-Marie de monter rejoindre ses frères dans le grenier.

— Tu peux me dire Anne-Marie pourquoi ton frère Dominique est si arrogant à mon égard ? Je ne suis pas aveugle, je vois bien qu'il ne m'aime pas tu sais, je voudrais juste comprendre.

— Mon Nicolas, tu te tracasses pour quelque chose qui n'en vaut vraiment pas la peine ! Dominique a beau être mon frère, je te le dis comme je le pense, il est bête, prétentieux, je rajouterais méchant, et parfois même très méchant ! Ses études, n'en parlons pas, c'est une véritable catastrophe. Alors il se raccroche à notre nom nobiliaire pour se pavaner devant les nigauds qui l'écoutent, pour se prouver qu'il est quelqu'un !

Elle lui sourit et rajouta :

— Quand je parle des nigauds qui l'écoutent, ce n'est pas de mes frères dont je parle bien sûr !

— Oui, j'ai bien compris ! À présent, je sais à quoi m'en tenir, lui dit-il en éclatant de rire ! Viens Anne-Marie, montons voir ce qu'ils font. Je sens que ma présence ne va pas lui plaire.

Nicolas ne crut pas si bien dire.

Lorsqu'ils pénétrèrent dans le grenier, Henri, Arthur et Hugues, assis en tailleur à même le parquet, écoutaient avec un air d'ennui non dissimulé, les statuts de « la confrérie des chevaliers » exposés par Dominique. Dès qu'ils virent Nicolas, un grand sourire éclaira leur face, ils se levèrent d'un bond tous les trois en criant :

— Nicolas ! Enfin te voilà, on s'ennuyait sans toi, allez viens jouer.

— Je veux bien, mais à quoi vous amusez-vous ?

Dominique à ce moment-là se retourna. La venue de Nicolas le mit dans une telle rage, que son visage devint violacé par un afflux soudain de sang.

— Tu n'as rien à faire ici, je ne veux pas de toi dans ma confrérie, ce n'est réservé qu'à des nobles, toi tu n'es qu'un roturier, dégage !

Anne-Marie, folle de colère d'entendre son frère insulter ainsi Nicolas, ne put se contenir davantage.

— Dominique tu vas arrêter immédiatement tes âneries, d'abord il est ici chez lui, et sa noblesse, pauvre imbécile est bien plus ancienne que la nôtre. Tu vas présenter tes excuses immédiatement à Nicolas !

Dominique se mit à ricaner et répondit à sa sœur d'un ton dédaigneux :

— Je sais ma sœur que la noblesse des Villardahian est supérieure à la nôtre, mais Nicolas n'est pas un Villardahian ! Je n'ai pas à m'excuser devant ce bâtard !

Dominique du haut de sa stupidité ignorait qu'il ne faut jamais blesser une personne d'un naturel doux, car l'emportement de celle-ci sera terrible.

Nicolas, le visage en larmes sous l'humiliation qu'il venait de subir, se rua tête baissée sur son cousin en le projetant sur un lit. Dominique surprit par cette attaque soudaine, réussit de par sa taille à prendre le dessus. Il prit un oreiller et l'appliqua, avec une force décuplée par la haine, sur le visage de Nicolas. La terreur oppressa Nicolas, il se sentit étouffer sous le poids de l'oreiller l'empêchant de respirer. Anne-Marie se précipita aussitôt pour délivrer son cousin de cette mauvaise posture, mais Dominique d'un revers de main la repoussa brutalement.

Cette fraction de seconde suffit à Nicolas pour se sortir de cette situation désespérée. Il détendit ses jambes et projeta Dominique loin du lit. Ce dernier tomba à la renverse en heurtant violemment la tête sur le parquet. Nicolas était dans une telle colère qu'il ne se maîtrisait plus. Il se jeta sur lui, se mit à califourchon, et avec ses genoux il lui bloqua les bras. Les poings fermés, dans une fureur qu'il ne pouvait contenir, il le roua de coups.

Dominique hurlait de douleur sous la violence de la correction. Il appela en vain ses frères à son secours, qui lui répondirent.

— C'est bien fait pour toi, tu l'as bien cherché ! Nous, quand tu nous tapes dessus, impossible de t'arrêter, tu nous ricanes au nez. Là, tu fais moins le mariole, tu es tombé sur plus fort que toi !

Tous les trois, d'une même voix, encouragèrent Nicolas à le rosser de plus belle.

Dominique saignait du nez, son visage était tuméfié, ses yeux boursouflés devenaient de plus en plus violacés, par la violence des coups que lui assénait Nicolas. Sa noblesse qu'il portait si haut il y a quelques instants fit surgir la lâcheté du personnage, qui se mit à pleurer en hurlant « maman, maman ! ».

Anne-Marie tout en admirant son héros, se rendit compte que Nicolas n'était plus maître de lui. Elle se releva d'un bond et le saisit par le bras.

— Je t'en prie Nicolas arrête, reprends tes esprits, tu lui as donné la correction qu'il méritait. Je pense à présent qu'il a compris la leçon cet imbécile ! Ne t'inquiète pas, avec mes frères nous expliquerons à tes parents tout ce qui s'est passé.

Dans le grand salon, tout le monde avait entendu les cris émanant du grenier. Ils se précipitèrent pour voir ce qui se passait. Lorsque Guylhem ouvrit la porte, tous demeurèrent stupéfaits et restèrent sans voix devant le spectacle qui s'offrait à leurs yeux.

Dominique se tenait agenouillé aux pieds de Nicolas, qui le saisissant par le col, le fixa d'un air déterminé, et avec un calme olympien, il lui dit :

— Tu as voulu m'étouffer avec l'oreiller, tu as insulté mon nom, tu m'as traité de roturier, de bâtard. Tu sauras que l'on n'insulte pas un Villardahian impunément. Alors, arrête de chialer comme un pleutre que tu es. J'exige que tu me demandes pardon pour l'offense que tu m'as infligée.

Dominique sans lever la tête, marmonna quelques mots inaudibles.

— Plus fort s'écria Nicolas, regarde-moi en face, pour une fois, sois digne du nom que tu portes, je veux que tes frères et ta sœur l'entendent aussi !

Dominique, sous l'air effaré de ses parents se confondit en excuses.

Lorsque les grandes douleurs sont muettes, on ne peut les exprimer. Alors, Nicolas repoussa Dominique avec un air de dégoût, se précipita hors du grenier en bousculant tout le monde, et partit se réfugier dans sa chambre.

Il se jeta sur son lit, pour la première fois de sa vie d'enfant, il venait de découvrir ce qu'était la méchanceté. La vie n'était pas aussi simple qu'il le croyait. Parfois, les plus belles choses de l'existence pouvaient ainsi se voiler d'un destin cruel.

L'oreiller plaqué sur son visage, ce sentiment terrible d'étouffement qu'il ressentit, restera à tout jamais scellé dans sa mémoire.

Il ne pleura pas, les larmes qui font le plus mal ne sont pas celles qui coulent des yeux, ce sont celles qui restent dans le cœur que personne ne verra jamais.

Puis il s'assit sur le rebord du bois de lit, se remémora les insultes de Dominique, en particulier, du mot de « bâtard » dont il l'avait affligé. Il resta ainsi prostré un long moment, essayant de comprendre ce que signifiait ce mot qu'il n'avait jamais entendu.

La porte de sa chambre s'ouvrit doucement, c'était Anne-Marie qui venait lui dire au revoir. Elle vint s'asseoir près de lui.

— Ne sois pas malheureux, mon Nicolas, j'ai tout expliqué à tes parents, ils savent que tu n'y es pour rien. Nous rentrons tout de suite aux « Mortes Mares » car mon père est furieux après Dominique. Je crois que ça va barder pour lui ! Je me dépêche, ils m'attendent dans la voiture.

Elle l'embrassa avec tendresse et partit en courant. Mais juste avant de franchir la porte de la chambre, elle se retourna.

— Je veux que tu saches, Nicolas, que tout le monde t'aime, tes parents t'adorent ! Penses-y, c'est le bien le plus important qui soit !

Dans le grand salon, Guylhem, Béatrix, Jacquelin et Virginie étaient en grand conciliabule. Ils semblaient désorientés par les évènements qui venaient de se dérouler. Ils se demandaient avec inquiétude comment tout cela allait finir. Il y eut un moment de silence, et Virginie s'adressa à son fils :

— Je crois Guylhem qu'il n'y a plus à hésiter, le moment est venu de dire la vérité à Nicolas, c'est un service à lui rendre. Cet enfant est bien plus mûr que son âge le laisse paraître. Vous avez vu comment il s'est comporté face à la méchanceté de Dominique lorsqu'il a exigé des excuses ! Moi je suis fière de mon petit-fils, de son courage, de sa détermination à relever l'insulte qui lui a été infligée. Un vrai Villardahian !

— Je pense que vous avez raison mère, nous sommes tous fiers de lui ! Je vais de ce pas le rejoindre dans sa chambre pour tout lui expliquer. Tu m'accompagnes Béatrix ?

Elle était d'une telle pâleur que Guylhem lui demanda ce qui la chagrinait.

— Je préfère attendre ici avec tes parents. C'est à toi seul qu'il appartient de dire la vérité à Nicolas. C'est aussi mon enfant, je l'ai élevé avec tendresse et beaucoup d'amour, il est tout pour moi. S'il se détournait de moi, je ne m'en remettrais jamais ! J'ai peur Guylhem, très peur lui dit-elle en sanglotant.

Guylhem la prit dans ses bras, en la serrant très fort contre lui.

— Je t'aime, ma mie, ne pleure pas, je t'en prie, aie confiance. L'amour que nous lui portons, il nous le rend au centuple, en un lien bien plus fort que tu ne l'imagines.

Il plongea ses yeux au fond des siens, et ne cessa de lui répéter, je t'aime ! Je t'aime ! Je t'aime !

Béatrix, d'entendre, pour la première fois de la bouche de Guylhem, ce verbe, à nul autre pareil, lui embrasa le cœur. Leur amour à cet instant se conjugua au plus-que-parfait.

Guylhem rejoignit la chambre de Nicolas. Son cœur battait fort dans sa poitrine. Il frappa doucement à la porte, l'ouvrit, et découvrit son fils toujours prostré sur le bord de son lit.

Lorsque Nicolas vit son père, il courut vers lui et se jeta dans ses bras.

— Tu sais papa, je ne suis pas fier de moi, je te demande pardon pour mon comportement envers Dominique. Mais il a été tellement méchant avec moi, que je n'arrivais plus à me contrôler.

— Nicolas ! Nicolas, mais enfin qu'est-ce que tu me chantes là mon petit ! Au contraire, tu dois être fier d'avoir rossé cette fieffée canaille de Dominique. Il t'a accablé d'injures outrageantes. Tu as lavé ces affronts avec une grande dignité ! Si Dominique t'a détesté sans raison, sache que tu as des qualités qu'il admire, mais qu'il refuse de reconnaître. Derrière chaque méchanceté se cache toujours une jalousie. Que cela te serve de leçon, mon fils !

Nicolas regarda son père avec toute l'admiration et l'amour qu'il lui vouait.

— Viens Nicolas, allons-nous asseoir près de ton petit bureau. Ce que je vais t'apprendre, nous comptions ta maman et moi le faire beaucoup plus tard. Mais les évènements d'aujourd'hui ont précipité les choses.

Nicolas regarda son père et d'un air étonné lui demanda :

— Pourquoi maman n'est-elle pas avec toi ?

— Tu sais combien ta maman t'aime mon petit, elle ne peut tolérer que l'on te fasse du mal, cela lui est insupportable. Elle est très malheureuse et ne cesse de pleurer à cause des paroles blessantes que Dominique t'a infligées. Alors elle a préféré nous attendre dans le grand salon avec tes grands-parents. Tu comprends Nicolas ?

— Bien sûr papa, moi aussi je vous aime très fort, mais j'ai de la peine pour maman qui pleure à cause de moi, cela me chagrine beaucoup… C'est grave papa ce que tu dois me dire ?

— Rien n'est jamais grave quand on est aimé et choyé comme tu l'es. D'ailleurs, tu viens de faire l'expérience aujourd'hui que les évènements ne se déroulent pas toujours comme on le souhaiterait. N'est-ce pas ?

— Oui papa, c'est vrai !

Puis un silence pesant s'installa, et sous l'oreille attentive de Nicolas, Guylhem lui fit le récit, sans rien omettre, des origines de sa naissance.

Dehors le soir déclinait doucement, les derniers rayons du soleil donnèrent à la vieille bâtisse un air particulier, semblable à une image jaunie du temps qui passe. Les pierres des vieux murs se teintèrent d'une lueur jaunâtre, le cri aigu d'un oiseau perça le silence.

La nuit à présent était tombée. Dans la chambre, les fenêtres comme de grands rectangles lumineux scintillaient sur fond de nuit. Nicolas, assis près de son père, le regardait avec toute l'admiration qu'il lui portait, mais son visage montrait une certaine gravité.

— C'est émouvant ce que tu viens de m'apprendre papa ! Je ne suis qu'un enfant, mais je comprends parfaitement ! Mais ma famille est ici ! Je sais, tu as fait tout ce que tu pouvais pour me reconnaître, hélas, cela s'est joué à une journée près. Ce qui me rend le plus malheureux, papa, c'est de ne plus pouvoir porter mon véritable nom ! J'ai mal, très mal papa ! Et il se mit à pleurer à chaudes larmes.

Son père s'approcha de lui.

— J'aurais tant aimé que ces évènements se soient passés différemment, mais on ne peut pas choisir dans la vie, mon fils.

Le seul choix que nous avons c'est d'aller de l'avant, sans jamais abandonner !

— Mais que va devenir ma réputation si désormais mon nom c'est Nicolas Fonzenac ?

— Ta réputation ! Mon fils ! Comme le dit si bien Charlie Chaplin :

« Préoccupe-toi plus de ta conscience que de ta réputation. Parce que ta conscience est ce que tu es, alors que ta réputation est ce que les autres pensent de toi. Ce qu'ils pensent de toi, c'est leur problème… » Qu'importe ton nom, cela n'y changera rien mon fils, car le sang des Villardahian, lui, coulera toujours dans tes veines.

Il l'embrassa tendrement, et Nicolas partit précipitamment.

— Où vas-tu ? lui demanda son père.

— Je vais voir maman, pour qu'elle sache que je l'aime de tout mon cœur. Je ne veux plus jamais qu'elle pleure à cause de moi !

Pour Nicolas, une part de son innocence s'envola dans cette journée gravée, à tout jamais, d'une pierre noire dans sa mémoire.

Soudain, comme une brise qui nous frôle, l'âme d'un violon résonna dans la cour du château. Puis une note s'éleva, puis une autre, et encore une autre, et encore et encore. Bientôt comme un soupir qui sort d'un rêve heureux, une symphonie romanesque s'envola dans cette nuit étoilée. La virtuosité de l'archet fit sortir du violon des notes d'une telle tendresse, qu'elles firent vibrer le cœur de Guylhem.

Au revoir, Baziège, bonjour, Meudon

Le temps des jours heureux s'éloignait, comme s'enfuient les beaux jours, laissant derrière eux la place à l'incertitude des lendemains.

Il faisait à peine jour, le ciel était maussade, un temps malsain en ce mois de février 1946 vomissait un crachin à vous glacer les os. C'était une aurore d'une morne tristesse qui portait en elle, l'odeur fade des adieux.

Béatrix et Nicolas, suivis du porteur chargé de lourdes valises montèrent dans la micheline. Ils s'installèrent dans un compartiment de première classe. Le porteur déposa tous les bagages dans les filets, prit congé, non sans avoir reçu un billet de la part de Béatrix. Elle baissa la vitre pour adresser un dernier au revoir à son frère Raymond qui les avait accompagnés à la gare Matabiau.

La micheline, après un fort à coup, s'ébranla poussivement. Elle siffla trois fois, laissant échapper un long nuage de fumée grise. Béatrix et Nicolas firent un dernier signe à Raymond, puis elle remonta la vitre.

À présent, la micheline roulait à pleine vitesse dans le bruit saccadé et régulier des roues sur les rails. Nicolas, le nez collé à la vitre, regardait, avec une certaine nostalgie, défiler les platanes qui bordaient la route parallèle à la voie ferrée. Il eut un brusque mouvement de recul lorsqu'un rapide, lancé à pleine vitesse, croisa son train. Béatrix sourit :

— Viens t'asseoir, mon chéri, essaie plutôt de dormir. Tu sais le chemin est encore long avant de retrouver papa. Nous n'arriverons à Paris qu'en début d'après-midi.

Nicolas prit place vis-à-vis de sa mère, regarda encore le paysage se dérouler sous ses yeux, puis finit par s'endormir.

Les heures s'écoulaient au rythme d'un temps qui n'en finissait pas de mourir. Béatrix n'avait pas fermé l'œil de la journée, elle regardait avec ravissement Nicolas dormir du sommeil de l'innocence. Brusquement, le train eut quelques soubresauts, diminua progressivement sa vitesse, pour rentrer au ralenti en gare d'Austerlitz. Béatrix réveilla Nicolas :

— Réveille-toi, mon chéri, nous sommes arrivés. Papa doit nous attendre sur le quai, il va s'occuper de trouver un porteur pour descendre nos bagages.

Le train s'arrêta. Béatrix baissa la vitre pour essayer d'apercevoir Guylhem. Il y avait foule sur le quai. Soudain, elle vit une main se lever, c'était Guylhem, le visage radieux des retrouvailles, suivi d'un porteur, qui se précipitait au pied du compartiment. Il monta rapidement dans le wagon, Nicolas lorsqu'il le vit, se jeta dans ses bras. Béatrix s'approcha à son tour, et Guylhem l'embrassa tendrement.

— Si vous saviez comme je suis heureux de vous retrouver ! Ces quelques jours de séparation m'ont paru une éternité. Mais j'ai une bonne nouvelle à vous annoncer ! Notre maison à Meudon est enfin prête à nous recevoir ! C'est une très belle villa située dans un quartier tranquille de Meudon. Je suis persuadé que vous allez vous y plaire. Mais ne perdons pas de temps, il me tarde de vous la faire découvrir.

Ils regagnèrent la voiture garée sur le parc de stationnement de la gare, et prirent la direction de Meudon.

Guylhem longea les quais de la Seine, rattrapa l'avenue de Versailles, puis la porte de Saint-Cloud. Place Marcel Sembat il bifurqua sur la gauche pour rejoindre Boulogne Billancourt. Il franchit le pont de l'île Saint-Germain, arriva à la place de la Ferme, à Issy-les-Moulineaux, passa devant l'usine Chausson, puis tourna à droite pour prendre la rue des Montalets. Enfin, ils arrivèrent au n° 4 de la rue Hédouin.

Pendant tout ce trajet, Nicolas, à genoux sur les sièges arrière de la voiture, les yeux écarquillés d'étonnement, découvrait Paris. Il n'avait encore jamais vu un tel foisonnement d'immeubles grisâtres, aussi tristes les uns que les autres. Des voitures qui se croisaient dans tous les sens, avec des chauffeurs vociférant entre eux, qui ne cessaient de klaxonner pour un oui, pour un non. Tous ces gens qui se hâtaient sur les trottoirs semblaient s'ignorer les uns des autres. À l'arrêt d'un feu rouge, il releva la vitre avec une moue de dégoût. Une bouche de métro laissait échapper à travers ses grilles, une odeur particulière qui ne sentait pas très bon.

Lorsqu'ils arrivèrent dans Meudon, il n'eut pas les mêmes sensations. D'abord, un petit bois bordait les Montalets, avec une grotte d'où s'écoulait une chute d'eau d'une source située au-dessus d'elle. Cette cité était composée de pavillons avec chacun un jardin arboré.

L'air aussi était différent, il sentait la verdure, cela lui rappela vaguement sa campagne lointaine.

La villa était magnifique, bâtie de briques d'un rouge vif, lui donnant un aspect unique dans le voisinage. Le toit était une immense terrasse, couverte par une véranda de bois blanc. Dans un vaste jardin se dressaient de nombreux arbres fruitiers, une statue de pierre, recouverte d'une légère mousse verte, représentait le penseur de Rodin, une grande table blanche en fer forgé, entourée de nombreuses chaises, trônait au milieu du gazon. À l'extrémité du jardin se trouvait une balancelle, ainsi que sous le couvert d'un saule pleureur, un banc de pierre en demi-lune. L'été venant, de la terrasse on pouvait admirer une vue panoramique sur Paris, avec le Sacré-Cœur et la tour Eiffel en toile de fond.

— Alors, est-ce que tout cela vous plaît ? leur demanda Guylhem le sourire aux lèvres.

— Merveilleux mon chéri, lui répondit Béatrix. Je n'en espérais pas tant. Habiter Paris me faisait si peur, mais ici j'ai l'impression d'être un peu à la campagne. Cette maison et ce jardin sont tout à fait extraordinaires, mon chéri.

Puis elle se tourna vers Nicolas, pour savoir ce qu'il en pensait.

— Je suis un peu perdu, maman, c'est joli certes, mais pour moi rien ne remplacera Baziège et notre château de Lastour.

— Tu as raison mon fils, lui répondit Guylhem, rien ne pourra se substituer à notre demeure ancestrale, mais tu verras, tu vas vite t'habituer à vivre ici. À présent, nous allons prendre une collation préparée par Mme Meunier.

— Qui est cette Mme Meunier ? lui demanda Béatrix.

— C'est une personne qui m'a été chaudement recommandée par monsieur le Maire de Meudon. Elle habite un peu plus bas dans la cité des Montalets. À partir de demain, elle s'occupera de l'entretien de la maison, mais également de la cuisine… C'est un vrai cordon-bleu, paraît-il !

Béatrix et Guylhem passèrent le reste de la journée à aménager les chambres, et à ranger les affaires dans les armoires. Nicolas, quant à lui, inspecta les moindres recoins de ce jardin, qu'il imagina créé par le pinceau d'un peintre malheureux et solitaire. Ce fut la statue du penseur de Rodin qui le fascina le plus, à quoi pouvait-il bien penser ? Il s'accroupit à côté, et mima la même pose. Béatrix de la fenêtre ne put réprimer un sourire amusé de le voir ainsi.

Après le dîner, Nicolas embrassa ses parents et monta se coucher. Béatrix fit part à Guylhem des démarches qu'elle aurait à effectuer pour inscrire Nicolas à l'école la plus proche.

— Tu n'auras pas beaucoup de chemin à parcourir ma mie, l'école du bas Meudon est juste à côté ! En prenant le sentier des Blancs qui est juste derrière la maison, tu tomberas dessus. Le Directeur s'appelle M. Ville, il attend ta visite !

La nuit à présent étendait son voile protecteur sur la maison aux briques rouges. L'air était d'une grande pureté. Une fraîcheur couvrait ce jardin aux allures mystérieuses, qui fit aussitôt penser à un lieu où aucun malheur ne pouvait pénétrer.

École du bas Meudon, février 1946

7 heures du matin, tout le monde avait pris son petit-déjeuner. Guylhem depuis longtemps était parti rejoindre le tribunal de Versailles. Béatrix s'affairait auprès de Nicolas, elle désirait qu'il soit impeccable pour sa première rentrée : culotte de golf en tweed, chaussettes blanches montantes, bottines d'un brun discret, gilet de laine brodé à son nom, sur une chemise en coton unie. Elle le couvrit d'un loden, l'embrassa en lui donnant ses dernières recommandations.

— Voilà ton cartable mon chéri, il y a dedans tout ce que ta maîtresse, Mademoiselle Maréchal, m'a demandé. Tu vas voir tout va bien se passer ! À midi je ne serai pas là j'ai des courses à faire à Paris. C'est Madame Meunier qui te préparera ton repas. Allez, mon chéri, il ne faut pas que tu sois en retard, il est temps d'y aller.

Elle l'embrassa une dernière fois en le regardant partir avec un petit pincement au cœur.

Nicolas, sans la moindre anxiété, descendit le chemin pentu du sentier des Blancs. Il arriva cinq cents mètres plus bas, devant l'entrée de l'école du bas Meudon. Les instituteurs ainsi qu'une institutrice, se tenaient près du portail pour accueillir les élèves. Une fois mis en rang, les écoliers, tour à tour, présentaient à leurs maîtres leurs mains pour qu'ils puissent vérifier leur propreté.

Le tour de Nicolas, dont la tenue vestimentaire se démarquait de tous, s'approcha de Mademoiselle Maréchal en lui montrant ses mains :

— Parfait ! lui dit-elle en souriant… Bonjour mon garçon, je suppose que tu es Nicolas Fonzenac ?

Avec un accent qui fit rire tout le monde, Nicolas répondit :

— Bonjour Mademoiselle Maréchal, oui c'est bien moi Nicolas Fonzenac.

Il se joignit avec les élèves de la classe de Mademoiselle Maréchal. Tout le monde accrocha ses vêtements aux portemanteaux, seul Nicolas n'avait pas de blouse grise comme le prescrivait le règlement. La façon dont il était vêtu suscita beaucoup d'étonnement et de curiosité. Quelques quolibets fusèrent de la part de certains.

— Hé le Marseillais, tu te crois où, fringué comme un prince !

Mademoiselle Maréchal intervint aussitôt et mit fin avec beaucoup d'autorité au désordre. Elle fit asseoir chacun à sa place, puis s'installa à son bureau. Nicolas, son cartable à la main, se tenait au pied de l'estrade. Il attendait de savoir quelle place lui était réservée.

— Mes enfants, je vous présente votre nouveau compagnon de classe, il s'appelle Nicolas Fonzenac, il nous arrive de Toulouse. Je vous demande de l'accueillir comme il se doit.

Toute la classe d'une même voix souhaita la bienvenue à Nicolas.

Mademoiselle Maréchal le fit mettre à la table située au premier rang en face d'elle.

— Tu diras à ta maman qu'elle t'achète une blouse grise, j'ai complètement oublié de lui en parler.

— Bien Mademoiselle, je ferai la commission, lui répondit Nicolas.

Très vite, elle se rendit compte que Nicolas n'avait pas sa place en CP. Il était très en avance pour son âge, il savait déjà lire, écrire, compter, et s'exprimait avec une étonnante facilité. À la récréation, pendant leur promenade, Mademoiselle Maréchal fit part à ses collègues de ses observations au sujet du niveau scolaire de Nicolas :

M. Vion s'occupait des Cours élémentaires, CE1 et CE2. M. David dirigeait les classes des cours moyens CM1 et CM2, et M. Ville le directeur, avait en charge la classe de fin d'études.

M. Ville prit donc la décision de placer Nicolas en cours élémentaire.

Pendant ce temps, Nicolas, adossé au marronnier de l'école, était entouré des élèves de sa classe. Tous étaient curieux de connaître leur nouveau compagnon, dont l'accent les étonnait. Mille questions lui étaient posées. Nicolas, sans jamais se départir de son sourire, répondait à toutes leurs demandes. Ils l'écoutaient, bouche bée, séduits par la précision imagée de ses commentaires, sa simplicité, ainsi que la sympathie qu'il dégageait.

Les Maîtres, à la vue de cet attroupement, s'approchèrent à leur tour, en écoutant avec étonnement les paroles descriptives qu'utilisait Nicolas pour narrer des évènements. M. Ville eut un sourire amusé, puis sortit son sifflet, signifiant la fin de la récréation.

La matinée se passa dans une atmosphère studieuse. À midi, la cloche tinta la fin des cours. Avant de partir, Mademoiselle Maréchal prévint Nicolas que vendredi il intégrerait la classe de M. Vion. La plupart des élèves rejoignirent la cantine, tandis que Nicolas, ainsi que deux autres enfants qui habitaient la cité des Montalets, rejoignit son domicile pour déjeuner.

Madame Meunier était impatiente de connaître Nicolas. Elle se précipita vers la porte d'entrée pour l'accueillir.

— Bonjour Nicolas, lui dit-elle. Je suis contente de faire ta connaissance, j'espère que l'on va bien s'entendre tous les deux.

— Bonjour Madame, il n'y a aucune raison pour que l'on ne s'entende pas, répondit Nicolas avec un large sourire.

— Je suppose que tu dois avoir faim mon petit ! La table est prête ! Je t'ai préparé un steak avec des frites, et comme dessert une tarte aux pommes. J'espère que tu vas aimer !

Nicolas s'installa à table l'air dubitatif. Il n'avait jamais mangé de steak et encore moins des frites. Il regarda son assiette, sentit une odeur de beurre qui se dégageait de la viande et fit la moue. Il prit son couteau et sa fourchette, en découpa un morceau, mais à peine eut-il mâché la première bouchée, qu'il trouva cela si bon et si goûteux, qu'il dévora le steak en moins de temps qu'il n'en faut pour le dire. Quant aux frites, sous le regard amusé de Madame Meunier, dès qu'il en goûta une, il finit le reste avec un plaisir non dissimulé.

— Je ne me suis jamais autant régalé, Madame Meunier, je vous en remercie ! Je dois vous dire que c'est la première fois que je goûte une viande rouge… Et cuite au beurre, un vrai délice ! Chez nous, vous savez, nous mangeons surtout de l'oie, du canard, beaucoup de volailles ! Tout est cuit à la graisse de canard ! Mais cette viande est d'une telle tendreté, que c'est vraiment une découverte pour moi ! De quel morceau s'agit-il, s'il vous plaît ?

— C'est une tranche de bœuf dans le « persillé » mon garçon, c'est un des meilleurs morceaux qui soit. Tu sais ici à Paris, toute la cuisine est faite au beurre.

Puis elle se mit à sourire en lui demandant d'un air taquin :

— Crois-tu avoir la place pour une part de tarte aux pommes ?

— Bien sûr Madame ! Quand tout est aussi bon, mon estomac n'est jamais repu ! Il éclata de rire.

La part de tarte fut engloutie avec gourmandise !

Madame Meunier était surprise et étonnée à la fois, de voir un enfant aussi jeune, d'un milieu aussi aisé, lui parler avec une telle simplicité, tout cela sans aucune barrière sociale.

— Demain, c'est jeudi, comme il n'y a pas d'école, si tu veux bien, je demanderai à ma fille Colette, qui a le même âge que toi, de t'accompagner. Vous visiterez les Montalets et ses alentours. Par la même occasion, elle te présentera ses copains du quartier. Est-ce que cela te convient ?

— Bien sûr Madame Meunier c'est avec plaisir ! Mais avant il faut que je demande l'autorisation à ma mère.

Le soir, lorsqu'il rentra de l'école, Béatrix l'attendait sur le pas de la porte, impatiente de connaître ses impressions de cette première journée. Elle fut très fière d'apprendre que les leçons qu'elle lui avait données lui permettaient de passer dans une classe supérieure. Elle eut un sourire amusé lorsqu'il lui raconta que son accent avait fait rire ses copains de classe.

— Ce n'est pas bien grave mon petit ! Demain matin, c'est jeudi, comme tu n'as pas classe, nous irons ensemble t'acheter une blouse. L'après-midi, tu seras libre pour visiter les Montalets, en compagnie de la fille de Mme Meunier !

Le lendemain après-midi, Colette, vint le chercher pour visiter le quartier. Quelque peu intimidée, elle ne savait trop comment engager la conversation. Nicolas par son sourire et sa gentillesse eut tôt fait de la mettre à l'aise. C'est en riant de bon cœur, main dans la main, qu'ils descendirent la rue des Montalets.

Dans le grand virage, ils prirent le sentier des Lampes, où Jacky, Michel Cazenaves et leur sœur Monique les attendaient. Un peu plus tard Pierrot Dupont, dit le « singe » les rejoignit. Ce surnom il le devait au fait qu'il grimpait aux arbres avec la même agilité que cet animal ! Ils montrèrent à Nicolas le petit bois, ainsi que la cabane qu'ils avaient construite. Un peu plus bas, ils s'arrêtèrent devant la grotte d'où s'écoulait une légère cascade. Pierrot expliqua que c'était un endroit mystérieux, que jamais personne n'avait osé s'y aventurer. L'après-midi se passa dans la bonne humeur.

C'était l'heure où le rossignol choisit la plus haute branche d'un arbre, pour laisser s'envoler dans le firmament son chant harmonieux. Nicolas l'écouta, et sut qu'il était temps de rentrer.

Ravi d'avoir fait connaissance avec ses nouveaux amis, il les quitta en leur promettant de se revoir bientôt.

Puis brusquement, le ciel s'obscurcit, se chargea de lourds nuages noirs et des éclairs fendirent la voûte céleste. Dans le lointain, le sourd grondement du tonnerre se rapprocha de plus en plus. Le rossignol craintif se tut.

Tous d'un même élan, prirent leurs jambes à leur cou et regagnèrent leur domicile.

Colette, qui voulait absolument le raccompagner chez lui, prit la main de Nicolas, et lui dit :

— Viens, Nicolas, suis-moi, je connais un raccourci !

Ils partirent tous deux en courant, avec dans leur regard l'étincelle d'un bonheur innocent, que seule l'enfance sait nous offrir.

Nicolas était à présent au CE1 avec M. Vion. Tous les élèves sans aucune exception le craignaient, et personne ne bronchait pendant les cours. C'était un bon prof, mais il était parfois d'une sévérité excessive, presque maladive. Pendant les séances de dictée, il énonçait les phrases, en accentuant les liaisons, et les doubles consonnes. Il passait derrière chaque élève, et si par malheur il relevait une faute, il le frappait sur la tête avec une règle, en hurlant dans ses oreilles, les règles de l'orthographe à appliquer à cette dictée.

À la fin du mois de mars, tous les élèves attendaient avec une certaine fébrilité la remise du bulletin mensuel.

C'était un samedi après-midi, juste avant d'entendre la cloche sonner la sortie, M. Vion, la pile de bulletins sur son bureau, remit, au premier jusqu'au dernier de la classe, son carnet vert.

— Ce mois-ci, le premier est…

Il fit durer quelques instants le suspense :

— Eh bien non, ce mois-ci ce n'est pas Floucard qui sera premier, c'est notre nouveau venu, Nicolas Fonzenac, qui prend la première place, avec une excellente moyenne !

Nicolas se leva et vint chercher son bulletin.

— Je dois te féliciter Fonzenac, tu as été un élève studieux, tu t'es parfaitement intégré dans cette classe. Je pense que tu peux faire mieux… À condition toutefois, que tu fasses un peu moins le pitre pendant les cours ! rajouta-t-il en esquissant un léger sourire.

Les mois passèrent, Nicolas ne quitta pas la place de premier. Jusqu'à l'arrivée des vacances d'été.

En ce mois de juillet, Nicolas jubilait de plaisir. Il n'avait qu'une seule idée en tête, revoir Baziège ! Il en rêvait depuis si longtemps de passer ces longs mois d'été dans la demeure familiale, avec sa cousine, et ses cousins.

Dès le début des vacances, Guylhem accompagna Béatrix et Nicolas à la gare d'Austerlitz, en leur promettant de les rejoindre début août. -

— L'oncle Raymond avec les cousins vous attendrons à la gare Matabiau, leur dit-il.

Guylhem se hâta de rentrer rue Hédouin. Il prit un repas frugal, puis descendit dans le jardin, avec sous le coude un dossier épineux à étudier. Il s'installa sur la table ronde, posa les documents, et les compulsa avec beaucoup d'attention. Les heures passèrent. Une lune sans souci coulait sa blondeur au travers du saule pleureur, avant de disparaître sous quelques nuages fuyants. Puis le jardin se noya dans le voile de la nuit tombante. Guylhem s'était assoupi bercé par le concert nocturne des grillons amoureux. La fraîcheur le réveilla.

C'est à cet instant précis qu'apparut, sur le banc de pierre, la silhouette d'une femme à la longue chevelure blonde. Mais tout comme le soleil, Guylhem ne put la regarder fixement. La silhouette s'évanouit aussi vite qu'elle était venue. Guylhem resta figé, se demandant s'il n'était pas le jouet d'une hallucination. Puis calmement, il leva les yeux vers la voûte étoilée, un sourire se dessina sur ses lèvres.

— Bonne nuit, Michelle, murmura-t-il.

Le soir tombait lorsqu'ils arrivèrent au château de Lastour. Nicolas descendit du véhicule le premier et s'écria tout joyeux :

— Mon vieux château, me voilà de retour !

Il se mit alors à courir en tournant en rond, les bras tendus en aile d'avion, heureux de retrouver sa chère demeure… La lumière n'était plus la même. Les ombres du château peu à peu s'allongèrent, tous les contours devinrent doux et mystérieux.

Ses grands-parents l'attendaient avec impatience sur le perron. Pauline se tenait à l'écart tout aussi ravie de revoir son petit Nicou ! Nicolas lorsqu'il les vit, se jeta dans leurs bras, heureux de retrouver sa bonne-maman et son bon-papa, ainsi que sa nounou. Dans un brouhaha indescriptible, les cousins, curieux de savoir comment se déroulait sa vie à Paris, posèrent mille questions à Nicolas. Anne-Marie lui tenait la main, elle le regardait avec une certaine admiration. Mais tous l'écoutèrent avec attention lorsque Nicolas leur fit part de son vécu à l'école du Bas Meudon.

Dans le grand salon, la table était dressée. Pauline remonta des cuisines, et déposa le dessert. Avant de le découper, elle gratta une allumette, et fit flamber la fine d'Armagnac qui l'imbibait. Les enfants à la vue des friandises préparées par Pauline, délaissèrent les entrées. Béatrix eut un sourire amusé, elle distribua à chacun une copieuse part du succulent dessert. Puis les adultes se contentèrent des entrées, et de quelques miettes du gâteau. Béatrix, prit une cuillère et fit tinter son verre pour prendre la parole :

— Les enfants ! Un peu de silence, s'il vous plaît. Voici dans les grandes lignes comment vont se dérouler vos vacances à Lastour pour le mois de juillet.

— Avec ton père, dit-elle en s'adressant à Nicolas, nous avons décidé de curer les douves du château. Il me semble qu'il y a près de cinquante ans que cela n'a pas été réalisé. Mais avant d'assécher, il faudra d'abord retirer toutes les carpes qui foisonnent dans l'eau des douves. La profondeur n'excédant pas un mètre, c'est donc à vous les enfants que je confie cette tâche. Qu'en pensez-vous ?

Nicolas, Anne-Marie, Henry, Arthur et Hugues, acceptèrent avec enthousiasme cette proposition.

— Bien ! Vous m'en voyez ravie, dit-elle, amusée ! Mais ce n'est pas tout, Nicolas avec ta cousine et tes cousins vous vous rendrez à Baziège, informer tous les enfants du village qu'ils sont invités à se joindre à cette petite fête ! Tout le temps des travaux, une table sera dressée dans la cour, avec de la limonade, du sirop de menthe, et beaucoup de gourmandises préparées par Pauline. Je passerai personnellement inviter les familles à se joindre à nous. Alors ?

Tous applaudirent d'un même élan.

L'oncle Raymond prit la parole à son tour.

— Pour le mois d'août, nous irons passer le reste de vos vacances au manoir des « Morte-Mares ». Je ne vous en dis pas plus, car j'ai préparé de belles surprises pour Nicolas !

Voyant la curiosité et les questions que cela suscita chez Nicolas, le visage de son oncle s'illumina d'un sourire malicieux :

— Que nenni mon neveu ! Tu n'en sauras rien, sinon où serait la surprise !

Anne-Marie et ses frères, étant dans la confidence, sourirent sous cape.

Le dîner se termina dans la bonne humeur, et chacun rejoignit sa chambre.

Au petit matin, Nicolas sauta du lit, entrebâilla les lourdes tentures de sa chambre, ouvrit la fenêtre en grand, respira à pleins poumons l'air si particulier de sa Gascogne natale.

À l'est, une lueur flamboyante surgit de l'horizon, et les étoiles une à une s'éteignirent. Le ciel teinté d'un bleu innocent finit par les engloutir, un jour nouveau s'éveilla. Nicolas regarda la nature comme si c'était la première fois qu'il la voyait. Il ferma les yeux un long moment, et les ouvrit d'un seul coup, pour s'assurer qu'il ne rêvait pas.

Mais non, ce n'était pas une illusion… Il était bien à Baziège !

La cure des douves qui entouraient le château sur près d'un kilomètre fut une réussite sans précédent. Tous les enfants du village étaient à la fête, leurs rires, leurs cris de joie, s'envolaient comme une douce symphonie d'une enfance heureuse.

En sandalettes et en short, ils plongeaient les bras dans l'eau stagnante des douves. Ils cherchaient en tâtonnant, le ventre des carpes pour les faire sauter dans des bassines posées à intervalles réguliers le long des berges. Nicolas et Anne-Marie se chargeaient de porter les bassines, pour transvaser les carpes dans un bassin d'eau claire, situé près des écuries.

Tandis qu'Henri, Arthur et Hugues, méconnaissables par la boue qui les recouvrait, se vautraient dans les douves, jouant à celui qui sortirait la plus grosse carpe. À la fin de la journée, tout le monde se retrouva autour de la grande table dressée dans la cour. Les enfants, ainsi que leurs parents se régalèrent du goûter offert par Béatrix. La vidange des douves, la cure, et la taille des haies durèrent tout le mois de juillet. Les parents furent invités à venir prendre dans le bassin, les carpes qui leur feraient plaisir.

Puis ce fut le départ pour le manoir de « Mortes Mares ». Dès qu'il se présenta à la grille d'entrée, l'oncle Raymond ne cessa de klaxonner pour annoncer leur arrivée. L'oncle Amaury, la tante Angèle, sortirent en même temps du manoir, s'accoudèrent aux rampes du perron, en leur faisant des grands signes de bienvenue.

Dominique, depuis l'incident avec Nicolas, avait été placé dans un établissement spécialisé. Il ne venait au manoir qu'en de très rares occasions.

Tout le monde s'embrassa, heureux de se retrouver. Mais avant de pénétrer dans le manoir, tante Angèle se retourna, en faisant un clin d'œil plein de sous-entendus à sa sœur. Béatrix comprit aussitôt de quoi il s'agissait.

Au moment où Nicolas allait franchir le seuil d'entrée, l'oncle Raymond le prit part la main et lui dit :

— Hé ! Hé ! Tout doux, mon neveu, on n'entre pas ! C'est avec moi que tu viens !

— Je ne peux pas entrer lui rétorqua Nicolas l'air étonné ?

— Hé non ! Aurais-tu oublié mon neveu, que je t'avais promis des surprises ?

— Bien sûr que non, tonton !

— Alors tu vas me suivre. Je t'emmènerai d'abord dans mon atelier de vitraux pour te montrer le travail qui t'attend pendant ces vacances. Ensuite, en empruntant des chemins secrets, nous irons près des rives de la Dordogne. Dans un lieu mystérieux connu de moi seul, qui s'appelle « au repos de l'âme des mousquetaires ». Tu seras le premier à y accéder ! Nous ne reviendrons au manoir que lorsque le soleil sera au zénith nous indiquant qu'il est midi. Tu verras, il y a bien d'autres surprises qui t'attendent. Qu'en dis-tu, mon neveu ?

Nicolas ne put contenir sa joie à l'idée de découvrir cet endroit énigmatique, dont le seul nom ne fit qu'enflammer son imagination aventureuse.

Ils visitèrent l'atelier où l'oncle Raymond travaillait à restaurer ou créer les vitraux des églises. Une immense table y occupait le centre, c'est là que se composaient les vitraux. Nicolas, émerveillé, aperçut, rangées dans des casiers en bois, d'immenses pièces de verres aux multiples couleurs, servant à illuminer les vitraux. Il y avait un four en pierre, destiné à la cuisson des verres pour fixer définitivement les peintures pieuses. Vissée à un établi, une étireuse de plomb, datant de temps immémoriaux, permettait de sertir les verres sur le vitrail. Sur l'est de la façade, un vitrail flamboyant, représentant un immense bouquet de fleurs, illuminait l'atelier de ses couleurs bucoliques.

L'oncle Raymond était un artiste de talent. Tout à la fois, poète, peintre, sculpteur de génie, mais qui avait gardé au fond de lui-même une âme d'enfant.

— Je sais que tu as quelques penchants en ce qui concerne l'art Nicolas, je vais donc pendant ces vacances t'initier au métier de Maître verrier… Qu'en dis-tu ?

— Avec joie tonton, tu ne pouvais me faire plus grand plaisir !

— À la bonne heure, mon neveu ! Bon maintenant on va se rendre aux écuries, seller les chevaux, pour partir dans ce lieu magique dont je t'ai parlé, et que tu seras seul à connaître ! Mais il y a une condition !

— Laquelle tonton, lui demanda Nicolas l'air intrigué ?

— Tu ne devras jamais dire à qui que ce soit où se trouve ce lieu. Cet espace n'est réservé qu'aux âmes qui ont conservé la pureté de leur enfance.

— C'est juré, craché ! Si je mens, je vais en enfer, dit-il en s'esclaffant.

L'oncle Raymond sella son cheval, tandis que Nicolas prit un double poney du nom de « Tothor ». C'est au petit trot qu'ils s'avancèrent sur les chemins de l'aventure.

Après un long moment, ils bifurquèrent dans un étroit layon. C'est alors qu'un paradis de verdure s'ouvrit devant les yeux émerveillés de Nicolas. Il y avait là, de petits chemins ombragés, quelques rares maisons aux volets clos, des prés qui s'insinuaient dans un petit bois débordant de chants d'oiseaux. Ils traversèrent au petit galop, des fourrés, des buissons épineux, remplis d'insectes bourdonnants.

Soudain, l'oncle Raymond leva la main. Il fit signe à Nicolas de s'arrêter. Là, ils attachèrent les rênes de leurs chevaux à de souples branches, puis il murmura à l'oreille de Nicolas :

— À présent, tu vas me suivre sans faire de bruit, dans le silence le plus complet. Nous arrivons bientôt dans le royaume du « repos de l'âme des mousquetaires » !

— Entendu, tonton, je serai aussi silencieux qu'une plume emportée par le vent, répondit-il en souriant.

Avec prudence, ils descendirent pendant un long moment, un sentier très escarpé. L'oncle Raymond se retourna vers Nicolas, porta son index à sa bouche, pour lui signifier le silence le plus absolu. Puis, pour accentuer le secret qu'il voulait entretenir, il s'approcha de lui, en murmurant à son oreille :

— Encore quelques mètres mon neveu, bientôt nous serons arrivés au pays mystérieux, où l'âme des mousquetaires, rôde encore le long des rives de la Dordogne !

À présent, il faisait très chaud, seule, l'eau de la rivière leur apporta un peu de fraîcheur. Il n'y avait d'autre bruit, que celui du roulis sourd du courant caressant les galets de la Dordogne. Curieux de percer cette cloison, qui le séparait de ce mystère, de la réalité des choses, le cœur de Nicolas se mit à battre la chamade. Ils descendirent lentement vers les rives de la Dordogne. L'oncle Raymond, l'air volontairement inquiet, se retournait souvent pour s'assurer de n'être suivi par personne.

Tout à coup, Nicolas, le regard stupéfait, vit son oncle s'accroupir sur les rives, porter sa main à son oreille comme s'il écoutait une étrange conversation !

Il lui fit signe d'approcher sans faire de bruit. Nicolas médusé se glissa furtivement près de lui.

— Tu les entends, Nicolas ? Les mousquetaires ne sont pas loin de nous !

— Non, tonton, je n'entends rien ! Que disent-ils ?

— Ils trinquent et rient à gorge déployée, en se rappelant leurs fabuleuses épopées au service du roi Louis XIII. C'est curieux, mais j'ai l'impression qu'ils parlent de toi mon neveu !

— De moi ? Ne put s'empêcher de s'écrier Nicolas.

— Tais-toi bon sang ! Il ne faut pas qu'ils sachent que nous sommes là… Attends, si je compte bien ils sont quatre. Ils viennent de déposer quelque chose, là-bas, juste en face de toi, sous les feuillages du grand orme… Zut, Je crois qu'ils nous ont vus ! Mais bon, ils nous saluent, remontent sur leurs chevaux, et partent au grand galop rejoindre leurs compagnons d'armes, disparaissant dans le brouillard bleuté des contes de notre enfance. Va voir Nicolas ce qu'ils ont laissé !

Nicolas hébété, ne sachant plus où il en était, resta longtemps sans bouger. Était-il éveillé, ou tout cela n'était-ce qu'un rêve ! Puis il s'avança dans la direction indiquée par son oncle. Lorsqu'il vit à quelques pas de lui, une cape portant l'emblème des mousquetaires, étendue sur un petit monticule, son cœur fit un bond dans sa poitrine.

Il leva la tête. Au-dessus de lui, la crête des arbres se détachait en bleu sombre, dont la pointe s'étirait vers un ciel flamboyant. Il était ébloui comme s'il accostait sur les rives d'un bonheur futur. Il regarda de nouveau la cape, et avec une certaine fébrilité, la souleva.

Sa surprise, à ce moment-là, fut à son comble. Trois livres enrubannés ainsi qu'une lettre à son intention se trouvaient là. Lorsqu'il ouvrit le courrier, il lut sur un vieux papier jauni, frappé aux armoiries de la famille des de La Roque, écrit à la plume d'oie… Bon anniversaire, mon cher neveu !

Il dénoua le ruban des livres, et découvrit trois des plus célèbres romans d'Alexandre Dumas « les trois mousquetaires, le comte de Monte-Cristo, et le vicomte de Bragelonne ».

Nicolas à cet instant comprit le stratagème de son oncle. Se retournant vers lui, il éclata d'un rire sonore et s'écria :

— Merci, tonton, tu m'as eu, j'ai marché jusqu'au bout ! Mais, bon sang, que de bons moments tu m'as fait passer !

Il perçut alors, dans le grand océan de créativité débordante de son parent, tous les rêves les plus fous que cette histoire de légende avait suscités en lui.

L'oncle Raymond, le visage rayonnant de malice de quelqu'un qui vient de jouer un bon tour, s'approcha de Nicolas en lui posant la main sur l'épaule.

— Je t'avais promis des surprises mon neveu ! J'ai tenu parole ! Je voulais absolument me démarquer de tous pour ton anniversaire. T'offrir une chevauchée fantastique dans un monde irréel, né de l'imagination d'un oncle un peu poète, toujours adolescent… Un peu fou aussi, mais qui t'aime beaucoup. Et puis tu sais, être vieux, c'est être jeune depuis plus longtemps que les autres, c'est tout ! Mon souhait, Nicolas, c'est de garder au fond de toi, cette escapade que nous venons de vivre tous les deux, au pays de l'imaginaire, comme un moment merveilleux de ton enfance.

Nicolas, ému jusqu'aux larmes par cette marque d'affection à son égard, ne put prononcer un seul mot. Il se jeta dans ses bras, et en guise de remerciement pour ces moments de fantastique bonheur, il se serra fortement contre lui.

Nicolas revêtu de la cape était déjà dans la peau d'un fougueux mousquetaire partant défendre le faible et l'opprimé. Son visage, rayonnant de bonheur d'avoir vécu cette extraordinaire aventure, il suivit son oncle. Ils prirent le chemin du retour, escaladèrent le sentier pentu, détachèrent les chevaux puis partirent au grand galop rejoindre le manoir « des Mortes Mares » où d'autres surprises l'attendaient.

Arthur, Henri et Hugues le nez collé aux fenêtres du salon, guettaient avec impatience, leur retour. Lorsqu'ils les aperçurent, ils se retournèrent d'un même élan en criant à leur sœur :

— Anne-Marie les voilà ! Ils vont aux écuries rentrer les chevaux aux box, il faut vite se préparer !

— Pas d'affolement, leur répondit-elle en souriant, nous avons tout notre temps pour faire la surprise à Nicolas ! Allez, tout le monde en place !

Guylhem était arrivé tôt dans la matinée. Il ne voulait en aucun cas rater l'anniversaire de son fils. Comme tout le monde, il était au courant du stratagème minutieusement préparé par Raymond pour fêter cet évènement.

Il se tenait avec Béatrix, Amaury et Angèle dans le coin le plus reculé du salon, afin que Nicolas en rentrant ne puisse pas les voir.

Anne-Marie était d'une grande élégance pour fêter l'anniversaire de son cousin. Vêtue d'une jupe plissée écossaise, d'un chemisier d'un blanc nacré et chaussée d'escarpins d'un joli vernis noir. Elle avait tout organisé avec ses frères : elle les accompagnerait au violon, pour chanter en canon, deux belles mélodies sentimentales. Connaissant la sensibilité de Nicolas, ce n'est pas au hasard qu'elle avait choisi ces comptines. Ils puisèrent également dans leurs maigres économies, pour lui offrir, un roman de Marie O'hara, qui venait tout juste d'être traduit en langue française, « mon amie Flicka. »

Ils avaient répété toute la matinée avec beaucoup d'application.

Elle plaça ses frères côte à côte sur la petite estrade qu'ils avaient confectionnée face à l'entrée. En parfait chef d'orchestre, Anne-Marie, son violon sous le menton, son archet à la main, attendait leur venue.

Quelques instants plus tard, l'oncle Raymond suivi de Nicolas fit leur entrée.

Anne-Marie le visage sérieux, levant son archet, les arrêta dans leur élan.

— Tout doux mes gentils seigneurs, dit-elle, on n'entre point en ce lieu comme dans une taverne pour mousquetaires assoiffés ! Sachez qu'en ce manoir, vous pénétrez dans le royaume de la poésie, de chansons douces, de complaintes nostalgiques issues d'un temps ancien qui s'appelait jadis ! Mais également de l'amour éternel, d'amitiés sincères, et d'une enfance heureuse à jamais gravée dans nos cœurs ! Veuillez donc, mes nobles gentilshommes, poser vos délicates fesses sur ces sièges capitonnés, disposés à votre intention... Écoutez bien ce que j'ai à vous dire ! Mes troubadours et moi allons interpréter deux comptines, choisies spécialement pour l'anniversaire de notre cher et tendre cousin, que nous aimons beaucoup !

Elle fit une révérence, en prenant une expression rieuse par un léger mouvement des yeux. Se tournant vers ses frères, elle donna le ton. Puis elle fit face à Nicolas, et fredonna la première comptine. Pour soutenir et accompagner cette merveilleuse mélodie, elle ferma les yeux, en faisant pleurer les cordes de son violon. Ses frères, sous sa direction, entonnèrent alors, dans un canon parfait :

« À la claire fontaine » suivie de « Auprès de ma blonde ».

Nicolas, ému par cette marque d'affection, écouta ces mélodies, aux paroles touchantes, issues d'un romantisme d'un autre temps, qui bouleversèrent son âme sensible. Une fugitive pâleur apparut sur ses joues, tandis qu'une pluie d'émotions mouilla ses yeux. Les romances terminées, Nicolas se leva, en se jetant dans les bras d'Anne-Marie et de ses frères. Puis ils lui offrirent le roman « mon amie Flicka », en lui souhaitant un joyeux anniversaire.

Du fond du salon, on entendit alors des applaudissements éclater. Puis sortant de l'ombre, les visages radieux de, Guylhem, Béatrix, Amaury et Angèle, souhaitèrent à leur tour, un bon anniversaire à Nicolas.

Nicolas ravi de voir son père courut aussitôt vers lui.

— J'étais sûr que tu serais là, je suis heureux, je me languissais de toi papa !

Guylhem serra très fort son fils contre lui, et lui dit :

— Ta bonne-maman et ton bon-papa n'ont pu venir. Ces voyages comme tu le sais, sont trop fatigants pour eux. Ils nous ont donc chargés, ta maman et moi, de te remettre ce coffret pour ton anniversaire.

Nicolas en l'ouvrant trouva une lettre de sa bonne-maman. Il la lut à haute voix :

Mon cher petit-fils.

Nous aurions tant voulu, ton grand-père et moi, être près de toi en ce jour anniversaire. Mais sache que par la pensée et l'amour que nous te portons, tu seras toujours dans nos cœurs. Tu trouveras dans ce coffret les trois tomes « élémens d'hippiatrique » de M. Bourgelat, écuyer du roi Louis XIV, acquis par un de nos ancêtres en l'an 1650. Conserve-les, ils font partie du patrimoine de notre famille. Nous t'embrassons tendrement en te souhaitant un joyeux anniversaire.

Nicolas, ébahi par ce cadeau datant de plus de trois siècles, montra à ses parents, les trois tomes magnifiquement reliés en cuir, dorés à l'or fin sur la tranche. Guylhem et Béatrix s'exclamèrent :

— Quel splendide présent offert par tes grands-parents !

— Mon cher enfant rajouta Béatrix, au vu de tout ce que tu viens de recevoir, tu ne vas pas manquer de lecture…

Puis avec une pointe d'humour, elle rajouta :

— C'est toujours mieux d'avoir son nez dans un livre, que dans les affaires des autres, n'est-ce pas mon Nicolas !

— Ho ! Oui maman !

— Ton père et moi, pour nous distinguer à notre tour, nous t'offrons de quoi rédiger de belles lettres. Tu pourras ainsi remercier tous ceux qui ont contribué à faire de cette journée, un moment d'exception.

Elle tendit à Nicolas un étui de cuir noir gravé à ses initiales. Il l'ouvrit délicatement, découvrit un magnifique stylo à encre, en bois précieux muni d'une plume en or.

Son émotion étant à son comble d'être ainsi aimé, il se mit sur la pointe des pieds, en les embrassant avec tout l'amour qu'il leur portait. Ses parents tout aussi émus l'enlacèrent tendrement.

Son oncle Amaury et sa tante Angèle lui offrirent une journée de prince autour de la grande table, garnie des mets les plus fins, avec des pâtisseries aussi délicieuses les unes que les autres.

Dans la douceur de cette fin de journée inoubliable, le vent du soir se leva. L'herbe verte du parc des Mortes Mares ondula sous sa caresse. Un dernier rayon de soleil perça la couronne des arbres, en venant mourir sur le sol dans une flaque mouvante. Les souvenirs de cet anniversaire, empli d'amour, de bonheur, d'amitié sincère, d'une enfance insouciante et heureuse de vivre, resteront à tout jamais, gravés dans le cœur de Nicolas.

Il ignorait que soixante-treize ans plus tard, il vivrait cette même joie, et recevrait autant d'amour qu'en ce jour.

Quant à ces comptines, elles n'étaient rien d'autre que le prélude de sa triste vie amoureuse.

Le premier amour de jeunesse de Nicolas

Trois années passèrent. Nicolas entrait dans sa dixième année. Il était en CM2 dans la classe de M. David. Une année importante s'annonçait pour lui. En fonction de la moyenne des notes qu'il avait obtenues au cours de l'année, il fut sélectionné, ainsi qu'un autre élève, pour passer l'examen d'entrée en 6e.

L'examen se déroula, à la mi-juin, au collège Ferdinand Buisson, situé près de la mairie de Meudon. L'épreuve se termina en fin d'après-midi. Nicolas et son compagnon Floucard en sortirent satisfaits.

— À présent, il nous reste quinze jours à patienter pour connaître les résultats, lui dit Floucard en croisant les doigts.

— Comme tu dis ! répondit Nicolas en faisant le même signe.

Chacun regagna son domicile, soulagé du stress engendré par ce concours.

Le lendemain matin, dès la rentrée des classes, M. David vint les voir, leur demandant comment s'était passé l'examen. Nicolas, et Floucard lui répondirent que tout s'était bien déroulé. M. David eut un bref sourire :

— Je tiens à vous dire, que, quels que soient vos résultats à l'examen d'entrée en 6e, j'ai apprécié votre travail à tous les deux, pendant ces années passées ensemble. Vous étiez en compétition permanente, mais une compétition constructive, car chacun de vous, était respectueux du résultat de l'autre. Vous vous êtes battus pour être les premiers de la classe ! C'est le meilleur cadeau que vous puissiez me faire… Je vous regretterai les enfants !

Puis, ému, il regagna son bureau.

La fin du mois de juin 1949 arriva. Guylhem, Béatrix, en compagnie de leur fils, se rendirent au Collège Ferdinand Buisson, pour connaître la liste des reçus. Nicolas, bien qu'ayant la certitude d'avoir bien travaillé, n'en demeura pas moins inquiet.

Lorsqu'ils arrivèrent, Nicolas courut vers les panneaux d'affichage pour regarder les résultats des deux candidats de l'école du bas Meudon. Son cœur ne fit qu'un bond, lorsqu'il vit son seul nom affiché. Fou de joie, il se tourna vers ses parents et s'écria :

— Je suis reçu !

À côté de lui, Floucard, son concurrent de classe, néanmoins ami, le félicita.

— Bravo Nicolas, content pour toi… Il ne me manquait pas grand-chose pourtant, perdre pour un demi-point c'est rageant. Mais bah ! Je me dirigerai vers le certificat d'études, pour intégrer la 5e directement.

Nicolas le remercia en lui souhaitant bonne chance.

Puis il rejoignit ses parents. Son père avec fierté le congratula, tandis que sa mère penchée sur le panneau, notait sur un carnet, la moyenne des points obtenus par Nicolas à cet examen. Elle revint vers eux, félicita son fils en le serrant très fort contre elle.

— Ton père et moi sommes très fiers de toi, mon Nicolas, lui dit-elle ! Ta moyenne est excellente ! Nous attendions de la connaître, avant de t'annoncer qu'elle va te permettre d'intégrer, pour la rentrée prochaine une prestigieuse école Parisienne : le collège Henri IV.

Ils rentrèrent rue Hédouin. Ils s'installèrent autour de la table du jardin à l'ombre du parasol. Madame Meunier leur servit une collation.

Guylhem fit part à Nicolas que malheureusement cette année, il ne pourrait pas passer ses vacances à Lastour.

— Ton bon-papa hélas, vient d'être hospitalisé, bonne-maman tient à rester près de lui.

— Bon-papa à l'hôpital ! J'espère qu'il n'a rien de grave ? s'exclama Nicolas.

— Pour l'instant, les nouvelles sont rassurantes, il n'y a pas lieu de s'inquiéter outre mesure, lui répondit son père.

— Alors je reste ici pour les vacances papa ?

— Non Nicolas, justement j'ai une proposition à te faire. Le syndicat de la magistrature, offre à nos enfants, un séjour de deux mois de vacances au Danemark, dans des familles sélectionnées. En ce qui te concerne, tu seras reçu dans la famille d'un pasteur, qui réside à Rødin, un petit village situé au nord de Copenhague. Cela te permettra de découvrir d'autres pays, d'autres mœurs, qu'en penses-tu fiston ?

Nicolas n'eut aucune hésitation en répondant oui avec enthousiasme.

— Parfait, mon fils, je n'en attendais pas moins de toi ! Le départ est prévu dans une semaine, c'est-à-dire lundi prochain. Nous t'accompagnerons ta maman et moi à la gare de l'Est, où les responsables seront là pour veiller sur vous pendant le voyage. Ensuite, ils vous dirigeront dans chaque famille, et vous suivront pendant tout votre séjour. Tu verras, tu ne seras pas seul, il y aura d'autres enfants qui se rendent également au Danemark.

Nicolas fut enchanté à l'idée de découvrir un autre pays.

La journée se termina sous une chaleur orageuse. Dans le lointain, le tonnerre gronda. À l'horizon, le ciel de Paris semblait s'ouvrir sous la morsure brûlante des éclairs… Il était temps de rentrer !

Le lendemain matin, Nicolas se leva paisiblement. Il prit un copieux petit-déjeuner, puis décida d'aller faire un tour pour retrouver ses camarades de jeu. En descendant la rue des Montalets, il remarqua que l'immeuble des « clos mollets » était enfin terminé. Certains appartements étaient déjà occupés.

Il s'arrêta un instant pour contempler la résidence, lorsqu'il découvrit, accoudée à une fenêtre, une jeune fille d'une rare beauté qui l'observait. Sans qu'il s'en doutât, elle le suivait depuis qu'il était sorti de chez lui.

Nicolas demeura figé, ne pouvant détacher son regard de ce visage, qui venait de susciter en lui, un sentiment qu'il n'avait jamais connu auparavant. Cette jeune fille en l'espace d'une seconde d'éternité, lui inspira un désir fou d'amour ! Au bout de longues minutes, elle se redressa, mais avant de fermer la fenêtre elle lui fit un signe d'adieu de la main. Nicolas au comble de l'émoi lui répondit de la même manière.

Il resta un long moment à contempler la fenêtre close, comme l'image d'un rêve qui s'enfuit. Puis il continua son chemin, le cœur bouleversé, tourmenté, attendant avec une impatience fébrile, de retrouver sur le même passage, celle qu'il venait d'entrevoir. Attendre d'elle un regard, un autre signe qui suffirait d'emplir son cœur d'une joie indicible.

Ce matin-là, sans qu'aucune raison ne puisse le prévoir, Nicolas apprit que le « coup de foudre » existait bien.

Arrivé près du chemin des lampes, il rencontra Colette, accompagnée de Jacky, Michel et Monique.

— Tu viens avec nous Nicolas, on va rejoindre Pierrot à la cabane ? lui demanda Colette.

— D'accord, je vous suis, répondit Nicolas, le visage encore rosi par le choc de cette merveilleuse vision.

— Tu as l'air bizarre ce matin Nicolas, on dirait que tu as vu un fantôme ! lui fit remarquer Colette en éclatant de rire !

— Ce n'est rien, reprit Nicolas ! Je suis juste un peu surpris de voir que le bâtiment des « clos mollets » soit déjà terminé.

— Tu sais maintenant les immeubles sont bâtis avec des dalles de béton préfabriquées, ça va plus vite ! lui fit remarquer Jacky en prenant l'air d'un connaisseur averti.

— Ah bon ! Et comment sais-tu ça Jacky ? répliqua Nicolas.

— Ben, mon père est maçon, qu'est-ce que tu crois !

Nicolas eut un sourire amical à l'encontre de Jacky, puis ils prirent un chemin escarpé, juste au-dessus de la grotte, pour accéder quelques centaines de mètres plus bas à la cabane, que Pierrot s'affairer à consolider. Tous lui donnèrent un coup de main pour la renforcer.

— Il y a des gars d'Issy-les-Moulineaux qui passent par ici, et nous la démolissent à chaque fois… Ras-le-bol, râla Pierrot.

— Il faut dire qu'elle se voit de loin votre cabane, rétorqua Nicolas.

— Je sais, mais où veux-tu la mettre ailleurs qu'ici ?

Nicolas, l'air pensif, resta un moment sans rien dire. Puis il leur fit signe de le suivre.

— Venez avec moi, j'ai une petite idée pour que notre cabane ne soit vue de personne.

Tout le monde le suivit. Ils arrivèrent au pied de la grotte.

La voûte d'entrée, de forme romane, en couvrait le fond d'une pénombre épaisse. Bien sûr de l'extérieur, on ne pouvait rien distinguer de ce qui se passait à l'intérieur. Seule la petite cascade s'écoulait en un mince filet d'eau, pour donner un peu de fraîcheur.

— Attends Nicolas ! s'écria Pierrot, tu ne vas pas mettre notre cabane ici. Tout le monde a peur de cet endroit ! Personne n'a jamais mis les pieds là-dedans ! C'est plein de chauves-souris, paraît-il !

— C'est vrai Nicolas, on a tous la trouille, on ne veut pas y rentrer ! s'écrièrent d'une même voix tous ses copains !

Nicolas, sans se démonter, se tourna vers eux, et calmement leur dit :

— J'ai compris les amis ! Je ne suis pas fou, mais c'est justement en pensant que tout le monde avait peur de cet endroit, qu'il m'est venu l'idée de nous y installer. Je vais rentrer pour voir comment est l'intérieur. D'accord ?

Colette et toute la bande ne purent s'empêcher de lui dire d'être prudent. Nicolas sous leurs regards ébahis, pénétra dans la grotte mystérieuse.

Au bout de quelques instants, ses yeux s'habituèrent à l'obscurité. Il découvrit une grande salle semi-circulaire. Un banc de pierre à même la paroi, en faisait le tour. Cela faisait penser à d'anciens thermes ! Le sol était parfaitement sec, sans la moindre chauve-souris. Il pouvait voir ses amis, sans qu'ils ne puissent soupçonner sa présence. Il monta sur le banc de pierre, en fit le tour, puis sortit le visage radieux.

— Alors ? Questionna Pierrot, étonné de voir Nicolas aussi détendu.

— Vous allez être surpris, rétorqua Nicolas ! C'est un endroit idéal pour y installer un repaire à l'abri des regards indiscrets… Le sol y est parfaitement sec, et aucune chauve-souris en vue. Venez voir !

Tous hésitèrent, la peur de l'inconnu demeurant la plus forte, ils restèrent plantés devant l'entrée.

— Mais bon sang, n'ayez pas la trouille ! Puisque j'en suis sorti, c'est qu'il n'y a rien à craindre. ! Colette donne-moi la main et viens avec moi !

Colette, loin d'être rassurée, serra fortement sa main. Dès qu'ils entrèrent, ses dents se mirent alors à jouer un solo de castagnettes des plus pathétiques.

— N'aie aucune crainte Colette, lui dit-il en souriant devant son air apeuré… Regarde comme c'est beau ! Il n'y a rien d'autre que nous ! Pas de monstre ni de chauve-souris ! Ce sont des balivernes inventées pour que personne n'entre ici. Viens ! On va s'asseoir sur le banc. Alors qu'en dis-tu ?

Colette complètement apaisée trouva le lieu magnifique. La clarté qui régnait à l'intérieur lui enleva toute angoisse.

— Tu avais raison Nicolas, lui dit-elle les yeux éblouis par tant de bravoure, tu n'as peur de rien toi ! Tu trouves une solution à tout.

Puis toute rougissante, elle se leva d'un bond pour appeler les copains.

C'est à compter de ce jour mémorable, que la bande des Montalets établit pour la première fois, dans la grotte mystérieuse, son repaire de guerre, avec comme consigne impérative de ne jamais en parler à personne.

Le secret fut bien gardé durant les années de leur folle jeunesse !

Tous, regardaient Nicolas avec admiration, épatés par le courage dont il avait fait preuve.

Il entendit la cloche de l'usine Chausson qui sonnait midi. Nicolas se hâta de rejoindre la rue Hédouin en prenant le raccourci enseigné par Colette. Mais à peine eut-il fait quelques pas, qu'il entendit quelqu'un l'appeler. Il se retourna, vit une jeune personne essoufflée, courir vers lui pour l'arrêter.

Étonné, il s'approcha d'elle, lui dit bonjour, en lui demandant ce qu'elle voulait ?

— Je m'appelle Germaine, lui répondit-elle, j'ai un petit mot à vous remettre de la part de mon amie Claudia.

— Claudia ! Vous devez vous tromper, je ne connais personne de ce nom. Je suis désolé Germaine, mais je suis très pressé, il faut que je rentre. Au Revoir !

— Attendez insista-t-elle, Claudia c'est la jeune fille qui vous a fait signe de sa fenêtre ce matin !

À ces mots, Nicolas s'arrêta net. Germaine lui tendit le billet avec un sourire de sous-entendu.

— Vous le lirez, et me donnerez votre réponse. C'est moi qui la lui transmettrai… Pouvez-vous me donner votre adresse, je passerai chercher la réponse vers dix-neuf heures ! C'est comment votre prénom ?

— Je m'appelle Nicolas et j'habite au n° 4 rue Hédouin ! D'accord pour ce soir, je vous attendrai. Je file, je vais être en retard ! Merci encore.

Après le déjeuner, Nicolas, impatient de connaître le contenu du petit mot, regagna le jardin. Il s'installa sur le banc de pierre pour le lire, sous l'ombre complice du saule pleureur. Son cœur se mit à battre de plus en plus fort, au fur et à mesure qu'il déroula le billet.

Bonjour, je ne connais pas votre prénom !

Je m'appelle Claudia ! Je vous ai fait un signe ce matin de ma fenêtre. J'aimerais vous revoir ! Comme nous sommes tous en vacances, demain après-midi, mes deux amies et moi, nous allons nous promener dans les bois de Meudon jusqu'au lac de

Villebon. Cela me ferait énormément plaisir si vous pouviez vous joindre à nous. J'attends avec impatience votre réponse.

Pour toute signature, il trouva un grand cœur colorié en rouge, avec une flèche qui le transperçait, et plus bas, des lèvres imprimées sur le doux billet, à l'aide d'un bâton de rouge à lèvres.

Nicolas resta un long moment le regard fixé sur cette missive, qui le bouleversait au plus haut point.

Il la retourna plusieurs fois dans tous les sens pour voir s'il n'y avait rien d'autre d'inscrit. Il la relut, encore et encore, à chaque fois une joie indescriptible l'envahissait. Il était de plus en plus fébrile et son impatience à la connaître fut à son paroxysme. En quelques secondes, il découvrait tous les sentiments que l'on peut ressentir lorsque l'on aime pour la première fois.

Tel père tel fils ! Son imagination d'enfant sentimental s'envola alors, pour parer Claudia des plus belles vertus. Telle une princesse venue d'un autre monde, qui semblait être descendue sur terre pour le retrouver. Il se leva, fit des petits bonds, et se mit à danser la farandole en fredonnant « À la claire fontaine ».

Béatrix, de la fenêtre du salon, depuis un moment avait remarqué l'étrange attitude de son fils, obnubilé par un papier qu'il tenait dans ses mains. Puis le voyant avec un visage radieux, se mettre à danser en chantonnant, elle décida d'aller voir ce qui le rendait aussi joyeux.

Nicolas, continuant à danser, ne s'aperçut pas de la présence de sa mère. Béatrix eut un sourire amusé de le voir ainsi gesticuler.

— Mon Nicolas, mais que t'arrive-t-il ? Je ne t'ai jamais vu aussi gai depuis que nous sommes à Meudon ! Pourrais-tu m'expliquer cette euphorie soudaine ?

Nicolas, surpris, se retourna l'air penaud, cachant précipitamment dans son dos le billet de Claudia. Ce qui n'échappa pas à sa mère.

— Tout va bien maman lui répondit-il, je suis content. Je viens de recevoir un petit mot de copines, elles m'invitent demain à faire un tour avec elles, jusqu'à l'étang de Villebon dans le bois de Meudon.

Il eut un petit moment de silence, puis il rajouta :

— J'allais justement te demander l'autorisation, de me joindre à elles ?

— Avant de te donner ma réponse, montre-moi le billet caché dans ton dos Nicolas, s'il te plaît !

Nicolas baissa la tête, tout en rougissant il lui tendit timidement le billet doux. Béatrix en prit connaissance, elle se mit à sourire, et le lui rendit en tapotant ses joues.

— Tu sais quand on jette des rayons de bonheur dans la vie d'autrui, l'éclat finit toujours par rejaillir sur soi, mon fils ! Cela s'appelle des instants de bonheur ! Bien sûr, mon chéri, tu peux y aller ! Je veux simplement voir ces jeunes filles avant que vous partiez, pour faire leur connaissance, mais aussi pour leur dire de ne pas rentrer plus tard que 17 heures. N'oublie pas Nicolas que tu pars lundi.

Nicolas pour toute réponse sauta au cou de sa mère en l'embrassant très fort.

Le soir vers 19 heures, Nicolas descendit dans le jardin, se posta derrière la haie, en guettant la venue de Germaine. Celle-ci ne se fit pas attendre, quelques minutes plus tard elle arriva, un peu intimidée, elle s'arrêta devant le portail, et attendit

Nicolas. Celui-ci vint aussitôt à son devant, et lui fit part de son accord.

— C'est Claudia qui va être heureuse, lui dit-elle en souriant. On passera te prendre vers 13 h 30, ça te va, ce n'est pas trop tôt ?

— Non, c'est parfait pour moi ! Juste une chose, ma mère tient à faire votre connaissance avant que nous partions, cela ne vous dérange pas ?

Germaine surprise par cette demande bafouilla :

— Bien sûr, pas de problème ! Bon et bien à demain Nicolas ! Je dois rentrer, mes parents ne savent pas que je suis sortie.

— À demain, Germaine.

Nicolas resta un long moment assis sur le banc de pierre au fond du jardin.

Ce soir-là, dans cette brûlante soirée d'été, dans un voile que la lumière emporte, la nuit descendit silencieusement sous le grand saule pleureur et l'enveloppa d'un épais mystère. Nicolas sous un tendre rayon de lune, de sa princesse rêvait.

Béatrix et Guylhem de la fenêtre du grand salon l'observaient.

— Tu vois mon chéri, lui dit Béatrix en souriant, je crois que notre fils est tombé amoureux ! Il est épris comme un enfant peut l'être !

Guylhem ne répondit pas, le visage soucieux, il resta un moment pensif tout en regardant son fils.

Le lendemain, à l'heure convenue, Germaine, Danièle et Claudia se présentèrent au domicile de Nicolas. Claudia la plus intimidée des trois poussa Germaine à appuyer sur la sonnette. Elles patientèrent quelques instants. Nicolas accompagné de sa mère, abritée sous son ombrelle, vint à leur rencontre. Béatrix ouvrit le portail en les saluant d'un tendre sourire.

— Bonjour Mesdemoiselles ! Très heureuse de faire votre connaissance.

— Bonjour Madame, répondirent en chœur les trois filles, conquises par la beauté et la gentillesse de la mère de Nicolas.

— J'ai juste une recommandation à vous faire Mesdemoiselles, celle de rentrer au plus tard à 17 heures. Puis-je compter sur vous ?

— Bien sûr, Madame, répondit Germaine, nous serons à l'heure !

Béatrix tout en faisant tourner son ombrelle au-dessus de sa tête, s'approcha de Claudia.

— Je suppose que vous êtes Claudia, n'est-ce pas ?

— Oui Madame, répondit-elle toute rougissante.

Elle la regarda longuement, puis avec une très grande douceur dans la voix, elle lui dit :

— Je comprends à présent pourquoi Nicolas était si impatient de participer à cette sortie ! Vous êtes très jolie Mademoiselle… Allez filer ! Surtout, rentrez à l'heure.

Nicolas embrassa sa mère, puis tous les quatre prirent le chemin du bois de Meudon.

Tout au long du chemin, Danielle et Germaine ne cessèrent de poser des questions à Nicolas, qui répondait sans détour avec sa gentillesse coutumière. Claudia quant à elle, le regardait avec des yeux énamourés, sans oser lui adresser la parole. Danielle s'en rendit compte, elle fit un clin d'œil à Germaine, en lui signifiant qu'il valait mieux les laisser seuls.

— Nous prenons un peu d'avance avec Germaine, Claudia connaît notre point de rendez-vous ! Ne tardez pas trop les amoureux ! Dis, Nicolas ! Tu pourrais au moins lui prendre la main ! ajouta-t-elle en pouffant de rire.

Puis elles partirent rapidement.

Nos tourtereaux au bout de quelques instants se retrouvèrent isolés. Nicolas osa faire le premier pas. C'est avec beaucoup de tendresse qu'il prit la main de Claudia dans la sienne. Ils se sentirent alors envahis d'un infini bonheur qui leur donna des ailes.

— Tu as une maman très belle et surtout très gentille lui dit-elle !

— C'est vrai ! Mais tu sais toutes les mamans sont belles et gentilles, tu ne crois pas ?

Elle eut un haussement d'épaules comme quelqu'un qui réfute cet argument.

— Non je ne pense pas que toutes les mamans soient comme tu les décris ! Mais peu importe ! J'ai vu sur la porte d'entrée de ta maison que tu t'appelais, de Villardahian… Tu es noble alors ?

Nicolas à cette question sentit un malaise le saisir. Son visage subitement prit une pâleur inhabituelle. Claudia s'en aperçut, toute gênée elle lui dit :

— J'ai dit quelque chose qu'il ne fallait pas, Nicolas !

— Non Claudia, tu n'as pas à t'excuser, tu ne pouvais pas savoir ! Oui, Mais c'est la seule chose dont je ne veux pas parler, car elle a brisé une partie de mon enfance… De Villardahian c'est le nom de mon père et ma mère, le mien c'est Fonzenac, Nicolas Fonzenac ! Si tu as des sentiments pour moi Claudia, je te demande de ne plus jamais aborder ce sujet… Tu veux bien ?

— Bien sûr Nicolas je te le promets ! Et puis tu sais, que tu sois noble ou pas, cela m'est bien égal, ça ne change rien aux sentiments que j'éprouve pour toi.

Nicolas pressa plus fort sa main dans la sienne. Le sourire retrouvé, il lui demanda à son tour quel était son nom…

— Fontanelle !

— C'est un joli nom que tu as là, lui dit-il en souriant.

— Ça veut dire petite fontaine en italien ! Mon père est italien, mes parents ont divorcé, et lorsque ma mère s'est remariée, c'est elle qui a obtenu ma garde. Je me languis souvent de mon père, sa présence me manque beaucoup…

Nicolas la regarda avec beaucoup de compassion.

— Heureusement que tu es là Nicolas, je te trouve beau et tu as l'air si gentil, lui dit-elle toute rougissante.

— Toi aussi Claudia tu es belle ! Depuis que nous nous sommes fait un signe, je n'arrête pas de penser à toi.

— C'est pareil pour moi Nicolas !

Ils furent soudain envahis d'un étrange sentiment, comme seuls les premiers émois de deux cœurs sans taches peuvent éprouver.

— Tu sais ce que l'on va faire Nicolas !

— Non ! lui répondit-il, intrigué.

— On ne va pas rejoindre Danièle et Germaine à l'étang de Villebon ! Je connais un endroit dans les bois où nous serons tranquilles. J'ai tellement envie que nous restions tous les deux… On a tant de choses à se dire ! Tu veux bien Nicolas ?

À ces paroles, le cœur de Nicolas se mit à battre avec une violence inouïe. Son souffle s'accéléra, son sang se mit à couler en longues vagues qui lui brûlèrent les tempes. Son regard se brouilla, tant ce qu'il ressentait était fort. Puis peu à peu, sa respiration se fit plus calme, et une étrange paix intérieure le gagna. En la regardant, comme un murmure que le vent emporte, il lui dit :

— Moi aussi Claudia, je ne désire qu'une seule chose, être seul avec toi… Je te suis !

Ils se mirent à courir tous les deux en riant aux éclats. Arrivée à l'orée du bois, elle lui fit un clin d'œil complice puis bifurqua dans un étroit layon. Au bout de quelques centaines de mètres, elle s'accroupit, en lui demandant d'en faire autant.

— Tu vois l'étang de Villebon en contrebas ?

— Oui !

— Regarde le banc, juste derrière les pêcheurs, tu les vois, elles sont là qui nous attendent.

— Ce n'est pas très gentil de les laisser faire le pied de grue, on pourrait leur dire que l'on veut rester seul, non ?

— Mais non, ne t'inquiète pas Nicolas, je les connais bien, tu sais ! Dans un quart d'heure si elles ne nous voient pas, elles auront vite compris notre besoin de solitude. Allez viens, je vais te montrer mon coin secret !

Dans cette brûlante journée d'été, ils avancèrent l'échine courbée, au travers de jeunes baliveaux. La luminosité du soleil se faufilait silencieusement pour envelopper le bois d'un épais mystère. Chaque arbre formait comme un toit touffu, où la lumière se glissait pour s'infiltrer goutte à goutte dans l'épaisseur du sous-bois. Elle forma une barrière mouvante et complice au-dessus d'eux, lorsqu'ils débouchèrent dans une petite clairière où trônait un vieux chêne en son centre.

— Nous sommes arrivés Nicolas, dit-elle toute souriante en s'asseyant sur le lit de mousse au pied du grand arbre ! Viens t'asseoir près de moi et dis-moi ce que tu en penses ?

Timidement, il vint s'asseoir. Il était si près d'elle que son cœur s'accéléra une nouvelle fois. Sans oser la regarder, il lui répondit :

— On ne pouvait rêver mieux, j'aime beaucoup cet endroit, c'est vraiment magnifique Claudia.

Aussitôt, tout dans cet espace clos s'embrasa d'un sentiment merveilleux, de deux enfants épris l'un de l'autre d'un amour sincère et platonique.

Ils se racontèrent leur vie qui commençait, ponctuée de grands rires enfantins. Puis Claudia posa sa main sur celle de Nicolas, leurs regards se noyèrent l'un dans l'autre. Elle posa sa tête contre son épaule, ils restèrent ainsi un long moment, savourant tous deux cet instant exceptionnel. Le cercle de ciel qui s'ouvrait juste au-dessus d'eux les couvrait dans sa clarté d'un écran d'une pureté infinie.

Nicolas passa son bras autour des épaules de Claudia. Leurs regards se croisèrent à nouveau, et dans cet espace de quiétude on entendit battre leur cœur. Leurs visages insensiblement se rapprochèrent, Claudia ferma les yeux, Nicolas le cœur battant la chamade, posa ses lèvres sur les siennes. Il y eut un grand silence, l'un et l'autre ignorèrent le temps, puis se perdirent dans le clair de leur souffle vital. Dans une harmonie parfaite, Claudia et Nicolas murmurèrent, ce mot à nul autre pareil : je t'aime !

À l'abri de ce mur de tendresse, l'amour en cet instant, de l'infini s'imprégna. Il n'y eut rien d'autre dans le miroir de leurs âmes, que le reflet de leur pureté. Le soleil alors inonda la clairière. L'air s'embauma d'un étrange parfum mêlé à la fois d'écorce et de mousse.

C'est dans cette seconde magique que chacun sut, que quoi qu'il arrive, le souvenir de ce premier baiser resterait à tout jamais gravé dans leur mémoire d'enfant. Ils restèrent ainsi, blottis l'un contre l'autre, savourant le moment présent, en oubliant le temps qui passe… Nicolas soudain regarda sa montre.

— Il va falloir rentrer Claudia ! J'ai oublié de te dire que cet été je ne serai pas là… Mes parents m'envoient passer mes vacances au Danemark. Je dois partir lundi !

— Tout ce temps sans te voir va me paraître bien long Nicolas.

— Pour moi aussi Claudia, si c'était en mon pouvoir je resterais près de toi. Je n'ai qu'une hâte, te retrouver le plus vite possible.

La main dans la main, heureux comme ils ne l'avaient jamais été, ils regagnèrent leur domicile, en jurant de ne pas s'oublier.

Collège Henri IV
Les promesses de Nicolas

Septembre arriva très vite. Les vacances se terminèrent. Ce vendredi, Béatrix et Guylhem vinrent accueillir Nicolas à la gare de l'Est. Il leur fit part du plaisir qu'il avait eu à passer ses vacances au Danemark. Il raconta également qu'il avait lié amitié avec Georges, le fils du pasteur, un jeune homme charmant, très érudit, qui fut plein de sollicitude à son égard pendant ces deux mois. Tous les trois montèrent en voiture pour regagner leur domicile. Pendant le trajet du retour, Béatrix expliqua à Nicolas le programme de la semaine.

— J'avais remis avant que tu ne partes en vacances, ton dossier scolaire à l'académie de Paris. Chaque dossier, en fonction des résultats, est examiné par la direction. Ta moyenne étant de 19,3 pendant toute ta scolarité passée à l'école du bas Meudon, tu as donc été sélectionné pour rentrer au collège Henri IV. Cette rentrée s'effectuera lundi prochain ! Tu vois, il ne nous reste plus beaucoup de temps pour tout préparer !

Nicolas ne put retenir sa joie, mais aussi sa fierté vis-à-vis de ses parents, d'être admis au collège Henri IV.

— Je me suis renseignée également auprès de parents d'anciens élèves. Les collégiens étant d'un très haut niveau, ce qui est exceptionnel en France, la direction limite les effectifs à vingt-cinq élèves par classe. La politique du collège est de ne renvoyer aucun élève. Leur but est d'avoir un maximum de reçus au brevet puis au bac. Mais je préfère te prévenir Nicolas que la charge de devoirs à effectuer, en dehors des cours de la journée, sera très, très lourde… Tu n'auras guère le temps d'aller te promener avec Claudia dans les bois de Meudon, tu sais ! ajouta-t-elle avec un sourire malicieux.

Nicolas eut une mimique amusée, tout en faisant une petite grimace moqueuse à sa maman.

— Je crois, Nicolas, que c'est le prix à payer pour obtenir ton bac avec mention. Qu'en penses-tu ? Te sens-tu de taille pour affronter ce défi ?

— Depuis longtemps maman, je vous ai toujours dit que mon seul but est de ne jamais vous décevoir ! Ce défi me plaît, il semble ardu bien sûr, mais je pense que ma soif d'apprendre sera ma meilleure alliée.

— Bien parlé mon fils, bon sang ne saurait mentir ! J'apprécie ta réaction s'écria Guylhem tout joyeux

Le visage radieux, il prit la main de Béatrix, et sous l'œil éberlué de Nicolas, pour la première fois de sa jeune vie, il entendit son père fredonner la chansonnette. Bien que surprise, Béatrix toute souriante, sans hésiter, se mit à fredonner le même refrain en duo avec son mari. Sur la banquette arrière, Nicolas tout en applaudissant des deux mains, se mit à rire aux éclats.

Ils arrivèrent au domicile. Béatrix expliqua que demain ils passeraient la journée à Paris, d'abord à la librairie « Gilbert Jeune » acheter tous les livres nécessaires pour sa rentrée, puis au « Bon Marché » où ils trouveront un cartable, un plumier et ses tenues de sport.

Le soir après dîner, Nicolas descendit dans le jardin, s'assit sur le banc de pierre, et de son beau stylo offert par ses parents, il écrivit un petit poème à Claudia. C'est à cet instant précis, que les derniers rayons du soleil couchant, se frayèrent un passage au travers du saule pleureur, pour couvrir d'une pluie d'or, l'enfant poète transi d'amour !

Pour Claudia ma bien-aimée.

Un jour, je marchais sur les routes de la vie.

J'ai rencontré, penchée à sa fenêtre, la déesse de mes nuits.

Je l'ai regardée, elle m'a fait un signe de la main

Elle m'a emprisonné dans son regard.

Je me suis approché d'elle au bois de Meudon.

J'avais les mains qui tremblaient, je me sentais un enfant différent.

Lorsque mes lèvres se sont posées sur les siennes !

Oh ! Quel beau roman, quelle belle histoire d'amour nous vivions là !

Quand mes yeux se sont perdus dans les siens.

J'ai su que ce baiser resterait à tout jamais gravé dans nos mémoires d'enfant.

Je t'aime.

Ce n'était là qu'une petite poésie pastorale, élégante, sensible, et délicate. Il plia soigneusement la lettre, la glissa dans une enveloppe au nom de Claudia. Au dos, il dessina un cœur transpercé d'une flèche, avec leurs initiales.

Le samedi matin, lorsqu'il partit avec ses parents chez Gilbert Jeune, dans le deuxième virage de la rue des Montalets, Nicolas aperçut Germaine revenant de faire ses courses. Il demanda précipitamment à son père de s'arrêter.

— J'en ai pour deux secondes papa, le temps de remettre une lettre à Germaine !

Guylhem et Béatrix observèrent leur fils d'un regard complice et amusé.

— Bonjour Germaine, tu donneras cette lettre à Claudia s'il te plaît. Tu seras gentille de lui expliquer que je rentre au collège Henri IV à Paris ! Je ne pourrai la voir que le jeudi dans l'après-midi et quelques fois le dimanche… Promets-moi de lui faire la commission Germaine !

— Bien sûr Nicolas ! Tu n'as aucune inquiétude à avoir. C'est Claudia qui va être heureuse de recevoir cette lettre ! Pendant toutes les vacances, elle ne m'a parlé que de toi ! Tu peux partir tranquille, je vais tout de suite la lui remettre, lui dit-elle avec un grand sourire.

Le lundi matin, Nicolas accompagné de sa mère, descendit au métro « cardinal Le moine ». Après quelques minutes de marche dans le Quartier latin, ils arrivèrent au 7 rue Clotilde, entrée du collège Henri IV. Béatrix embrassa son fils, lui remit ses affaires, en promettant de venir le chercher ce soir pour cette première journée.

Nicolas se regroupa avec d'autres élèves devant la porte d'entrée principale, surveillée par un agent d'accueil. Celui-ci les fit rentrer un par un pour les ranger dans la cour, devant le numéro de leur salle. Les déplacements devaient s'effectuer dans le calme, avec le respect des règles de sécurité. Tous les élèves attendirent tranquillement que les professeurs viennent les chercher pour entrer en cours.

Le professeur principal arriva, il inspecta la tenue de chacun, mais également leur propreté corporelle. Il fit quelques remarques cinglantes à deux élèves sur leur tenue négligée, puis il dirigea tout le monde vers leur classe. Là, ils restèrent debout, et attendirent silencieusement. Le principal sortit les dossiers des 25 élèves présents. Il fit l'appel, en désignant à chacun sa place respective dans la classe.

Nicolas fut le premier à être appelé. Il prit place à l'un des quatre pupitres du premier rang, juste en face du bureau du professeur. Il leur souhaita la bienvenue et les félicita pour leur admission en 6e au collège Henri IV. Il les fit asseoir, tout en s'installant à son bureau.

— Jeunes gens, avant de vous laisser à vos professeurs, je vous demande toute votre attention en ce qui concerne le règlement intérieur de notre établissement.

Les élèves, les bras croisés sur leur pupitre, le visage attentif, écoutaient dans un silence monacal.

— Il est établi, continua le principal, pour permettre à cette communauté éducative d'accomplir sa mission, de définir les règles de fonctionnement de l'établissement. Il place l'élève, en le rendant responsable, en situation d'apprentissage de la vie en société, de la citoyenneté et de la démocratie. Tout cela vous sera développé point par point par vos différents professeurs. Ils vous expliqueront l'usage mensuel et trimestriel du carnet de correspondance. Avant de vous laisser, je vous précise quels sont les critères chiffrés, pour prétendre à une récompense du travail fourni par l'élève, afin de progresser. À savoir :

Compliments : moyenne égale ou supérieure à 14/20.

Félicitations : moyenne égale ou supérieure à 17/20.

Je vous souhaite à tous une excellente année scolaire !

Dès qu'il se leva, tous les élèves d'un même élan en firent autant. Le principal quitta la classe.

Ils restèrent ainsi dans l'attente de leur professeur d'histoire qui ouvrait leur premier cours.

Cette journée, très studieuse, passa très vite. Lorsque la cloche sonna la fin des cours à 16 h 30, Nicolas sortit, le cartable bourré de devoirs pour le lendemain. Il aperçut sa mère garée quelques mètres plus loin. Malgré la lourdeur de son sac, il courut vers elle, pour s'engouffrer sur le siège avant de la voiture, en poussant un ouf de soulagement.

— Alors mon Nicolas tu as l'air complètement épuisé ! C'était si dur que ça ? Allez reprends toi, et raconte-moi comment s'est passée cette première journée.

Nicolas regarda sa mère avec une mine qui en disait long sur son état d'esprit concernant l'ambiance du collège.

— Tu sais maman, si je devais résumer en quelques mots mon sentiment sur ce premier contact, je dirais : avoir l'impression de sortir d'une prison du savoir ! Il y a un tel changement d'ambiance et de pédagogie avec l'école du bas Meudon, que j'ai quelques peines à trouver mes marques.

— Une prison du savoir ! Belle expression, mais un peu sinistre tu ne crois pas ? s'exclama Béatrix.

— Je suis désolé maman, mais c'est le seul mot qui m'est venu en tête ! Ne t'inquiète pas, c'est ma réaction du premier jour ! Demain sera un autre jour ! Je suis persuadé que je verrai les choses de façon moins négative, crois-moi... D'ailleurs, je dois reconnaître la compétence des professeurs, très froids certes, mais ils sont constamment à notre écoute, leurs explications sont claires et précises. Aujourd'hui en histoire, j'ai eu 17, en algèbre 18, en dessin 19. Par contre, tu avais raison, j'ai une pile de devoirs qui m'attend !

Puis avec son rire à nul autre pareil, il s'exclama :

— Quoi qu'il m'en coûte, maman, je puis t'assurer que j'obtiendrai mon brevet, puis mon bac ! Un Villardahian ne se dédit jamais de ses promesses.

Béatrix l'embrassa avec beaucoup de tendresse et de fierté dans le regard, puis ils prirent la direction de Meudon.

Dès son retour rue Hédouin, Nicolas se mit aussitôt au travail sous l'œil attentif de sa mère. Elle lui donna quelques conseils pour résoudre des problèmes d'algèbre, pour tout le reste Nicolas s'en sortit seul. Deux heures plus tard, ses devoirs étant terminés, il lui restait une heure disponible avant le dîner. Timidement, et légèrement rougissant, il demanda à sa mère la permission de sortir.

— Va vite la retrouver lui dit-elle en souriant, mais pas plus d'une demi-heure !

Nicolas embrassa sa mère, et partit en courant jusqu'au bâtiment des « clos mollets ».

Claudia, assise sur le bord de son lit, ne pouvait oublier, malgré le temps passé, le choc émotionnel qu'elle vécut dans les bois de Meudon avec son amoureux. Elle était dans un état de profonde confusion comme tous ceux qui découvrent l'amour pour la première fois. Elle porta lentement l'extrémité de ses doigts sur ses lèvres, et un long frisson la parcourut. Elle se souvint de l'émoi qui fut le sien à ce moment-là. Tout son petit corps se mit à trembler… Le billet de Nicolas, remis par Germaine, fut si bouleversant que des larmes coulèrent le long de ses joues.

Dans l'espoir d'apercevoir Nicolas, elle ouvrit la fenêtre, et son regard se porta aussitôt vers la rue Hédouin. C'est alors qu'elle le vit. Son cœur s'affola, elle lui fit signe qu'elle descendait.

En cachette de ses parents, Claudia quitta l'appartement sans faire de bruit, puis descendit silencieusement les trois étages, pour rejoindre Nicolas. Dès qu'ils se retrouvèrent, sans perdre une seconde, Nicolas lui prit la main, pour se diriger discrètement vers la rue Anatole France.

À l'abri de tous les regards indiscrets, ils s'assirent sur le banc au pied de l'escalier du « sentier des blancs ». Cet endroit sera désormais leur lieu de rendez-vous pendant leurs années d'adolescence.

Ils se tenaient la main, heureux d'être enfin ensemble. Le cœur de Claudia cognait, des bouffées de chaleur l'enflammaient. L'air à cet instant fut d'une incroyable douceur, une fraîcheur secrète semblait couvrir les hôtes de ce lieu. Elle posa sa tête sur l'épaule de Nicolas. Pour la seconde fois, leurs lèvres s'unirent. Il n'y eut rien d'autre dans le miroir de leur regard que le reflet de leur pureté. Dans l'abri de ce nid de tendresse s'épanouissait l'amour de deux enfants.

— Je t'aime Nicolas, tu es si beau, si gentil… Tu ne ressembles à personne.

Puis toute rougissante elle rajouta :

— Quand on sera grand, on se mariera, nous aurons une belle maison avec plein d'enfants que nous aimerons ! Tu veux bien Nicolas ?

— Je te le promets Claudia, c'est mon souhait le plus cher. Les sentiments que j'éprouve pour toi sont très forts. Je fais le serment, que dès mes études terminées, je t'épouserai pour t'offrir la plus belle des vies.

Main dans la main, la mine réjouie de bonheur, il la raccompagna. Ils échangèrent un dernier signe, puis chacun rejoignit son domicile.

Bac avec mention
Les malheurs de Claudia

Cette année de 6e se passa avec d'excellents résultats pour Nicolas, qui reçut en récompense de sa moyenne annuelle de 18,75/20, les félicitations de tous ses professeurs. Avec sept autres de ses camarades, ils furent dispensés de la 5e, et passèrent directement en 4e.

En 3e, le brevet, après un enseignement efficace ainsi que des devoirs rigoureux, fut obtenu par la totalité des vingt-cinq élèves de la classe. Cela permettait, à ceux qui le désiraient, d'être admis au lycée pour l'année suivante. Les professeurs étaient tous ravis, surtout fiers de leur enseignement, qui faisait monter la cote du lycée.

La guerre des résultats, pour être le meilleur à laquelle se livrait le lycée Henri IV avec celui de Condorcet, n'était pas près de s'achever !

Les vacances d'été arrivèrent à point. Nicolas allait avoir quatorze ans, il n'avait qu'une envie, prendre un peu de repos, mais surtout revoir Claudia. Même s'il se sentait trop jeune, il ne rêvait que de projets d'avenir avec elle. Tout cela bien sûr au cours de longues promenades dans le cadre idyllique du bois de Meudon.

Cet amour platonique il le vivait intensément, cela se lisait sur son visage. Il avait la certitude que cette flamme qu'ils avaient l'un pour l'autre ne pourrait jamais s'éteindre.

Hélas, sa trop grande sensibilité, sa gentillesse, son sentimentalisme exacerbé, son désir de toujours idéaliser les gens, empêchaient parfois Nicolas de voir les êtres tels qu'ils étaient réellement !

Honoré de Balzac, disait, que les belles âmes arrivent difficilement à croire au mal, à l'ingratitude, il leur faut de rudes leçons avant de reconnaître l'étendue de la corruption humaine !

Le lendemain matin, sur les coups de onze heures, Claudia vint jusqu'à son domicile. Heureuse d'apercevoir Nicolas dans son jardin, elle s'approcha, en lui faisant signe. Son visage rayonnait du bonheur de le revoir. Fou de joie, Nicolas courut vers la grille.

— Bonjour Nicolas, tu viens avec moi je vais chercher du pain ?

— J'arrive ! Attends-moi, je reviens tout de suite, je vais demander à ma mère si elle en a besoin également.

Ils descendirent main dans la main jusqu'à la boulangerie située place de la Ferme à Issy-les-Moulineaux. Chemin faisant, il lui raconta sa réussite au brevet, et sa rentrée prochaine au lycée. Claudia admirative l'écoutait bouche bée. Puis ils remontèrent tranquillement vers les Montalets. Comme ils leur restaient un peu de temps, Claudia lui proposa de s'asseoir sur leur banc pour rester un moment ensemble.

— Tu sais Nicolas quand je t'écoute, je me sens toute petite à côté de toi. Nous avons pourtant le même âge, tu es passionné par les études, ça se voit. Tu viens de réussir ton brevet et tu sembles si heureux…

Puis en baissant la tête comme, une personne prise en faute, elle rajouta à voix basse :

— Moi, j'ai raté mon certificat d'études primaires.

Nicolas passa son bras autour de ses épaules, la serra fortement contre lui, tout en lui prodiguant des mots d'encouragement.

— Et alors, il n'y a rien de grave ! Un échec n'est jamais une fin en soi, bien au contraire ! Redoubler est une chance, tu réviseras ce que tu as déjà appris ! Je suis persuadé que l'année prochaine tu le réussiras.

— Je t'avoue Nicolas, je n'aime pas l'école ! Je n'ai aucune envie d'y retourner ! Je veux travailler à l'usine avec ma mère. Je ne pense qu'à ça ! Gagner un peu d'argent pour obtenir mon indépendance et revoir mon père ! Toi, tu es instruit, tu sais des choses que je ne peux savoir. Dans ma famille, nous ne vivons que par intuitions et nous leur obéissons. Ma mère, qui n'a guère d'affection pour moi, m'explique que l'on travaille à l'usine de mère en fille, par tradition ouvrière ! Tu comprends pourquoi je n'ai guère le choix de réagir autrement... Malgré nos différences, je t'aime Nicolas !

De longues larmes coulèrent sur ses joues. Nicolas sortit son mouchoir pour lui sécher ses pleurs. Après avoir déposé un baiser sur ses lèvres, il lui murmura à l'oreille tout l'amour qu'il avait pour elle. Puis tendrement, il lui prit la main et la raccompagna à son domicile. Il lui donna un dernier baiser, puis partit en lui faisant de grands signes de la main pour lui dire au revoir.

Penchés sur leur balcon, sa mère Simone et Marcel son beau-père, tous deux inquiets de son retard, regardaient la scène d'un œil stupéfait. Claudia rentrant en catimini, dès qu'elle ouvrit la porte, sa mère l'accueillit en lui assénant une violente claque sur le visage.

— Tu n'as pas honte de te laisser embrasser par ce garçon lui cria-t-elle le visage empli d'une fureur violente ! File dans ta chambre ! Crois-moi tu n'es pas près d'en sortir… Tu es bien la fille de ton père, une débauchée ! Je vais aller voir les parents de ce gosse de riche pour leur demander qu'il ne s'approche plus de toi, tu m'entends ! Donne-moi son adresse ! Quant à toi, tu rentres lundi à l'usine. Cela te fera le plus grand bien ! Tu apprendras à connaître le monde ouvrier, ce monde dont nous sommes issus ! Ceux qui travaillent dur, exploités jusqu'à la moelle par des patrons qui ne pensent qu'à s'en mettre plein les poches.

Claudia, humiliée, le visage exprimant une rage contenue, regagna sa chambre. Elle maudit cette mère qui sans cesse lui témoignait son désamour. Elle se jeta sur son lit, pleurant sa misère d'enfant mal aimé. Son amour pour Nicolas se renforça, et demeura à cet instant son seul espoir.

Sa mère, en dépit des appels au calme de Marcel, descendit comme une furie les trois étages, plus que jamais décidée à remettre à sa place cet enfant qui se croyait tout permis. Elle arriva exténuée, le regard empli d'une colère sourde, devant le portail du n° 4 de la rue Hédouin. Elle sonna.

Béatrix déjeunait en compagnie de Nicolas dans la douce quiétude du jardin ombragé. Mme Meunier, descendant de la maison, un plateau à la main pour les servir, vint à la grille demander à Simone ce qu'elle désirait.

— Je veux voir les parents de ce gamin mal élevé, qui a abusé de ma fillette !

Elle vociféra si fort, que Béatrix surprise par l'intonation agressive alla ouvrir le portail.

— Entrez, Madame, il est inutile de hurler et de vous mettre dans un état pareil ! Asseyez-vous, je vous en prie ! Discutons calmement, voulez-vous ?

Simone, complètement désorientée par le ton courtois de Béatrix, s'assit ne sachant plus quoi dire.

— Je vous ai entendue dire, selon vous, que mon fils, très mal élevé au demeurant, aurait abusé de votre fille ! Expliquez-vous Madame, car ce sont de terribles accusations que vous portez là. Qu'a-t-il fait de si grave pour vous mettre dans une telle colère ?

Simone plus calme reprit ses esprits.

— Il a embrassé sur les lèvres ma fillette de 14 ans ! C'est une honte, ce n'est qu'une enfant encore ! Le fait d'être riche ne permet pas tout !

— Je connais bien votre fille Madame, c'est une jeune fille charmante et que j'estime beaucoup. Ne vous en déplaise, sachez que d'être issu d'une bonne famille ce n'est pas grandir avec de l'argent, venir d'une bonne famille c'est d'être nourri par des principes et des valeurs. Mon fils a le même âge que votre fille. Il a reçu une excellente éducation. Je ne vois rien de mal dans ce baiser platonique de deux enfants qui connaissent leur premier amour de jeunesse… Auriez-vous oublié Madame, vos premiers émois d'adolescente, ainsi que l'émotion que suscite le premier baiser ?

Simone, abasourdie, resta bouche bée, quand brusquement l'image de son premier amour pour le père de Claudia, surgit dans sa mémoire meurtrie. Elle eut un sourire de dépit s'en voulant d'avoir été aussi sévère avec sa fille. Elle regarda Nicolas, et ne vit plus les choses de la même façon.

— Je vous demande de bien vouloir m'excuser, madame, de vous avoir importunée, et surtout si mal jugée, dit-elle à Béatrix d'un air contrit.

— Vous n'avez pas à vous excuser Madame, on s'inquiète toujours pour ses enfants. Quoi qu'il en soit, je suis très heureuse d'avoir fait votre connaissance. J'espère vous revoir dans de meilleures circonstances.

Béatrix s'adressa à son fils lui demandant de raccompagner la mère de Claudia.

Nicolas s'empressa d'aller ouvrir le portail.

— Je vous en prie Madame, lui dit-il en s'effaçant pour la laisser passer.

— Je suis contente d'avoir fait ta connaissance Nicolas, tu es un gentil garçon ! Mais je vous demande d'être sages tous les deux.

— Bien sûr Madame, soyez sans crainte, vous pouvez compter sur moi.

Elle se pencha vers lui en l'embrassant affectueusement. Elle repartit, avec en elle, une paix intérieure jamais connue.

Pendant toutes ces années au lycée, de la seconde à la terminale, Nicolas ne connut guère de repos. Seuls, les dimanches étaient consacrés à l'amour de plus en plus grandissant pour Claudia. Il travaillait d'arrache-pied avec une seule idée en tête, réussir son baccalauréat de philosophie avec mention, pour construire son avenir avec Claudia.

En juin 1955, dans la cour du lycée Henri IV, tous les élèves de terminale, accompagnés de leurs parents, avaient le nez collé sur les panneaux d'affichage. Nicolas voyant ses résultats, eut un petit sourire, hésita un instant, puis s'en retourna, la tête basse, comme un enfant dépité, vers ses parents qui l'attendaient avec impatience, autour d'un banquet organisé par le lycée. Guylhem lorsqu'il vit son air triste, posa sa coupe de champagne.

— Tu ne vas pas me dire que tu n'as pas obtenu ton bac ! Ce n'est pas possible mon fils ! lui dit-il le visage marqué d'une grande déception.

Nicolas alors ne put se retenir plus longtemps. Il éclata d'un rire qui fit tourner la tête de tous les convives de la table.

— Mais non Papa, s'esclaffa Nicolas, c'est pour vous taquiner un peu ! J'ai mon bac philo avec mention très bien ! J'ai tenu ma promesse !

Guylhem et Béatrix, fous de joie, ne purent s'empêcher de lui dire :

— Tu vas bientôt avoir seize ans, mais toujours aussi taquin! Tu peux te vanter de nous avoir fait peur.

Puis ils s'empressèrent de le féliciter pour ses excellents résultats.

Cette année-là, le lycée Henri IV prit la tête devant le lycée Condorcet, avec 94 % de réussite dans les trois baccalauréats : Math sup, sciences Naturelles et Philosophie.

En ce vendredi matin quinze juin, quelques jours avant les grandes vacances d'été, Monsieur Griès, leur remarquable professeur de philosophie, vint les rejoindre pour les féliciter de leurs résultats. Tenant une liasse de feuilles dans ses bras, il monta sur l'estrade de son bureau, en demandant aux élèves, le sourire aux lèvres, de se préparer pour une épreuve surprise !

— N'ayez crainte jeunes hommes, c'est la dernière journée que nous passons ensemble, je ne voulais pas vous quitter sans vous proposer ce dernier exercice. Il n'y aura aucune note, bien sûr, juste une leçon de vie !

Il distribua les feuilles, toujours à l'envers comme à son habitude. Puis il leur fit retourner la feuille. Tous les élèves demeurèrent bouche bée, ils avaient devant eux une feuille blanche sur laquelle figurait un minuscule point noir en son centre ! Il leur demanda alors de décrire ce qu'ils voyaient. Tous, sans exception, ne dissertèrent que sur le point noir. Monsieur Griès, ramassa les copies, puis, assis derrière son bureau il les compulsa. Quelques minutes plus tard, toujours avec cet air de bonhomie, il s'adressa à eux.

— Jeunes hommes, à part l'humour de Fonzenac, qui a écrit que ce trouillard de I noir, avait fui, en oubliant son point sur la page blanche ! Tous, vous n'avez vu sur cette feuille que le point noir, et rien d'autre ! Vous avez tous ignoré la partie blanche… Pourtant jeunes gens, c'est la chose la plus importante !

Il y eut un moment de silence durant lequel les élèves se regardèrent étonnés par cette remarque.

— Je m'explique : supposons que ce point noir représente les aléas de la vie que tout un chacun peut connaître au cours de son existence. Si vous vous focalisez sur ce point, pour ne voir que lui ! Imaginez quel enfer sera votre vie ! Alors que sur la partie blanche, vous aviez toute la place d'y inscrire vos projets, vos ambitions pour votre vie future, trouver l'âme sœur, pour bâtir avec elle une famille, avoir des enfants, en leur offrant la meilleure éducation possible. Que sais-je d'autre : construire une maison, s'élever dans la connaissance des choses et des êtres. Il y a tant à espérer, à imaginer, que l'on pourrait passer des heures avant de remplir cette page blanche de tous nos souhaits. Réfléchissez bien jeunes gens, sur cette leçon surprise ! À présent, je vous souhaite à tous de bonnes vacances… Encore toutes mes félicitations pour vos brillants résultats.

Il se leva, regarda ses élèves avec bienveillance et ajouta :

— Juste un petit conseil avant de nous séparer, une fois de temps en temps jeunes gens, pensez à vous ! Ce n'est pas de l'égoïsme, c'est nécessaire !

Lorsque Monsieur Griès se dirigea vers la sortie, tous les élèves se levèrent en l'accompagnant d'un ban d'applaudissement.

Puis ils furent appelés, chacun leur tour, auprès de la conseillère en orientation pour connaître leur projet d'avenir.

Lorsque vint le tour de Nicolas, il demanda à la conseillère quelles étaient les conditions pour préparer le concours d'entrée à l'école de Sèvres, en section, métiers de la céramique. Elle fut très étonnée, et l'interrogea sur les raisons de ce choix.

— J'ai eu l'occasion, avec mes parents, de visiter pendant toute une journée un atelier de céramique à l'école de Sèvres. J'ai assisté à la réalisation d'un plat, de sa conception à sa finition. Je suis resté émerveillé du résultat ! Étonné par la dextérité du potier, de la finesse dont il fit preuve pour dessiner et peindre les motifs ! Le côté artistique de ce métier m'a tout de suite séduit.

— Je comprends parfaitement votre motivation Fonzenac, c'est très louable ! Si vous le permettez, je vous ferai une simple remarque ! Votre baccalauréat philo vous ouvre également d'autres portes, comme les prépas aux grandes écoles de commerce, qui me semblent être bien plus en adéquation avec vos résultats. Il faut bien réfléchir à toutes les possibilités qui vous sont offertes, avant de vous engager définitivement Fonzenac !

— Bien sûr, Madame, pour l'instant je n'ai pris aucune décision. Je veux simplement connaître les conditions d'admission pour l'école de Sèvres, et par la même occasion, celles aux grandes écoles de commerce.

Elle lui expliqua que le concours de technicien d'art, spécialité céramique, est ouvert aux titulaires d'un bac complet, ou d'un diplôme de même niveau. Ce concours est organisé par le Ministère de la Culture qui détermine par arrêté, le numerus clausus, du nombre ouvert aux concours ainsi que les ateliers concernés, dans votre cas c'est la céramique. Après un an de prépa, qui s'effectue dans leurs ateliers, vous passez le concours ! Si vous êtes reçu, vous serez rémunéré pendant les années que durera votre apprentissage. Cet avantage comporte l'obligation que vous restiez dix ans à travailler au musée de Sèvres.

— C'est clair Fonzenac ?

— Absolument Madame !

— Bien ! À présent, je vais vous indiquer les modalités pour les concours d'accès aux grandes écoles de commerce… Après un rappel sur l'histoire de ces trois grandes écoles de Paris, et la concurrence qu'elles se livraient, j'aborderai les conditions d'admission. Vous suivez toujours Fonzenac ?

— Tout à fait Madame !

— Je vais essayer d'être la plus brève possible ! SUP de Co, longtemps restée dans l'ombre de HEC, sur laquelle la CCI de Paris misait davantage, finit aussi par s'imposer progressivement, au même niveau que HEC et l'ESSEC, pour désigner les trois meilleures écoles de commerce de Paris. Pour préparer HEC Fonzenac, un bac Maths élémentaires s'impose, afin d'obtenir un maximum de chance pour réussir le concours d'entrée ! Il faut savoir également que le prix de formation est trois fois plus élevé que ses concurrents. Avec votre Bac Philo, vous pouvez prétendre à poursuivre deux années de propédeutique ici même au lycée Henri IV, qui vous permettront de vous présenter avec un maximum de chance de réussite à l'examen d'entrée à SUP de CO. Je pense vous avoir donné toutes les informations pour vous permettre de prendre votre décision en toute connaissance de cause… Avez-vous des questions ?

— Non, Madame, tout est clair pour moi, j'ai tous les éléments nécessaires pour en discuter avec mes parents. Je vous remercie pour ces conseils qui, j'en suis persuadé, me seront très utiles.

— N'oubliez pas Fonzenac, nous sommes à la mi-juin, il me faut donc une réponse au plus tard avant la fin du mois.

— Entendu Madame.

Ainsi prit fin la période lycéenne de Nicolas, il était âgé de seize ans.

École supérieure de commerce de Paris

Ce même jour, Guylhem et Béatrix, installés sur la terrasse, attendaient leur fils pour déjeuner, sous l'abri des glycines qui descendaient en longues grappes parfumées le long de la véranda. Lorsque Nicolas arriva, il prit place près d'eux, tandis que Madame Meunier déposait les plats sur la table. Il leur présenta au cours du repas, les différentes opportunités qui s'offraient à lui pour poursuivre ses études.

— Toutes ces possibilités, lui dit Guylhem, sont intéressantes, mais c'est à toi, de nous dire vers quelle filière tu comptes te diriger !

— Dès le début, je voulais choisir l'école de Sèvres en section céramique. Depuis que nous avions visité les ateliers de cette école, je n'avais qu'une seule idée en tête, pouvoir un jour faire partie de cette élite. L'entrevue avec la conseillère d'orientation m'a fait changer d'avis.

— Pour quelle raison as-tu changé d'opinion Nicolas ? lui demanda sa mère ?

— En dehors de mon attirance pour ce métier artistique, si je réussissais l'examen d'entrée, pendant les cinq années d'études pour obtenir mon diplôme, je serais entièrement rémunéré. Mais en contrepartie, je devrais, en échange de ce salaire, travailler dix ans pour l'État. J'ai trouvé que cela ne correspondait pas à mes ambitions !

Son père enchaîna à son tour.

— Quelles sont donc ces ambitions mon fils, qui t'ont fait renoncer à cette école ?

— Ce sont les dix ans que je devais à l'État qui m'a fait changer d'avis papa ! Ce que je désirais, mon examen en poche, c'est de retourner à Baziège ! Il y a en France énormément de débouchés pour le métier de céramiste d'art, le travail ne manque pas, croyez-moi ! Puis, avec votre autorisation bien sûr, j'aurais créé un atelier de céramique dans une partie du château, épousé Claudia pour fonder à mon tour une famille sous le toit de nos ancêtres… Surtout, je dis bien, être près de vous… C'était mon vœu le plus précieux, mes chers parents !

Il se tut, puis d'une voix nostalgique, il continua :

— Parfois, je me dis que plus le temps passe, plus il me semble que le bonheur d'autrefois me paraît n'être qu'un songe.

À l'instant même, on entendit un sifflement, identique au chant si pur que vocalisent les alouettes lorsqu'elles tentent d'atteindre le ciel. Quelques nuages couvrirent l'azur, puis peu à peu ils se dissipèrent, faisant place à une lumière d'un blanc orangé, qui éclaira cette réunion en la couvrant d'étonnantes nuances de ton.

Béatrix et Guylhem, le regard empli d'une grande affection envers leur fils, restaient émus, bouleversés, par tout l'amour qu'il leur exprimait.

Guylhem insista :

— Alors fiston, lui dit-il d'un ton affectueux, quelle filière as-tu choisie ?

— Avec votre assentiment bien sûr ! Je souhaiterais passer deux années de propédeutique à Henri IV, pour préparer le concours d'entrée à SUP de CO… Si je suis admis, les trois années d'études seront coûteuses ! Je vous promets d'effectuer des petits boulots pour subvenir à mes besoins ! Je ne voudrais en aucune façon être une charge pour vous ! Plus tard, avec ce diplôme en poche, je gagnerai beaucoup d'argent, et ce sera à mon tour de vous gâter !

— Mais grand Dieu ! s'écria sa mère froissée par ces propos, comment peux-tu dire une chose pareille mon Nicolas ! L'argent mon fils, on ne parle que de lui, comme si cela était la réussite suprême ! La connaissance, le savoir, l'ouverture d'esprit, l'art de dialoguer avec celui qui ne partage pas vos idées, c'est cela qui compte ! De nos jours, il est vrai, que s'enrichir est vraiment respecté, hélas l'intelligence n'attire pas le respect, mais la suspicion ! Laisse donc l'argent à cette bourgeoisie imbécile pensant que leur fortune les rend plus intelligents !

Elle lui prit la main avec douceur, et les yeux dans les yeux elle murmura :

— Tu es notre fils, tu sais que l'on t'aime énormément ! Nous ne souhaitons ton père et moi, qu'une seule chose pour toi… Que tu aies les bagages nécessaires pour affronter plus tard ta vie d'homme dans les meilleures conditions. Tu dois à présent te préoccuper uniquement de trois choses : apprendre, encore apprendre, et toujours apprendre.

Elle l'embrassa très fort, puis se tourna vers Guylhem.

— Je crois que je me suis laissée emporter, mon chéri !

— Mais pas du tout ma mie, tu as exprimé de façon très claire tout ce qui devait être dit !

Guylhem, marquant un temps d'arrêt, regarda tour à tour Béatrix et Nicolas, et avec une certaine fierté dans la voix, leur annonça :

— J'ai attendu ce moment, pour vous faire part de ma promotion au poste de substitut du Procureur de la République… Et pas n'importe où… Au tribunal de Toulouse !

Béatrix se jeta à son cou et s'empressa de le féliciter. Nicolas savait que son père était dans la magistrature, mais comme celui-ci n'en parlait jamais en sa présence, il n'avait aucune idée de ce qu'était un substitut. Néanmoins, il vint à son tour le congratuler. Il était heureux et triste à la fois, cependant il ne put s'empêcher de faire remarquer :

— Mais papa comment vais-je faire pour mes études si on quitte Meudon ? Et Claudia je ne la verrai plus ?

Guylhem sourit et le rassura tout de suite.

— Crois-tu, Nicolas, que je n'y ai pas pensé ? Le poste de substitut auprès du procureur de Toulouse que je dois prendre ne sera vacant qu'à l'automne de l'année prochaine. La villa de fonction, accordée par la magistrature, reste à notre disposition tout le temps nécessaire. Ta maman sera près de toi jusqu'à la fin de tes études, pour t'aider en cas de besoin ! Madame Meunier s'occupera du quotidien et de la cuisine comme d'habitude. Quant à moi, je viendrai vous rejoindre chaque week-end. T'ai-je rassuré, mon fils ?

Nicolas poussa un profond soupir de soulagement, en remerciant son père.

— Ce n'est pas tout ! reprit Guylhem le visage empreint d'une certaine gravité.

— Vous n'êtes pas sans savoir que bon-papa est rentré de l'hôpital. Il va beaucoup mieux, mais ne peut se déplacer qu'en fauteuil roulant. Quant à bonne-maman, bien qu'en excellente santé, les années sont là, et la fatigue commence à se faire ressentir.

Puis après un temps d'arrêt, il continua.

— Depuis mon enfance, bonne-maman gérait, et gère toujours le domaine de Lastour. C'est une lourde charge, de plus en plus difficile à assumer. Elle souhaiterait, ainsi que bon-papa, nous réunir quelques jours pour discuter de tout ça ! Ils tiennent absolument à ta présence Nicolas ! Il y a trop longtemps qu'ils ne t'ont pas vu ! Tu leur manques beaucoup.

Nicolas sans aucune hésitation répondit à son père :

— Oh oui papa, je ne demande que ça ! Je les aime énormément, j'ai tant de choses à leur faire part ! Demain matin, j'irai confirmer à ma conseillère mon accord pour les années de propédeutique à Henri IV. Ceci fait, nous pourrons partir quand tu voudras !

— Parfait ! s'exclama Guylhem, nous sommes vendredi, j'irai récupérer ma voiture qui est en révision. Ha ! J'avais oublié de vous dire, c'est en voiture et non en train que nous rejoindrons Baziège ! Le temps de préparer nos affaires, nous pourrions partir lundi ? Qu'en pensez-vous ?

Nicolas avec enthousiasme approuva. Béatrix s'approcha alors de lui, sous l'œil bienveillant de Guylhem, elle lui murmurant à l'oreille qu'une surprise l'attendait. Au même instant, la sonnette du portail se mit à retentir. Guylhem s'empressa d'aller ouvrir, et fit entrer Claudia accompagnée de ses parents, sous l'œil effaré de Nicolas ! Marcel, le beau-père de Claudia, offrit un bouquet de roses à Béatrix, puis ils prirent place autour de la table.

Madame Meunier apporta un magnifique gâteau ! Sur le dessus, on pouvait lire, inscrit en lettres chocolatées : « Félicitations à notre bachelier » !

Guylhem invita également Madame Meunier à s'asseoir avec eux pour fêter cet évènement. Il ouvrit une bouteille de Château d'Yquem, et fit le service lui-même. La robe du délicieux nectar scintilla sous les rayons du soleil. Guylhem leva son verre, en proposant de porter un toast en l'honneur du nouveau bachelier. Tout le monde fit de même en félicitant Nicolas.

— La vraie surprise que je t'ai annoncée, dit Béatrix en s'adressant à son fils, la voici !

Elle fit une courte pause, afin de faire durer le suspense, tandis que tous les regards se fixèrent sur l'air surpris et étonné de Nicolas. Claudia à ce moment-là, pressa très fort sa main contre celle de Nicolas.

— Claudia est autorisée par ses parents, à nous accompagner durant notre séjour à Baziège dit-elle avec un sourire !

Nicolas n'en croyait pas ses oreilles, il était tellement heureux de cette surprise inespérée ! Il se leva en remerciant Simone et Marcel, avec un sourire qui exprimait toute sa joie. Puis Claudia et Nicolas se regardèrent amoureusement avec tout le contentement procuré par cette nouvelle.

Sous l'effet du Château d'Yquem et du délicieux dessert, l'ambiance se fit plus calme. Une douce léthargie gagna peu à peu l'assistance. Ils prirent le café. Les hommes fumèrent le cigare, tandis que les femmes parlèrent d'une voix douce, avec sur leur visage un grand point de bonheur.

La journée se termina dans une excellente ambiance. Ils fixèrent d'un commun accord l'heure à laquelle ils passeraient prendre Claudia lundi matin. Simone, Marcel et Claudia remercièrent les parents de Nicolas pour leur accueil, et regagnèrent leur domicile.

Sur les chemins bleus de l'innocence

L'aube était proche. La lune venait tout juste de se coucher, lorsque Guylhem arrêta sa voiture, au pied de l'immeuble. Claudia, sa valise à la main les attendait avec impatience. Nicolas descendit du véhicule, l'embrassa, saisit sa valise pour la mettre dans le coffre, puis ils s'installèrent sur les sièges arrière. Simone et Marcel, du haut de leur balcon, leur souhaitèrent bonne route. Dans la lueur du petit jour, la voiture démarra, Guylhem baissa les glaces et tous firent de grands gestes d'au revoir. Simone fit un dernier signe de la main, regarda la voiture disparaître dans un nuage de fumée grise. Son cœur alors se serra, et son regard s'emplit d'une tristesse mal contenue.

Claudia et Nicolas heureux comme ils ne l'avaient jamais été, blottis l'un contre l'autre, se souriaient. Claudia tellement émue posa sa main sur son cœur comme si elle voulait en calmer les battements. Son amour pour Nicolas s'amplifiait de jour en jour, pour devenir la base de tous ses espoirs. Nicolas, ressentant son trouble, passa son bras autour de ses épaules. Claudia posa sa tête sur ce bras protecteur et finit par s'endormir.

Guylhem, en les voyant dans le rétro, eut un sourire à la fois nostalgique et amusé. Il fit un clin d'œil complice à Béatrix pour qu'elle se tourne discrètement. Elle dirigea le rétroviseur vers elle, comme pour retoucher son maquillage, et découvrit à son tour la scène. Elle regarda Guylhem, et son visage s'illumina d'un sentiment de grande tendresse.

À la sortie de Châteauroux, Guylhem se gara sur l'aire de stationnement d'une auberge en bord de route. Il s'adressa à Béatrix et aux deux tourtereaux.

— Que diriez-vous, d'une halte dans ce lieu charmant, pour prendre un bon petit-déjeuner ?

— Ce n'est pas de refus, je meurs de faim, lui répondit Béatrix ! Et vous jeunes gens, qu'en dites-vous ?

Claudia, juste réveillée, et Nicolas acceptèrent avec joie.

Sous la tonnelle ombragée de l'auberge, ils se firent servir par un aubergiste bedonnant et souriant, un délicieux et copieux breakfast…

Une heure plus tard, le visage rayonnant, ils reprirent la route. Béatrix et Guylhem pendant le trajet parlèrent de choses et d'autres, alors que sur la banquette arrière, les amoureux roucoulaient. Puis sur les coups de midi, ils traversèrent Cahors. Béatrix proposa alors à Guylhem de trouver un endroit tranquille pour pique-niquer.

Quelques kilomètres plus loin, Guylhem bifurqua sur la droite, pour prendre un chemin débouchant sous l'ombrage hospitalier de grands arbres bordant les rives du Lot.

Béatrix sortit du coffre de la voiture, un panier de voyage en osier, ainsi qu'une grande nappe à carreaux rouges et blancs. Claudia s'empressa de l'aider à mettre les couverts. Tous les quatre prirent place autour de la nappe et dégustèrent avec plaisir tous les savoureux mets préparés par Madame Meunier.

L'eau du Lot apporta un peu de fraîcheur. Dans la douce chaleur de cette fin de matinée, le souffle léger du petit vent se leva, faisant frissonner les feuilles des arbres. Tel le tableau de

Monet, ce repas sur l'herbe se figea à tout jamais dans la mémoire de chacun.

Il y a des jours magiques, comme aujourd'hui, où le bonheur semble se confondre avec l'éternité.

Au château de Lastours, l'effervescence régnait dans l'attente de l'arrivée de la famille. Bonne-maman ne savait plus où donner de la tête, elle voulait s'assurer que tout soit parfait. Dans les cuisines, Pauline s'affairait aux fourneaux pour la préparation du repas du soir.

Dans le grand salon, la table était dressée, devant chaque couvert, des bristols étaient disposés portant le nom de chaque convive. Bonne-maman avait demandé à Suzette de placer le bristol de son petit-fils, à sa droite, et celui de Claudia à sa gauche. Elle tourna plusieurs fois autour de la table, vérifiant d'un œil minutieux, la position des couverts, regardant dans les moindres détails les fleurs disposées sur le chemin de table en dentelle. Jacquelin, qui avait quitté son fauteuil roulant, se tenait appuyé sur sa canne, admirant Virginie. Puis il regarda sa montre à gousset, et lui dit :

— Il est près de seize heures, je pense qu'ils ne vont plus tarder à présent ! Il serait préférable d'aller nous asseoir tous les deux sous le parasol pour les accueillir et leur souhaiter la bienvenue. Qu'en penses-tu, Virginie ?

— Tu as raison lui répondit-elle en souriant.

Elle jeta un dernier coup d'œil pour s'assurer que tout était parfait. Puis elle s'adressa à Pauline en lui demandant de servir des boissons fraîches dès l'arrivée des enfants.

Elle prit le bras de son mari, et tous deux s'installèrent autour de la table qui trônait sur la terrasse.

Lorsque l'église de Baziège fit tinter les quatre coups de seize heures, la voiture de Guylhem pénétra dans la cour du château de Lastour !

Virginie se leva et descendit les marches du perron pour les accueillir. Quant à Jacquelin, trop handicapé pour la suivre, à l'aide de sa canne, se leva. Une main sur la table, l'autre appuyée sur sa canne, il les attendit. Son visage exprimait toute la joie de revoir ses enfants.

Guylhem descendit, alla ouvrir la portière de Béatrix, tandis que Nicolas en fit autant, pour Claudia.

Virginie, ne pouvant cacher son émotion de revoir son fils, oublia le protocole, et l'embrassa avec toute la tendresse qu'éprouve une maman n'ayant pas revu son enfant depuis longtemps. Elle embrassa Béatrix, et lui trouva une mine superbe.

Nicolas, qui tenait la main de Claudia, s'approcha de sa bonne-maman. Pour lui, seuls les sentiments et la joie de la retrouver le guidaient. Lâchant la main de Claudia, il se précipita pour l'embrasser.

Virginie se recula, impressionnée, émerveillée à la fois, de découvrir son petit-fils devenu un si beau jeune homme.

— Tu es magnifique, mon garçon ! Plus tu grandis, plus tu ressembles à ton père lorsqu'il avait ton âge… J'ai appris ton succès pour ton bac avec mention. Félicitations, mon petit, je suis fière de toi !

Puis elle se tourna vers Claudia qui semblait mal à l'aise.

— Venez près de moi Mademoiselle Claudia lui dit-elle le visage empreint d'une grande tendresse. Ne soyez pas intimidée. Elle lui prit les mains et les serra dans les siennes… J'ai souvent entendu parler de vous par ma belle-fille qui vous porte une grande affection… Je suis très heureuse de faire votre connaissance, et de vous accueillir dans notre vieille demeure où j'espère que vous passerez un excellent séjour.

Claudia lui demanda si elle pouvait à son tour l'embrasser, alors, tendrement, elle lui déposa un baiser sur chaque joue.

Accompagnés de Guylhem et Béatrix, Claudia et Nicolas lui prirent le bras pour rejoindre la terrasse où Jacquelin les attendait avec impatience. Tout en s'appuyant sur sa canne, il s'inclina devant Claudia :

— Je vous souhaite la bienvenue charmante jeune-fille ! Puis-je, Mademoiselle, vous demander de prendre place à mes côtés ! Avec la permission de mon petit-fils bien sûr ! Cela me serait très agréable !

C'est ce que fit Claudia en souriant sous le regard amusé de Nicolas.

Pauline apporta des boissons rafraîchissantes, en saluant tout le monde. Nicolas ne put s'empêcher d'embrasser sa nounou, et au moment où elle regagnait les cuisines, avec un sourire coquin, il lui défit les lacets de son tablier.

Elle éclata de rire ainsi que toute la tablée :

— Tu as beau être un grand garçon, mon Nicolas, tu n'as pas changé… Toujours aussi taquin, lui dit-elle le visage empli d'une infinie tendresse.

Virginie s'adressa à Nicolas :

— Nous allons parler avec tes parents, de la manière dont nous organiserons la gestion du domaine ! Cela ne sera guère intéressant pour vous mes enfants… Ce que je te propose Nicolas, c'est de faire visiter le château à Claudia. Par la même occasion, monte sa valise, et dépose-la dans la chambre bleue, c'est là qu'elle passera son séjour parmi nous. Prenez tout votre temps car l'oncle Raymond n'arrivera pas avant vingt heures. Qu'en penses-tu ?

— Parfait, bonne-maman, répondit gaiement Nicolas !

Ils quittèrent tous deux la table, partirent chercher la valise dans le coffre de la voiture, et gagnèrent le château.

Claudia lui fit part de ses impressions :

— Tu sais Nicolas j'ai la sensation, depuis notre départ de Meudon, de vivre un rêve toute éveillée. Je dois me pincer pour être sûre que c'est bien la réalité. Tout est nouveau pour moi qui ne suis jamais sortie de ma banlieue ! Et maintenant, je vais dormir dans un château… C'est comme si je vivais un conte de fées. Toute ta famille est si gentille avec moi, que je ne sais quoi dire… Et toi mon Nicolas, tu es si beau, si intelligent, tu n'as aucun défaut, je ne trouve même pas les mots pour décrire tout ce que je ressens pour toi.

Nicolas la regarda et s'exclama en souriant :

— Bien sûr que j'ai des défauts Claudia, mais au moins j'en suis conscient ! Tu sais tout le monde en possède, mais hélas, certains ne connaissent seulement que ceux des autres… Je t'aime ma Claudia, je t'aimerai et te resterai fidèle jusqu'à la fin de mes jours ! Allez viens, je vais te montrer ta chambre !

Lorsqu'ils pénétrèrent dans la chambre bleue, Pauline finissait de remplir d'eau le broc de porcelaine bleuté, posé dans une cuvette décorée de jolies fleurs de lys doré à l'or fin. Le baldaquin du lit était en velours d'un bleu azuréen, parsemé lui aussi, de fleurs de lys d'un jaune délavé par le temps. En fait, toute la chambre était tapissée de différents bleus, d'où son nom.

Pauline prit la valise de Claudia et la déposa devant l'immense armoire en ronce de noyer, dont elle ouvrit les portes.

— Mademoiselle, vous pourrez y suspendre vos affaires ! Il y a aussi des oreillers, des draps et des couvertures.

Puis elle se dirigea vers une commode galbée, elle aussi en ronce de noyer, sertie de dorure, style Louis XV.

— Là, c'est pour votre lingerie.

Tout à côté se trouvait une magnifique coiffeuse, avec des brosses aux manches en argent, des poudriers du même métal, des peignes en corne, bref tout le nécessaire pour se maquiller et se coiffer.

— Ici, lui dit Pauline toute souriante, c'est pour se pomponner, mais belle comme vous l'êtes, Mademoiselle, vous n'en aurez guère besoin ! Bien, à présent je vous laisse les amoureux…

Avant de partir, elle se tourna vers Nicolas en le montrant du doigt :

— Quant à toi espèce de coquin, si jamais tu recommences à détacher mon tablier… Gourmand comme tu es, plus jamais je ne te ferai de pain perdu ! Tu m'entends bien !

À peine eut-elle tourné le dos, que Nicolas ne put s'empêcher de dénouer son tablier. Alors, sous les yeux amusés et médusés de Claudia, s'ensuivit une course effrénée de Pauline, hilare, poursuivant Nicolas autour de la chambre.

Ne pouvant soutenir le rythme, Pauline s'arrêta, rajusta son tablier, et leur dit :

— Quand vous aurez cinq minutes jeunes gens, je vous attends dans les cuisines pour déguster mes délicieux pains perdus ! Tu as gagné garnement ! Mais tu ne peux savoir combien je suis heureuse de te revoir, mon Nico !

Puis elle partit rejoindre ses fourneaux.

Claudia s'empressa de dire à Nicolas :

— Tu es un vrai gamin ! Tu taquines cette personne, comme si c'était une copine… Comment s'appelle-t-elle déjà ?

— Pauline ! répondit-il essoufflé ! Tu sais Claudia, depuis ma naissance elle s'est toujours occupée de moi, elle fait partie de la famille ! J'étais constamment dans ses jupes étant petit.

Elle me préparait en cachette de mes parents, de délicieuses pâtisseries dont je raffolais. Nous avons l'un pour l'autre énormément d'affection ! Crois-moi Claudia, elle adore être taquinée… Viens, allons aux cuisines, tu vas te régaler ! Tu as déjà goûté du pain perdu ?

— Non, je n'en ai jamais entendu parler.

Nicolas en passant dans le couloir, lui montra la porte de sa chambre qui était juste à côté de la sienne.

Lorsqu'ils quittèrent les cuisines, Claudia le ventre un peu ballonné, regarda Nicolas :

— Je ne me suis jamais autant régalée ! Qu'est-ce que c'est bon ce pain perdu, dit-elle en portant la main sur son estomac, je crois que j'en ai un peu trop abusé… Je comprends maintenant pourquoi tu es si gourmand, mon Nicolas !

Puis ils partirent, le visage rayonnant de bonheur, découvrir les alentours du château. Ils firent le tour des douves, visitèrent les écuries, et se dirigèrent vers le chenil. Dès qu'ils les virent, les quatre-vingts chiens de la meute, tous de la belle et noble race de « Saintonge », les accueillirent dans un formidable hourvari de bienvenue. Le museau pointant vers le ciel, ils poussèrent de petits cris plaintifs. Leurs fouets en pleine agitation, ils se ruèrent vers le grillage pour les saluer à leur manière.

Claudia, n'ayant jamais vu autant de chiens à la fois, esquissa un mouvement de recul, en se réfugiant dans les bras de Nicolas.

— N'aie pas peur, Claudia ! Ils viennent juste nous souhaiter la bienvenue ! Il n'y a pas plus gentils et affectueux que ces chiens… Attends, reste là, je vais te montrer.

Nicolas ouvrit la porte du chenil et la referma aussitôt derrière lui. Il s'accroupit, les chiens se regroupèrent autour de lui, témoignant ainsi toute leur affection. Nicolas pendant un court instant, disparut dans cette meute grouillante et frétillante de joie. Il se releva et s'écria :

— Tout doux, mes beaux, tout doux !

Sous l'œil éberlué de Claudia, tous les chiens se turent aussitôt. Nicolas sortit du chenil, referma la porte, tandis que la meute s'en retournait tranquillement à son farniente.

— Tu vois lui dit-il, ils ne sont pas méchants ! Tu peux rentrer si tu veux, tu n'as aucune crainte à avoir, ils te feront le même accueil. Alors ?

Claudia le regard empli d'admiration, prit la main de Nicolas et fit signe que non de la tête.

— Il faut rentrer Claudia, il va bientôt être vingt heures. Mon oncle Raymond doit être arrivé ! On visitera Baziège un autre jour, tu veux bien ?

— Bien sûr mon Nicolas, pour moi il n'y a rien de plus important que d'être ensemble !

Elle lui prit le bras, poussa un profond soupir, ses joues s'empourprèrent, et dans la maturité naissante, son regard brusquement se colora d'une flamme plus profonde. Son amour pour Nicolas, à cet instant, fut à son apogée ! Nicolas, amoureux éperdu, vit dans les yeux de Claudia, briller des milliers d'étoiles comme un ciel qui s'allume ! Il la serra plus fort contre lui, puis étroitement enlacés ils regagnèrent le château.

De la fenêtre du salon, Béatrix et bonne-maman les contemplèrent.

— Quel beau couple ! Vous ne trouvez pas belle-maman ?

Virginie ne répondit pas, elle esquissa simplement un sourire bienveillant.

Le dîner se déroula dans une ambiance chaleureuse. L'oncle Raymond se tenait près de Claudia, et fut tout de suite séduit par sa beauté ! Il voulait absolument faire son portrait. Puis de son air de vieil adolescent, il ne put s'empêcher de lui raconter des histoires drôles, sorties de son inépuisable imagination. Claudia riait de bon cœur de toutes ses fadaises, tout en prenant un grand plaisir à l'écouter.

Nicolas en grande discussion avec sa bonne-maman, s'inquiétait de sa santé.

— Tu sais mon petit Nicolas, à mon âge tout s'use, les années défilent vite, trop vite même. Mais que veux-tu mon petit, nous sommes tous des visiteurs de ce lieu qui est notre terre, de ce temps qui est le nôtre… Nous ne faisons que le traverser ! Notre but ici-bas, vois-tu, c'est d'observer, apprendre, grandir, et aimer ! Après quoi, eh bien nous rentrons tous à la maison !

Puis, d'un visage empreint de douceur, mais aussi d'une grande sérénité, elle leva son index vers le ciel ! Elle caressa d'une main fébrile et pleine d'amour le visage de Nicolas.

— Parlons d'autres choses veux-tu ! Quels sont tes projets ! Quelles études désires-tu entreprendre après ton bac ?

Nicolas lui fit part de son intention de préparer le concours d'entrée à l'École Supérieure de Commerce de Paris.

— Cela me permettra si j'obtiens ce diplôme de bien gagner ma vie, et trouver le bonheur en épousant Claudia !

— Le bonheur mon petit, vient de l'intérieur et non de l'extérieur, car il ne dépend pas de ce que nous possédons, mais de ce que nous sommes. Penses-y !

Nicolas s'approcha de sa bonne-maman en l'embrassant avec toute l'affection qu'il lui portait. Puis la soirée s'acheva calmement. Fatigué par le voyage, chacun rejoignit sa chambre.

Claudia embrassa Nicolas en lui souhaitant une bonne nuit. Elle rejoignit sa chambre, se déshabilla, mit une chemise de nuit et s'assit sur le bord du lit à baldaquin. Elle resta ainsi un long moment à méditer sur cette journée extraordinaire qu'elle venait de passer ! Il y avait aussi cette décision qui n'arrêtait pas de la torturer, de vouloir rejoindre Nicolas pour s'offrir à lui. Elle finit par se coucher mais le sommeil ne vint pas… Elle n'arrêtait pas de se tourner et retourner. Alors excédée, elle se leva, et pieds nus, à pas feutrés, elle décida de gagner la chambre de Nicolas.

Elle s'arrêta devant la porte, le cœur battant, tournant la tête de droite à gauche, pour être certaine que personne ne l'avait vue. Puis elle pénétra sans frapper dans la chambre de Nicolas, en refermant doucement la porte derrière elle. Elle s'approcha du lit de Nicolas et s'arrêta. Devant les fenêtres grandes ouvertes, le ciel était limpide, Vénus brillait déjà, lorsque la lueur de l'astre des nuits vint couvrir Claudia de sa pâle blondeur.

Nicolas, lui aussi, qui n'avait pas trouvé le sommeil, la découvrit dans ce rayon de lune, et murmura :

— C'est toi Claudia ?

Elle ne répondit pas, elle fit tomber sa chemise de nuit, et dans la nudité la plus complète, elle se glissa sous les draps. Nicolas était tout fébrile. Elle se blottit contre lui en murmurant :

— Je ne sais pas ce que l'avenir nous réserve, mon Nicolas, tout est si merveilleux pour moi en ce moment ! J'ai tellement peur de te perdre ! Je t'aime tant, tu es un garçon merveilleux, si gentil, tu es mon premier amour ! Alors, quoi qu'il puisse nous arriver, je veux que tu sois le premier homme à qui je me donne.

Le lendemain matin, au petit jour, Claudia se réveilla et s'étira longuement dans la douce rivière du mitan du lit. L'amour avait laissé, comme un symbole cristallin d'un rêve qui s'envole, une goutte d'eau pure dans le coin de son œil. Nicolas la serra tendrement dans ses bras, en l'embrassant avec toute la passion de son amour. Elle regagna sa chambre en catimini. Une heure plus tard, ils se rejoignirent dans le couloir, pour se rendre au salon prendre leur petit-déjeuner.

Puis le temps passa ! Claudia et Nicolas, dans le secret le plus absolu, passèrent quatre nuits à découvrir leurs corps, quatre nuits de volupté, dans un bonheur intense ! Quatre nuits où seul l'amour fit découvrir à deux êtres épris l'un de l'autre, autant de plaisir que d'espérance.

Au cours de cette dernière nuit, une lune sans souci s'attarda quelques instants au-dessus des coteaux avant de disparaître. Le château de Lastour se noya alors dans le voile de la nuit tombante.

Quartier latin
Les fiançailles de Nicolas

Les années s'écoulèrent. Nicolas avait maintenant dix-huit ans. Il terminait sa première année à SUP de CO. Ses études se déroulèrent dans les meilleures conditions. Guylhem rentrait toutes les fins de semaine, et se réjouissait de ses excellents résultats, tout comme Béatrix. Mais Nicolas, hélas, vivait ce temps dans la morosité d'un homme se sentant abandonné !

Depuis que Claudia travaillait en usine, elle n'était plus la même. Son comportement, sa façon de s'exprimer, de lui témoigner son amour avait changé. Elle l'aimait, du moins le pensait-il, mais leurs rencontres étaient de plus en plus éphémères. Certains dimanches, elle préférait sortir avec ses copines d'usine, pour s'initier au patin à glace à la patinoire de Boulogne Billancourt. D'autrefois, elle se rendait, toujours avec ses amies, au « Balajo » à la Bastille pour apprendre à danser. Enfin, tout était prétexte pour ne pas se retrouver tous les deux. Un jour, il apprit par Germaine, que les sentiments de Claudia à son égard balançaient entre lui, et un jeune homme de son usine.

Ce samedi-là, Nicolas, le cœur déchiré, errant comme une âme en peine, prit sans même s'en rendre compte, la rue Anatole France. Il arriva au pied des escaliers du sentier des Blancs. Il s'assit sur le banc de leurs amours, le visage marqué d'une infinie tristesse. Une foule de souvenirs surgit alors dans ses pensées, et son émoi fit battre plus fort son cœur.

Sur un arbre perché, un oiseau se fit entendre, mais son chant n'avait plus rien de tendre… Il ne chantait plus l'amour !

Malgré les années, la jeunesse de Nicolas s'attardait encore en lui. Son cœur d'enfant, qui s'attache et souffre depuis qu'il est né, s'épuise à nouveau dans l'incompréhension… Il aimait Claudia d'une telle passion qu'il ne pouvait s'habituer à ne plus la voir.

Cette absence, qui unit et désunit, qui rapproche aussi bien qu'elle divise, qui relâche certains amours très solides, en les éprouvant au point de les briser ! Il pensait sans cesse à elle. Partout où il allait, tout lui rappelait sa présence… Elle demeurait la splendeur de ses rêves.

Malheureux Nicolas, prêt à tout pour la retrouver !

Dans l'onde limpide de ses sentiments, il sentit pourtant à cet instant, l'amour que Claudia avait pour lui, s'épuiser dans une déchirante réalité.

Il rentra chez lui le visage empreint d'un grand désarroi. Béatrix s'en aperçut :

— Que se passe-t-il Nicolas ? lui demanda-t-elle inquiète.

Il lui expliqua l'attitude de Claudia à son encontre.

— Ce n'est peut-être rien mon fils, tu te fais un peu trop d'idée. Elle est jeune, elle découvre la vie, ce n'est pas pour autant qu'elle t'a oublié. Laisse faire le temps, je suis persuadée qu'elle te reviendra… Si tu te concentres sur ce qui t'a blessé, alors tu continueras de souffrir, mais si tu te focalises sur cette leçon, tu continueras de grandir ! Crois-moi mon fils, au lieu de t'apitoyer sur ton sort, prends la vie du bon côté, amuse-toi ! Lorsque Claudia s'apercevra de ton indifférence à son égard, elle reviendra vite ! Je ne me fais aucun souci de ce côté-là, car je suis persuadée qu'elle tient énormément à toi. Me comprends-tu, mon Nicolas ?

Nicolas acquiesça d'un mouvement de tête. Il eut un léger sourire en se souvenant, lorsqu'il était au lycée, de la leçon de son prof de philo, Monsieur Griès ! Il décida alors d'oublier ce point noir qui le rendait si malheureux, en ne pensant plus qu'à remplir sa feuille blanche !

Ses parents, pour sa réussite à l'examen d'entrée à SUP de CO, lui avaient offert ses permis de conduire, auto et motos, mais également une superbe Vespa dont il prenait le plus grand soin : elle représentait sa monture d'évasion.

Il décida alors, pour se changer les idées, de se rendre à Paris, rue Gay Lussac, au bar « le cercle Luxembourg » où il se réunissait habituellement avec ses copains de SUP de CO, et d'autres étudiants des différentes écoles du Quartier latin. Il informa sa mère qu'il rentrerait tard.

Une heure plus tard, il gara sa vespa près du bar. Il retrouva beaucoup de ses amis qui se tenaient comme d'habitude dans le fond la salle. Ils l'accueillirent joyeusement :

— Content de te voir Nicolas s'écria Jean-Jacques Cozilis, un camarade de SUP de CO, meneur de cette bande de joyeux lurons !

— Je vais te présenter, de nouveaux étudiants qui viennent se joindre à notre groupe de farfelus, lui dit-il sourire aux lèvres ! D'abord honneur aux jeunes filles :

— Annie Le Boff, étudiante en troisième année à la fac de droit !

Nicolas lui serra la main en lui souhaitant la bienvenue. Annie le dévisagea avec insistance, et resta troublée pendant quelques secondes.

Jean-Jacques s'en aperçut, il eut un sourire amusé, puis continua les présentations :

— Marielle Laroche, étudiante à la Sorbonne… Un peu anar sur les bords, rajouta-t-il avec un clin d'œil complice à l'encontre de Nicolas !

Nicolas lui souhaita également la bienvenue.

— Enfin le dernier venu, et non des moindres, notre futur grand bâtisseur des édifices de l'avenir, j'ai nommé Georges Guinard, étudiant en architecture aux beaux-arts.

Tout le monde applaudit les nouveaux arrivants dans un tumulte sympathique. Ils prirent un pot. Jean-Jacques et Nicolas levèrent leurs verres en guise de bienvenue à leurs nouveaux amis. Plus tard, d'autres camarades vinrent grossir le groupe.

Annie, qui n'était pas indifférente au charme de Nicolas, s'arrangea pour se trouver près de lui. Elle souhaitait mieux le connaître. Il semblait si différent des autres. Son air triste de Pierrot de la lune lui donnait l'impression d'un poète ayant perdu sa muse. Timidement, elle tenta d'engager la conversation.

Nicolas, malgré ses efforts, ne pouvait s'empêcher de penser à Claudia. Il fit face à Annie en l'écoutant l'air absent. Il apprit ainsi qu'elle habitait rue Kléber près de la Mairie d'Issy-les-Moulineaux.

— Nous sommes presque voisins, j'habite Meudon, dit-il d'un ton évasif.

Annie, malgré la désinvolture de Nicolas, insista. Avec une grande douceur dans la voix, elle continua à lui poser mille questions ! Insensiblement, elle le sentit se détendre. Elle vit peu à peu la tristesse s'effacer de son visage. Nicolas tout souriant prit part à la conversation avec beaucoup plus d'intérêt.

Jean-Jacques se leva, et s'adressa à ses amis :

— J'ai une proposition à vous faire ! Il est bientôt vingt heures ! On se prend un sandwich vite fait, et ensuite direction la Huchette ! Il paraît que ce soir, il y a un noir qui joue comme un Dieu de la clarinette et du saxo. À mon avis les copains on ne peut pas louper ça !

— Un noir à la Huchette ! Ce n'est pas possible, s'exclama Marielle ! Connaissant Daniel Douz le patron, raciste comme il est, tu dois faire erreur, Jean-Jacques !

— Je t'assure Marielle, c'est pourtant vrai ! J'ai eu l'occasion d'écouter une de ses compositions : « petite fleur » jouée au saxo… Magique ! Je ne vous dis que ça les amis ! Tu danses ce slow, et tu emballes toutes les filles que tu veux, dit-il en éclatant de rire… Enfin le meilleur moyen c'est d'y aller, comme ça, tu seras convaincue Marielle… Alors on y va ?

À cette heure-là, il n'y avait pas grand monde dans les deux caves de la Huchette. Mais n'entrait pas qui voulait, il fallait avant tout montrer patte blanche ! Le patron, tout sourire, reconnut Jean-Jacques et sa bande. Il les installa autour d'une table près de l'estrade de l'orchestre. Deux pianistes, Claude Bolling, et André Réwelliotty, un clarinettiste Claude Luter, jouaient un boogie-woogie endiablé. Il n'y avait personne sur la piste, Annie, de suite proposa à Nicolas de l'accompagner !

— Non Annie, je ne connais pas cette danse, c'est trop compliqué pour moi ! Je préfère que tu invites quelqu'un d'autre !

Annie insista :

— Non c'est avec toi que je veux danser ! Allez viens, c'est l'occasion d'apprendre ! Je vais te montrer quelques mouvements, ensuite lorsque tu auras pris le bon tempo, tu ne pourras plus t'en passer ! Avec le boogie-woogie, tous les ennuis s'envolent, dit-elle en lui faisant un clin d'œil complice.

Sous les encouragements de ses copains, Nicolas dut se résoudre à la suivre sur la piste. Les débuts furent laborieux, deux ou trois fois, il échappa de la main d'Annie et tomba aux pieds de l'orchestre. Mais Nicolas était du genre tenace. Stimulé par Annie, il prit rapidement le rythme, réalisant même des mouvements avec une aisance d'une extrême légèreté. Tout en dansant, il souriait à Annie, heureux comme un homme retrouvant sa gaîté perdue. Ils finirent exténués ce boogie-woogie effréné, et regagnèrent la table sous les applaudissements des copains.

Quelques instants plus tard, le patron vint sur l'estrade de l'orchestre, annoncer sa nouvelle recrue :

— Ce soir mes chers amis, j'ai l'honneur de vous présenter un futur géant du jazz, peut-être même le plus grand saxophoniste du genre qui soit ! Avec un vibrato unique et un sens de la syncope typiquement créole ! Voici Sidney Bechet !

Les spots s'éteignirent et plongèrent l'estrade dans le noir. Il y eut quelques secondes d'obscurité, puis peu à peu, lentement, la lumière éclaira la scène. C'est alors, brisant le silence, qu'on entendit fuser dans cette demi-pénombre ce son merveilleux du saxophone soprano de Sidney Bechet. Il interpréta avec ce trémolo caractéristique : « Petite fleur ». Toute la salle semblait envoûtée par le charme news Orléans de cette mélodie.

Sous les lumières tamisées, Nicolas invita Annie. Serrés l'un contre l'autre, ils dansèrent ce slow langoureux. Annie posa sa tête sur l'épaule de Nicolas, elle ferma les yeux en s'abandonnant à ce moment de grande tendresse.

À la fin du slow, tous les danseurs, d'un même élan, applaudirent et firent une ovation à n'en plus finir à Sidney Bechet, qui, la face hilare, s'inclina plusieurs fois en remerciant le public. Les danseurs regagnèrent leur place. Sidney Bechet enchaîna aussitôt : « Dans les rues d'Antibes » puis « si tu vois ma mère ». Toute la bande n'oubliera jamais cette soirée unique, où un géant du jazz venait de naître !

L'église de Saint-Germain-des-Prés sonna vingt-trois heures. Tous les copains se séparèrent, en se souhaitant bon dimanche. Nicolas raccompagna Annie à son domicile, sur son scooter.

Il la déposa rue Kléber. Avant de le quitter, Annie lui proposa :

— Demain, c'est dimanche, si tu n'as rien à faire bien sûr, passe me voir ! Mon frère sera heureux de faire ta connaissance. Cela me ferait également plaisir de te perfectionner au boogie-woogie ! Si le cœur t'en dit Nicolas, la porte t'est grande ouverte !

Nicolas eut un instant d'hésitation avant de lui répondre :

— Volontiers Annie, j'accepte avec joie ta proposition, surtout en ce moment… J'ai besoin de me changer les idées.

— Il faut être aveugle pour ne pas l'avoir remarqué lui répondit-elle, avec un air malicieux !

Ils se serrèrent la main, et au moment où Nicolas enfourchait son scooter, elle l'arrêta :

— Nicolas, si tu viens demain, il ne faudra pas te formaliser, chez nous tu sais c'est un peu la vie de bohème, mes parents sont des intellectuels qui vivent sur une autre planète, chacun fait ce qu'il veut !

Elle rentra chez elle en lui faisant de grands signes de la main. Nicolas regagna la rue Hédouin.

Le lendemain matin, dans le jardin, Guylhem qui était rentré la veille prenait son petit-déjeuner en compagnie de son épouse. Béatrix jeta un coup d'œil vers les volets de la chambre de Nicolas :

— Je ne dormais pas quand il est rentré. Il devait être minuit ! Hier, il m'a raconté ses soucis de sa relation avec Claudia : il est malheureux, il est tellement émotif qu'il ne comprend pas son attitude… Comme dit ta mère, en parlant de son petit-fils, « son seul défaut c'est sa trop grande sensibilité ».

Guylhem d'un ton maussade répondit :

— Je suis persuadé, vois-tu, de la sincérité de ses sentiments, de la force de son amour pour Claudia ! Mais depuis le début, je reste dubitatif. J'ai constamment le sentiment que notre fils aime plus qu'il n'est aimé… C'est vrai, elle est très jolie, gentille, très affectueuse, mais cela ne suffit pas, ma chérie ! Pour moi, il y a trop de différence intellectuelle, et même culturelle, qui les sépare, un jour ou l'autre cela éclatera… Mais je respecte, et respecterai toujours les décisions de Nicolas !

Béatrix posa sa main sur le bras de Guylhem :

— Tu as raison, laissons Nicolas libre de choisir son avenir.

Quelques instants plus tard, Nicolas, tout souriant, embrassa son père et sa mère, et prit place près d'eux.

Ils furent ravis de le voir aussi détendu :

— Tu as l'air bien joyeux ce matin lui fit remarquer Béatrix !

— J'ai suivi tes conseils maman. Hier soir, en retrouvant mes camarades de SUP de CO, j'ai fait connaissance d'une étudiante en fac de droit, qui m'a initié au boogie-woogie ! Elle m'a assuré que cette danse effacerait tous mes ennuis… Je dois avouer que cela m'a fait un bien énorme ! Je t'apprendrai maman ! Tu verras, nous serons tous les deux les rois des caves de Saint-Germain-des-Prés…

Et il éclata de rire !

Nicolas, tout en prenant son petit-déjeuner, leur raconta avec moult détails sa soirée à la Huchette. Il les informa de son rendez-vous, cet après-midi chez Annie pour parfaire cette danse.

La rentrée en deuxième année à SUP de Co était proche.

Depuis cette soirée à la Huchette, bien des évènements s'étaient produits. Pendant les vacances, Nicolas se rendait souvent au bar « Le cercle Luxembourg » en prenant au passage Paul-Henri le frère d'Annie. Le samedi soir, tous se retrouvaient dans différentes caves du Quartier latin pour danser. Annie avait très vite compris que le cœur de Nicolas n'était pas libre, ils étaient devenus de bons amis. Ils s'entendaient à merveille, et formaient un couple en parfaite harmonie pour danser le boogie-woogie.

Malgré ce dérivatif, Nicolas pensait sans cesse à Claudia. Son amour pour elle demeurait aussi fort qu'au premier jour. Un soir, en ramenant Annie sur son scooter, il s'arrêta au feu rouge du métro Mairie d'Issy. Un bus de la ligne 123 s'arrêta près de lui.

Sur la plateforme arrière, Claudia rentrait de son travail. Lorsqu'elle aperçut Nicolas, elle n'en crut pas ses yeux ! Elle regarda l'air stupéfait, cette jeune fille blonde, qui, la tête appuyée sur le dos de Nicolas, se serrait contre lui. Elle fut profondément choquée, sa gorge se noua, une tristesse infinie la gagna. Elle se retint à la rambarde du bus pour ne pas défaillir. Des larmes amères coulèrent alors le long de ses joues :

— Ce n'est pas possible, c'est moi que tu aimes Nicolas, tu ne peux pas me quitter, je t'aime, murmura-t-elle !

Nicolas ne s'aperçut de rien. Au feu vert, il démarra en trombe, et prit la direction de la rue Kléber.

Arrivé chez lui, Nicolas toujours soucieux, resta dans le jardin. Il regarda d'un air pensif le ciel, où les nuages poussés par le vent du Nord-Ouest s'étiraient en un long chapelet blanc. Il eut un frisson, remonta le col de sa veste, et rentra.

Au « clos mollets », Claudia en rentrant de son travail, partit directement dans sa chambre, sans dîner. Recroquevillée sur son lit, elle ne cessait de pleurer à chaudes larmes. Elle n'arrivait pas à croire ce que ses yeux avaient vu !

L'image de Nicolas avec cette blonde qui se serrait contre lui la plongeait dans une profonde détresse. Elle se sentait coupable de s'être laissée entraîner par ses copines d'atelier, oubliant, sans même lui adresser un mot, l'élu de son cœur. Sa mère, elle aussi, ne se privait pas de lui seriner que Nicolas, aussi gentil soit-il, n'était pas de leur milieu. Simone l'incita même à fréquenter un garçon de l'usine. Cela n'eut aucune suite, mais perturba Claudia.

Elle venait brusquement de prendre conscience que son silence, son inconstance, sa facilité à se laisser entraîner, lui avaient fait perdre Nicolas !

Nicolas était l'homme de sa vie, elle ne pouvait se résigner à le perdre. Elle se leva, ouvrit la fenêtre, le regard fixé vers le firmament, elle éprouva la même tristesse que celle que l'on ressent lorsqu'on perd un être cher. Dans cette nuit étoilée, une vague d'espoir soudain la souleva. Les yeux embués, elle pria le ciel que Nicolas lui revienne.

Claudia décida alors qu'elle se rendrait au domicile de Nicolas, pour lui demander pardon pour son attitude inexcusable, pour lui faire comprendre que son amour pour lui n'avait pas changé. Elle l'aimait avec la même passion qu'au premier jour !

Sa peur de le perdre était si forte, qu'elle n'eut qu'un souhait en tête : qu'il revienne, pour ne plus jamais se quitter !

Le lendemain matin, elle arriva près du portail de la rue Hédouin. Elle s'arrêta, désorientée et émue à la fois, se demandant comment tout cela allait finir. Elle resta ainsi un long moment, incapable de faire un pas de plus. Claudia se mit à douter de sa démarche, la peur de l'échec la gagna…

Brusquement, elle fit demi-tour ! C'est à ce moment qu'elle entendit une voix familière lui crier :

— Claudia !

Nicolas, immobile, se tenait sur le pas de la porte. Claudia, les yeux brillants de larmes naissantes, se retourna. Ils se regardèrent longuement, puis d'un même élan ils coururent se jeter dans les bras l'un de l'autre. Nicolas, comme à chaque fois qu'il l'enlaçait, sentit son cœur s'emballer et cogner fort dans sa poitrine. Claudia ressentit le même émoi, son corps tout frémissant vint se blottir encore plus près. Cette étreinte, tant de fois espérée, les baigna tous deux dans un flot de tendresse.

Elle leva un regard humide vers lui, et avec des trémolos dans la voix :

— Je te demande pardon, mon Nicolas, pour le mal que je t'ai fait !

— Chut ! Ne dis rien s'il te plaît ! Tu n'as pas à demander pardon, tu es revenue, pour moi rien d'autre ne compte ! Toutes ces semaines sans te voir, sans pouvoir te serrer dans mes bras, te dire je t'aime, m'ont rendu malheureux.

Il lui montra un visage souriant, invoqua un avenir plein de projets heureux, lui parla avec tant d'amour, que Claudia en fut bouleversée.

— Je fais le serment mon Nicolas, que plus rien, ni personne, ne pourra nous séparer dit-elle… Leur amour à cet instant retrouva son ciment.

Nicolas en fit part à sa mère, qui lui exprima combien elle était heureuse de cette réconciliation !

Claudia prit ses congés payés au mois d'août. Ils retournèrent souvent dans les bois de Meudon où ils restaient blottis l'un contre l'autre pendant des heures, à échafauder des projets d'avenir. Puis un jour Nicolas lui fit une suggestion :

— Avec ma vespa, Claudia, nous pouvons aller où bon nous semble ! Si tu es libre, à condition bien sûr que tes parents soient d'accord, nous partirons demain matin de bonne heure, pour passer la journée dans un lieu extraordinaire, la forêt de Barbizon ! Il nous faut une heure à peu près pour s'y rendre ! Une fois là-bas, tu découvriras des endroits dont la beauté est à couper le souffle. Après, comme si nous étions de jeunes mariés, nous irons déjeuner en amoureux à l'auberge de la « caverne des brigands » ! Qu'en penses-tu ?

Claudia en cette seconde, de bonheur chancela :

— Mon Nicolas, sache que je n'ai aucune autorisation à demander ! Ma mère m'a fait assez de mal comme ça. Je te suivrai partout où tu iras !

Très tôt le lendemain matin, ils prirent la route, sous le regard glacial de Simone accoudée à son balcon. Une heure plus tard, ils arrivèrent à Barbizon. Nicolas gara sa vespa près de la buvette du bas Breau, et sous les yeux émerveillés de Claudia, ils empruntèrent les sentiers de promenade.

À la sortie du village, ils tournèrent sur la droite, où Nicolas lui montra la première curiosité : le médaillon de « Millet Rousseau », incrusté dans la roche. Puis l'énorme rocher de l'éléphant, où l'on reconnaissait bien la silhouette du géant pachyderme. Tout au long du parcours, il lui montra des lieux peints par quelques impressionnistes. Il y avait de-ci de-là des arbres remarquables.

En grimpant sur les rochers, il lui fit découvrir un point de vue magnifique sur la forêt de Fontainebleau. La matinée passa rapidement sous le regard ébloui de Claudia. Nicolas jeta un coup d'œil furtif à sa montre, il était midi passé. Claudia appuya sa tête contre son épaule et, tendrement enlacés, ils partirent déjeuner à l'auberge de la « caverne des brigands ». Juste au-dessus d'eux, un soleil moqueur, avec la complicité du vent et des nuages, s'amusa à jouer à cache-cache avec eux.

Pendant tout le repas, Claudia vivait cette journée comme une femme follement éprise de son Roméo. Pendant tout le repas, elle le dévora du regard.

Les clients des tables voisines regardaient, en souriant, ces amoureux qui semblaient si épris l'un de l'autre.

— Je me sens en sécurité avec toi, Nicolas, tu ne te prends pas au sérieux, tu me fais découvrir des choses que sans toi je n'aurais jamais connues ! Parfois, je me sens toute petite à côté de toi… Je t'aime tout simplement !

— Moi aussi Claudia je t'aime ! Encore deux années d'études avant de passer mon examen à SUP de CO. Le diplôme en poche, on pourra se marier, et voir l'avenir avec sérénité !

— Avant de se marier Nicolas, il faudrait d'abord être fiancés, tu ne crois pas ? Tu sembles également oublier une chose importante, ton service militaire !

— Tu sais Claudia, d'ici deux ans la guerre d'Algérie sera terminée, je ne m'inquiète pas pour ça ! Pour les fiançailles tu as à raison, je vais en parler à ma mère qui sera heureuse de les organiser… Ta mère ne risque pas de s'y opposer ?

— Il ne manquerait plus que ça ! s'exclama Claudia.

Ils quittèrent le restaurant sous le regard attendri des clients. Nicolas monta sur sa fougueuse monture de métal, Claudia prit place derrière lui, l'enserra, en posant tendrement sa tête sur son dos. Puis il mit en route son fier destrier, pour regagner Meudon, cheveux au vent !

Ce fut une journée inoubliable passée à Barbizon, dans cet ancien lieu mythique des peintres impressionnistes, des poètes… Mais surtout de l'amour retrouvé !

En rentrant de Barbizon, Nicolas, au cours du dîner, en l'absence de son père, informa sa mère de son souhait de se fiancer avec Claudia. Béatrix ne fut pas surprise ! Tout en souriant, elle lui fit cette remarque :

— C'est ton choix mon fils, nous le respecterons ! Ton père sera là en fin de semaine, mais je pense qu'il sera d'accord avec moi, pour que ces fiançailles n'aient lieu qu'après ta réussite à l'examen de SUP de CO… Rien ne presse Nicolas, je suis persuadé que Claudia comprendra ! Il faut te consacrer avant tout à tes études, et à rien d'autre pour le moment… L'obtention de ce diplôme prestigieux sera un des éléments prépondérants pour bâtir ton avenir !

— Bien sûr maman ! répondit Nicolas tout souriant… J'ai certainement mal formulé ma question, loin de moi l'idée de me fiancer avant mon examen de SUP de CO ! Je voulais simplement connaître ton avis et celui de papa sur ce souhait, c'est tout !

— On s'est mal compris, mon Nicolas, s'exclama sa mère ! Ce n'est pas bien grave ! Bien sûr, ton père tout comme moi, sera heureux d'apprendre ton projet de fiançailles. Je l'informerai dès son retour vendredi… Cela me laissera tout le temps nécessaire pour organiser cette réception.

En cette soirée d'été, la lune brillait, sa clarté ruisselait sur le saule du jardin. Nicolas, la maturité naissante, colora son regard d'une flamme plus profonde. Il se sentit soudainement fier d'avoir des parents aussi attentifs à son devenir.

Deux années venaient de s'écouler. En ce dernier week-end du mois de mai 1959, Nicolas, s'était complètement isolé, afin de se consacrer à la préparation de son examen à SUP de CO. Dans son bureau de la rue Hédouin, il révisait et potassait comme un malade les matières choisies : le marketing et le commerce international.

Claudia le savait, et prenait de ses nouvelles par l'intermédiaire de Béatrix.

L'écrit et l'oral se dérouleraient du 15 juin au 3 juillet. C'est par courrier qu'il recevrait les résultats. En cas de succès, la date pour retirer le diplôme y serait mentionnée.

Le jour tant attendu de l'examen arriva. Nicolas se leva très tôt. Son sommeil fut de courte durée et très agité. Il prit une douche, puis descendit rejoindre sa mère au salon. Il l'embrassa en prenant place près d'elle.

— Le grand jour est arrivé mon Nicolas lui dit-elle… Vu ta tête, je ne te demande pas si tu as bien dormi ! Moi aussi j'étais toujours fébrile, je doutais de moi la veille de mes examens. Mais rassure-toi, dès que l'épreuve commence cela disparaît, et la concentration revient.

— J'espère bien ! Tu sais, pour la première fois de ma vie j'ai peur maman ! Mais ne t'inquiète pas, je vais retrouver mon courage ! Ce n'est pas dans mes habitudes, de flancher si près du but !

— Je n'ai aucune inquiétude pour toi, mon Nicolas, tu viens, à l'instant de le démontrer… La peur est une réaction, le courage est une décision… Et tu viens de la prendre… En revanche, je serais plus rassurée pendant la durée de l'examen, si tu laissais ton scooter à la maison. Le bus et le métro me semblent plus appropriés pendant cette période, tu ne crois pas ?

— Tu as raison maman, je suis tellement accaparé par l'obtention de ce diplôme, que je manquerai de vigilance pour me faufiler à travers les embouteillages ! À présent, je dois y aller ! Je préfère arriver un peu en avance, voir les copains pour me décontracter… Embrasse Claudia pour moi !

Béatrix lui sourit :

— Je n'y manquerai pas, mon fils. Pars vite maintenant, ne pense à rien d'autre qu'à ta réussite.

Elle l'accompagna jusqu'au portail, le regarda partir en lui faisant de grands signes de la main.

À la date du trois juillet, l'examen se termina. Nicolas prit le métro rue Saint Maur, et regagna son domicile.

Pendant les jours qui suivirent, Nicolas ne tenait plus en place. Il guettait l'arrivée du facteur, impatient de connaître ses résultats… Et chaque jour, rien toujours rien !

Quelques jours plus tard, Guylhem arriva de Toulouse plus tôt que d'habitude. En sortant du taxi en haut de la rue des Montalets, il tomba nez à nez avec le facteur qui faisait sa tournée. Celui-ci le salua et lui remit son courrier.

— Cela me fera gagner du temps ! lui dit-il en souriant… Il y a du courrier pour votre fils, depuis le temps qu'il l'attend, je pense qu'il va être content. Bonne journée, Monsieur de Villardahian !

Il enfourcha sa mobylette et continua sa tournée.

— Bonne journée à vous aussi, lui répondit Guylhem, tout en jetant un coup d'œil sur les plis reçus. Arrivé à la maison, il décida de passer par le garage, afin de surprendre Béatrix et Nicolas, qui ne l'attendaient pas si tôt. Il déposa le courrier sur la table du salon, à pas feutrés il se dirigea vers Béatrix, qui assise dans un fauteuil, lui tournait le dos… Il couvrit ses yeux de ses deux mains, en lui demandant d'une voix amusée : qui est-ce ?

Elle se retourna, le visage souriant, et ils s'embrassèrent tendrement.

— Tu ne m'avais pas prévenue que tu arriverais si tôt ! Que se passe-t-il, mon chéri ?

— Aurais-tu oublié, ma chère, qu'un substitut a droit aussi de prendre des vacances ? Je suis avec vous pour deux mois… Mais où est Nicolas ?

— Il est dans le jardin, à guetter le passage du facteur… Il attend avec impatience le résultat de son examen !

— En descendant du taxi, j'ai croisé le facteur, il m'a remis le courrier contenant deux lettres pour Nicolas… Viens ma chérie allons les lui remettre !

Lorsque Nicolas aperçut son père, il se précipita vers lui, en lui témoignant toute la joie de le revoir. Ils s'embrassèrent, et Guylhem lui remit les deux lettres. Nicolas, alla s'asseoir, les mains tremblantes, il s'empressa d'ouvrir celle de SUP de CO, en posant l'autre sur la table du jardin.

Ses parents attendaient avec la même impatience le résultat de son examen.

L'attente fut de courte durée. Nicolas, au fur et à mesure qu'il prenait connaissance du courrier, son visage devenait de plus en plus radieux, et soudain dans une explosion de soulagement, il leva les bras, en s'écriant par trois fois : je suis reçu ! Je suis reçu ! Je suis reçu !

Béatrix et Guylhem le congratulèrent pour l'obtention de ce prestigieux diplôme. Au même moment, la sonnette du portail tinta. Béatrix s'empressa d'aller ouvrir à Claudia qui venait prendre des nouvelles.

— Il est reçu ! lui dit-elle avec un grand sourire.

Nicolas l'ayant vu arriver se porta à sa rencontre. Claudia ne put s'empêcher de courir vers lui avec un sourire complice, il l'accueillit en la prenant dans ses bras, et dans un souffle elle lui dit :

— Bravo, mon Nicolas ! Au fond de moi, tu sais, je n'ai jamais eu de doute, j'ai toujours su que tu réussirais ! Je t'aime.

À cet instant, l'amour qu'ils avaient l'un pour l'autre ne fit que s'accroître.

Guylhem, le visage détendu d'un père fier de la réussite de son fils, invita tout le monde à venir s'asseoir autour de la table.

Madame Meunier se tenant sur le balcon, comprit au signe de Guylhem ce qu'elle devait accomplir. Quelques instants plus tard elle arriva, portant un plateau avec une bouteille de champagne dans un seau, des flûtes, des petits fours, elle déposa le tout sur la table.

— Prenez place avec nous, Madame Meunier, je vous en prie !

Il déboucha lui-même ce délicieux nectar, servit chacun, puis il se leva le visage rayonnant, en demandant à la tablée de porter un toast à la réussite de Nicolas. C'est dans cette ambiance chaleureuse que Béatrix annonça :

— Je suis heureuse de vous faire part des fiançailles de Claudia et Nicolas qui auront lieu le 3 août aux Clayes-sous-Bois, au restaurant « L'arbre de Diane » … Nous ferons d'une pierre deux coups puisque c'est également la date anniversaire de notre fils !

Claudia toute frémissante s'approcha de lui, Nicolas sentit sa main qui cherchait la sienne, il l'étreignit très fort. Claudia lui souriait de tout son visage, il se pencha vers elle, en lui murmurant dans le creux de l'oreille :

— Dans tous mes rêves, c'est toi que j'espérais. Je t'aimais avant de te connaître, je t'aime et t'aimerais jusqu'à mon dernier souffle ! Rien ne pourra jamais nous séparer…

À cet instant, Béatrix comme à son habitude, prit une petite cuillère et fit tinter la flûte de cristal :

— Juste une précision à vous apporter au sujet des fiançailles… Il y aura du monde, beaucoup de monde même !

J'ai eu la chance de pouvoir réunir pour ce jour, l'ensemble de nos familles… Celles de Loupiac, de Varennes, de Nantes seront toutes présentes… En ce qui concerne tes parents, Claudia, enfin, surtout ta maman, je n'ai pas réussi à la persuader de venir… Ton beau-père paraissait enchanté, mais ta mère a catégoriquement refusé d'assister à tes fiançailles.

Claudia ne put s'empêcher de hausser les épaules, signifiant que cela n'avait guère d'importance pour elle.

— En revanche Claudia, j'ai à t'apprendre une très bonne nouvelle ! La venue d'une personne que j'ai eu beaucoup de mal à joindre. Ce Monsieur, malgré l'éloignement, m'a promis d'être présent pour assister au bonheur de sa fille !

Claudia se leva, tellement émue, elle balbutia :

— Je ne sais comment vous témoigner ma gratitude Madame… Revoir mon père après une si longue absence, c'est une telle joie pour moi, que j'ai peine à y croire ! Merci beaucoup, Madame, pour cette attention à mon égard !

Elle s'approcha de Béatrix et dans un élan de tendresse, elle l'embrassa.

Guylhem fit remarquer à son fils qu'il n'avait pas ouvert le deuxième pli resté sur le coin de la table. Nicolas en prenant le courrier eut un sursaut, elle portait l'inscription du ministère des Armées. En la décachetant, avant même d'en prendre connaissance, il eut un mauvais pressentiment. La lecture du document confirma son intuition. C'était sa feuille de route !

Béatrix en voyant le visage soucieux de Nicolas, lui demanda :

— Que se passe-t-il ? Mauvaises nouvelles ?

— Oui et non ! Je reçois ma feuille d'incorporation alors que je suis sursitaire !

— Où es-tu incorporé ?

Nicolas jeta un œil sur sa feuille de route.

— À Bayonne, dans un régiment parachutiste, le 1er R.P.I.M.A

(Régiment Parachutiste d'Infanterie de Marine) ! Je dois me présenter le 3 septembre à la caserne de la « Citadelle » ! De toute façon, ayant obtenu mon diplôme, je comptais annuler mon sursis, pour en finir au plus vite avec mon service militaire. Alors pour moi cela ne change rien… Ce n'est pas ça qui va gâcher nos fiançailles n'est-ce pas ? ajouta-t-il en se tournant vers Claudia.

— Tu sais mon fils, rétorqua son père, je suis certain, pour les non-initiés aux arcanes subtils de l'Éducation Nationale, qu'ils n'ont pas jugé utile de t'informer de la suppression de ton sursis… Mais je pense également à ces milliers de sursitaires, par ces décisions passablement arbitraires, qui vont être arrachés à leurs examens et à leurs études, pour être précipités dans la machine d'une guerre qui refuse de dire son nom ! Lamentable !

Le 3 août arriva très vite. Au Clayes-sous-Bois, au restaurant de « l'arbre de Diane », tout le monde fut heureux de se retrouver dans cette ambiance de fête. En attendant le repas, ils se promenèrent dans le parc, et tout en discutant ils admirèrent le platane de l'arbre de Diane, ainsi que les vestiges des deux tours restantes du château des Clayes-sous-Bois.

Nicolas présenta Claudia à toute la famille. Anne-Marie, Henri, Arthur et Hugues lui firent le meilleur accueil et sympathisèrent tout de suite avec elle. Tout en se promenant, Claudia ne cessait de regarder la porte d'entrée du restaurant. L'heure du repas approchait, et son père n'était toujours pas arrivé !

— Ne sois pas inquiète, lui dit Nicolas, en la voyant ainsi, l'Italie n'est pas la porte à côté, sois patiente il ne va pas tarder.

— Je sais ! Je sais ! Nicolas, tu as raison, mais j'ai tellement hâte de le revoir, que je ne tiens plus en place !

Le temps passait, lorsqu'un homme aux tempes grisonnantes, vêtu avec une élégance solaire, travaillée jusque dans les moindres détails, et subtilement teintée d'exubérance méditerranéenne, fit son apparition dans le parc. Il tenait un bouquet de roses, et scrutait la foule pour chercher sa fille. Claudia dès qu'elle l'aperçut, folle de joie, courut vers lui, et lui sauta au cou pour l'embrasser tendrement.

— Si tu savais comme je suis heureuse de te retrouver papa… Tu me manques tellement !

IL ne put répondre tant il était ému, des larmes coulèrent sur ses joues. Il la prit dans ses bras, et la serra très fort contre lui. Claudia saisit le bouquet de roses, et lui présenta Nicolas, ainsi que ses parents.

Béatrix, au cours du repas vint voir son fils, lui remit très discrètement un écrin de velours noir, en lui chuchotant :

— Dedans il y a la bague que tu offriras à Claudia. … À la fin du repas, je proposerai à tous les invités de se mettre en rond dans le parc. Tu prendras la main de Claudia et vous viendrez au centre ! Tu mettras un genou à terre devant elle. En glissant la bague au second doigt de sa main gauche, tu lui demanderas si elle consent à t'épouser… Ceci fait partie de nos traditions. As-tu bien compris mon Nicolas ?

Nicolas d'un signe de tête acquiesça.

Beaucoup plus tard, le repas terminé, Béatrix, en maîtresse du protocole, proposa à toute la tablée de se retrouver dans le parc, en leur demandant de se mettre en cercle. Nicolas prit alors la main de Claudia, tous les deux se dirigèrent au centre. Claudia fut tout intimidée de se retrouver sous les regards de l'assistance. Nicolas mit un genou à terre, ouvrit l'écrin et glissa la bague à son annulaire de la main gauche… Le regard brillant de mille feux, il lui demanda si elle consentait à l'épouser !

Claudia le regarda comme si tout cela n'était qu'un rêve. Son cœur résonnait si fort dans sa poitrine qu'il faisait battre ses tempes de lourdes pulsations. Soudain ignorant le monde qui l'entourait elle s'écria :

— Oui, je le veux de tout mon cœur. Je t'aime, mon Nicolas !

Sous les applaudissements, et les hourras de joie de toute la famille, les fiancés étroitement serrés l'un contre l'autre échangèrent un long baiser d'amour !

Le père de Claudia vint les féliciter, en leur souhaitant tout le bonheur qui soit. Puis il griffonna sur sa carte de visite son n° de téléphone personnel ainsi que son adresse à Milan. Il remit une enveloppe à Claudia en lui disant :

— Ceci, c'est pour toi mon petit ange ! Malheureusement, je suis obligé de te quitter, mon travail me laisse très peu de temps libre. Tu as mon adresse, mon n° téléphone ! Je vous attends tous les deux à Milan quand vous serez disponibles ! Je t'aime mon ange, sache qu'aujourd'hui j'ai passé une journée merveilleuse, et vécu des évènements que je n'oublierai jamais…

Il l'embrassa, salua tout le monde et remercia en particulier Béatrix, pour le bonheur qu'elle lui avait procuré de revoir sa fille. Peu à peu, la salle se vida et chacun regagna ses pénates.

Le lendemain soir, Nicolas et Claudia, d'un commun accord, décidèrent de se rendre en scooter au bois de Meudon. Ils arrivèrent bientôt près de l'étang de Villebon dont la surface limpide baignait dans la lueur blonde d'un rayon de lune. Les grands arbres du bois élevaient leurs branches feuillues vers le ciel étoilé, la nuit était douce. La voûte céleste fut d'une rare pureté.

Un peu plus tard, le clair de lune vint caresser de sa dormante lumière, les corps des deux amants étroitement enlacés. Une part de leur innocence s'envola alors dans la douceur mystique de cette nuit fragile.

La vie, dans sa dure réalité, allait les entraîner vers d'autres horizons, aussi cruels pour l'un, que pour l'autre.

Départ pour l'Algérie

2 septembre 1959. La grande pendule de la gare d'Austerlitz affichait vingt et une heures. Nicolas glissa sa valise dans le filet du compartiment, puis il sortit pour gagner le couloir. Il baissa la vitre en adressant un dernier au revoir à Claudia ainsi qu'à ses parents.

Le train s'ébranla doucement, et peu à peu il prit de la vitesse. Il les regarda jusqu'à tant que leurs silhouettes disparaissent dans un nuage de fumée. Puis il remonta la vitre, le visage aussi triste que la saison, il regagna sa place.

Nicolas regardait d'un air maussade les lumières de la ville qui s'estompaient dans la nuit. Il ferma les yeux en se plongeant dans ses souvenirs heureux. Il finit par s'endormir.

Quelques heures plus tard, le train fit une halte à Montauban pour prendre des voyageurs. Nicolas s'éveilla, il ne fit pas attention au jeune homme qui venait d'ouvrir la porte du compartiment.

— Bonjour Monsieur ! Je peux m'installer là s'il vous plaît ? demanda-t-il à Nicolas, en désignant la place juste en face la sienne.

Nicolas le salua à son tour :

— Je vous en prie la place est libre !

Le jeune homme hissa dans les filets, une valise qui avait l'air de faire son poids, et s'assit lourdement sur le siège.

Nicolas l'observa du coin de l'œil. Il remarqua qu'il avait le visage épanoui des gens de la campagne. Ses cheveux gominés, la raie sur le côté, lui donnaient une allure de gamin endimanché qui sort pour la première fois. Le complet qu'il portait, visiblement bien trop étroit pour lui, ne faisait qu'amplifier cette impression.

Il ne savait que faire de ses mains et les triturait sans cesse. Une certaine anxiété se lisait sur son visage poupon. Il sortit un mouchoir de sa poche, pour se moucher bruyamment.

La porte du compartiment s'ouvrit, et le contrôleur demanda leurs billets. En les poinçonnant, il eut un petit sourire :

— Lorsque vous arriverez à Toulouse, le train pour Bayonne se trouve sur le quai n° 3 ! Ne perdez pas de temps, c'est un exprès qui ne s'arrête que cinq minutes !

Il sortit en leur souhaitant bonne chance.

Le jeune homme apprenant qu'il n'était plus seul pour se rendre à Bayonne s'adressa à Nicolas.

— Tu… Heu pardon ! C'est pour faire votre service militaire que vous vous rendez à Bayonne s'il vous plaît ?

Nicolas, bien que le cœur n'y fût pas, sourit face à l'attitude empêtrée de son compagnon de voyage. Le jeune homme dégageait un air si avenant qu'il le prit tout de suite en sympathie.

— Tu peux me tutoyer tu sais, nous sommes à peu près du même âge. Je vais à Bayonne pour effectuer mon service militaire… Toi aussi je suppose ?

— Hélas, oui ! dit-il d'une voix dépitée… Je dois me taper cette putain de corvée, autant te dire que cela ne m'amuse pas d'aller faire le guignol pendant vingt-huit mois dans une caserne !

— Cela n'enchante personne tu sais, mais il faut bien faire notre devoir, tu ne crois pas ?

— Je suis d'accord avec toi ! Mais je suis agriculteur, je pensais que cela me dispensait de faire mon service… Je me suis fourré le doigt dans l'œil jusqu'au coude ! Travailler la terre, s'occuper du bétail, crois-moi ce n'est pas de tout repos. Ce qui m'inquiète c'est ma mère, qui va se retrouver pratiquement seule pour s'occuper de l'exploitation ! L'armée n'a rien à foutre de nos problèmes, elle s'en tape le coquillard… Tiens tu veux que je te dise, nous les gens de la campagne, nous prenons plus soin de nos bêtes qu'ils prennent soin de nous… J'arrête, cela me met en boule à chaque fois que j'en parle, et puis je ne veux pas t'ennuyer avec mes histoires de paysan… Je m'appelle Jean Lacaze, et toi ?

— Nicolas Fonzenac ! dit-il en lui tendant la main… Dans quelle caserne es-tu affecté ? Celle de la Citadelle, celle de Châteauneuf, ou bien celle de la Nive ?

Jean Lacaze fouilla dans sa poche revolver, et sortit sa feuille de route.

— Caserne de la Citadelle et toi ?

— Pareillement !

Le train eut quelques soubresauts, et diminua sa vitesse. Nicolas regarda à travers la vitre, il se leva pour saisir sa valise :

— Prends ton bagage Jean, nous arrivons à Toulouse. Il faut que l'on se rende au quai n° 3, il n'y a pas de temps à perdre.

Jean Lacaze suivit Nicolas comme son ombre, en traînant sa valise visiblement trop lourde pour la porter. Malgré le froid, il suait à grosses gouttes, en n'arrêtant pas de s'essuyer le visage à grands coups de revers de manche.

Lorsqu'ils s'installèrent dans le train en partance pour Bayonne, Jean Lacaze posa sa valise sur la banquette en poussant un grand ouf ! Il semblait épuisé. Peu à peu, il retrouva une respiration normale.

Ils étaient seuls dans le compartiment.

Nicolas ne put s'empêcher de lui demander ce que contenait sa valise pour être aussi lourde !

— Ce qu'il faut pour se remettre en forme ! s'esclaffa Jean Lacaze.

Il prit sa valise, fit sauter les fermoirs, en sortit une serviette de table, qui masquait le contenu. La valise se révéla être un véritable garde-manger !

Nicolas n'en crut pas ses yeux et demeura stupéfait par une telle profusion de victuailles… Un jambon de Bayonne, des saucisses sèches, plusieurs bocaux de foie gras de canard, de confit d'oie, une bouteille de vin de Madiran, le tout calé avec des maillots de corps !

— On ne va pas se laisser mourir de faim hein ! On va casser une petite croûte, qu'en penses-tu Nicolas ?

— Non merci, Jean, sans façon, je n'ai pas faim du tout.

— Comme tu voudras ! Que veux-tu, plus je suis inquiet, et plus la faim me tenaille.

Il noua la serviette autour de son cou, sortit son opinel, et sans plus tarder, commença à saucissonner.

Nicolas se demanda sur quel phénomène il était tombé. Entre deux bouchées, Jean lui parla de ses projets, de son père qui avait abandonné sa mère avant sa naissance ! En moins d'une demi-heure, Nicolas connut sa vie.

Jean, après avoir englouti une bonne partie d'un bocal de foie gras de canard, un quart de saucisse sèche, et quelques lampées de Madiran, ne tarda pas à se plonger dans un profond sommeil.

Jean, comme tous les gens de la campagne, était méfiant, n'accordant leur confiance qu'après mûre réflexion. Mais pour Nicolas, il sut d'instinct qu'il pouvait se fier à lui.

Une pluie fine et glaciale tombait sur Bayonne. Sur le quai, un sergent et trois paras en tenue léopard et béret rouge, vérifiaient les feuilles d'incorporations des nouvelles recrues. Devant les trottoirs de la place de la gare, des G.M.C bâchés, rangés les uns derrière les autres, les attendaient pour les conduire à la Citadelle.

Nicolas et Jean prirent place à l'arrière d'un des camions. Le trajet fut de courte durée. À peine eurent-ils franchi le poste de garde de l'ancienne forteresse, qu'un chant leur parvint aux oreilles.

Des paras rentrant d'une marche de nuit défilaient dans la cour. Leurs pas, le balancement de leur bras, étaient d'une lenteur impressionnante. Ils chantaient un hymne à la gloire des parachutistes d'une voix grave et sourde avec dans leur regard une fixité déterminée.

Sous les ordres de leur chef, la compagnie s'arrêta dans un alignement parfait.

— Compagnie, garde-à-vous ! hurla-t-il.

Ils s'exécutèrent, et on n'entendit qu'un seul claquement des mains sur leurs cuisses. Leur chef fit rompre les rangs, et les paras d'une même voix crièrent « Marsouin » en se dispersant.

Tous les occupants des camions les regardèrent comme on regarde des héros !

À cet instant, Nicolas comprit qu'il entrait dans un autre monde, un monde où les hommes et les choses reposaient sur d'autres valeurs.

Le sergent recruteur les fit descendre des G.M.C, les aligna deux par deux, pour les conduire jusqu'au bâtiment central, où se trouvait leur casernement équipé d'une soixantaine de lits à deux étages. Nicolas posa sa valise sur un lit du bas, face à la porte d'entrée. Jean qui ne le quittait pas d'une semelle s'empressa de prendre le lit du dessus.

Tous les incorporés rangèrent leurs effets dans des placards de métal gris situés au pied de leur lit. Ils attendirent la suite des évènements. Leur pose fut de courte durée. Un sergent-chef fit irruption dans la chambrée. D'une voix autoritaire, il les fit mettre au garde à vous au pied de leur lit.

D'un œil exercé, il inspecta les nouvelles recrues :

— Je vais vous conduire à l'habillement pour percevoir votre paquetage ! Vous avez cinq minutes pour vous mettre en rang dans la cour… Le dernier arrivé fera vingt pompes ! Allez bordel au pas de course, et que ça saute !

Le dernier arrivé fut Jean Lacaze.

Le sergent-chef s'approcha de lui, le dévisagea d'un air étonné, en appuyant son index sur le ventre rebondi de Jean.

— Bordel ! Il va y avoir du boulot avec toi mon gars, il y a du gras là-dedans ! Allez, fais-moi vingt pompes histoire de te mettre en forme !

Jean, au prix d'un énorme effort, réussit à faire ses vingt pompes.

— Bon maintenant en route pour l'habillement… Tout le monde au pas ! On dé ! On dé ! se mit à marteler le sergent-chef.

Tous cherchèrent leur pas en sautillant. Ce fut une belle pagaille jusqu'à l'habillement !

— Attendez mes lascars, s'écria le sergent-chef, dès demain matin je vais vous y mettre au pas… Bordel profitez en bien, la vie de château c'est fini !

Puis il s'adressa à Jean qui discutait avec son voisin.

— Toi là-bas, ça te fait rire ce que je viens de dire ? Donne-moi ton nom !

— Je ne riais pas, je parlais à mon voisin c'est tout !

— En plus, tu n'écoutes pas ce que je dis ! Bravo, mon gars ! Ton nom bordel ! Tu me le donnes oui ou non !

— Jean Lacaze monsieur !

— Monsieur ! Mais en plus, il se fout de moi… Je suis le sergent-chef Driaud, tu m'entends… Lorsque tu t'adresses à moi, tu te mets au garde à vous, et tu m'appelles chef, vu ! Ce que je viens de dire vaut pour tous ! Quant à toi, tu ne perds rien pour attendre… Crois-moi bordel, je ne vais pas te lâcher d'une semelle !

Des anciens qui passaient par là regardèrent la scène d'un air amusé.

De retour dans la chambrée, Jean, inquiet des représailles du sergent-chef mit à mal un confit de canard.

Plus tard, le sergent-chef Driaud, que personne n'avait vu venir, entra dans la chambrée. D'un rapide coup d'œil, il repéra le lit qu'occupait Jean Lacaze, et se dirigea sans hésiter vers lui.

Jean surprit par l'intrusion du sergent-chef laissa choir le confit de canard.

— Je comprends pourquoi tu es si gras Lacaze, lui hurla-t-il aux oreilles ! Bordel ! Rien ne te coupe l'appétit à ce que je vois… Crois-moi, ça va changer ! Demain, il y aura une petite sortie que tu ne seras pas prêt d'oublier, car elle fera le plus grand bien à ta bedaine… Tu seras tellement crevé, tu n'auras qu'une seule envie… Dormir !

Le sergent-chef Driaud fit mettre tout le monde au garde à vous devant leur lit, en inspectant leur tenue de la tête aux pieds. Les remarques qu'il fit à certains étaient justes, mais sonnaient comme une claque. Lorsqu'il eut fini, il sortit un document de sa poche et appela les candidats aux E.O.R.

— Gilbert Pillet, Nicolas Fonzenac sortez des rangs.

Ils s'avancèrent d'un pas dans l'allée.

— Vous allez me suivre, le Commandant Vaillant désire s'entretenir avec vous.

Il rectifia leur tenue, en leur donnant quelques conseils pour se présenter. C'est sous une pluie battante qu'ils gagnèrent le bureau du commandant Vaillant. Ils attendirent quelques instants dans le hall. Gilbert Pillet fut appelé le premier. Vingt minutes plus tard, il sortit, et ce fut le tour de Nicolas.

Suivant les recommandations du sergent-chef, Nicolas en entrant, se mit au garde à vous devant le commandant.

— Parachutiste de 2e classe Nicolas Fonzenac, à vos ordres mon commandant !

Le planton déposa le dossier de Nicolas sur le bureau du commandant Vaillant. C'était un homme d'une quarantaine d'années, les yeux d'un bleu délavé, le visage buriné par de longs séjours sous le soleil d'Afrique du Nord, le corps aussi sec qu'un arbre mort, ne cessant de passer sa main sur son crâne rasé. Il fit asseoir Nicolas et, tout en prenant connaissance de son dossier, il l'observa.

— Nicolas Fonzenac, d'abord je vous souhaite la bienvenue au 1er R.P.I.M.A ! Vu votre niveau d'étude, je vous informe, si vous le désirez, que vous pouvez être admis directement à l'école des E.O.R bien sûr, rien ne vous y oblige, cette décision vous appartient !

— J'accepte, mon commandant, de faire les EOR, lui répondit Nicolas d'un ton déterminé.

— Bien ! Lorsque vous aurez fini vos classes, c'est-à-dire dans deux mois, vous effectuerez vos E.O.R à Cherchell… Vous aurez la possibilité, à l'issue de vos classes, d'accomplir à la B.T.A.P à Pau (Base École des Troupes Aéroportées), votre stage de sauts, afin d'obtenir votre brevet de parachutiste. Si vous sortiez sous-lieutenant à l'issue des six mois aux E.O.R de Cherchell, cela vous donnerait la possibilité de choisir votre régiment… Des questions ?

— Aucune mon commandant !

— Parfait ! Je ne vois rien d'autre à rajouter, si ce n'est de vous souhaiter bonne chance. À présent, vous pouvez disposer.

Nicolas se leva, salua le commandant et sortit.

Gilbert Pillet qui était passé le premier l'attendait dans le hall.

— Tu pars à Cherchell ?

— Oui ! Tu sais où se trouve cette ville ? Personnellement, c'est la première fois que j'entends parler de ce nom.

— J'allais te poser la même question ! répondit Gilbert Pillet en s'esclaffant.

Leur ignorance fut de courtes durées. Le sergent-chef Driaud les informa que Cherchell se trouvait à une centaine de kilomètres à l'Ouest… d'Alger !

Nicolas ne put cacher sa déception. Gilbert Pillet qui occupait le lit voisin s'approcha de lui :

— J'ai l'impression que notre départ pour Cherchell à l'air de te contrarier. Tu es fiancé, je suppose, pour faire cette tête… Je me trompe ?

— C'est exact, je suis fiancé, répondit Nicolas d'un air désabusé… Je n'avais pas envisagé de partir si tôt pour l'Algérie ! Pour être sincère, je pensais ne pas y aller du tout en faisant les E.O.R. À présent, je regrette d'avoir postulé.

— De toute façon, il est trop tard pour faire marche arrière, les dés sont jetés, mon ami ! Après tout, nous allons être dans une école pendant près de six mois pour sortir officiers ! Nous aurons alors une bonne solde ! Pendant nos deux mois de classe, plus les six mois à Cherchell, bien des choses peuvent se passer, tu ne crois pas ?

— Peut-être pour toi, pour ma part, je pense surtout aux responsabilités qui seront les nôtres lorsque nous prendrons un poste. Commander des hommes, s'agissant de vie ou de mort, est une charge bien lourde lorsqu'on a vingt ans !

Pendant près deux mois, ils subirent un entraînement de commando, si dur qu'il fit perdre près de quinze kilos à Jean.

Nicolas assis sur le bord de son lit, la valise sur ses genoux, comme chaque soir écrivit à Claudia. Il savait qu'à l'issue du brevet de parachutiste, il aurait une permission de deux jours.

Nicolas, à l'idée de la revoir, s'évada pendant quelques instants, des murs gris de la Citadelle.

C'était dimanche, Nicolas, Gilbert et Jean prenaient un pot au foyer. Nicolas en discutant de choses et d'autres remarqua la triste mine de Jean.

— Je commence à te connaître Jean, je suis sûr que quelque chose te chagrine.

— C'est le sergent-chef qui me fout le moral à zéro. Il ne me lâche pas d'un pouce, et tout est prétexte pour me mettre plus bas que terre ! Franchement, j'en ai marre !

— Écoute, lui dit Nicolas, le sergent-chef n'a rien contre toi, je crois plutôt qu'il se sert de toi.

— Il se sert de moi ? s'exclama Jean.

— Il se sert de toi pour nous apprendre la discipline, le respect de l'autorité et montrer qu'il faut une condition physique à toute épreuve pour affronter ce qui nous attend en Algérie. Je me suis rendu compte, depuis, que tu as perdu tes kilos à l'entraînement, ton moral est bien meilleur… Je me trompe Jean ?

— C'est vrai, je te l'accorde, soupira-t-il.

Nicolas lui fit une tape amicale sur l'épaule.

— Je suis de ton avis Nicolas rétorqua Gilbert, le sergent-chef sous ses airs bourrus est bien plus intelligent qu'il ne laisse paraître. Qu'il t'utilise pour faire passer sa formation à tous ne fait pas l'ombre d'un doute. Pour moi Jean tu n'as aucune raison de t'inquiéter.

— Merci, les amis, en quelques secondes vous m'avez remonté le moral. Après tout, j'ai un peu cherché ce qui m'est arrivé. Depuis le début, j'ai fait tout ce qu'il fallait en me comportant comme un crétin… Mais à présent les copains, admirez ce superbe corps d'athlète que vous avez devant vous !

Il s'esclaffa d'un rire sonore, et tous les trois levèrent leurs verres pour trinquer à leur amitié.

Le soir tombait. Dans la cour de la Citadelle après une pluie diluvienne, la lumière de la chambrée se reflétait sur les pierres grises qui pavaient le sol. De grands oiseaux couleur de lune traversèrent le ciel délavé. Nicolas allongé sur son lit lisait le courrier de Claudia. Jean dormait à poings fermés. Gilbert, assis sur le rebord d'une fenêtre, jetait un œil distrait sur les lumières de la ville de Bayonne.

Les classes étaient enfin terminées. Ils avaient obtenu leur brevet de saut, et portaient fièrement cet insigne qui faisait d'eux des parachutistes à part entière ! Ils avaient hâte de partir rejoindre leur famille avant le grand départ pour l'Algérie et attendaient avec impatience la remise de leur permission. Dans la chambrée, tous les permissionnaires tuaient le temps comme ils pouvaient. Certains, l'oreille collée sur leur transistor, écoutaient avec nostalgie Sydney Bechet jouer « petite fleur ». D'autres formaient de petits groupes autour de la table de l'allée centrale, en jouant aux cartes.

Le sergent-chef Driaud entra sans se faire remarquer. En s'approchant de Jean à pas feutrés, il fit signe à Nicolas en portant l'index sur ses lèvres de garder le silence. Il cria à l'oreille de Jean :

— Debout, bordel ! Sortie de nuit, tout le monde en tenue de combat !

Jean fit un bond sur son lit et descendit comme un automate prendre ses affaires. Lorsqu'il y vit le sourire de Nicolas et les éclats de rire de toute la chambrée, il comprit vite que le sergent-chef venait une fois de plus de le ridiculiser.

— Vous m'avez bien eu Chef… Mais c'est la dernière fois ! Demain, j'aurai quitté cette piaule sans aucun regret. Désolé pour vous chef, mais il va falloir vous trouver une autre tête de Turc !

Le sergent-chef regarda Jean droit dans les yeux. Son visage s'était fait plus profond. Il répondit d'une voix lente et résolue :

— Je veux que tu saches une chose Lacaze, ainsi que tous ceux qui sont ici… Tu n'as jamais été comme tu le prétends, ma tête de Turc ! Sinon bordel, je serais indigne de servir dans cette unité d'élite… Tu te souviens lorsque tu es arrivé, tu étais gras comme un cochon, et tu ne pensais qu'à t'empiffrer à la moindre contrariété ! Regarde-toi à présent, vois comme tu as changé ! Tu es un des meilleurs de cette classe que j'ai eu à former. Tu es affûté, et surtout aguerri pour ce qui t'attend en Algérie !

Il fit une courte pause devant le visage ébranlé de Jean, puis continua :

— Tout ce que tu as pris pour des brimades n'avait d'autres buts que de te rendre, ainsi que tous les autres, plus fort, plus attentif, à toutes ces situations qui un jour pourront vous sauver la vie… Tu as compris Lacaze ce que je viens de t'expliquer ! J'ai fait mon boulot et rien que mon boulot !

Toute la chambrée était figée. Ils voyaient leur Chef d'un air différent. Il prenait à leurs yeux une dimension nouvelle, celui qui avait réussi pendant ces deux mois, à faire d'eux, des hommes conscients de leur responsabilité.

Jean plus que tous les autres fut profondément touché par les propos du sergent-chef. Sans dire un mot, il se dirigea vers son placard et sortit une bouteille de Blanquette de Limoux. D'un geste cérémonieux, il fit sauter le bouchon, en remplissant un verre qu'il tendit au sergent-chef. Il se mit au garde à vous, le salua, suivit de toute la chambrée qui en fit autant.

Le sergent-chef très ému leva son verre en signe de remerciement, et dégusta la blanquette de Limoux. À cet instant tous d'une même voix firent une ovation à leur chef !

Personne ne voulut briser l'ambiance qui régnait. Ils décidèrent de passer leur dernière soirée ensemble, en la fêtant autour d'un bon repas. Ils dressèrent une table de fortune. Jean qui n'avait plus touché à sa valise depuis longtemps eut de quoi nourrir toute la chambrée.

— Chef ! dit-il en débouchant une nouvelle bouteille, ce soir on fait exception à la règle… Vous allez me goûter ce foie gras accompagné d'une larme de Sauternes. Vous m'en direz des nouvelles !

Bien que le sergent-chef n'eût pas le cœur à la fête, sachant que parmi tous ces jeunes beaucoup ne reviendraient pas, accepta malgré tout l'invitation. Il souhaita à Nicolas et Gilbert bonne chance pour le stage des E.O. R, puis il s'adressa à Jean :

— Quant à toi Lacaze tu es affecté au troisième R.P.I.M.A Tu vas servir dans un des plus prestigieux régiments para. Tâche de te montrer à la hauteur de l'honneur qui t'est fait…

Il les regarda fixement tous les trois :

— Surtout, revenez-nous entier !

Puis il quitta la chambrée sous les applaudissements.

— Avouez quand même que ce sergent-chef est un homme surprenant, non ? s'exclama Nicolas… Il nous en a fait voir de toutes les couleurs pendant ces deux mois, aujourd'hui il se comporte comme un père avec nous ! Et toi Jean qui pensait qu'il t'en voulait personnellement !

— C'est vrai, tu as raison, Nicolas ! Maintenant que je vais partir, je ressens en moi un étrange sentiment, les amis… J'éprouve un certain malaise à ne plus le voir !

— À bien réfléchir rajouta Gilbert, il nous a conquis dès l'instant où il a expliqué le pourquoi et le comment de son instruction. Ce soir, nous étions prêts à le suivre n'importe où, en raison de la qualité des rapports humains qu'il a eus avec nous… C'est sûrement ça un meneur d'hommes !

Sur ce, chacun regagna sa place, à part Nicolas qui eut envie de prendre l'air. IL s'accouda à la fenêtre en pensant que demain soir, il serrerait Claudia dans ses bras.

La nuit soudain se fit grave. De grandes rafales de vents marins chassaient vers le haut du ciel des troupeaux de nuages laiteux qui s'éclairaient en passant sous la lune. Il frissonna, et regagna son lit.

En ce premier vendredi du mois de novembre 1959, Claudia rentrant du travail, tomba nez à nez dans les escaliers avec sa mère qui partait en course. Depuis les fiançailles, rien ne s'était arrangé entre elles. Simone, d'un ton narquois lui fit part qu'elle avait une lettre de son promis dans sa chambre… Elle continua sans se retourner, en maugréant des méchancetés à l'égard de sa fille.

Claudia n'y prêta pas attention. Elle se précipita dans sa chambre, ouvrit le courrier, en le lisant son visage devint radieux. Nicolas arrivait ce soir, vers 23 heures, pour une permission de 48 heures ! Elle décida de se rendre rue Hédouin prévenir la mère de Nicolas.

Chemin faisant, Claudia bien emmitouflée, pensa que ses parents devaient être au courant, mais qu'importe se dit-elle, chez eux au moins je trouverai l'affection que je n'ai plus chez moi. Claudia de minute en minute se sentait heureuse, en savourant cette attente qu'elle espérait depuis deux mois.

Elle arriva au portail du n° 4 de la rue Hédouin. Béatrix qui l'avait vue arriver se porta à sa rencontre. Son affection pour elle grandissait à chacune de ses visites. Claudia en la voyant eut un sourire complice à son encontre. Elle s'approcha pour l'embrasser affectueusement.

— Il arrive ce soir par le train de vingt-trois heures, lui dit-elle radieuse.

— Je suis au courant Claudia ! Tu sais de temps en temps il lui arrive de nous écrire pour nous donner de ses nouvelles, lui dit-elle d'un sourire amusé… Viens vite ne restons pas dehors, il ne fait pas chaud !

Ils gagnèrent le salon où Guylhem les attendait.

— Bonjour Monsieur, lui dit Claudia en lui tendant la main.

Guylhem, un léger sourire aux lèvres lui demanda :

— N'ai-je pas le droit de vous embrasser Claudia ?

Claudia, toujours intimidée par la personnalité de Guylhem, vint près de lui, en se dressant sur la pointe des pieds pour l'embrasser.

— Voulez-vous rester avec nous pour dîner Claudia ? Cela nous serait agréable ! lui dit-il…

— Rien ne me ferait plus plaisir, Monsieur, répondit Claudia sans hésiter.

— Vers vingt-trois heures, nous irons tous les trois accueillir Nicolas à la gare de Meudon Bellevue. Qu'en pensez-vous ? dit-il en s'adressant à Béatrix et Claudia.

Leurs sourires radieux furent leur réponse.

Il faisait calme à cette heure, un timide soleil de fin d'automne tournait dans le ciel. Ses derniers rayons s'attardèrent un peu plus longtemps sur l'herbe des fossés. Les premiers froids serraient le cœur des arbres, qui se dressaient vers le ciel en quête d'un peu de chaleur.

Guylhem sortit avec précaution la voiture du garage et la gara près de l'entrée. Béatrix, impatiente de revoir son fils, sous le regard complice de Claudia, ne cessait de le presser !

— Il ne sert à rien de s'affoler Mesdames, nous avons tout notre temps… Je suis aussi impatient que vous de le revoir ! Leur répondit Guylhem en souriant.

Il ouvrit les portières à chacune d'elles. Béatrix prit place sur le siège avant et Claudia sur le siège arrière. Il referma les portes, et prit la direction de la gare de Meudon Bellevue.

Lorsqu'ils arrivèrent, Guylhem descendit le premier pour ouvrir les portières.

— Nous avons un bon quart d'heure d'avance leur dit-il… Descendons sur les quais voulez-vous ! Nous nous installerons sur un banc pour l'attendre.

Claudia, à chaque minute qui s'écoulait, sentait son cœur battre plus fort dans sa poitrine. Elle n'arrêtait pas de se pencher pour voir si le train arrivait. Quelques minutes plus tard, les feux du train se dessinèrent à l'horizon. Claudia radieuse se tourna vers Guylhem et Béatrix.

— Le voilà ! leur dit-elle.

Elle se leva d'un bond, et courut le long du quai !

— Claudia, je vous en prie ! C'est inutile d'aller si loin puisque le train s'arrêtera ici ! s'écria Béatrix.

Mais Claudia n'écoutait pas. Elle continuait de courir. Ses yeux pétillaient d'allégresse à la seule idée que dans un instant elle serait dans les bras de Nicolas. Le train lentement la dépassa pour s'arrêter dans un grincement de ferraille devant le hall de la gare. Le haut-parleur annonça cinq minutes d'arrêt. Claudia longea le train, le cœur battant en inspectant chaque wagon...

Lorsqu'elle arriva sur celui de tête, un sac de toile de couleur kaki tomba à ses pieds ! Nicolas en descendit, ivre de bonheur de retrouver sa bien-aimée. Il la prit dans ses bras en l'embrassant avec passion.

Cette étreinte, si longtemps espérée, les baigna tous deux dans un flot de tendresse. Guylhem et Béatrix s'approchèrent à leur tour, et Nicolas ne put contenir sa joie de les retrouver.

Le haut-parleur se fit entendre à nouveau, en annonçant le départ du train, qui s'ébranla lentement. Claudia leva des yeux émerveillés vers Nicolas en serrant très fort sa main dans la sienne. Ils prirent place à l'arrière de la voiture et regagnèrent le n° 4 de la rue Hédouin.

Ils s'installèrent confortablement dans les fauteuils du salon, Béatrix et Guylhem posèrent à leur fils de nombreuses questions sur sa vie militaire.

Béatrix fit remarquer à son fils sa perte de poids.

— J'ai un peu maigri, c'est vrai, mais ce n'est pas faute de mal manger, à la Citadelle on est plutôt bien nourri... Je n'ai jamais autant souffert physiquement que pendant ces deux mois de classe... L'entraînement rigoureux que nous avons eu nous a aguerris au combat... On partait souvent faire des marches de nuit sur près de vingt kilomètres, avec dans le sac à dos des galets qui pesaient près de trente kilos. D'autres fois, des camions bâchés, nous déposaient, sans aucun ravitaillement, dans des lieux du Pays basque qui nous étaient inconnus. Nous avions trois jours, pour rejoindre le casernement. Les temps de repos, à part le dimanche, furent rares !

— Trente kilos sur le dos ! s'exclama Guylhem !

— Hé oui papa ! Nous rentrions fatigués, le dos en compote, mais fiers d'avoir accompli ce qui nous paraissait impossible au départ… À tel point qu'un de mes camarades a perdu pendant ces longues marches, plus de quinze kilos. Mais aujourd'hui grâce à ses efforts, ce garçon s'est surpassé en trouvant un équilibre mental et physique qu'il n'avait pas auparavant. L'armée, je dois reconnaître, nous a procuré à tous le plus grand bien !

Elle l'écoutait avec attention, découvrant un univers dont elle ne soupçonnait pas l'existence. Claudia n'avait d'yeux que pour Nicolas. Elle l'admirait, et de délicieuses sensations parcoururent son corps.

Nicolas prit la main de Claudia, regarda ses parents, et d'un ton grave leur annonça :

— Hélas, j'ai une nouvelle à vous apprendre qui ne me réjouit guère… À la fin de ma permission, je dois partir pour la ville de Cherchell, effectuer le stage des EO R !

— Pourquoi dis-tu que c'est une mauvaise nouvelle ? C'est où d'abord cette ville de Cherchell ? s'étonna Claudia !

— Cherchell est à environ cent kilomètres à l'ouest d'Alger, répondit tristement Nicolas… Je ne pensais pas partir si tôt en Algérie… Les EOR durent environ six mois à l'issue duquel je serai muté dans un régiment… Nous allons être séparés pendant de longs mois, de très longs mois Claudia !

Ses parents, sans montrer leur déception, furent consternés en apprenant ce départ imminent. Ils prodiguèrent des mots d'encouragement à leur fils.

Claudia le cœur serré à l'idée de cette longue séparation ne put retenir ses larmes.

Béatrix et Guylhem, comprenant le peu de temps que Nicolas et Claudia avaient à passer ensemble, prirent congé en leur souhaitant le bonsoir, et regagnèrent leur chambre.

Deux jours et trois nuits où l'amour passionné qu'ils éprouvaient l'un pour l'autre atteignit des sommets de volupté !

La permission de Nicolas passa aussi vite que passent les beaux jours. Ce lundi matin, l'aube était proche, la lune venait tout juste de se coucher quand Claudia et Nicolas arrivèrent sur les quais de la gare de Meudon Bellevue.

Le train était déjà là, et ne stationnait que quelques minutes. Nicolas monta rapidement dans le wagon, en baissant la vitre du couloir. Claudia, le visage en larmes lui adressa un sourire qui masquait mal sa peine.

Dans la lueur du petit jour, le train démarra en direction de la gare Montparnasse, tandis que Nicolas, dans un dernier signe d'adieu, regarda Claudia disparaître dans la brume matinale. Le train prit de la vitesse et emporta Nicolas vers ses chemins de malheurs.

Ils ignorèrent à cet instant qu'une année et demie plus tard, l'un des deux découvrira la triste destinée de l'autre, en s'endormant pour toujours dans ce monde dont nul n'est jamais revenu !

L'Algérie

Sous la voûte d'un ciel sans fond, la lune se balançait dans le cadran du hublot. La nuit s'annonçait paisible. Le « Ville de Tunis » traînait sa lourde carcasse vers les côtes Africaines. Nicolas étendu sur sa couchette fixait le plafond de sa cabine, en se remémorant ce que Claudia, le dernier jour de sa permission, lui avait révélé ! Il ne s'en était pas remis et demeurait profondément choqué.

— Comment une mère a-t-elle pu imposer un acte aussi abominable à sa fille, et pourquoi Claudia a-t-elle accepté sans même m'en parler ? C'était de notre enfant que la vie a été arrachée par une faiseuse d'anges… Maudit soit ce jour ! se dit-il tout haut.

Le cœur brisé il finit par s'endormir. Au petit matin, des cris de mouettes le tirèrent de son sommeil. La terre n'était plus très loin, il se tourna sur sa couchette, ouvrit le hublot, l'air du large s'engouffra dans l'étroite cabine.

Le « Ville de Tunis » glissait lentement sur la vaste nappe d'eau du port d'Alger où s'entrecroisaient des embarcations de toutes sortes. Son regard embrassa les immeubles et les arcades du boulevard de France, ainsi que les rampes menant au port.

Il se pencha un peu, et découvrit les contreforts de l'Atlas au-delà duquel se dressaient les cimes du Djurjura. Le bateau accosta et déversa sur les quais son long cortège de centurions des temps modernes. Nicolas s'apprêtait à ranger ses affaires lorsqu'on frappa à la porte de sa cabine.

Il ouvrit, restant bouche bée, surpris de trouver son ami Gilbert dans l'encadrement de la porte. Ils se serrèrent la main, heureux de se retrouver.

— Je savais que tu arrivais aujourd'hui, content de te voir Nicolas !

— Moi de même lui répondit Nicolas !

— Je suis arrivé à Alger depuis avant-hier ! Je trouvais le temps long sans toi. Nous avons une semaine devant nous avant de rejoindre Cherchell ! Je te propose une fois que tu auras déposé tes affaires au poste de garde, d'aller faire un tour en ville… Tu vas voir le pays est magnifique, les filles aussi d'ailleurs !

Il aida Nicolas à porter son paquetage à la caserne, et chemin faisant il lui dit :

— On a tout le temps devant nous, le chef de poste m'a prévenu que nous avions quartier libre jusqu'à vingt-deux heures !

Ils s'installèrent à la terrasse du café d'Apollon. Gilbert commanda deux « crépounet » accompagnés de « mantécaos ».

— Qu'est-ce que c'est, des « crépounet » et des « mantecaos » ? lui demanda Nicolas, l'air étonné.

— Des « crépounet », ce sont des sorbets au citron, et les « mantecaos » de délicieux sablés… Un régal, tu vas voir !

Ils discutèrent de certains évènements, mais jamais Nicolas n'évoqua les problèmes qu'il connaissait avec sa fiancée. Il n'avait aucune envie de dévoiler ces faits à quiconque.

Ensuite, ils traversèrent le boulevard de France. Nicolas fut tout de suite saisi par les odeurs d'épices qui flottaient dans l'air ambiant au travers de cette foule bigarrée et bruyante.

Quelques groupes de légionnaires du 1er R. E. P (régiment étranger parachutiste) déambulaient à l'ombre des platanes. Un peu plus loin, des femmes dissimulées sous de blancs haïks passaient furtivement le long des trottoirs.

De jeunes « pieds noirs » assis à la terrasse des cafés suivaient d'un regard admiratif les jeunes filles qui passaient. Ils les sifflaient en poussant des hou, hou moqueurs. Elles étaient vêtues de robes en vichy rose, chaussées de ballerines et portaient la queue-de-cheval, se prenant toutes pour Brigitte Bardot.

Dans ce doux climat, les gens vivaient beaucoup dans les rues, et cette étroite promiscuité atténuait les préjugés de classes et de races.

Nicolas et Gilbert franchirent la porte de France, longèrent la grande mosquée puis celle de la Pêcherie. Ensuite, ils passèrent devant l'hôtel de la Régence, la librairie Bastide et Jourdan. Nicolas s'arrêta un instant sur la place du Gouvernement en admirant la statue équestre du Duc d'Orléans.

— C'est l'ancienne place royale, les Arabes l'appellent la place du cheval, à cause de la statue, lui fit remarquer Gilbert en souriant.

— Tu m'épates Gilbert, tu as l'air de t'y connaître !

— Ce n'est pas tout mon cher, lui dit-il d'un air entendu. Cette statue a été fondue dans le bronze des canons Turcs et érigée en 1 845 ! Cela t'en bouche un coin, hein !

Mais à peine Gilbert eut-il fini sa phrase qu'une détonation d'une violence inouïe retentit dans une rue voisine. Les vitres du restaurant, près duquel ils se trouvaient, sous la violence du choc se brisèrent. Nicolas, Gilbert, ainsi que tous les clients plongèrent sous les tables.

Une épaisse fumée noire sortant d'une maison voisine s'éleva dans le ciel. Des paras du 1er R.E.P, mitraillette au poing, la cernaient. Deux autres légionnaires portaient un officier sur un brancard en courant vers l'ambulance qui arrivait. Un adjudant gueulait ses ordres, tandis que les rebelles qui avaient été faits prisonniers sortaient de l'immeuble les mains sur la tête. Ils furent embarqués séance tenante dans des G.M.C pour être interrogés au camp de Zéralda. L'adjudant se dirigea vers le restaurant où tous les clients restaient couchés.

— Vous pouvez-vous relever, il n'y a plus de danger leur dit-il avec un accent étranger.

Nicolas et Gilbert demandèrent ce qui s'était passé.

L'adjudant les informa qu'ils venaient d'arrêter le chef FLN de la zone d'Alger. Malheureusement, leur colonel, en pénétrant le premier dans la cache, avait été gravement touché aux jambes par un éclat de grenade. Il les salua et partit rejoindre ses hommes.

Quelques jours plus tard, ces mêmes légionnaires allaient repérer au 5 rue des Abderames, la cache d'Ali la pointe, ancien souteneur devenu le terroriste n° 1 d'Alger. Il périra dans l'explosion du dépôt de bombes qui se trouvaient dans son refuge.

Nicolas et Gilbert en quelques minutes eurent une vision différente de l'Algérie. Quelque chose venait de se briser en eux. S'ils l'avaient pour un instant oublié, la guerre sans aucun ménagement se rappelait à eux !

À Alger, dans ces avenues grouillantes de vie, la mort se glissait à l'ombre des terrasses pour prendre son bain de foule.

Les adieux de Claudia
Le 3e R.P.I.M.A

Nicolas et Gilbert, dès leur arrivée à Cherchell, reçurent une note les informant du cadre (l'école, la ville et les instructeurs) dans lequel ils allaient évoluer pendant cinq à six mois, ainsi que les différentes phases de formation.

Chaque soir, Nicolas écrivait à Claudia, dont il recevait du courrier tous les jours. Puis peu à peu, sans que rien ne laisse présager, les lettres s'espacèrent. Dans ses derniers courriers, elle ne cessait de lui raconter qu'elle retournait souvent au « Balajo » avec des copains et des copines ! Il en ressentit une meurtrissure, mordant son cœur d'une infinie tristesse. Chaque jour Nicolas comprit que ce grand amour qu'il portait à Claudia était de moins en moins partagé, et se dirigeait droit vers une fin inéluctable.

En mai 1960 le stage E.O.R prit fin, Gilbert et Nicolas sortirent sous-lieutenant. Comme leur grade l'autorisait, ils optèrent pour le 3e R.P.I.M.A, cantonné à Sidi-Ferruch. La lettre fatidique de Claudia arriva juste avant leur départ. Il regagna sa chambre et fiévreusement la décacheta. Elle comprenait que très peu de lignes, mais les mots y figurant glacèrent l'âme sensible de Nicolas…

Nicolas, J'ai rompu nos fiançailles, j'ai rendu la bague à ta mère. Je ne te mérite pas. Surtout, sous aucun prétexte, ne cherche jamais à me revoir. Je te souhaite d'être heureux comme tu le mérites.

Adieu
Claudia

Nicolas s'effondra, pleurant sans aucune retenue. Il semblait perdu, la vie à cet instant lui parut comme un lourd fardeau. Il ouvrit la fenêtre de sa chambre, regarda le ciel, et le vent de la nuit dans sa solitude l'enveloppa. Puis il sortit, en se dirigeant vers le bureau de transmission pour téléphoner à sa mère… Cinq minutes plus tard, le standardiste lui fit signe de passer dans la cabine. Il décrocha, et aussitôt il entendit la voix de sa mère :

— Je me doutais que tu allais appeler, mon Nicolas… Comme tu dois souffrir ! Ton père et moi, nous ne sommes pas encore remis de cette rupture inexpliquée.

— Mais quelle raison a-t-elle donnée maman, en te rendant la bague ?

— Elle est passée en coup de vent… Elle était fardée avec une telle outrance que j'ai failli ne pas la reconnaître ! Elle m'a tendu la bague avec dans son regard une étrange mélancolie, comme un appel au secours… La seule réponse qu'elle m'a fournie… « Je vous rends la bague, car je suis indigne de Nicolas, il ne faut surtout pas qu'il cherche à me revoir ! Adieu, Madame ! » Elle est partie en courant avant que je puisse lui poser la moindre question. Elle s'est engouffrée dans une énorme voiture américaine qui a démarré sur les chapeaux de roues. Voilà Nicolas tout ce que je peux te dire !

— Sa lettre de rupture me signifiait la même recommandation… Ne jamais essayer de la revoir ! Comment a-t-elle pu changer à ce point… À t'entendre maman, j'ai l'impression de parler d'une autre personne !

— Et toi Nicolas as-tu fini les E.O.R ?

— Oui ! Je suis sorti sous-lieutenant, je pars pour Sidi-Ferruch… Il ne me reste plus qu'une minute maman, je vais être obligé de raccrocher… Je vous tiens au courant par courrier. Je vous embrasse très fort tous les deux.

— Sois courageux, mon fils… Regarde droit devant toi, accomplis ton devoir ! Tu verras le temps apaise bien des maux, On t'aime très fort !

La liaison fut coupée.

Son cœur sans tache que ses parents lui ont façonné, ce cœur à présent où désormais plus rien ne pénètre, devint aussi sec qu'un ruisseau tari.

L'absence finit par vaincre les amours fragiles… Celui qui souffre à présent c'est Nicolas, l'amoureux sans espoir, compensant l'abandon par le souvenir des jours heureux. Sa mémoire ne fut plus que le miroir de ses amours mortes… La fleur de son amour périt alors, en se fanant doucement dans les jardins des amours infidèles… Il décida d'écrire une lettre à Claudia :

Il paraît que même les plus belles choses ont une fin.

Il paraît qu'il faut accepter son destin.

Il paraît qu'un amour ne peut vivre toujours.

Pourtant, moi, quand j'aime une fois, c'est pour toujours.

Pourtant, mon cœur ne peut battre sans ton amour.

Ton adieu me plonge dans un profond chagrin.

Adieu, mon amour… Je ne t'oublierai jamais… Je t'aime d'un amour éternel.

Nicolas

Alors, à compter de ce jour, lorsque la nuit vient, Nicolas éteint sa souffrance, et allume ses rêves.

Retrouvailles inespérées

Ce matin-là, dans les premières lueurs du jour, les Aurès chaotiques et grandioses se détachaient dans le soleil levant. Ce n'était que labyrinthes de gorges, de sommets lunaires, avec parfois une couronne de bois de cèdres ou de pins. Depuis plusieurs siècles, les Aurès étaient le repaire de brigands.

Ce jour-là, un commando, du troisième R.P.I.M.A, ratissait le secteur à la recherche de la bande d'Alou Fou, des hors-la-loi d'une férocité peu commune. Leur intervention allait bouleverser la quiétude et l'impunité de leurs crimes.

Une partie de la bande se trouva coincée dans le fond d'une gorge, quant à l'autre elle réussit à se réfugier dans une mechta située sur l'autre versant. Armés jusqu'aux dents, ils ne manquaient pas de courage. Ils avaient une mitrailleuse MG sur la falaise gauche, un fusil-mitrailleur sur celle de droite, ainsi qu'un tireur d'élite avec un semi-automatique dans l'axe.

Ceux qui étaient au fond de la gorge tentèrent de rejoindre la mechta. Leur mitrailleuse MG, à la cadence infernale de mille coups minute, cracha sa cargaison mortelle vers les paras.

Jean Cazenaves, à plat ventre entre deux rochers, régla son fusil sur le tireur de la mitrailleuse MG. Il comprima sa respiration, puis calmement il pressa la queue de détente. Le tireur de la MG, touché en pleine poitrine fut projeté à plusieurs mètres de sa pièce.

À présent, il fallait faire vite, le fusil-mitrailleur de la falaise de droite venait d'abattre un para, et d'en blesser un autre à la cuisse. Le lieutenant Lejonc qui commandait le commando se déplaça vers ses hommes par bonds successifs pour les inciter à la prudence. Il s'accroupit près de Jean. À l'aide de ses jumelles, il tenta de repérer la position du fusil-mitrailleur.

— Lacaze, il faut absolument le descendre pour empêcher les autres de rejoindre ceux de la mechta, il est juste au pied du grand cèdre… Tu le vois ?

— Vu mon lieutenant !

— À toi de jouer Lacaze, tâche de ne pas le rater !

— Il est mal placé mon lieutenant… Je vois qu'une partie de son torse !

— L'essentiel est de le neutraliser, fait au mieux Lacaze !

Jean le blessa à l'épaule. Malgré la douleur et le feu nourri des paras, le tireur réussit dans un ultime effort à rejoindre la mechta. Les pertes des bandits étaient lourdes. Après trois heures de combats acharnés, à part le tireur qui avait réussi à rejoindre la mechta, tous ceux qui se trouvaient dans la gorge furent mis hors de combat.

À présent, malgré un déluge de mitrailles, la mechta crachait toujours le feu. Le jour commença à décliner. Le lieutenant Lejonc réussit à placer trois de ses hommes, dont un tireur de FM, à environ trente mètres de la mechta blockhaus, en leur demandant d'attendre ses ordres pour ouvrir le feu.

Les occupants n'avaient pas l'intention de s'en laisser conter. Le canon d'un fusil pointa son nez à travers l'entrebâillement des volets de la mechta, et bien que tapi à l'abri d'un rocher, il cloua au sol le porteur de FM. Le para eut un soubresaut, ne bougea plus, tandis qu'un filet de sang s'écoula entre ses yeux.

La nuit arriva rapidement, faisant place à une pénombre angoissante. Chaque para était à son poste guettant le moindre bruit suspect, ils avaient les mains moites, le regard aux aguets.

Brusquement, il y eut un bruissement de broussailles du côté de la mechta. Des ombres se faufilèrent derrière les buissons, l'adversaire jouait son va-tout en tentant une sortie. Le lieutenant Lejonc ordonna le tir.

À travers les rafales, on entendit des cris horribles. Au petit matin, il n'y avait plus âmes qui vivent dans la mechta. Le lieutenant trouva deux cadavres à l'intérieur, des traces de sang partout. Dehors les autres corps du reste de la bande, gisaient éparpillés dans les buissons, criblés de balles. Il fit récupérer toutes les armes.

Quelques instants plus tard, un H-4 de l'armée de l'Air héliporta sur Khenchela les blessés et les morts du 3e R.P.I.M.A... Après deux mois en opération, les hommes étaient épuisés, ils avaient besoin de repos ! Ils prirent place dans les GMC, et regagnèrent la base arrière.

Ils arrivèrent en fin de matinée, Ils étaient tellement fatigués qu'ils se rendirent directement dans les tentes dortoirs. Jean posa ses affaires dans l'abside, conserva sa Mat, et se laissa choir sur son lit de camp. Épuisé, il ne put résister au sommeil qui le gagnait.

Quelques instants plus tard, alors que tout le monde dormait, le pan de la tente s'entrebâilla. Silencieusement, une silhouette y pénétra. Avec d'infinies précautions, elle se dirigea vers le lit de camp où se reposait Jean. À l'instant même où elle se pencha sur lui, Jean, qui ne dormait que d'un œil, d'un bond se releva, et pointa sa Mat sur le ventre de l'inconnu !

— Lève les mains ou je t'explose ! Cria-t-il en réveillant tous les occupants de la tente.

— Du calme bordel ! Baisse cette arme Lacaze ! C'est moi bordel tu ne me reconnais pas petit !

Jean eut un moment d'hésitation ! En s'approchant, il le reconnut, et s'écria :

— Chef ! Alors là pour une surprise c'est une surprise ! Je suis rudement content de vous revoir chef... Il y a longtemps que vous êtes arrivé au 3e ?

— Je suis là depuis une semaine... Mais je vois que tu as bien retenu la leçon, tu ne dors que d'un œil ! Bordel tu m'as foutu une sacrée trouille ! Je sais que tu rentres d'opération, je te laisse te reposer, on se verra plus tard.

— Pas question chef, on va aller fêter ça au foyer, façon Kronenbourg ! lui dit-il en éclatant de rire !

— D'accord pour la Kronenbourg bordel, mais c'est moi qui régale... Tu n'as peut-être pas remarqué mais j'ai quelque chose à arroser... Jette un coup d'œil sur mes épaulettes, petit !

— Adjudant ! Félicitations s'exclama Jean.

Assis autour d'une table du foyer, ils bavardèrent, se souvenant du temps des classes. Jean lui parlait comme on parle à un vieil ami que l'on retrouve avec joie.

L'adjudant s'aperçut très vite que Jean n'était plus le garçon insouciant qu'il avait connu. Il put lire sur son visage une certaine gravité, qui semblait fuir le temps présent. Il comprit très vite que le bled lui avait volé une partie de sa jeunesse.

— Avez-vous des nouvelles de Nicolas et Gilbert mon adjudant ? Ils doivent être à présent tous deux sous-lieutenants, non ?

— Non ! Aucune nouvelle ! C'était tous deux de grosses têtes, comme on dit chez nous ! Sûr qu'ils sont sous-lieutenants !

Cela leur donne le droit de choisir le régiment dans lequel ils veulent être affectés, et comme ils sont brevetés para, on peut espérer les revoir !

— C'est vrai, ce serait chouette de se retrouver comme au bon vieux temps tous les quatre réunis !

— Comme tu dis petit, allez à la tienne.

Les heures passaient, les canettes s'accumulaient sur la table, dans une ambiance de fête.

— Je peux vous poser une question mon adjudant ?

— Pose toujours, on verra bien bordel !

— Pour quelles raisons êtes-vous resté dans l'armée mon adjudant ?

Il resta un moment sans répondre, comme s'il hésitait à confier un secret qui pesait lourd dans ses souvenirs.

— Cela va peut-être t'étonner petit, mais je suis resté dans l'armée à cause d'une femme. Une femme que j'aimais et qui m'aimait, bordel. Il y a plus de vingt ans de cela, mais je m'en souviens comme si c'était hier. Nous vivions dans une petite chambre de bonne. Je venais de m'engager, ma solde était mince, mais on était heureux, on s'aimait comme des fous. Puis un jour, elle est tombée enceinte. Mais huit jours avant que l'on se marie, j'ai dû partir pour l'Indochine. Très tôt, j'ai été fait prisonnier par les Viets, je ne pouvais plus lui donner de nouvelles. Trois ans plus tard, je suis revenu au pays, elle n'était plus là, partie sans laisser d'adresse… Elle m'a certainement cru mort et refait sa vie ailleurs.

L'adjudant, visiblement ému, continua en soupirant.

— Vingt ans déjà, je n'ai jamais pu l'oublier petit, il ne se passe pas une journée sans que je ne pense à elle, à cet enfant que je ne connaîtrai probablement jamais !

— À votre retour d'Indochine vous n'avez pas essayé de la retrouver ?

— Bien sûr ! D'après les voisins, elle était partie juste avant d'accoucher sans laisser d'adresse… Crois-moi petit, je l'ai cherchée pendant des mois et des mois… Le cœur d'une femme est un océan de secrets, quand elle veut disparaître tu ne la retrouves jamais ! N'en parlons plus, veux-tu ! Le passé est le passé, le remuer n'est jamais bon pour le moral.

Jean n'insista pas. Ils continuèrent à siroter leurs bibines. Deux heures plus tard, leur table ne suffisait plus à contenir les cadavres de canettes de bière. Pour Jean ces retrouvailles le délivraient de l'angoisse de ces derniers jours, ainsi que les images de morts qui peuplaient ses nuits. La fraternité en cet instant le guérissait de tous ses maux.

Dehors le vent du sud se leva et le camp se couvrit d'un nuage de sable. Une jeep déboucha de ce tourbillon en s'arrêtant au pied du bâtiment central. Deux officiers en tenue léopard en descendirent. Jean et l'adjudant passablement éméchés passèrent devant eux en titubant légèrement ! Les canettes de bière, ajoutées à la chaleur qui régnait, faisaient leur effet.

Une voix autoritaire s'éleva derrière eux, et les figea sur place :

— On ne salue plus ses supérieurs !

Jean et l'adjudant Driaud firent un demi-tour chancelant, se mirent au garde à vous, en saluant les deux lieutenants… La visière des casquettes léopard masquait en partie le visage des officiers.

Jean ainsi que l'adjudant ne bronchaient pas, ils maintenaient comme ils pouvaient leur équilibre.

— Non seulement vous ne nous saluez pas, mais en plus vous êtes noirs comme une nuit sans lune ! Pour l'adjudant Driaud, on veut bien passer la main, vu qu'il nous a tout appris ! Mais pour le para Jean Lacaze, nous serons inflexibles… Car nous sommes sans pitié pour les ingrats qui ne reconnaissent pas les amis !

Jean et l'adjudant découvrirent ébahis Nicolas et Gilbert se tordant de rire devant eux !

— Ça alors ! Je n'arrive pas à y croire… Il y a quelques instants on se demandait, dans quel régiment vous seriez mutés ! s'exclama l'adjudant.

— On vous laisse les amis, on se verra plus tard, nous avons rendez-vous avec le colonel pour connaître nos affectations.

— Vous allez être surpris lui fit remarquer Jean !

— Surpris de quoi ? lui demanda Gilbert.

— Votre commandant s'appelle Vaillant !

— Le commandant Vaillant, celui du 1er R.P.I.M.A ? s'étonna Nicolas.

— Hé oui mon lieutenant ! répondit Jean le sourire aux lèvres.

Quelques heures plus tard, ils se retrouvèrent tous les quatre au bar du mess. La journée se faisait de plus en plus lourde, en se couvrant d'une épaisse chaleur d'orage. À travers les fenêtres grandes ouvertes, des filets de nuages gris montaient à l'horizon. Le soleil se cacha, tandis qu'une frange lumineuse, brillante comme une coulée de lave en fusion, vint auréoler la cime des pitons.

Nicolas les informa de ses nouvelles responsabilités. Il semblait si à l'aise si sûr de lui, qu'il impressionnait toujours ceux qui l'approchaient. En quelques phrases courtes et brèves, il leur fit part de leur prochaine mission.

— Tu remplaces le lieutenant Lejonc à la tête du commando ? l'interrogea Jean.

— Absolument Jean !

— On va donc être de nouveau réunis !

— Pas tout à fait Jean, car Gilbert reste au PC avec le commandant Vaillant… Il ne sera jamais loin de nous, nous serons constamment en liaison radio avec lui.

— Vous connaissez le lieu de cette mission mon lieutenant ? questionna l'adjudant Driaud.

— Pour l'instant, je n'ai rien de confirmé adjudant. En principe, nous devrions être héliportés sur le col du Bâali, situé près de Batna, pour élucider des crimes commis dans la région des Aurès. Notre base arrière se situerait au camp Pehaud de la ferme Saint Charles, situé près de Philippeville, où se trouve un régiment para de transmissions. Ce sont les seules informations en ma possession.

Bien qu'à nouveau réunis, les quatre amis comme des étrangers exilés ignoraient encore la terrible tragédie qui les attendait.

L'Algérie
Le destin s'acharne sur Nicolas

Le drapeau tricolore fixé au grand mât de la cour centrale claquait au vent. Le sable que de courtes rafales soulevaient s'infiltrait dans les tentes du campement. Elles s'alignaient parallèlement à la ferme du camp Saint Charles, dont deux d'entre elles étaient réservées au commando du 3e R.P.I.M.A.

À l'intérieur, les paras, visière des casquettes léopard rabattues devant leurs yeux, maudissaient le temps. Ils vérifiaient avec le plus grand soin leur armement, tandis qu'une certaine fièvre les gagnait insensiblement.

Dans la pièce de la ferme qui servait de PC, le commandant Vaillant, entouré de Nicolas et Gilbert, étudiait la carte d'état-major fixée au mur. À l'aide d'une règle, il leur désigna le lieu de l'opération : les monts des Némentchas !

Cette région, en raison de son relief particulier, s'appelait également le pays du diable. Les terroristes qui sévissaient sur ce territoire étaient des plus coriaces ! Le commandant Vaillant expliqua la stratégie à suivre, afin que ce raid soit une réussite.

— Lieutenant Fonzenac, je vous en confie le commandement, l'adjudant Driaud vous secondera, sa connaissance du terrain vous sera d'une grande utilité… Le PC des opérations se trouve cantonné au col du Bâali dans les Aurès. Une permanence radio restera en liaison avec un para des transmissions, affecté à votre commando : il s'agit du caporal Boniface. Votre indicatif radio s'intitulera « Bruno ». Cette opération a pour nom « jaguar ». Lieutenant, vous et vos hommes montrez-vous aussi discret que cet animal, voir sans être vu !

Le commandant fit une pause puis reprit :

— J'ai besoin de connaître, le nombre exact des fells qui opèrent dans cette région, ainsi que les caches où sont stockés leurs armements… Évitez tout accrochage, sauf cas de nécessité absolue ! Vous avez quelques heures devant vous pour vous préparer lieutenant. Demain à cinq heures un GMC vous conduira à l'aéroport de Philippeville pour être « banané » sur El Amra. En cas de pépin, vous pourrez rejoindre un autre commando du 3e qui se trouve à Zaouïa… Ah ! Un autre point très important, dans la région que vous allez ratisser, on a découvert des cadavres d'Algériens atrocement mutilés. Il faut trouver les coupables de ces atrocités.

Il se saisit des photos et les montra à Nicolas :

— Regardez, elles ont été prises par un capitaine du 2e R.E.P qui crapahutait dans le secteur.

Nicolas eut un mouvement de recul en voyant des images insoutenables figurant sur ces clichés.

— C'est une véritable boucherie mon commandant, s'exclama Nicolas !

— Je ne vous le fais pas dire lieutenant, les légionnaires du 2e R.E.P qui sont pourtant des guerriers aguerris, n'ont jamais vu un tel carnage ! Il faut absolument mettre la main sur ces assassins pour les juger…

Nicolas salua le commandant, puis sans perdre de temps regagna le campement où ses hommes l'attendaient.

Au loin à l'horizon, un fin rideau de nuages bordait le ciel au-dessus d'une mer d'un bleu de rêve. L'Algérie à cet endroit était d'une étonnante beauté. Nicolas s'y attarda quelques instants.

Le soleil se couchait lentement, en irradiant de couleurs flamboyantes le rivage de la Méditerranée. Soudain, telle la vision d'un rêve fugitif, le visage de Claudia lui apparut ! Le vent alors se leva, ployant les branches des figuiers qui balayèrent le sol avant de se relever. Le visage disparut, emporté par le vent mauvais des amours perdues.

Sur la DZ, proche de l'aéroport de Philippeville, Nicolas et ses hommes embarquèrent dans un « Sikorski », plus communément appelé « banane ». Le commando prit place sur les banquettes latérales de l'appareil.

Tous portaient les tenues léopard, la fameuse casquette camouflée, un ceinturon de toile noire avec boucle chromée, ainsi qu'un foulard rouge noué autour du cou. Les endroits saillants de leur visage étaient sillonnés de noir de bouchon brûlé. Le sac de combat à leur pied, la MAT sur les genoux, le regard fixe, ils étaient prêts pour la mission.

L'appareil s'arracha du sol et commença à ramer dans l'air. Nicolas passa devant chacun de ses hommes, vérifiant si tout était en ordre, puis il prit place près de l'adjudant Driaud et de Jean.

— C'est parti mon lieutenant ! lui fit remarquer l'adjudant avec un sourire de bon moral.

Nicolas hocha la tête à son encontre mais demeura concentré. Jean quant à lui, avait quelques difficultés à déglutir, et ne pouvait articuler la moindre parole. À chaque départ en opération, l'angoisse le gagnait inexorablement. Malgré le bruit des pales de l'hélico, Nicolas s'assoupit.

Il rêva de Claudia, de ce bonheur qu'une âme malveillante, habitée de noirs desseins, avait détruit. Il essayait de la sauver, mais un homme aux yeux machiavéliques riant comme un dément s'interposait toujours entre eux, et contre lequel il ne pouvait rien. Puis ce furent des gens qu'il aimait qu'il vit disparaître dans un immense trou noir…

Le corps trempé de sueur, il ouvrit les yeux sortant de son cauchemar. Il s'essuya le front d'un revers de manche, en poussant un profond soupir. L'adjudant posa sa main sur son bras, en lui montrant sa montre.

— Il va bientôt être l'heure mon lieutenant, le pilote vient de me prévenir que dans cinq minutes environ nous serons sur la zone de largage… Tout va bien mon lieutenant ?

— Juste un mauvais rêve adjudant lui répondit Nicolas en se levant… Tout le monde se lève ! On se vérifie les uns des autres… Attendez que l'appareil se stabilise avant de sauter, ce n'est pas le moment de se faire une entorse. Aussitôt à terre j'exige le silence le plus complet, on se regroupe ici !

Nicolas passa devant chacun de ses hommes, à l'aide d'un crayon, il leur désigna le point de ralliement sur la carte.

— Je sortirai en premier avec le radio, adjudant vous fermez la marche, on a dix secondes pour évacuer l'appareil. C'est OK ?

— OK mon lieutenant… Boniface règle ta radio sur la fréquence du PC, tiens-toi derrière le lieutenant.

L'hélico tangua légèrement mais réussit à se stabiliser à un mètre du sol.

Le commando, tête baissée, mitraillette au poing, évacua le « Sikorski ». En quelques Secondes, ils disparurent dans la nuit, et se regroupèrent à l'endroit prévu.

Nicolas, à pas feutrés, vérifia si ses hommes n'avaient subi aucun dommage, puis il rejoignit l'adjudant :

— Adjudant, placez deux hommes de garde, on va attendre ici que le jour se lève avant de progresser.

— À vos ordres, mon lieutenant ! Galéra, Mazataud, suivez-moi sans faire de bruit bordel !

Nicolas remarqua la triste mine de Jean, et vint s'asseoir près de lui, en s'adossant contre la paroi granuleuse d'un rocher.

— Tu tiens le coup Jean ? lui demanda-t-il d'un air inquiet.

— À chaque départ en opé, j'ai toujours ce même sentiment d'angoisse qui me prend. Ne t'inquiète pas, cela passe aussi vite, que ça vient !

— Tu n'as aucune raison de t'inquiéter cette fois-ci, notre mission consiste à repérer les fells, trouver leurs caches, et l'armement dont ils disposent… Tout cela sans se faire voir. Dans une quinzaine nous serons de retour… Allez Jean du nerf que diable !

L'adjudant les rejoignit et s'accroupit près d'eux.

— Tout est en place mon lieutenant !

— Parfait ! Dans une heure le jour sera là, profitons-en pour prendre un peu de repos.

Nicolas fit signe à Boniface de s'approcher, lui demandant de contacter le PC pour signaler leur position.

Un peu plus tard, une percée bleutée dans un ciel sans vie se fit, un rayon de soleil fusa par cette trouée, et les nuages se nimbèrent d'une auréole lumineuse sur tout leur pourtour. La couleur du ciel ici ne ressemblait à aucune autre. Les ombres semblaient irréelles, un climat lourd de crainte pesait sur ce désert chaotique. Les monts des Némentchas étaient pires que les Aurès, il n'y avait pas la moindre trace de végétation à l'horizon, si ce n'étaient que quelques touffes d'herbes roussies par le soleil. À perte de vue s'étalait un amas de rochers gigantesques fendus par endroits de profonds ravins. Les parois semblaient être taillées à coups de hache, le tout percé de grottes insondables. Le commando, sous un ciel de plomb, découvrit alors le pays du diable !

Une heure passa. Nicolas observait les parages à l'aide de ses jumelles. L'adjudant Driaud rampa jusqu'à lui, à voix basse, il lui part de ses observations :

— C'est truffé de grottes dans le coin mon lieutenant… Regardez, juste à votre droite, il y en a une plus grande que les autres, vous la voyez ? Cela pourrait être une excellente cache non ?

— Exact adjudant… Par prudence, nous y accéderons en partant du pied du rocher. Cela prendra du temps, mais nous serons à l'abri des regards indiscrets… Prenez mes jumelles, dites-moi si c'est possible de l'escalader !

Nicolas lui tendit ses jumelles. Accroupis derrière eux, Jean et les autres membres du commando attendaient les ordres.

— Oui mon lieutenant sans aucune difficulté… Par contre si des fells se trouvent à l'intérieur et qu'ils entendent le moindre bruit, ils se pencheront pour nous tirer comme des lapins !

— Vous prenez le caporal Mazataud et Galéra avec vous pour rejoindre le pied de la falaise… Il vous faudra environ une bonne demi-heure pour y parvenir… Une fois au pied vous ne bougez pas, attendez sur votre talkie-walkie que je vous donne l'ordre pour commencer l'escalade… Dès votre départ, avec le reste du commando, nous irons nous poster sur ce piton, juste en face de la grotte. Avec mes jumelles j'observerai en permanence l'entrée. Arrangez-vous pour faire du bruit lorsque vous serez au pied de la falaise, s'il y a des fells à l'intérieur obligatoirement ils se manifesteront… Si rien ne bouge, je vous donnerai l'ordre d'escalader… OK adjudant ?

— Bien reçu, mon lieutenant !

— Surtout, ne prenez aucun risque adjudant, si vous avez le moindre doute ou si vous sentez une présence, faites demi-tour !

Nicolas prit ses jumelles pour observer le piton. Pour l'atteindre, il devait franchir une partie à découvert, sans le moindre abri pour se camoufler. Nicolas et ses hommes seraient donc visibles pendant plusieurs minutes. Il observa une dernière fois les alentours, ne voyant rien de suspect, il fit signe à ses hommes de le suivre.

Ils traversèrent, le dos courbé, le passage à découvert et se postèrent face à la grotte. Nicolas, suivi comme son ombre par Boniface le radio, se mit à plat ventre en observant l'entrée de la grotte.

Jean, se posta près de lui, régla son fusil à lunette en se calant entre deux rochers. Coignet, le porteur de FM et Knapp, son pourvoyeur, s'installèrent sur la gauche de la corniche. Poyé, Pihan, et Benazet se tapirent sur la droite, derrière de petits monticules de pierres, et ne quittèrent plus des yeux l'entrée de la grotte.

Depuis longtemps, leurs déplacements n'étaient pas passés inaperçus. Tout en haut du rocher surplombant l'entrée de la cache, à l'abri des regards, derrière de grandes touffes de broussailles, Omar El Djaloul, chef d'une faïlek, accompagné de son frère Ali, les observait à la jumelle.

— Ce sont eux ? demanda Ali à son frère.

— Non ! Ce ne sont pas les salauds qui ont torturé nos frères ! Ce sont des paras du 3e, il me semble… Ils sont onze en tout, trois au pied de notre cache, et les huit autres sur le piton d'en face… Je me demande ce qu'ils peuvent bien faire ici en si petit nombre…

Omar El Djaloul réfléchit un instant puis s'adressa à son frère :

— Tu vas prendre le chemin qui mène à l'entrée secrète de notre cache… Tu saisis toutes les armes qui sont à l'intérieur, en effaçant toute trace de notre présence.

— Pourquoi vider la cache Omar ?

— J'ignore le but de ces paras, mais imagine un instant Ali, qu'ils fouillent la cache et trouvent nos armes ! En les retirant, et en effaçant nos traces, on leur fait croire que la cache est inoccupée… Après leur départ, on remettra tout en place, nous aurons ainsi les mains libres pour attendre les assassins de nos frères.

— D'accord, j'ai compris Omar, j'y vais !

Ali s'éclipsa et partit vers l'entrée secrète de la cache. Omar tel une ombre fuyante s'éloigna du haut de la crête, en se faufilant avec une extrême agilité au travers des hautes broussailles, se positionnant pour avoir une meilleure vue de la cache.

À présent le paysage avait une nouvelle fois changé, la lumière devenait diffuse. Les ombres s'allongeaient, tous les contours des rochers se fondaient à l'horizon dans des couleurs plus intenses. Un vent traînant la chaleur du Sud rendit l'atmosphère pesante.

Nicolas réfléchissait à la mission qu'il commandait, c'étaient ses premières responsabilités en tant que sous-lieutenant. Il donnait des ordres, dont la vie de ses hommes dépendait. Dès cet instant il sut combien le poids de cette charge pesait lourd sur ses épaules… Après une dizaine de minutes d'observation de la grotte, Nicolas donna l'ordre à l'adjudant de commencer l'ascension.

Pendant ce temps, Ali passa par l'entrée dérobée, pénétra dans la cache, prit toutes les armes en les portant dans un lieu sûr. Puis il revint, à l'aide de branchage pour effacer toutes empreintes qui se trouvaient au sol. Il rejoignit Omar qui ne perdait pas une miette des mouvements du commando.

— Tout est en ordre Omar. J'ai gardé une dizaine d'hommes avec nous pour traquer les tueurs de nos frères et sœurs. Les autres ont rejoint leur metcha mais restent prêts à intervenir si on tombe sur ces assassins.

— Tu as bien tout nettoyé et vérifié qu'il ne restait rien ?

— Plutôt deux fois qu'une mon frère ! S'ils entrent, ils n'y verront que du feu !

Soudain un vrombissement venant du ciel les obligea à se jeter sous la faille d'un rocher. Deux T6 survolèrent le secteur en rase-mottes, en passant au-dessus du commando. Ils firent quelques mouvements d'ailes en signe de reconnaissance, puis ils prirent de l'altitude et disparurent.

— Les T6 n'ont pas l'air de nous avoir vus, fit remarquer Jean à Nicolas.

— Bien sûr qu'ils nous ont vus, ils ont notre position Jean ! Ils passaient seulement pour s'assurer que nous n'avions pas besoin d'aide.

Nicolas prit ses jumelles et suivit chaque détail de la progression de l'adjudant et de ses deux hommes. Tout avait l'air de se dérouler comme il le souhaitait. Subitement, comme un mauvais présage qui s'annonce, le ciel s'abaissa et les nuages se voilèrent de teinte sanguine !

À quelques distances de là, le long de l'oued Ouezzero qui serpentait dans le fond du ravin, une quinzaine d'hommes aux faciès inquiétants, progressait furtivement. Tous étaient armés jusqu'aux dents et suivaient leur chef dans un silence absolu. Sous la faible lueur qui régnait au fond du gouffre, ils apparaissaient comme des bêtes fauves en quête de proies. Ces hommes étaient au bout de leur chemin de perdition, ils avaient trouvé dans leur meneur, le seul homme capable d'assouvir leur morbide penchant. Sabre à la main il menait sa horde de tueurs vers les metchas. Une odeur de haine suinta le long des parois.

Ce leader, un ancien adjudant de l'armée de terre, du nom de Moloch, avait été muté pour raison disciplinaire, dans un pénitencier appelé « Barbenoire » perdu au fin fond du pays du diable. Il accueillait tout ce que l'armée ne voulait plus dans ses rangs. On y trouvait aussi bien des déserteurs que des militaires ayant commis des crimes de sang. Ce trou à rat traînait derrière lui un véritable mystère, en se demandant si c'était une légende ou une réalité.

Moloch était comme un poisson dans l'eau parmi ces rebuts de l'armée. Il régnait sur eux en Maître absolu. Il avait mis sur pied des raids nocturnes dans les villages avoisinants pour piller, rançonner, et tuer sans vergogne femmes et vieillards. Le soir, il libérait certains prisonniers en qui il avait confiance, pour exécuter leurs ignobles besognes.

Au petit matin, ils regagnaient leurs cellules en se partageant le butin. Les vols, les meurtres qu'ils commettaient étaient attribués par les autorités militaires aux fellagas de la région. Ainsi Moloch et ses sbires vivaient dans l'impunité la plus totale.

Ils arrivèrent à l'extrémité du gouffre là où les parois abruptes se terminaient sur une plaine de rocaille. Il leva son sabre indiquant qu'il fallait s'arrêter. Il s'accroupit et toute la bande fit de même. Il fit signe à Minos, un des sbires, de s'approcher. Minos arriva, et ne put s'empêcher de frissonner, lorsque Moloch posa son regard sur lui.

— Qu'est-ce qu'il y a Moloch ? demanda-t-il.

— Le moment est venu de me prouver que j'ai eu raison de vous sortir de tôle. La vengeance que j'attends est enfin à ma portée ! Une occasion pareille ne se présente jamais deux fois… Écoute bien ce que je vais te dire Minos !

— Je t'écoute Moloch.

— L'argent planqué dans la cache, la moitié pour moi, l'autre moitié vous la partagez entre vous, les femmes je vous les laisse… La seule chose qui m'intéresse, c'est d'avoir la peau d'Omar, et de sa putain de femme, et rien d'autre… Quand tout sera terminé, je ne veux pas qu'on puisse remonter jusqu'à moi. Pour l'instant personne ne se doute que nous sommes revenus, cela nous donne un sérieux avantage. Les hommes du premier groupe revêtiront les tenues léopard que j'ai fait mettre dans leurs sacs, et les autres porteront des guenilles de fells. D'une pierre on fait deux coups, chez les paras ils croiront que ce sont les fells qui ont commis ces meurtres, et chez les fells ils penseront que ce sont les paras… Et nous, ni vu ni connu ! C'est compris Minos ?

— On fera selon tes ordres Moloch, une fois tout terminé on prend la moitié du fric et on se tire le plus loin possible !

— C'est ce que j'ai promis, je ne reviendrais pas dessus ! Mais la moitié de l'argent vous ne l'aurez qu'après la besogne achevée, c'est-à-dire quand j'aurai crevé cet enfant de salaud d'Omar et sa femme Haïscha… Une fois de retour à Barbenoire, j'attendrai deux jours avant de signaler votre évasion… C'est bien d'accord Minos ?

— Tout à fait ! Toi c'est ta vengeance et la moitié du trésor, nous l'autre moitié, les femmes et la liberté ! Chacun y trouve son compte, pas vrai Moloch !

— Comme tu dis, répondit Moloch en ricanant.

Moloch retira son chapeau de brousse pour s'éponger le front. Son horrible rictus en guise de sourire se dessina de nouveau sur son visage. Lentement, il s'approcha de la paroi du ravin en appuyant son front contre la pierre fraîche. Il demeura immobile. Son désir de tuer le secouait comme de grandes vagues le laissant sans force. L'approche du but lui fit monter la bave aux lèvres !

Minos savait que dans ces moments-là il valait mieux le laisser seul.

Pendant ce temps, l'adjudant Driaud arriva le premier et pénétra dans la cache. Il en ressortit quelques instants plus tard en aidant Mazataud et Galéra à prendre pied sur la plateforme.

— Apparemment on pourrait croire qu'il n'y a pas âme qui vive, pourtant je suis certain du contraire… Cette cache est bien trop propre pour être abandonnée… Ce n'est pas à de vieux singes qu'on apprend à faire la grimace bordel !

— Que voulez-vous dire mon adjudant ? demanda Mazataud.

— Suivez-moi ! leur dit-il en se dirigeant vers l'entrée de la cache… Regardez, on voit sur le sol des traces de branches toutes fraîches, qui ont certainement servi de balai… J'ai le sentiment qu'ils veulent nous persuader qu'elle n'a jamais été occupée, afin qu'on quitte les lieux. On va agir comme si de rien n'était, pour qu'ils s'imaginent qu'on est tombé dans le panneau… Pour passer inaperçu, c'est foutu… Ils savent qu'on est là, je suis sûr qu'en ce moment ils nous observent !

— Vous croyez mon adjudant ? demanda à nouveau Mazataud l'air inquiet.

— Certains petits ! On quitte les lieux, on redescend et on rejoint le lieutenant.

— Dès que l'on va être à découvert, ils vont nous tirer comme des lapins mon adjudant ! lui fit remarquer Galéra.

— S'ils avaient voulu il y a longtemps qu'ils l'auraient fait… Je ne sais pas pourquoi, mais j'ai l'intuition qu'ils ne veulent pas d'accrochage avec nous… Go les gars ! On s'arrache d'ici ! Pour gagner du temps, on coupera par l'oued. Arrivé en bas, je passe devant, Mazataud tu me suis à une dizaine de mètres, et toi, Galéra, tu fermes la marche.

— OK, mon adjudant, répondirent-ils d'une même voix.

Plus loin dans le village, Aïsha, la femme d'Omar, descendait vers l'oued pour remplir un seau d'eau fraîche. Par sécurité, elle s'était grimée en vieille paysanne, portant sur la tête un fagot de bois dans lequel elle avait glissé un poignard.

Dans le fond du ravin, une sentinelle de la horde d'assassins veillait. Il l'aperçut et partit aussitôt prévenir Moloch.

— Chef, il y a une vieille du village qui descend vers nous…

Moloch prit ses jumelles et l'observa :

— Elle me semble bien agile pour une vieille, ricana-t-il !

Lorsque Aïsha arriva au pied du ravin, là où commence la plaine de rocaille, sa vie bascula dans l'horreur. Elle se sentit saisie par les épaules, son corps se souleva, en retombant lourdement sur le sol. Elle se releva d'un bond, bondit vers le fagot de bois, dégagea le poignard, et fit face avec courage aux tueurs !

Les tueurs sidérés par son audace restèrent un instant sans réagir. Haïscha se mit alors à les insulter. Remise de leur surprise la horde d'assassins se rua sur elle. Le plus excité fut le premier servi… Haïscha lui enfonça le poignard dans le ventre jusqu'à la garde, lui crachant dessus, en poussant la lame de droite à gauche. Le tueur, les mains crispées sur ses tripes qui s'échappaient, tomba à genoux en hurlant de douleur.

Un autre se précipita vers elle criant sa rage… Haïscha d'un geste circulaire lui trancha la gorge, l'individu tomba à terre les yeux révulsés, en cherchant l'air qui n'arrivait plus… Mais pour Haïscha son temps en ce bas monde s'achevait. Pendant une fraction de seconde, le ciel pivota autour d'elle, et son âme avec effroi de sa vie s'envola !

Moloch d'un seul coup de sabre lui trancha la tête. Le corps de Haïscha, tel un pantin désarticulé tomba dans l'oued. L'eau rapidement se teinta de sang ! Moloch s'approcha de Minos, en lui demandant d'achever ceux qui agonisaient.

— Finis-les ! Ils se sont fait avoir comme des débutants, ils n'ont eu que ce qu'ils méritent ! … J'espère que personne n'a entendu les cris de ces imbéciles.

Minos sortit son arme de son étui, et tira une balle à bout portant, sur chaque agonisant.

— Espèce d'abruti ! Du point de vue de la discrétion, tu te poses là ! hurla Moloch… Voici mes consignes : Minos tu te postes à l'entrée du ravin en prenant le commandement des hommes en tenues léopard. Moi et les autres en tenue fellouse, on va remonter sur l'autre versant pour les prendre à revers… Attention personne ne touche à Omar, il est pour moi ce fils de pute !

L'adjudant Driaud arriva sur les rives de l'oued, et fit signe à ses hommes de s'accroupir. Il avait entendu des bruits venant du ravin. Il se glissa derrière un rocher en prêtant l'oreille. Mazataud et Galéra le rejoignirent.

— Planquez-vous, on ne bouge pas ! Il y a des hurlements du côté des rives de l'oued, leur dit-il.

Quelques secondes plus tard, deux détonations retentirent venant du même endroit, suivi d'un silence inquiétant. Une odeur de sang flottait dans l'air devenant plus forte de minute en minute. Lorsque l'eau de l'oued près d'eux brusquement se colora de sang.

Le regard de l'adjudant fut attiré par une forme qui flottait, ressemblant à un corps humain. Avec précaution, ils s'approchèrent tous les trois, et sous leur regard horrifié, ils découvrirent un corps de femme décapité. Le cadavre de Haïscha, ballotté comme un fétu de paille, vint s'échouer à leurs pieds. Ils prirent le corps et le déposèrent sur la terre ferme.

— Bordel, mais qui a pu commettre une telle saloperie… Pauvre femme, elle n'a plus de tête, ce n'est pas possible, ceux qui sont coupables de ce crime ne sont pas des êtres humains… Mazataud fonce rejoindre le lieutenant, dis-lui de venir au plus vite, il se passe ici des évènements pas très catholiques.

Omar qui suivait la progression du commando entendit les cris et les coups de feu. Il prit ses jumelles en les ajustant sur l'adjudant qui se tenait en contrebas ! Ses mains se mirent aussitôt à trembler, il ne put retenir un cri de douleur qui résonna contre les parois du ravin. Il venait de reconnaître le corps de Haïscha, sa femme, qui gisait décapitée aux pieds de l'adjudant Driaud.

— Qu'est-ce que tu as vu Omar ? lui demanda Ali soudain inquiet.

— C'est Haïscha ! C'est son corps qui gît près des paras… Ces salauds de tueurs sont revenus, ce sont eux qui l'ont assassinée… C'est de ma faute je n'aurai jamais dû la laisser seule au village…

— Tu n'as rien à te reprocher Omar, ils ont dû arriver par le fond du ravin, c'est pour cela que nos hommes ne les ont pas vus venir… Ne pleure pas mon frère, nous allons venger Haïscha !

Omar n'écoutait pas, éploré au-delà de toute expression, il laissait libre cours à sa peine. Ses yeux embués de larmes demeuraient fixés sur le cadavre de celle qui fut toute sa vie. En une seconde, Omar venait de perdre son bonheur, subitement, son existence lui parut dénuée de tout intérêt.

L'adjudant Driaud avait entendu le cri de douleur poussé par Omar. Il leva la tête, en scrutant le haut des rochers. Il arma son PM et se tourna vers Mazataud.

— Ne bouge pas de là, je vais aller voir ce qui se passe… En attendant, couvre son corps et fais un trou pour enterrer cette malheureuse.

— OK mon adjudant, faites gaffe quand même !

— Ne t'inquiète pas petit, s'il y a des fells dans le coin, c'est moi qui vais les surprendre.

Il fit un dernier signe et disparut. Il évita de suivre l'oued qu'il jugea trop dangereux. Il progressa dans le silence le plus complet, vers les hauteurs d'où semblait provenir le cri. Il arriva sur un semblant de sentier se perdant vers le sommet. Il examina le sol. Le gravier recouvrant le chemin laissait paraître des traces de pas.

Il avança par bonds successifs, quand soudain un murmure de voix lui parvint. Aussitôt il se mit à plat ventre, le PM entre les bras. Il rampa et se trouva juste au-dessus d'Omar et d'Ali. Il s'assura qu'ils n'étaient que deux, leurs armes étaient posées derrière eux. Il analysa rapidement la situation, jugeant que l'effet de surprise jouait en sa faveur.

Il calcula son élan et se laissa choir derrière eux PM aux poings. Du pied, il repoussa leurs armes loin d'eux, et fit les sommations d'usages :

— Debout, les mains sur la tête, et tournez-vous lentement !

Omar et Ali se trouvèrent face à face avec la gueule meurtrière du PM braquée sur eux. Ils n'avaient rien vu venir, ils se sentirent pris au piège. L'adjudant leur demanda de s'allonger face au sol, les jambes écartées. Avec précaution, il les fouilla s'assurant qu'ils n'avaient aucune arme sur eux. Puis il se recula d'un pas.

— Vous gardez les mains sur la tête pour descendre jusqu'à l'oued. Je vous préviens à la moindre entourloupe je vous rafale sans hésiter… Des assassins de votre espèce ne méritent pas de vivre… Décapiter cette pauvre femme, vous allez le payer cher, bande de salauds !

Il ramassa leurs armes qu'il mit en bandoulière, et leur ordonna de descendre.

Omar, le regard hébété, avança comme un zombi. Ali, le visage crispé d'avoir été surpris eut une réaction qui faillit lui coûter la vie. Lorsque l'adjudant les accusa du meurtre de Haïscha, il se retourna brusquement en expliquant qu'ils n'étaient pour rien dans ce meurtre.

Devant cette volte-face et ces paroles inattendues, l'adjudant Darieux, dont l'index allait presser la queue de détente, s'arrêta net :

— Ne bougez pas tous les deux ! Toi, dit-il en désignant Ali, répète ce que tu viens de dire ! hurla l'adjudant.

— Ce n'est pas nous les responsables, il faut me croire c'est la vérité… Le cadavre trouvé c'est celui de sa femme ! Regarde-le, il ne se rend compte de rien tellement il souffre… Ce sont les tueurs qui ont exécuté ce massacre, ils rôdent dans le coin depuis des mois… Ils violent et tuent nos femmes ! Ils nous ont volé tout ce que nous possédions. Que Allah me maudisse si je mens !

Tout en restant sur ses gardes, l'adjudant continua à poser des questions :

— Qui sont ces tueurs dont tu me parles ?

— Je ne les connais pas, mais ce dont je suis sûr, c'est qu'ils sont revenus pour nous voler et nous massacrer !

— Mais bordel, ces tueurs comment sont-ils vêtus, ont-ils un uniforme ? s'énerva l'adjudant.

— Oui, ils ont une tenue de toile grise comme en portent les bagnards !

— Une tenue de bagnard ! Tu te fous de moi bordel !

— C'est pourtant vrai ! Il y a même un homme en tenue militaire, qu'ils appellent chef ! C'est le plus terrible de tous, un fou furieux… La dernière fois qu'ils sont passés, il a obligé le chef de notre village à se mettre à genoux, en lui demandant où il cachait son argent. Il ne pouvait rien dire, il n'avait rien ! Tu veux savoir comment il l'a achevé ?

— Au point où j'en suis ! Vas-y je t'écoute.

— Il lui a scié le crâne avec une scie égoïne !

— Scier le crâne ! s'exclama l'adjudant.

— En plus, ce fils de pute prenait tout son temps, plus notre chef hurlait, plus il était heureux de le voir souffrir. Quand il est mort, il s'est mis à rire comme un possédé. C'était horrible à voir !

L'adjudant Driaud resta abasourdi par tant d'horreur.

— Tu vas raconter tout ça à mon lieutenant, qui décidera de la suite à donner à cette tragédie. En attendant, gardez vos mains sur la tête ! On descend au pas de course pour se mettre à l'abri… Si c'est vrai, ces salauds ne doivent pas être bien loin.

— Rends-moi mon arme, que j'ai au moins de quoi me défendre, s'il nous attaque, lui demanda Ali !

— Toi alors tu ne manques pas d'air, bordel ! Vos armes je les garde… Comment t'appelles-tu ?

— Ali, et lui, c'est Omar !

— Écoute Ali, pour la première fois de ta vie c'est un para de la coloniale qui va vous protéger… Allez magnez-vous on n'a pas de temps à perdre !

Mazataud, finissant le trou, aperçut les deux fells, les mains sur la tête, qui descendaient en courant vers lui. Il posa la pelle, et arma aussitôt son PM.

— Range ton arme fiston, il n'y a rien à craindre ils sont désarmés. Ils étaient planqués juste au-dessus de nous, ils nous espionnaient à la jumelle… Le corps que l'on vient de sortir de l'oued, c'est celui de sa femme lui dit-il en désignant Omar… Elle serait la victime d'une horde de tueurs qui rôdent dans les parages… Tu les surveilles sans les quitter de l'œil… Je pars au-devant du lieutenant.

— OK mon adjudant, répondit Mazataud.

Sous ses yeux effarés, il vit l'un des deux fells s'avancer en titubant vers Haïscha. Il n'eut pas le temps de l'arrêter.

Omar le visage ruisselant de larmes, tomba à genoux près du corps supplicié de son épouse. Il se mit à prier Allah d'accueillir Haïscha dans son paradis.

C'est alors qu'une brise d'une grande douceur fit tomber une rose sauvage qui poussait sur la paroi par on ne sait quel miracle, en la laissant choir sur le corps de Haïscha. Ses pétales, portés par un souffle léger, se posèrent sur elle en la couvrant d'un linceul de pitié.

Omar, en regardant cette fleur qui semblait venir du ciel, ne put retenir son émotion. Le visage ravagé par la douleur, il se saisit de la pelle pour enterrer Haïscha. Quand il eut fini, son regard se leva vers le ciel, et il pria une dernière fois.

Nicolas observa la scène sans rien dire. L'adjudant Driaud lui fit part dans les moindres détails, des évènements survenus. Nicolas dévisagea tout à tour Ali et Omar, en leur montrant la photo d'un vieillard le crâne affreusement déchiqueté. Malgré sa douleur, Omar fit face à Nicolas en le regardant droit dans les yeux :

— J'ignore comment tu t'es procuré cette photo, mais celui qui y figure est notre oncle Youssef, Quatre-vingt-cinq ans ! Tout le village ce jour-là a été massacré ! Les femmes violées, égorgées ainsi que les enfants ! Les seuls rescapés sont Ali, une dizaine de mes hommes et moi-même. Aujourd'hui, ils sont revenus, en brisant ma vie à tout jamais…

Il jeta un coup d'œil sur les épaulettes de Nicolas, et continua :

— Tu comprends lieutenant ce que nous ressentons ! Notre cause est juste, et personne ne pourra nous priver du droit à venger la mort de nos frères et sœurs !

Nicolas ainsi que les hommes du commando compatirent aux malheurs de cet homme. Seul, l'adjudant demeura sur la réserve ! Omar poursuivit :

— Lieutenant, pour une fois, pouvons-nous oublier ce qui nous sépare… Je n'ai pas assez d'hommes pour en finir avec cette bande d'assassins… Aide-nous à venger nos morts ! Si nous réussissons, mes hommes et moi nous nous rendrons sans condition !

Nicolas écouta Omar avec une grande attention. L'homme lui parut sincère, et son regard ne fuyait pas. Il réfléchit un court moment et leur ordonna :

— À genoux, mains sur la tête, pendant que je consulte mes hommes avant de prendre une décision !

Mazataud, tout en écoutant le lieutenant, tenait en joue Omar et Ali.

L'adjudant Driaud, Jean, Galéra, Boniface, Coignet, Knapp, Poyé, Pihan et Benazet, se mirent à l'écart, formant un cercle autour du lieutenant qui leur rappela le but de ce raid :

— La première partie de notre mission consistait à connaître le nombre exact de fells qui opéraient dans la région, trouver les caches où sont stockés leurs armements… Vous l'avez réussie amplement, et je vous en félicite… La deuxième partie est de découvrir qui sont les auteurs des atrocités figurant sur cette photo… Nous avons là tous les éléments pour l'accomplir ! Faisons leur confiance, tout en effectuant notre mission, qu'en pensez-vous ?

— Mon lieutenant ! Ils paraissent sincères certes, mais ce sont des fells, et si c'était un piège qu'ils nous tendaient ? répliqua l'adjudant Driaud.

— Je crains que vous ne vous mépreniez ! Que ce soient des rebelles cela ne change rien à la situation. Qu'il y ait un piège derrière tout ça, je n'y crois guère. La vérité a des accents qui ne trompent pas. Ils réclament notre aide, je leur accorde ! Quand de tels actes que la morale réprouve sont commis, chacun d'entre nous doit savoir où est son devoir… Je laisse à chacun le choix de sa décision, je me rallierai à la majorité sans discuter.

La réponse de l'adjudant ne se fit pas attendre :

— On vous suit tous mon lieutenant, n'est-ce pas les gars !

Ils poussèrent un grand oui en levant leurs armes ! Soudain, alors que personne ne s'y attendait, Ali se leva en se ruant sur l'adjudant pour le projeter à terre. Aussitôt une salve meurtrière provenant de l'entrée du ravin, ricocha sur les parois justes aux dessus de leur tête. Nicolas, Mazataud, Galéra et Omar se jetèrent dans une excavation. Les autres se figèrent au sol prêt à riposter.

Mais Boniface alourdi par son poste émetteur ne fut pas assez rapide. Les balles « dumdum » le fauchèrent sur place en lui arrachant le bras droit. Le sang en jaillit, le sol aussitôt se teinta de rouge autour de lui. Il s'écroula face contre terre et la mort l'emporta dans une lente agonie. Boniface, né dans l'île de Marie Galante, avait vingt ans !

L'adjudant Driaud et Ali, en rampant, s'abritèrent derrière une butte pour se mettre hors d'atteinte des tirs meurtriers. L'adjudant rendit son arme à Ali.

— Je te rends ton arme Ali, non seulement tu m'as sauvé la vie, mais celle de nous tous !

— Tu vois je ne t'avais pas menti, ils sont revenus ces tueurs… Ils ont même failli nous avoir… Votre radio a eu moins de chance que nous, je crois bien qu'il a son compte ! dit-il en désignant le corps sans vie de Boniface.

— Oh ! Bordel ! s'écria l'adjudant en voyant le bras arraché de Boniface ils ne l'ont pas loupé ces fumiers… Tu as vu d'où les tirs sont partis ?

— Ils sont planqués derrière les rochers, montrant du doigt l'entrée du ravin… Quand je les ai vus, j'ai hésité, je les ai pris pour des hommes de chez vous.

— Des hommes de chez nous ! s'exclama l'adjudant.

— Ils portent les mêmes tenues léopard que vous !

— Ah, les salauds, c'est une ruse pour accuser les paras de commettre ces crimes. Reste à l'abri Ali, je vais rejoindre Boniface pour ramener son corps.

Au moment où il quitta son abri, une balle siffla à quelques centimètres au-dessus de sa tête, en étoilant le rocher face à lui. Une seconde miaula dans le vide. Nicolas qui suivait la scène lui ordonna de se mettre à plat ventre. La troisième balle ne rata pas sa cible. Elle frappa l'adjudant Driaud en plein dos, lui traversant la poitrine.

Il sentit ses genoux se dérober sous lui, ses forces faiblirent, et il s'écroula. Quand un être vivant, homme ou animal, à l'esprit lucide, la mort le prévient de son approche. Le corps s'y prépare. L'une après l'autre, les fonctions vitales cessent jusqu'à ce que les forces de la vie, inversant leur courant, entraînent la créature de plus en plus vite dans son tourbillon mortel.

— Bordel, c'est con de mourir ! laissa-t-il échapper dans un murmure !

Plus haut, sur le versant gauche de la corniche, Coignet, aidé de Knapp son pourvoyeur, arma sa 12/7, en ouvrant un feu nourri en direction de l'entrée du ravin. Les douilles éjectées ricochaient sur le sol, le canon du FM se mit à rougir. Les tirs d'en face cessèrent aussitôt.

Nicolas sortit de son abri précaire en hurlant ses ordres :

— Go ! Tout le monde derrière la corniche ! Mazataud et Galéra, ramenez Boniface ! Jean, avec moi pour transporter l'adjudant !

Arrivé près de l'adjudant, Nicolas l'encouragea à ne pas fermer les yeux :

— Rien de grave mon adjudant, on va vous sortir de là.

— Jean, aide-moi à le charger sur mes épaules, on fonce se réfugier derrière la corniche.

Quelques secondes plus tard, ils étaient tous à l'abri. Nicolas ordonna à Coignet de cesser le tir, tout en se tenant en éveil. Mazataud revint avec la trousse à pharmacie. Nicolas découpa la tenue camouflée de l'adjudant et mit à jour la blessure. Ce qu'il découvrit lui fit craindre le pire !

La balle en pénétrant, avait traversé le poumon, et était ressortie sous la clavicule en faisant un trou béant. Nicolas tenta de colmater la plaie pour arrêter l'hémorragie, mais le sang continua à gicler.

Jean, le visage blême, souleva la tête de l'adjudant. La voix remplie de trémolo, il lui dit :

— Parlez-moi, mon adjudant, je vous en prie… Ne lâchez pas, il faut tenir le coup, on va s'en sortir !

L'adjudant Driaud le regard vitreux, fit un clin d'œil à Jean.

— Bordel ! J'ai tourné le dos au feu… Quelle erreur ! Ne te fatigue pas petit, je suis foutu, c'est la fin du voyage bordel ! Approche-toi, j'ai un dernier service à te demander.

La mort ce jour-là se montra charitable en lui laissant un moment de répit.

Sa main se crispa sur celle de Jean. Dans un effort désespéré, il murmura :

— Prends mon portefeuille, il est dans ma poche intérieure… Avant de partir, je veux la voir une dernière fois, sa photo ne m'a jamais quitté, petit… C'était la femme de ma vie, je l'aimais comme un fou… Fais vite, il ne me reste plus beaucoup de temps… Sors-la, que j'emporte son image avec moi !

Jean Lacaze, les yeux remplis de larmes, prit le portefeuille. Lorsqu'il sortit la photo, il n'en crut pas ses yeux ! La femme y figurant, n'était autre que sa propre mère avec vingt ans de moins. L'adjudant Driaud la regarda, prononça son prénom, en s'endormant dans cette nuit, qui ne verra jamais plus aucune aube se lever.

Il avait quarante ans, et mourait sans le savoir, dans les bras de son fils !

En contrebas, Minos reprenait l'offensive en harcelant sans répit le commando de Nicolas. Moloch, suivi de quatre tueurs, se faufilait à travers les hautes herbes pour les surprendre par l'arrière.

Nicolas tentait vainement de joindre le commandant Vaillant :

— Bruno appelle PC… Bruno appelle PC…

Le poste ne répondait plus. La balle en fauchant Boniface avait rendu le poste inutilisable.

Omar et, Ali, se tenait au côté de Poyé, Pihan et Galéra, et se battait comme des lions. Jean Lacaze, le teint blanchi par la douleur, dirigea son regard vers l'entrée du ravin… Il demeura un instant les yeux fixes. Puis comme un automate, il engagea un chargeur dans son PM, l'arma, et bondit vers l'entrée du ravin. Tout en tirant, il hurla comme un forcené :

— Montrez-vous bande de salopards, sortez, que je vous fasse payer vos crimes !

— Tu vas en voir au moins un, connard ! murmura Minos avec un rictus satanique au coin des lèvres.

Il se leva, épaula calmement son fusil et foudroya Jean d'une balle en pleine poitrine. Mais Galéra avait repéré Minos, aussitôt il prit le fusil à lunette de Jean, en lui logeant une balle entre les deux yeux. La mort de Minos sema la confusion dans le rang des tueurs. Ils semblèrent désorientés. Ils tentèrent une ultime sortie, mais furent stoppés par les tirs meurtriers de Coignet. Ceux qui survécurent s'enfuirent sans demander leur reste.

Nicolas, suivi d'Omar, prit un PM en tirant de courtes rafales pour se protéger. En quelques enjambées ils furent près de Jean. Nicolas le prit dans ses bras pour rejoindre la corniche. Brusquement, surgissant de nulle part, deux tueurs affublés d'habits de fells débouchèrent devant eux. Nicolas ne pouvant saisir son arme sentit que sa dernière heure était arrivée. Mais les tueurs eurent un instant d'hésitation en voyant Omar. Cela leur fut fatal ! Galéra mit fin à leur vie satanée. Avec son accent particulier de pied noir, il dit au lieutenant :

— Ma parole, mon lieutenant, je crois, bien qu'ils sont tous partis !

Nicolas et Omar regagnèrent la corniche au pas de course. Nicolas retira sa veste, la roula en boule pour en faire un oreiller qu'il glissa sous la tête de Jean.

— Jean ! N'arrête pas de parler… Ta blessure n'est pas grave… On va te soigner… Parle-moi je t'en supplie !

— J'ai froid Nicolas, j'ai très froid ! Je ne veux pas mourir… Ramène-moi à la maison, maman et Ginette m'attendent… Où es-tu Nicolas ?

— Je suis là Jean, ne dis pas de bêtises, tu ne vas pas mourir… Je vais te sortir de là !

Nicolas n'était pas dupe, il se rendit compte de la gravité de la blessure. En l'espace de quelques secondes, le visage de Jean changea. Ses joues se creusèrent, provocant de profonds cernes bleuâtres qui apparurent autour de ses yeux. Ses lèvres se rétractèrent en une sorte de rictus morbide, seuls ses yeux fixant le ciel comme on quête une réponse, semblaient s'accrocher à la vie.

— Nicolas, tu crois qu'après la mort on retrouve ceux que l'on aime ? lui dit-il dans un souffle brûlant.

— Bien sûr, Jean, il n'y a pas le moindre doute, répondit Nicolas.

Le ciel alors s'ouvrit, diffusant un jet de lumière blafarde, éclairant d'une lueur opale le corps de Jean, entouré de ses compagnons de misère.

Jean devint soudain d'une grande pâleur. La sueur perla sur son front, son buste commença à s'incliner sur le côté. Mais déjà son œil se noyait aux confins des frontières de la vie et de la mort.

— Où es-tu Nicolas j'ai peur il fait déjà nuit… Je ne te vois plus… Ne m'abandonne pas Nicolas…

Il eut un soubresaut, ses lèvres se mirent à murmurer. Nicolas se pencha pour l'écouter. Le premier mot appris par Jean fut le dernier qu'il prononça… Maman !

Jean Lacaze était né à Montlaur près de Toulouse, il avait vingt ans !

Nicolas les yeux brouillés par les larmes, le visage exsangue, se releva, et devant le corps sans vie, pria avec le reste du commando, pour le repos de l'âme de son ami Jean.

Brutalement un coup de feu retentit, Coignet, touché en plein cœur, roula comme un pantin désarticulé au pied de la pente. Puis ce fut le tour de Knapp. Les mains sur ses entrailles, les yeux révulsés, il fit quelques pas, et s'écroula sur le canon du FM. Deux nouvelles vies, âgées de vingt ans disparaissaient sous ce ciel de misère !

Moloch, accompagné de ses deux derniers sbires, venait de les surprendre en les prenant à revers. Nicolas abandonna le corps sans vie de Jean, en regroupant ses hommes pour les mettre à l'abri.

— Mazataud, Galéra ramassez le FM ! On se replie tous au pied de cette falaise… Omar attention derrière vous !

Nicolas se précipita sur lui, en le projetant à terre. Mazataud se saisit du FM, le positionna sur sa hanche, tirant en courte rafale sur Moloch et le dernier tueur qui lui restait ! Seul Moloch que le diable protégeait échappa au tir meurtrier. Nicolas et le reste du commando, suivi d'Omar et Ali, se positionnèrent sur un surplomb de la falaise pour se mettre à l'abri.

Nicolas regarda les corps de l'adjudant Driaud, de Jean Lacaze, de Boniface, de Coignet, et de Knapp, gisant en contrebas de la falaise. Il ne restait plus rien d'eux, seulement des corps sans vie d'une jeunesse brisée avant d'avoir pu exister.

Qui se souviendra de ces hommes au courage sans faille ! Qui ? Si ce n'est ceux qui les ont aimés. Nicolas leva les yeux vers le ciel, se promettant, s'il en réchappait, de raconter leur bravoure.

Des émotions intenses le secouèrent, comme de grandes vagues venant se briser sur le récif, tandis que des larmes mourantes se figèrent sur ses joues amaigries !

Moloch demeurait seul à présent. Tapi entre deux rochers, tel un charognard tenaillé par la faim, il observait sa proie. Son seul but, tuer Omar ! Il souhaitait le voir agoniser dans une mort lente. Il échafauda des plans aussi machiavéliques les uns que les autres. Son sang pulsait dans ses veines, son cœur frappait violemment sa poitrine, il sentait monter en lui des excès de folie meurtrière, faisant frémir tous les muscles de son corps. Mais cette démence démoniaque allait le mener droit à sa perte.

Il mit ses mains en porte-voix, pour s'adresser à Omar ! Dans ce funeste décor, ses paroles résonnèrent comme un écho venu d'outre-tombe :

— Omar, tu es pris au piège ! Je vais te faire crever à petit feu ! Je suis le maître de la situation, tu ne pourras pas échapper au sort que je te réserve, fils de pute ! Les autres, vous pouvez partir je n'ai rien contre vous… C'est une affaire entre Omar et moi !

Un éclat de rire diabolique brisa le silence qui s'ensuivit !

— C'est lui lieutenant, c'est Moloch le chef des tueurs… Cette voix je la reconnaîtrai entre toutes, ce rire me donne la chair de poule ! Ne l'écoute pas, il ment, si on sort il nous abattra tous, lui souffla Omar.

— Personne ne partira Omar… Je sais très bien qu'il ne peut pas laisser de témoins derrière lui… Il faut trouver un moyen de le faire prisonnier.

Omar regarda Nicolas droit dans les yeux :

— Pourquoi le faire prisonnier ! C'est du temps de perdu, s'il passe devant un tribunal militaire il sera condamné à finir devant un peloton d'exécution ! Alors, pourquoi attendre ? J'ai juré de venger Haïscha, mes frères et sœurs, je dois tenir ma promesse !

— Il a raison mon lieutenant, ce salaud ne mérite pas de vivre approuvèrent d'une même voix, Mazataud, Galéra, Pihan, Poyé et Benazet.

— Je comprends votre désir de vengeance Omar, c'est un être ignoble, je vous l'accorde. Nous aussi, nous venons de perdre des êtres chers, mais il faut résister à faire justice nous-mêmes. Cet homme doit être jugé ! Il faut que l'autorité militaire sache que ces crimes ont été perpétrés par lui et personne d'autre... Certains de ces tueurs portaient la même tenue que nous, et d'autres comme la vôtre Omar ! Pas besoin d'un dessin pour expliquer sa stratégie... Si vous l'exécutez, il n'y aura plus de témoin... Vous risquez d'être accusés de toutes ces atrocités. Le seul moyen de respecter votre serment Omar, c'est de l'arrêter ! Il sera jugé et condamné... C'est la seule solution possible pour nous venger de tous ses méfaits.

Le vent du désert se leva. Des nuées se formèrent en couvrant d'une pénombre crépusculaire le pays du diable.

Nicolas fit face à ses hommes. Il n'y eut pas un mot de prononcé, tous venaient d'approuver ces directives.

Nous allons le cerner ! Je vais me poster face au précipice pour obliger Moloch à se découvrir. Mazataud, avec Galéra positionnez-vous avec le FM sur le côté droit de la crête. Poyé, Pihan, Benazet, et Ali, espacez-vous à gauche le long du ravin... Sa seule issue étant le précipice, il devra déposer les armes et se rendre. Omar, vous restez près de moi ! C'est bien compris ?

— Bien reçu mon lieutenant, répondit le commando.

Nicolas, s'assurant que ses hommes se trouvaient à leur poste, partit en compagnie d'Omar vers le ravin.

Le temps se fit plus sombre, le ciel enfermé dans les nuages semblait se débattre pour sortir de ce piège. Des fantômes surgissaient des amas de rochers polis par le vent et les pluies.

Dans ce décor apocalyptique, Nicolas PM au poing fonça vers le bord du ravin puis se jeta derrière un rocher pour se mettre à couvert. Omar ne l'avait pas suivi. Moloch surpris se retourna, en constatant qu'il était pris en tenaille.

Il faisait de plus en plus sombre, le ciel pâlissait de seconde en seconde. Comme au crépuscule d'un drame qui se joue, le pays du diable devint lugubre. Les hommes levèrent la tête, en ayant l'impression qu'une lourde menace pesait sur eux.

Nicolas le dos tourné au précipice, patienta, étonné de ne pas voir Omar près de lui. Dix minutes s'écoulèrent sans qu'Omar se manifeste. Ne pouvant laisser plus longtemps ses hommes dans cette attente, il décida d'agir en interpellant Moloch :

— Je sais que vous êtes là ! Vous n'avez aucune chance de vous en sortir, vous êtes cernés de toute part ! Mes hommes vous tiennent en joue… Sortez mains sur la tête et rendez-vous… Il ne vous sera fait aucun mal !

Pour toute réponse un coup de feu partit. La balle miaula contre le rocher derrière lequel s'abritait Nicolas. Il jeta un regard derrière lui pour s'assurer qu'il n'y ait aucun autre danger. Il découvrit un profond ravin au fond duquel serpentait l'oued tumultueux Ouezzero. Le long des parois qui descendaient par paliers successifs croissaient des fleurs sauvages. Un vieil arbre, en équilibre au bord du gouffre, enfouissait ses racines à travers les pierres pour y puiser sa survie.

Nicolas alors tenta de repérer la position de Moloch. Lorsqu'il la découvrit, Moloch se tenait au pied d'un rocher, avec dans le regard une fixité d'halluciné. C'est alors que contre toute attente il se leva, jeta son PM et son sabre à ses pieds !

— Lieutenant ! Je vous l'ai déjà dit, je n'ai rien contre vous, c'est Omar que je cherche… Alors qu'il se montre afin d'en finir une fois pour toutes. Il s'avança de quelques pas vers le rocher où s'abritait Nicolas. Aussitôt des rafales d'arme automatique claquèrent au-dessus de sa tête. Moloch se jeta à plat ventre.

— C'est bon ! Je me rends, hurla-t-il en se relevant !

Voyant Moloch déposer les armes, Nicolas commit l'erreur de sortir de son abri.

Moloch leva les bras en s'adressant à Nicolas.

— Tu es un véritable abruti lieutenant, tu me prives de ma vengeance, et quitte à en crever, tu vas le payer !

Deux tueurs sortis d'on ne sait où ouvrirent le feu sur les hommes du commando. L'un d'eux, armé d'un fusil de chasse tira sur Nicolas en le blessant à la cuisse droite, puis une balle perdue le toucha également près de la tempe.

Nicolas eut l'impression que sa tête explosait, il porta ses mains sur son visage en les retirant couvertes de sang. Il les regarda ne comprenant pas ce qui lui arrivait. Sa cuisse le brûlait atrocement. Il tituba, puis dans un tremblement qu'il ne put contrôler, il tomba à la renverse dans le précipice.

Omar qui veillait sur le lieutenant le vit chuter dans le ravin ! Depuis le début, il ne l'avait jamais quitté des yeux. Il se tenait derrière Moloch, et lorsqu'il vit le pistolet caché dans son dos, il comprit la ruse. Omar s'élança d'un bond en plaquant Moloch ! Ils roulèrent sur le sol, Moloch réussit à se dégager. Mais Omar, agile comme un chat, prit rapidement le dessus dans ce corps à corps meurtrier. D'un geste rapide, il réussit à lui subtiliser son arme, qu'il projeta plus loin. Dans un roulé-boulé d'une agilité féline, il se saisit de son sabre en le pointant vers Moloch :

— Tu vois, fils de chien, la peur c'est comme la mort, elle arrive sans prévenir… Maintenant par Allah, tu vas payer pour les crimes commis sur Haïscha, Youssef, et tous les autres… Ta vie s'achève ici ! À genoux fils de pute, hurla Omar.

Moloch le supplia de l'épargner, la terreur l'oppressait. Omar pour toute réponse lui cracha au visage !

— Je t'ai dit de te mettre à genoux charogne !

Alors, comme un homme résigné à son funeste destin, Moloch tomba à genoux. Omar d'un geste vif, lui trancha la tête. Il resta quelques secondes à regarder ce corps étêté, responsable de tous ses malheurs, puis il jeta le sabre en se précipitant vers le ravin. Il eut beau chercher, il ne vit aucune trace du lieutenant. Il se résigna à admettre sa mort.

Galéra, voyant son lieutenant le visage en sang, courut lui porter secours, mais il ne put y parvenir. Un des tueurs tira une rafale dans sa direction, une des balles l'atteignit dans le gras de la cuisse, le clouant au sol. La douleur fut si forte qu'il perdit connaissance.

Mazataud, Poyé, Pihan et Benazet, neutralisèrent les deux derniers tueurs et se portèrent aussitôt au secours de Galéra. Mazataud l'adossa contre le rocher en lui tapotant les joues. Il ouvrit un œil, puis l'autre :

— La putain de sa mère ! Il m'a tiré comme un lapin… J'ai mal bon Dieu ! Ça pisse le sang ! Attention à vous les gars ils flinguent tout ce qui bouge.

— Ne t'inquiète pas, on les a mis hors de combat ! Nous allons te sortir de là… Le lieutenant à capturer ce salaud de Moloch ? lui demanda Mazataud.

— C'est Omar qui s'en est chargé, il lui a tranché la tête… Quant au lieutenant, il est mort les gars, abattu d'une balle en pleine tête. Il est tombé comme une masse dans le ravin… C'est en me précipitant vers lui que ces salauds m'ont tiré dessus.

À bout de forces, Galéra perdit de nouveau connaissance.

En apprenant, la mort de leur lieutenant, les survivants du commando, écrasés de douleur, baissèrent la tête, en priant pour son salut. Mazataud dit « amen », en ajoutant :

— Je n'arrive pas à croire à sa mort… Des hommes de cette trempe, on en croise qu'un seul dans sa vie… Il trouvait toujours les mots pour remonter le moral de chacun… À la guerre, on tue, on massacre des gens que l'on ne connaît pas, aux profits de politiciens qui se connaissent, mais ne se massacrent pas ! Saloperie de guerre qui nous vole notre jeunesse… Jamais nous ne l'oublierons !

Il fit une courte pause et continua :

— Nous n'avons plus de temps à perdre ! Rejoignons au plus vite le commando du 3 cantonné à Zaouïa… Une fois là-bas, je préviendrai le PC au col du Bâali. Allez go ! On s'arrache d'ici ! Mais où sont passés Omar et Ali ?

— Après leur vengeance accomplie, ils ont dû rejoindre les leurs ! Ils ont tenu parole et même au-delà ! Je partage entièrement leur réaction : répondit Pihan.

Ils confectionnèrent un brancard de fortune pour Galéra, et quittèrent rapidement la zone maudite. C'est à la nuit tombante qu'ils parvinrent à Zaouïa.

Le lendemain, le temps fraîchit brutalement. Le ciel se couvrit de nuages rougeâtres. La mitraille des combats, les cris d'agonie, et les souffrances disparurent dans ce décor de fin du monde. À présent, il régnait un silence glacial sur le pays du diable. Le temps, pour une partie du commando ne comptait plus, leurs espoirs, leurs jeunesses s'étaient envolés pour toujours vers ce monde dont nul n'est jamais revenu. Les avis de décès allaient frapper par leurs annonces funestes, bien des familles dans le malheur.

Une brume épaisse s'éleva du fond du ravin au bord duquel se tenait le commandant Vaillant, il se tourna vers le lieutenant Pillet qui était à ses côtés :

— Même le ciel semble touché par le drame qui s'est déroulé ici ! Regardez lieutenant, les nuages sont teintés de rouge sang ! Malgré le rapport de Mazataud, j'ai du mal à imaginer qu'une telle cruauté ait eu lieu. Ce matin, voyant les corps de mes hommes sans vie, je suis bien obligé de me rendre à l'évidence... Nous sommes arrivés trop tard !

— Leur radio ne fonctionnait plus, le lieutenant Fonzenac se trouvait dans l'impossibilité de nous prévenir mon commandant !

— Bien sûr lieutenant... Le destin s'est montré peu charitable envers eux... Comment imaginer que la haine de ce Moloch puisse se transformer en un tel carnage !

— À ce point-là, ce n'est plus de la haine mon commandant, c'est de la folie... Il a été exécuté, justice est faite !

— Quant au lieutenant Fonzenac, ceux qui l'ont côtoyé, garderont de lui le souvenir d'un être au courage sans faille. C'était une personne de bien, n'écoutant que sa conscience pour accomplir son devoir... Les hommes ne font qu'une brève apparition sur terre lieutenant ! Lui, le peu de temps qu'il a vécu fut rempli de gloire. Ce sont ces hommes-là qui font la force d'une nation, mais qui laissent le plus grand vide lorsqu'ils nous quittent !

— C'est vrai mon commandant, Fonzenac nous manquera... C'était mon ami, jamais je ne l'oublierai !

— Il faut remonter son corps lieutenant ! D'après Galéra il a chuté au pied de cette falaise… Trouvez deux volontaires pour descendre le chercher !

Le commandant Vaillant regarda le ciel d'un air pensif, comme s'il cherchait une réponse.

Lorsqu'il revint, la voix du lieutenant Pillet le tira de ses pensées.

— Le caporal Mazataud, Poyé, Pihan et Benazet sont volontaires pour récupérer le corps de leur lieutenant !

Tous les quatre se plantèrent au garde à vous devant le commandant en le saluant.

— Quel bel exemple de solidarité en mémoire de votre chef ! Je suis fier de vous ! s'exclama le commandant.

De loin en loin, à l'horizon des Námentchas, la lueur des éclairs, suivie d'un éclat de tonnerre, fit vibrer le ciel d'un roulement sourd. Le temps semblait se figer dans une attente angoissante.

Mazataud fixa un filet d'escalade sur le rocher, pour le dérouler jusqu'au pied de la falaise.

— Je descends le premier dit-il à ses camarades. Une fois le corps trouvé, vous m'envoyez un cordage. Je le passerai sous ses épaules, et vous le hisserez doucement. Je l'accompagnerai pendant la montée. OK ?

Poyé, Pihan et Benazet, les traits plus creux, le teint blême approuvèrent d'un signe de tête.

Mazataud entama lentement la descente, inspectant tous les renfoncements de la falaise. Au moment où il passa près du vieil arbre mort, il crut entendre un gémissement provenant d'un surplomb. Il s'approcha, prit assise sur le plat du rocher, et ce qu'il vit le figea sur place. Le lieutenant Fonzenac, à moitié conscient, adossé à la paroi, le visage couvert de sang coagulé, serrait sa cuisse en gémissant ! Mazataud ne put contenir plus longtemps l'émotion qui le gagnait. En s'agenouillant près de lui, des larmes de joie coulèrent le long de ses joues.

— Mon lieutenant ! Vous êtes vivant, c'est un miracle ! Ne bougez pas on va s'occuper de vous.

Il mit ses mains en porte-voix en hurlant :

— Le lieutenant est vivant ! Le lieutenant est vivant ! Envoyez-moi vite la corde et venez m'aider à le remonter.

Le commandant Vaillant, le lieutenant Pillet, Poyé, Pihan, et Benazet sous le coup de la stupeur restèrent muets d'étonnement. Ils se ressaisirent vite. Benazet jeta la corde, tandis que Pihan et Poyé descendirent rejoindre Mazataud. Le commandant, le lieutenant et Benazet remontèrent Fonzenac. Le commandant réclama la trousse à pharmacie et nettoya lui-même le sang coagulé sur le visage de Nicolas, qui peu à peu reprenait ses esprits.

— Heureux de vous retrouver vivant Fonzenac ! Pas d'inquiétude pour la tête, c'est juste une éraflure de balle près de l'arcade. Beaucoup de sang a jailli mais c'est sans gravité ! Pour la cuisse, il y a pas mal de chevrotines à extraire… Je vous évacue immédiatement par hélico à Batna… Lieutenant Pillet appelez le PC qu'il nous envoie une « Alouette » pour héliporter Fonzenac à l'hôpital de Batna.

Les hommes du commando, enchantés de retrouver leur lieutenant, lui exprimèrent toute leur joie de le savoir sain et sauf.

Quelques instants plus tard un « l'alouette II » se posa près du ravin. On installa solidement Nicolas sur la civière située à l'extérieur de l'hélico, qui décolla aussitôt, sous les applaudissements du commando. Arrivé à Batna, l'hôpital étant saturé, l'hélicoptère fit le plein pour transférer Nicolas à l'hôpital de Constantine.

Un jeune médecin, officier de réserve, effectuant son service militaire à l'hôpital « Lavéran », s'occupa de Nicolas. Il lui restait une dizaine de jours au médecin pour obtenir la « quille ». Ce furent pour lui les jours les plus longs !

— Tu as beaucoup de chance, un peu plus, tu avais les balloches en compote, dit-il à Nicolas, en éclatant d'un rire fendu jusqu'aux oreilles.

Il désinfecta les blessures, retira un à un les plombs, en éprouvant un certain malaise par l'odeur aillée émanant de chaque morceau de chevrotine. Sans anesthésie, il sutura les plaies, et s'adressa à Nicolas :

— Voilà j'ai terminé, désolé pour cette petite souffrance, en ce moment je suis démuni en éther… Les fils s'en iront tout seuls, quelques jours de repos, tu seras de nouveau sur pied… En revanche, vu la quantité d'ail qui enrobait les grenailles, tu peux dire adieu à la paternité ! C'est leur méthode à ces putains de fells… Je te laisse, je vais demander ton bon de sortie pour la semaine prochaine. En attendant, tu pourras visiter Constantine… Je te souhaite bonne chance… Et vive la quille ! s'écria-t-il en partant.

Sur le coup, Nicolas ne réalisa pas que les paroles de ce docteur, allaient bouleverser toute sa vie.

Chaque jour il écrivait à ses parents, en expliquant la tragédie dont il avait été victime. L'après-midi, il se promenait sur la place de la Brêche, où se trouvaient, le théâtre, la poste, le palais de justice, le fameux coq de la victoire, ainsi que les cafés les plus fréquentés : en fait, c'était le vrai centre-ville de Constantine. Ce lieu de promenade était le favori de tous les habitants, même si l'été, le soleil dégageait une chaleur accablante, en se réfléchissant sur le carrelage blanc.

Nicolas fut fasciné par cette ville, entourée d'un ravin démesuré donnant le vertige, ainsi que par la porte El Kantara accédant au pont suspendu de Sidi M'cid surplombant le précipice.

Les jours passèrent. Nicolas, assis à l'ombre des platanes du boulodrome, s'étonnait de ne recevoir aucun courrier de ses parents. Il n'était plus le même, tout avait changé en lui, sa jeunesse s'était enfuie faisant place à des émotions diverses le malmenant en son for intérieur.

La vision du visage de Claudia se dessina alors devant lui. Dans le murmure infini d'une brise embaumée de fleurs de lilas, il pensa tout haut :

— Est-ce qu'on vit son amour comme un rêve qui s'enfuirait au petit matin ? L'ai-je vraiment aimée ? Ou n'est-ce qu'un caprice m'ayant un moment fleuré l'âme ? Ainsi pensait Nicolas sous le soleil enflammé de l'Algérie.

Il s'en retourna, sans haine, sans aucun désir de vengeance, enterrer à tout jamais son amour de jeunesse. La fleur de cet amour se fana sans que nul ne s'en doute, dans une déchirante réalité. Si tout n'était pas éteint de sa douleur, il décida de jeter aux quatre vents les lambeaux restants de son cœur brisé.

Cette nuit-là, il eut un sommeil agité. Les images des derniers combats, de la mort de ses amis, Jean Lacaze, l'adjudant Driaud ne cessaient de le hanter. Il respirait mal, de grosses gouttes de sueur roulaient sur ses joues creuses, se sentant soudain dans l'incapacité de lutter face à un destin qui ne cessait de le harceler.

Par de la l'horizon, les montagnes du Constantinois se découpèrent sur l'indigo clair d'une portion de ciel. La lune semblait une petite pièce d'argent brûlante posée là par mégarde.

Les nuages poussés par les vents chauds laissaient percevoir de temps à autre d'étincelantes étoiles.

En ce dimanche soir, sur la terrasse du château de Lastour, Guylhem prenait le frais. Béatrix, installée dans un des fauteuils du salon, lisait un roman. Guylhem parcourait du regard les hautes futaies de la forêt, et les Pyrénées se découpant à l'horizon. Une station habituelle, qu'il pleuve ou qu'il vente, il éprouvait une joie constante dans cette contemplation. Il admirait ces paysages depuis son enfance, il était ici chez lui, enraciné dans la terre de ses ancêtres.

Un crissement de pas sur les graviers de la cour lui fit tourner la tête vers le portail. Un officier supérieur, vêtu de sa plus belle tenue, descendit de son véhicule. Son visage reflétait une certaine gravité. Il s'approcha à pas mesurés du grand escalier de pierres, gravit les marches, se mit au garde à vous. Il salua alors Guylhem, en lui tendant une enveloppe. Puis sur un ton solennel, il lui dit :

— Monsieur de Villardahian, au nom de la nation française, je vous présente toutes nos condoléances.

Guylhem resta un moment le front penché, terrassé par cette phrase, qui se brouillait et s'enchevêtrait dans son esprit. Écrasé par la douleur, il eut l'impression que la terre s'ouvrait sous ses pieds.

L'officier essaya tout de suite de trouver des mots de compassion, une aide, un soutien, pour cet homme en grande souffrance. Il ne put prononcer la moindre parole, il posa simplement sa main sur l'épaule de Guylhem.

— Nous sommes à votre disposition, Monsieur, pour vous soutenir dans ce malheur qui vous frappe… L'armée n'abandonne jamais les siens, voulez-vous…

Guylhem l'arrêta net, la voix entrecoupée de sanglots il lui dit :

— Non, Monsieur l'Officier, veuillez me pardonner, j'ai simplement besoin de solitude, je vous prierai de bien vouloir me laisser seul, s'il vous plaît !

En le saluant, l'officier remit sa carte de visite à Guylhem, puis il rejoignit son véhicule.

Un moment difficile pour cet officier supérieur, encore plus dramatique pour ce père à qui l'on annonçait la mort de son fils.

Guylhem, sous le choc de l'émotion, vit défiler les images des jours heureux. Le passé de ce bonheur à jamais disparu rendit ses yeux vitreux de désespoir. Il pleura sans aucune retenue la perte du fils aimé. Il regarda le ciel se sentant enveloppé d'un manteau de misère.

En titubant, il rentra au salon, se laissant choir dans un fauteuil. La lettre lui échappa des mains et glissa sur le sol. En l'espace de quelques secondes, il venait de vieillir de plusieurs années.

Béatrix le voyant dans cet état se précipita vers lui :

— Mon chéri que se passe-t-il ? s'affola-t-elle.

Guylhem ne répondit pas. Elle vit l'enveloppe par terre, la décacheta. Lorsqu'elle prit connaissance de son contenu, des mots plus noirs que les autres lui brisèrent le cœur !

« Sous-lieutenant Nicolas Fonzenac mort pour la France ».

Elle poussa un cri déchirant qui se répercuta bien au de-là du salon, en s'écroulant aux pieds de son mari.

Guylhem la releva aussitôt. Béatrix, le visage émacié, posa ses mains tremblantes sur celles de Guylhem :

— Je n'arrive pas à croire que nous ne reverrons plus notre Nicolas… Je sens sa présence parmi tous les objets de cette demeure… Quand il était enfant, il prenait un livre en s'asseyant sur le bord de la cheminée… De temps en temps il le refermait, regardant pendant de longues minutes les bûches se consumer dans l'âtre. C'était un enfant sensible, toujours curieux, il voulait tout connaître… Je devais constamment répondre à ses questions… J'ai peur que le courage me manque pour continuer à vivre sans lui !

— Reprends-toi ma mie ! Nous devons être forts… C'est affreux ce qui nous arrive, mais ce malheur ne doit pas nous décourager… Nous devons nous reprendre ma chérie, le désespoir devient fatal, si le courage tombe en même temps. Apprenons à vivre pour la mémoire de notre fils, mais aussi par devoir de l'existence en dépit des aléas !

Pauline se tenait sur le pas-de-porte du salon et semblait perdue. La mort de son Nicou l'avait anéantie. À l'aide du bas de son tablier, elle essuya les larmes roulant le long de ses joues. Guylhem et Béatrix, le dos voûté par le poids du chagrin, regagnèrent leur chambre.

Serrés l'un contre l'autre, ils ouvrirent la fenêtre en respirant longuement la forêt. Le ciel, comme une parure de soie noire se constella de clartés frémissantes, l'une d'elles jaillit pour aller se perdre dans le sous-bois. Ils murmurèrent émus le prénom de leur fils. Ils s'en retournèrent près du lit à baldaquin. Devant le crucifix, ils se mirent à genoux, priant pour le repos de l'âme de Nicolas. Dehors, en cette heure noire d'un destin brisé, la lune de la fenaison, jaune comme du safran, se leva à l'est, venant cercler le couple d'un halo d'espérance.

Paris, en ce début de matinée, près de la porte Saint-Denis, un groupe de prostituées traversait le boulevard Sébastopol pour rejoindre la rue Blondel. Elles pénétrèrent dans leur bar attitré, commandant café noir et croissant. Le patron les servit sur un plateau, en déposant le journal du jour au coin de la table.

— Bonjour, les filles ! Jetez un coup œil sur les nouvelles avant d'aller tapiner ! Les bougnoules ont encore frappé fort en Algérie !

Une des filles régla la note, tandis que les autres, penchées sur le quotidien prenaient connaissance des évènements survenus en Algérie. La liste des soldats morts au cours d'une importante mission de ratissage s'étalait en une longue colonne sur la Une… La plus jeune du groupe, lorsqu'elle découvrit le nom de Fonzenac, se leva d'un bond, les yeux imbibés de larmes amères, elle s'écria, tel un appel désespéré : Nicolas mon amour ! Et s'écroula dans les bras de ses copines.

— Claudia ! Que t'arrive-t-il ?

Elles la soulevèrent, lui tapotèrent les joues. Mais rien n'y fit. Sa pâleur s'intensifia, le battement de son cœur chutait de façon anormale. Le patron, la voyant dans cet état, appela aussitôt les urgences.

Claudia n'entendait plus ! Elle se revit, comme dans un rêve qui s'enfuit, se promenant main dans la main avec Nicolas dans les bois de Meudon, dont l'air s'embaumait du parfum des roses sauvages. Le soleil se couchait, entre de longues bandes horizontales d'un rose vif. Ils avançaient tous deux en regardant le bleu foncé du ciel, où s'amoncelaient des nuages mauve et violet. Nicolas se penchait vers elle, l'embrassant tendrement. Un mince croissant de lune, accompagné d'une étoile furtive se devinait parmi cette débauche de couleurs. À cet instant, Claudia, dans un dernier soupir, connut un moment de repos absolu, en retrouvant la pureté de l'unique amour de sa vie… Nicolas !

Lorsque les pompiers arrivèrent sur les lieux, malgré les soins prodigués, ils constatèrent le décès de Claudia Fontanelle !

Au château de Lastour, un flot de tristesse déversait sa misère, ne laissant aucun espace vide, plongeant hommes et animaux dans cette mer de chagrin… Guylhem les mains derrière son dos, se tenait près d'une fenêtre. Ses yeux se posèrent sur le chenil, où la meute, regroupée près du grillage, semblait guetter une arrivée improbable.

Il se sentit fourbu, las de tout, sachant qu'il ne serait plus l'homme qu'il avait été.

Béatrix, assise en retrait, regardait la cruauté du sort décomposer le visage de son époux. Elle se leva, s'approcha, en se blottissant contre lui. Il passa son bras autour d'elle, en la serrant très fort.

Au même instant, le facteur pénétra dans la cour, déposa son vélo. Malgré la lourdeur de son sac, il monta quatre à quatre les marches de la terrasse, en soulevant le heurtoir de la porte d'entrée. Pauline vint ouvrir.

— Bonjour Pauline, j'ai appris la triste nouvelle… Tu présenteras mes sincères condoléances à Monsieur le Comte… Cette guerre est un véritable désastre pour notre jeunesse ! dit-il, tout en sortant de son sac le courrier destiné au château.

— Comme tu dis Ernest, lui répondit Pauline les yeux encore rougis de douleur.

Elle referma la porte et déposa le courrier sur la table du salon.

Ni Béatrix ni Guylhem ne prêtèrent attention au courrier. Ils contemplaient le ciel. Hier soir, un gros nuage violacé déversa des torrents de pluie, mais il disparut dans la nuit. Au petit matin, les tuiles du toit du château brillaient, rouges et propres, sans un grain de poussière. Elle raviva la couleur des géraniums en appui sur le bord des fenêtres, et l'herbe était verte comme drap de billard. L'horizon restait calme, piqueté de petits nuages blancs immobiles. Ils retournèrent s'asseoir comme deux âmes en peine.

Midi venait de sonner ses douze coups à l'église de Baziège. Dans les cuisines Pauline préparait le déjeuner : une fricassée de lapin, accompagnée d'une bordure de riz, et une sauce champignons à la crème… Lorsqu'elle fit le service, elle remarqua que le courrier était toujours à la même place. Elle s'en saisit et le déposa près de Guylhem.

— Merci, Pauline !

Il regarda chaque enveloppe d'un œil distrait, puis soudain les lettres de Nicolas apparurent sous ses yeux éberlués. Il demeura hébété en s'apercevant que l'oblitération des timbres était postérieure à la date de son décès. Au dos des plis, figurait une adresse : Sous-lieutenant Nicolas Fonzenac hôpital militaire de Constantine !

Béatrix s'approcha :

— Que se passe-t-il, mon chéri ?

Guylhem, la gorge nouée par l'émotion, ne put répondre. Fébrilement, il décacheta les enveloppes et prit connaissance de leur contenu. C'est alors qu'il entendit une voix d'une infinie douceur, une voix qui pansa les plaies de son âme meurtrie, en lui donnant une espérance que nulle puissance humaine n'aurait pu lui apporter. Il écouta, médusé, puis se leva d'un bond, prit la carte de visite de l'officier, et décrocha le téléphone !

Béatrix, voyant la pâleur de Guylhem, se douta qu'un évènement capital venait de se produire. Elle le suivit sans poser la moindre question… Lorsqu'elle entendit la conversation de son époux avec l'officier, elle se sentit envahie d'une joie intense, d'un espoir prenant une dimension bien plus forte que tous les bonheurs de ce monde.

Guylhem, très impatient, perdit son calme habituel au téléphone. Il expliqua au colonel dans les moindres détails le contenu des courriers, sa certitude qu'un malentendu s'était produit au sujet du décès de son fils ! L'officier, surpris par les preuves évidentes de Guylhem, décida de s'informer immédiatement auprès de l'État-Major des armées, en lui promettant de le rappeler le plus rapidement possible.

— Ma mie, Dieu merci notre fils est vivant ! Vois par toi-même… Son courrier est postérieur à son acte de décès. Ce jour-là, plusieurs de ses camarades ont trouvé la mort au cours de cette opération, les corps ont été rapatriés le même jour… Nicolas, lui n'a été retrouvé que le lendemain de ce drame, ce qui pourrait expliquer la confusion de l'annonce de son décès. Blessé aux jambes et à la tête, il a été transféré immédiatement à l'hôpital de Constantine ! Il nous raconte tous les soins qu'il a reçus, d'ailleurs ses blessures sont sans gravité.

Béatrix avait du mal à contenir sa joie !

— Quand pourrons-nous le voir ? Je veux le serrer dans mes bras pour être sûre de ne pas rêver mon chéri !

— Je suis aussi impatient que toi ma mie… Cela ne saurait tarder, mais il faut attendre les résultats des démarches du colonel, pour être pleinement rassuré.

Pendant ce temps au PC du col du Bâali, le commandant Vaillant se rendit auprès du colonel Molinier pour lui remettre son rapport. Le colonel se tenait assis, la tête renversée sur le dossier de son siège. Son visage hâlé, une légère barbe noire pointant sous la peau de ses joues, lui donnait l'air d'un homme désenchanté.

— Mes respects, mon colonel, lui dit le commandant Vaillant.

Le colonel Molinier ne répondit pas à son salut. Il fit pivoter son siège en lui tournant le dos.

— Je vous écoute commandant, c'est au sujet de l'échec de l'opération « jaguar » que vous venez faire votre rapport, lui dit-il d'un ton cassant.

— Je ne partage pas votre point de vue mon colonel… L'opération « jaguar » est une réussite !

— Votre avis m'importe peu commandant, pour moi c'est un échec ! Mes ordres étaient clairs, nets et précis : connaître le nombre de fells dans le secteur, leurs armements, leurs caches, le tout dans une discrétion absolue… C'est un échec, par la faute d'un sous-lieutenant de réserve, qui a voulu jouer les bons samaritains en s'alliant avec deux fells !

Le commandant Vaillant ne se laissa pas intimider, et prit la défense du sous-lieutenant Fonzenac.

— Avec tout le respect que je vous dois mon colonel, il n'y avait pas que ces consignes dans l'opération « jaguar ». Elle comportait également la recherche des responsables des crimes abominables commis dans ce secteur. On sait aujourd'hui, grâce aux décisions prises par le sous-lieutenant Fonzenac, que c'est l'adjudant Moloch et ses sbires du pénitencier de Barbenoire qui en sont les auteurs. Il a décidé de s'allier avec les deux fells en toute lucidité, pour ne pas laisser Moloch massacrer leur village… Il a fait le choix d'un homme conscient de ses responsabilités en prenant les bonnes décisions. Lui et ses hommes se sont battus comme des braves, en portant haut et fort les traditions du 3e ! Moloch est mort ! Mais ils restent encore des hommes en liberté mon colonel… Il faut les poursuivre et les traduire en cour martiale !

Le colonel Molinier se tourna brusquement vers lui. Il n'aimait pas qu'on lui tienne tête. La colère monta mais s'étrangla avant d'atteindre ses lèvres. Ils se firent face un long moment, les yeux rivés l'un sur l'autre. Une épreuve de force s'engageait entre eux.

— Ici commandant, c'est moi qui donne les ordres, il est hors de question de poursuivre qui que ce soit… Je vous laisse imaginer si ces fouille-merde de journalistes s'en emparaient, ils ne se priveraient pas de salir une fois de plus les paras ! La version officielle sera que notre commando est tombé dans une embuscade tendue par les fells d'Omar El Djaloul… Maintenant, vous pouvez disposer commandant !

Le commandant Vaillant devant le froid calcul de son colonel eut du mal à contenir sa colère. La réponse de cet homme de bien ne se fit pas attendre.

— Je n'obéirai pas à vos ordres mon colonel, couvrir Moloch de tous ses crimes est contraire à l'idée que je me fais de la justice. C'est également une insulte à nos morts… Ma conscience me dicte ce que mon devoir exige !

Le colonel devant tant d'insolence fit volte-face en se campant devant lui. Il le toisa avec un air de mépris.

— Votre conscience ne regarde que vous commandant, votre devoir d'officier est d'obéir aux ordres et rien d'autre… Compte tenu de votre insolence et de votre refus d'obéir à mes ordres, je vous mets aux arrêts !

Lorsque le commandant sortit, un vent froid vint fouetter son visage. Il rejoignit la chambre qu'il occupait dans la ferme sainte Charles en se laissant choir sur son lit. Son regard sembla absent, son visage prit une teinte livide, ses yeux se fermèrent, de grosses gouttes de sueur coulèrent le long de son front. Ses poings se crispèrent, il se sentit brusquement très malheureux.

— Un soldat ne pleure pas ses morts, il les honore, pensa-t-il tout bas.

En milieu d'après-midi, la voiture de l'officier supérieur arriva en trombe et stationna au pied du perron. Son chauffeur descendit, se précipitant pour lui ouvrir la portière. Le colonel, ganté de blanc, rajusta son képi et monta les marches quatre à quatre. Pauline le reçut pour le conduire au grand salon. Il salua Guylhem, s'inclina courtoisement devant Béatrix, en lui présentant ses hommages.

Ils prirent place tous les trois dans de confortables fauteuils. Béatrix en maîtresse de maison, demanda au colonel s'il désirait prendre un rafraîchissement :

— Volontiers, répondit-il…

Puis il poursuivit :

— Je tiens tout d'abord à vous confirmer que votre fils est bien vivant ! Je pense que d'ici deux ou trois jours, il sera près de vous… À présent, je vais vous expliquer comment s'est produite cette erreur inexcusable de notre part, et vous informer des décisions que j'ai prises à ce sujet. Cette affaire est bien plus compliquée qu'elle n'y paraît.

Le colonel décrivit avec beaucoup de précisions toutes les péripéties de l'opération.

— Les ordres du sous-lieutenant Fonzenac, pendant cette mission, ainsi que l'aide qu'il apporta aux deux fellagas furent désapprouvés par le colonel Molinier. Il estimait que cette opération était un échec… Le commandant Vaillant s'est insurgé contre les décisions du colonel. Bien au contraire, selon lui, votre fils s'est comporté en chef responsable. Il n'a pas voulu laisser ces gens se faire massacrer sans réagir. En homme de devoir, il a pris la décision de les sauver. Il n'a en rien failli à sa mission.

Pour le commandant Vaillant, c'est un succès. Pour lui, les ordres du colonel Molinier ont bien été exécutés à la lettre, dans une totale réussite !

Guylhem posa une question :

— Je suis très étonné qu'une telle différence d'appréciation sur un même sujet puisse exister entre deux officiers, colonel !

— Je partage votre sentiment Monsieur de Villardahian... L'un a réagi de façon politique et l'autre en véritable officier faisant passer la vie de ses hommes avant toute autre considération... Après étude approfondie du rapport du commandant Vaillant, ainsi que le compte rendu des hommes présents sur les lieux de l'opération, j'ai décidé, dès ce soir, de me rendre par avion à Philippeville. J'aurai un entretien personnel avec les deux officiers. Ensuite, quel que soit le résultat de cette entrevue, je décorerai personnellement l'ensemble du commando, de la croix de la valeur militaire à l'ordre du régiment... Lors de mon retour, je serai accompagné de votre fils. Je vous préviendrai de l'heure exacte de notre arrivée à l'aéroport de Francazal.

Quelques jours plus tard, l'avion se posa à Francazal, à l'heure dite. Au moment même où le soleil courbait l'échine, un nuage de poussière s'effilocha le long de la piste d'atterrissage. Une fois la passerelle approchée, la porte de l'avion s'ouvrit, Nicolas et d'autres militaires descendirent rapidement. Nicolas s'arrêta quelques instants au pied de la passerelle, cherchant du regard ses parents.

Soudain, il sursauta, entendant son prénom prononcé par deux voix emplies d'amour et de joie. Il se retourna et, pendant une fraction de seconde, son cœur faillit défaillir. Béatrix et Guylhem l'enserrèrent dans leurs bras, ivres de bonheur de retrouver leur fils. Le regard ébloui par l'émotion qui la submergeait, Béatrix, passa délicatement sa main opale sur le visage de Nicolas :

— Mon Nicolas, tu es là, vivant, près de nous, c'est un vrai miracle ! Lorsque nous avons appris ton décès, ce fut pour ton père et moi, une véritable descente aux enfers…

— Mon décès, maman ! Mais j'ignorai totalement ! s'exclama Nicolas.

Guylhem, éprouvant une profonde tendresse pour son fils, le prit dans ses bras, et le serra fortement contre lui. Puis il se recula en le regardant droit dans les yeux :

— Rentrons Nicolas, il s'agit d'une épouvantable méprise, qui hélas, nous a plongés dans une profonde détresse, mais tout cela est fini, et bien fini… Laisse-moi t'admirer ! Tu es magnifique dans cette tenue mon garçon ! Ta mère et moi sommes fiers de toi…

Au même instant, le colonel apparut en haut de la passerelle. En l'apercevant, Guylhem invita Béatrix et Nicolas d'aller attendre dans leur voiture, puis il se dirigea au pied de la passerelle.

Guylhem le remercia pour le retour de son fils. Le colonel dans un long monologue présenta une nouvelle fois ses excuses, et développa certains faits traités pendant son séjour à Philippeville. Guylhem écoutait, avec sur le visage une impression, parfois abasourdie, parfois confondue, devant les dires du colonel. Avant de quitter Guylhem, il lui fit part d'une dernière information :

— Je vous en demande la plus grande discrétion… Sachez que dans une quinzaine de jours environ, un armistice va être signé, entre le FLN et l'état, dans un pays indépendant. Cela aboutira indéniablement à l'indépendance de l'Algérie… Nous avons gagné sur le plan militaire, mais perdu sur le plan politique. Je pense que d'autres conflits naîtront de cet armistice… C'est en partie pour cette raison que j'ai accordé une longue permission à votre fils.

Le colonel lui serra la main chaleureusement, et partit sans se retourner, pour rejoindre son véhicule de service.

Au cours de cette première nuit au château de Lastour, Nicolas eut un sommeil agité. Accoudé à la fenêtre de sa chambre, il entendit au loin l'écho nostalgique d'une trompe de chasse venir se perdre dans les sous-bois. Il regagna son lit, s'allongea les bras croisés sous sa nuque. Il se sentit emporté dans une tempête, telle une épave charriée par des flots tumultueux. Des ombres du temps passé se mirent à défiler devant ses yeux, comme des images éparpillées à fleur de cauchemar, des gémissements d'agonisants, vinrent inciser d'une entaille profonde, sa mémoire meurtrie.

L'instant d'un soupir, l'image d'une jeune fille aux yeux emplis d'émoi, pénétra dans sa chambre, pour lui offrir son corps comme preuve d'un amour sincère. Le prénom de Claudia jaillit de sa bouche. En une fraction de seconde il se retrouva au temps paradisiaque de cette passion enflammée, d'un bonheur qui devait durer éternellement.

Une lune montante s'arrêta sur cette voûte étoilée, coulant sa blonde lueur sur le château de Lastour. Au même moment une ombre furtive se faufila le long des vieux murs de la bâtisse. La lune, encore plus claire, la fit courir devant elle. Sur les plages du temps qui passe, on entendit vibrer dans le silence, les pleurs d'un violon à l'âme sensible.

Nicolas aurait pu se plaindre avec quelques raisons apparentes, d'une jeunesse emplie d'amour, mais aussi de profondes déceptions. Son grand amour pour Claudia, bafoué d'un revers de lettre, qui disait tout, sans rien expliquer. Tous ses sentiments rejetés dans les pages amères des amours infidèles et du mensonge. Cette guerre d'Algérie qui n'osait dire son nom, où la mort rôdait comme une bête affamée, brisa pour toujours sa jeunesse perdue. Mais jamais il ne vit là une raison d'être malheureux ou de désespérer. Non ! Nicolas malgré le sort qui ne cessait de s'acharner contre lui, eut la conviction en son for intérieur qu'un jour ou l'autre le destin lui sourirait.

Nicolas rejoint Nancy avec le 8e R.P.I.M.A

À la suite de l'indépendance de l'Algérie, le camp Pehaud de la ferme Saint Charles, était désert. Tous les paras avaient embarqué pour rejoindre Marseille. Il ne restait que quelques officiers. Le commandant Vaillant, Nicolas et Gilbert finissaient de remplir les cartons de documents qui devaient être rapatriés pour la métropole. Quelques hommes d'un régiment du train s'occupaient de récupérer le matériel lourd.

Le commandant devait rester encore quelques jours pour vérifier le bon déroulement des opérations de rapatriement. Nicolas et Gilbert rejoignirent le quai d'embarquement du port de Philippeville. Celui-ci était déjà envahi d'un nombre impressionnant de « pieds noirs ». Une foule silencieuse avec pour tout bagage un sac, une valise, rempli dans la hâte d'un départ précipité. Certains se tenaient assis sur leur ballot, d'autres, plus âgés, s'appuyaient sur leur canne, mais tous semblaient épuisés. Un long cordon de gendarmes s'étirait sur une centaine de mètres pour les protéger avant d'embarquer sur la « ville de Tunis ».

— Étrange coïncidence, c'est ce même bateau qui m'a conduit ici il y a presque deux ans, et qui me ramène en France ! s'exclama Nicolas en se tournant vers Gilbert.

— Je m'en souviens, lui répondit Gilbert.

Soudain Nicolas sentit une main se poser sur son épaule, et une voix connue, lui dire :

— Mon frère et moi sommes heureux que la mort t'ait épargné lieutenant !

Lorsqu'il se retourna, sa surprise fut grande de se trouver nez à nez avec Omar et son frère Ali.

Tous les quatre échangèrent une chaleureuse poignée de main sous le regard effaré d'un officier de gendarmerie.

— La guerre est finie, mais le climat qui règne dans les grandes villes est terrible. Le temps de la vengeance a sonné. Les harkis, que la France a lâchement abandonnés, sont massacrés dans d'horribles conditions, ainsi que certains pieds noirs. Il ne fait pas bon d'être français en ce moment… Je ne sais pas si on se reverra un jour lieutenant, mais sache, malgré nos différences, tu resteras dans nos cœurs comme un homme juste et loyal… Maintenant, dépêchez-vous, toi et ton compagnon, plus vite vous serez montés à bord, plus vite vous serez en sécurité !

Ils se serrèrent une dernière fois la main, et embarquèrent aussitôt sur le « Ville de Tunis ».

Le « Ville de Tunis », chargé de sa cargaison de déracinés, pouvait à présent prendre le large. Gilbert regagna sa cabine, tandis que Nicolas s'accouda aux bastingages. Au moment du départ, une vibration désagréable se produisit, elle secoua si fort le navire qu'elle donna l'impression que la coque allait éclater. Un bruit lent et régulier des pistons s'ensuivit, et le navire lentement s'éloigna des quais.

Nicolas garda obstinément les yeux rivés sur cette terre qui s'éloignait peu à peu. Des enfants, insouciants du drame que vivaient leurs parents, s'amusaient sur le pont. Un peu plus loin un groupe de pieds noirs s'était réuni en demi-cercle. Le visage empreint d'une certaine gravité, ils entonnèrent le chant des

« Africains », pour dire adieu à leur terre natale. D'autres pieds noirs s'approchèrent, ils ne participèrent pas au chant, ne prononcèrent aucune parole, mais tous pleuraient.

Nicolas, ayant le cœur serré devant tant de détresse, détourna son regard vers le ciel d'un bleu profond. La mer se teinta d'azur, il ferma les yeux et respira à pleins poumons le vent du large vint fouetter son visage. Il regagna sa cabine.

Ce fut la faible lueur du jour, filtrée par le hublot de sa cabine, qui le réveilla. Il se leva et vit la statue de « Notre Dame de la Garde » se dresser à quelques encablures de là. La fin du voyage était proche. Il mit son uniforme et rejoignit, en compagnie de Gilbert, le pont où se pressaient les autres passagers de la « ville de Tunis ».

Tous les pieds noirs, valises à la main attendaient patiemment l'accostage du navire sur les quais de la Joliette. Leurs yeux ternes regardaient fixement le ciel qu'ils n'avaient plus la force d'implorer. Les plus âgés ressemblaient à des branches cassées se mourant doucement avec le temps. Ils étaient arrivés au bout du chemin, dans le dernier port de ceux qui ne peuvent aller plus loin.

Quelques instants plus tard Nicolas et Gilbert posèrent le pied sur ce sol tant espéré. Derrière eux, la silhouette du « Ville de Tunis » donnait une impression de tristesse, un peu comme si le vieux navire regrettait sa cargaison de déracinés.

Un train spécialement affrété pour une compagnie de paras du 8e R.P.I.M.A, et du matériel, les attendait à la gare Saint Charles. Les jeeps équipées d'armes lourdes s'alignaient en rang d'oignons sur les plateaux des wagons. Tous les paras embarquèrent dans les wagons de tête. Le train, sans aucun arrêt, prit la direction de Nancy.

Là-bas, en Algérie, au camp Pehaud, le commandant Vaillant était seul dans sa chambre de la ferme Saint Charles. Il rangea ses affaires qui traînaient sur sa table, prit son ceinturon, en le fixant autour de sa taille, et glissa son revolver de service dans son étui. Il jeta un rapide coup d'œil pour vérifier si tout était en ordre, et sortit.

Ce monde n'était désormais plus le sien. Il longea le camp, passa devant une sentinelle qui lui présenta les armes. Il s'engagea alors dans la zone interdite. Au bout d'un long moment, il s'arrêta, se retourna. Il vit, comme un homme qui fuit ce en quoi il avait cru, le camp Pehaud disparaître dans le lointain.

Il était soulagé d'être enfin seul, satisfait que personne n'ait pu voir qu'il avait pleuré. La vue du massif de l'Edough ne fit qu'amplifier sa solitude. Il laissa glisser son regard dans l'espoir d'une réponse, mais les montagnes n'étaient pas touchées par son malheur. Elles restèrent indifférentes à son appel. Elles n'avaient que faire des larmes des hommes, elles se tenaient là depuis des siècles, figées comme des sentinelles qui ne dorment jamais.

Le commandant Vaillant était au bout de ses forces. La vision de ses hommes morts au combat sans avoir pu les venger ne cessait de le hanter. Il défit son ceinturon, en le jetant loin de lui, avec son revolver de service. Il gravit un monticule très escarpé, et resta, figé comme une statue sur laquelle le vent vint s'écorcher.

C'est alors qu'une détonation retentit. Le commandant Vaillant tomba à genoux. Il regarda d'un air un peu fou la cime des montagnes sans comprendre ce qui lui arrivait. Il ne souffrait pas, juste un peu froid, mais il sut que sa vie s'achevait ici. Il sentit son corps se glacer, l'air lui manqua. Un brasier à présent lui mordait la poitrine, il ne pouvait faire le moindre effort. Il revit en une fraction de seconde défiler sa vie. Un dernier sourire se figea sur son visage. L'ange de la mort s'approcha de lui, le délivrant à tout jamais de ses cauchemars.

En contrebas, embusqué derrière un rocher un fellaga rangea son fusil et se tourna vers son compagnon :

— C'était une trop belle cible mon frère ! Nous avons notre indépendance, mais qu'est-ce que tu veux j'ai tiré par réflexe ! C'est de sa faute aussi, qu'est-ce qu'il pouvait bien chercher si loin de son camp, sans aucune protection ?

— La mort mon frère, la mort !

De Gaulle venait de laisser passer la chance de l'Algérie. Il laissait un « Pays ruiné » qui, pour la satisfaction de nos intellectuels de gauche, « allait s'engager dans la voie du socialisme ».

Pour sauver ce pays de la mort, pour éviter que l'échec de cette politique délibérément choisie ne soit pas trop voyant, notre gouvernement allait verser pendant des années au régime de Ben Bella et de Boumediene, plus d'un milliard de francs par jour.

Nicolas retrouve la vie civile

Nicolas, Gilbert, la compagnie du 8e R.P.I.M.A arrivèrent au petit jour en gare de Nancy. Les jeeps furent descendues rapidement et alignées dans un ordre parfait le long de la rue adjacente.

Dans chaque véhicule prirent place le chauffeur, un officier supérieur sur le siège passager, et un lieutenant à l'arrière. Le cortège s'étalait sur près de deux cents mètres. Le commandant qui se tenait en tête du convoi descendit, inspecta la tenue des hommes. Il donna les dernières consignes pour le défilé dans les rues de Nancy et leur arrivée sur la place Stanislas. Tout devait être exécuté d'une manière irréprochable. Le prestige du 8e R.P.I.M.A en dépendait. Il retourna à son véhicule, resta debout les mains posées sur le pare-brise, il jeta un œil sur sa montre et donna le signal du départ.

Pendant toute la traversée de la ville, les paras furent accueillis comme de véritables héros par la population Nancéienne. Des enfants agitaient de petits drapeaux tricolores, tandis que la foule applaudissait à tout rompre. Les jeeps se rangèrent sur la place Stanislas. Le maire de la ville se tenait sur l'estrade, dressée à cette occasion au centre de la place. Il s'adressa en termes élogieux, aux paras du 8e R.P.I.M.A pour leur souhaiter la bienvenue !

Cette journée n'était pas près de s'oublier pour les hommes du 8e. La chaleur, la spontanéité des Nancéiens à les recevoir avec autant d'hospitalité, resterait dans leur mémoire, comme un moment d'exception.

Pour Nicolas ce fut sa dernière nuit dans la caserne Drouot. Le lendemain, à la première heure il se rendrait aux effectifs déposer son barda, ses tenues militaires, percevoir sa solde. Puis il partirait se ressourcer quelques jours au château de Lastour, où l'attendaient ses parents.

Lorsqu'il arriva en gare de Baziège, il fut le seul passager à descendre. Béatrix et Guylhem étaient là. Sur leur visage, s'inscrivait tout le bonheur de retrouver leur enfant. En les voyant, Nicolas n'eut plus d'âge, toutes ces années de souffrance s'effacèrent comme par miracle. Les émotions qui surgirent en lui à cet instant lui nouèrent la gorge.

IL se jeta dans leurs bras, heureux de retrouver des parents qui sans jamais faillir une seconde, avaient toujours témoigné tout l'amour et la tendresse qu'ils lui portaient. Sans échanger la moindre parole, ils se regardèrent les yeux emplis d'étoiles scintillantes, où chacun put y voir tous les sentiments qu'ils avaient les uns pour les autres. Un reste de vent d'Autan vint frapper le visage de Nicolas, il passa ses doigts dans les cheveux car il aimait y sentir le vent. Main dans la main ils regagnèrent le château de Lastour.

À chaque pas le rapprochant du château, Nicolas retrouvait son enfance. En l'apercevant se découper dans la nuit tombante, un grand froid le prit soudain au cœur. La forêt se dressait dans le clair du ciel, une brise tiède fit frissonner les feuilles des arbres. Nicolas sentit alors une chaleur envahir sa poitrine, les larmes lui brouillèrent les yeux. Le souvenir des jours heureux se rappela à lui. Il avait la gorge serrée, saisi par la marche inexorable du temps qu'il ne pouvait arrêter. Béatrix sentit l'émoi de son fils et lui serra plus fortement sa main dans la sienne.

Pauline l'attendait sur le pas du perron, elle vint vers lui en l'embrassant avec tendresse.

Le dîner était servi. Pendant tout le repas, leur discussion s'orienta sur le devenir de Nicolas.

— Reprendre une vie normale, après ce que tu as vécu, ne sera pas facile pour toi, lui dit Guylhem.

— En effet papa, j'ai du mal à me faire à l'idée que je ne suis plus militaire. Ces vingt-huit mois seront longs à effacer, cela peut paraître court, mais pour moi ce fut une éternité… Comme une impression d'avoir toujours vécu dans l'armée. À la fin de ma permission, je retournerai à Nancy. Mon ami Gilbert Pillet doit être libéré à la fin du mois prochain. Je lui ai promis d'être là pour sa libération. Il est de la région, et doit reprendre l'étude de Notaire de son père à Longwy.

— Et après Nicolas comment vas-tu organiser ta vie ? As-tu des projets ? lui demanda Béatrix.

— Des projets, c'est beaucoup dire maman… Comme vous le savez, mon rêve de fonder une famille s'est envolé depuis cette maudite blessure. Alors je vais rester quelque temps à Nancy, trouver un emploi en rapport avec mon diplôme… Un travail qui demandera beaucoup de responsabilités, pour me permettre d'effacer de ma mémoire, une femme infidèle… Je l'aimais à en perdre la raison, elle m'a abandonné dans les pires moments de mon existence. Ne plus entendre le râle de mes camarades, morts pour une cause qui n'était pas la nôtre, et qui hantent mes nuits de cauchemars.

— Bien sûr mon fils, nous comprenons ta mère et moi ta souffrance. Tu es libre de changer d'avis, en choisissant un futur diffèrent, mais sache que quoi qu'il arrive, tu es ici chez toi, la porte te sera toujours grande ouverte. Tu nous parles avec beaucoup de franchise et de sincérité, et la sincérité mon fils, est un siège peu confortable, où peu de gens aiment s'asseoir.

— Je te remercie papa, mais c'est grâce à vous deux que je puis m'exprimer en toute liberté. Vous m'avez toujours appris que ce qui restait enfermé s'infectait ! Je suis un Villardahian, à ce titre je me battrai, sans jamais abdiquer contre ce mauvais sort qui s'acharne contre moi.

Guylhem regarda son fils et une sueur froide le saisit. Il lutta contre lui-même pour ne pas laisser paraître son émoi. Nicolas apprit le décès de son bon-papa, suivi, quelques jours plus tard de celui de sa bonne-maman. Il ne pleura pas, mais son cœur se figea, saisi pendant quelques secondes d'une forte émotion.

— Au sujet de ta blessure Nicolas, lui dit sa mère, tu ne crois pas qu'une contre-expertise s'imposerait ? Après tout, ce n'était qu'un médecin qui venait de terminer son doctorat ! Il a pu commettre une erreur de diagnostic ! Tu ne crois pas ?

— Non, maman, je n'y tiens pas ! Je n'ai pas envie de souffrir une deuxième fois ! Contrairement à ce que tu penses, son diagnostic était sans appel !

— Comme tu veux Nicolas… Je n'insiste pas !

— Dans ses dernières volontés, lui dit Guylhem, ta bonne-maman m'a demandé de te remettre cette chevalière blasonnée à nos armes en souvenir d'elle et de ton bon-papa. Elle a exigé que tu ne la quittes jamais ! Cette bague, avec notre devise gravée au bas de l'écu, « Eundo Agendo Ascendo » a protégé de bien des maux, nos aïeux pendant des siècles. Pense souvent à t'imprégner d'elle mon fils, elle renforcera ta bravoure, et t'aidera à surmonter les obstacles qui se dresseront dans ton existence… Elle t'a laissé également un pécule qui te permettra de bien démarrer dans la vie… Nous avons versé cette somme sur ton livret, ouvert à ton intention depuis ton enfance par ta mère et moi au Crédit Agricole… Fais-en bon usage, mon fils ! lui dit-il en lui tendant le livret de la caisse d'épargne.

Nicolas, ému, prit la chevalière et la passa à l'index de sa main gauche. Elle était à sa taille, mais à peine l'eut-il mise, qu'il ressentit une étrange sensation l'envahir… Telle une présence invisible s'infiltrant en lui, pour le protéger.

C'était le dernier jour pour Nicolas avant de rejoindre Nancy. Il se tenait droit devant une des fenêtres du grand salon sous l'œil attendri de ses parents. Il porta un regard mélancolique vers les grands arbres de la forêt. Face à lui, les dernières futaies de la lisière dressaient leurs branches de feuilles brunes vers un ciel sans teint. À peine plus loin dans la lueur du petit jour, les feuilles des ronciers laissaient paraître une couleur rougeâtre. Au sol une fine couche de gelée blanche galbait de son blanc-manteau le bosselage des racines. Dans le lointain il entendit le sifflet d'un oiseau saluer l'aurore.

Nicolas ignorait, en prenant la direction de Nancy, que sa vie allait être bouleversée par une personne lui offrant au sein de son entreprise, une expérience professionnelle inespérée, faisant de lui un homme responsable de sa destinée.

Jacqueline, la femme qui révéla Nicolas

Arrivé à Nancy, Nicolas n'eut qu'un but en tête, trouver un logement. Ensuite, prendre son temps pour chercher un emploi conforme à ses aspirations. Il se donna une semaine pour atteindre ces objectifs. Il remonta la rue des Dominicains et arriva sur la place Stanislas. Soudain, il entendit dans son dos une voix de ce parler pied-noir, à la fois simple et fort en gueule, fanfaron, coloré, tout en exclamation et gestuelle, avec un certain sens de l'appétit de vivre, lui crier :

— Hé ! Mon lieutenant… Ce n'est pas possible, dites-moi que je rêve ! Vous êtes revenu !

Nicolas se retourna et se trouva nez à nez avec Galéra. Il y avait tant de souvenirs dramatiques les unissant qu'ils tombèrent dans les bras l'un de l'autre.

— Je suis heureux de te retrouver, mais je ne suis plus ton lieutenant, je suis ton ami et mon prénom est Nicolas… Le vous, c'est terminé, tu me dis tu ! Allez, viens, je t'offre un verre, tu vas me raconter ce que tu deviens.

— OK Nicolas, moi c'est Cloclo ! Hé Chouf mon costard Nicolas, sapé comme un prince, hein ! lui répondit-il en éclatant d'un rire joyeux.

Un timide soleil d'hiver, dans un ultime effort, dardait ses derniers rayons, attirant quelques clients à la terrasse du café des

Arts. Ils prirent place, discutant de tout et de rien. Mais, immanquablement, ils ne purent s'empêcher de parler, avec des trémolos dans la voix, de leurs camarades disparus en d'horribles circonstances, qui resteront à jamais graver dans leur mémoire meurtrie.

— On change de sujet Nicolas, il faut oublier tout ça mon frère… Ici tout le monde se moque de mon accent, je suis le pied noir de service. Tu vois Nicolas pour nous c'est une trace indélébile, un signe de reconnaissance depuis notre exil de l'Algérie. Ce parler, c'est notre royaume. Tiens je vais te raconter : quand j'étais môme, si on allait à la plage, ma mère me disait « Cloclo, si tu vas te baigner ne va trop loin, car si tu vas trop loin tu risques de te noyer, si tu te noies, ta mère te tue ! » Voilà ce qu'est l'exubérance des pieds noirs Nicolas !

Cette anecdote, racontée par Cloclo avec sa gestuelle et son accent, déclencha un fou rire général suivi d'applaudissement !

— Mon cher Cloclo, tu vois bien que personne ne se moque de ton accent, en plus ils applaudissent ! Continue comme ça, tu vas devenir une vraie célébrité dans le coin !

— Hé qui sait mon frère ! Cela ne me déplairait pas d'être une vedette !

— Attends-moi cinq minutes, je vais téléphoner à Gilbert pour savoir s'il peut nous rejoindre ici.

— À vos ordres mon lieutenant ! s'exclama Cloclo le visage hilare.

— Tu recommences une fois de plus tes singeries Cloclo, je te mets au trou, lui répondit Nicolas en souriant.

Beaucoup plus tard, Gilbert arriva en civil, vêtu d'un élégant costume trois-pièces en tissu prince de Galles, tout guilleret de retrouver ses amis. Il s'installa à leur table.

— C'est fini les copains, j'ai dit adieu à l'armée sans aucun regret ! Vive la quille… Dit donc Cloclo, tu n'es plus le même, ce costume te va à merveille !

— Merci Gilbert, mon costume n'est pas pareil au tien, mais je te retourne le compliment mon frère, tu as l'air d'un parfait notaire dans ce trois-pièces !

— Bon, quand vous aurez fini de vous congratuler sur la qualité de vos costumes, pourrions-nous envisager de prendre un bon repas, pour nos retrouvailles.

— Tu ne pouvais mieux dire Nicolas ! Mon père m'a laissé sa voiture, on part tout de suite pour Longwy, vous êtes tous deux mes invités ! La maison est grande, je vous ferai préparer deux chambres à votre intention… Cerise sur le gâteau, ce soir : soirée au Paradiso, une boîte à la mode… Vous pourrez apprécier la beauté et la gentillesse de nos Lorraines… Alors qu'en dites-vous ! s'exclama Gilbert !

— Déjeuner ensemble, aller en boîte, ça me va comme un gant mon frère ! Ça me permettra de comparer avec les filles de mon pays… Qu'en dis-tu Nicolas ? lui demanda Cloclo.

Nicolas, bien que n'ayant pas le cœur à faire la fête, accepta l'invitation de Gilbert. Ils partirent donc pour Longwy. Les parents de Gilbert leur firent un accueil chaleureux. Ils s'installèrent autour d'une grande table, où les places de chacun étaient désignées par un bristol à leur nom.

Les apéritifs furent servis dans une ambiance conviviale. Cloclo attira immédiatement l'attention. Avec son accent inimitable, il ne put s'empêcher de parler des traditions de son pays, de ce fameux couscous que la France ignorait encore, de raconter des histoires aussi drôles les unes que les autres. Les parents de Gilbert se tordaient de rire.

La mère de Gilbert se leva, essuya quelques larmes de son fou rire, et partit en cuisine. Elle revint, déposant sur la table deux plats au fumet agréable, ainsi qu'une tourte, en s'adressant à Cloclo :

— Vous permettez que je vous appelle Cloclo ?

— Avec plaisir Madame Pillet !

— Alors mon cher Cloclo je ne doute pas de la qualité gustative de votre fameux couscous… Mais je vous ai préparé une entrée régionale, la quiche Lorraine, suivie de ma spécialité, une choucroute au champagne.

Il y eut autour de la table une véritable ambiance de fête ponctuée par des rires joyeux venant souligner le bonheur de ces instants trop courts. Pour clore ce festin, Madame Pillet apporta une tarte aux mirabelles. Cloclo se leva :

— Ma parole Madame Pillet, je vous jure, même à Bab-El-oued il ne vous arrive pas à la cheville… C'est un vrai repas de roi que vous nous avez offert !

Il joignit l'extrémité de son pouce, de son index, et du majeur, les porta à ses lèvres, fit le son d'un baiser à l'encontre de madame Pillet, en ouvrant ses trois doigts :

— Ma parole Madame Pillet, un vrai délice ! s'exclama-t-il.

Puis il demanda de porter un toast au talent de Madame Pillet.

Le soir, vers vingt-deux heures, Gilbert, Cloclo et Nicolas se retrouvèrent au « Paradiso ». Il n'y avait pas foule, il était encore trop tôt. Ils prirent place sur de confortables banquettes de velours rouge, qui entouraient de façon circulaire, une imposante piste de danse, éclairée d'une boule tournante à multifacettes. Ils commandèrent des boissons et discutèrent de leurs projets respectifs. Nicolas leur fit part de son désir d'acquérir un appartement dans Nancy, d'acheter une voiture, et de trouver un emploi en rapport avec son diplôme.

— Tu comptes t'installer définitivement à Nancy Nicolas, lui demanda Gilbert étonné ?

— Pas spécialement, j'ai quelques projets en tête, mais pour cela il me faut acquérir de l'expérience… La région ne me déplaît pas, et puis vous êtes là mes amis, si j'ai besoin de conseil, je sais au moins sur qui compter !

— Bien sûr Nicolas ! s'exclamèrent d'une même voix Gilbert et Cloclo.

— Je t'ai posé cette question Nicolas, te sachant fiancé, je pensais que tu serais retourné te fixer à Meudon ?

— Gilbert, je souhaiterais ne pas aborder pas ce sujet !

— Désolé Nicolas, je me mêle de ce qui ne me regarde pas !

Pendant qu'ils bavardaient, le « Paradiso » se remplissait à vue d'œil. Un groupe de trois jeunes filles vint s'installer à leur côté. L'orchestre prit place en entonnant les rythmes à la mode du moment : le cha-cha-cha, le twist, le madison, le Mashed Potatoes, le rock'n'roll. Cloclo s'empressa d'aller inviter une des jeunes filles assises près d'eux. Gilbert en fit autant.

Seul Nicolas resta assis, sirotant tranquillement son jus de fruits. Il semblait absent. Se trouver là, lui rappela ses souvenirs d'étudiant où il avait appris à danser le boogie-woogie à la « Huchette ». Il ferma les yeux se revoyant avec Annie lui disant « avec cette danse Nicolas, tous les ennuis s'envolent ». Au même instant, il entendit une voix l'interpeller :

— Bonsoir… Vous ne savez pas danser ?

Il se retourna et fit face à la troisième jeune fille que personne n'avait invitée. Il vit alors sur son visage au contour délicat, des yeux d'un vert Véronèse, dont il ne put s'en détacher. Il resta un moment fixé sur l'insondable de ce regard d'outre temps :

— Bonsoir, Mademoiselle… Oui bien sûr je sais danser ! balbutia-t-il.

— Si vous savez danser, pourquoi ne m'avez-vous pas invitée ?

— N'y voyez là aucun mal mademoiselle, ce soir je n'ai guère le cœur à faire la fête… Je reprends la vie civile depuis très peu de temps. J'avoue avoir quelques difficultés à me remettre dans le bain.

Elle eut un gentil sourire, avec une lueur dans les yeux, plus puissante que celle des projecteurs. Elle lui tendit la main :

— Je m'appelle Josette et vous ?

— Nicolas, Nicolas Fonzenac, répondit-il.

Il l'invita à s'asseoir à leur table.

— Vous êtes certainement l'un de ces paras dont le régiment fait actuellement la une des journaux… Toute la ville de Nancy ne parle que de vous… De vrais héros ! Vos amis sont-ils aussi des paras ?

— Oui, tous les trois nous venons d'être rendus à la vie civile.

— Je ne voudrais pas vous faire de la peine Nicolas, au contraire de vos camarades si joyeux, vous, vous paraissez tellement triste que l'on dirait un Pierrot ayant perdu sa colombine…

Nicolas eut un sourire amer.

— Ah bon ! C'est comme ça que vous me voyez… Après tout c'est possible, les heures tragiques que nous avons vécues m'ont marqué plus que d'autres ! Parfois je me demande : j'ai vécu combien de temps à l'armée ? Deux ans, dix ans, je ne sais plus !

Il eut un moment de silence, puis Nicolas se reprit :

— Pourrions-nous parler de sujets plus plaisants Josette ?

— Bien sûr, je suis sotte, je vous prie de bien vouloir m'excuser, je n'avais aucune intention de vous faire de la peine… Quelles sont vos danses préférées Nicolas ?

— Ah ! Ça, c'est une bonne question Josette… Lorsque vous m'avez interpellé, je pensais justement à une amie, qui m'a initié au Boogie-Woogie. Ce jour-là j'étais aussi triste qu'aujourd'hui… Savez-vous ce qu'elle m'a dit, pour me remonter le moral ?

— Non !

— Quand tu danses le Boogie-Woogie Nicolas, tous les ennuis s'envolent !

— Alors qu'attendons-nous Nicolas pour danser ? Je ne connais pas les mouvements du Boogie-Woogie, mais vous allez m'apprendre… Vous voulez bien ?

— Avec plaisir Josette, mais danser le Boogie-Woogie nécessite une entente parfaite dans les mouvements et le tempo… Cela ne se fait pas en une soirée. Il faut répéter souvent pour être en harmonie avec son partenaire… Vous dansez bien le rock ?

— Tout le monde le dit ! lui répondit-elle en souriant.

— Le Boogie-Woogie reste une danse basée sur l'improvisation et l'écoute musicale. Vous verrez on y trouve de nombreuses figures proches du rock'n'roll, mais cela reste une danse plus dynamique, riche en mouvements de jambes, en variations et jeux entre partenaires. On va se mettre un peu à l'écart. Je vais vous montrer quelques pas de base, essayez surtout de bien vous imprégner du rythme. Lorsque vous l'aurez, laissez-vous aller, les mouvements viendront tout seuls. Vous verrez Josette, si tout se passe bien, c'est une danse ludique qui accroche tous ceux qui ont essayé.

— Compris maestro ! Vous avez l'air d'en connaître un bout sur cette danse ! lui répondit-elle en s'esclaffant.

Ils gagnèrent un coin discret de la piste, au moment même où Gilbert et Cloclo accompagnés de leurs partenaires regagnèrent leur place.

— Hé ! Hé ! Notre Nicolas se décide enfin, il est parti danser avec votre copine les filles ! s'exclama Cloclo.

Au bout d'une demi-heure, Gilbert, Cloclo et les amis de Josette regardèrent sidérés, Nicolas en compagnie de Josette discuter longuement avec le chef d'orchestre.

Quelques instants plus tard, l'orchestre entonna sur un rythme endiablé un succès de Luis Prima : Buena Sera.

Nicolas et Josette dansèrent un boogie-woogie dans une harmonie et une gestuelle quasiment parfaites : un couple tout souriant, qui prenait un réel plaisir à danser ensemble. Tous les autres danseurs quittèrent la piste en admirant ce duo évoluer sur ce rythme qui leur était inconnu. Ce furent des applaudissements à n'en plus finir qui les accompagnèrent jusqu'à leur place.

Cloclo vint à leur rencontre.

— Ma parole mon frère, mais tu danses comme un dieu ! Cachottier ! Qui est cette charmante personne ?

Nicolas fit les présentations :

— Je te présente, Josette… Josette comment ?

— Grande, Josette Grande, répondit-elle tout essoufflée.

Gilbert et Cloclo présentèrent leur partenaire :

Gertrude et Viviane serrèrent la main de Nicolas, en le félicitant pour le spectacle qu'il venait d'offrir avec Josette.

À la fin de la soirée, ils échangèrent leurs adresses respectives, et chacun regagna son domicile, promettant de se retrouver le plus tôt possible.

Nicolas, en regagnant le domicile de Gilbert, sa mélancolie l'envahit de nouveau. Il écouta, regarda ses amis, mais rien ne l'intéressait. Il se sentit comme prisonnier derrière un mur. Son amour déchu le suivait dans le conscient et subconscient de sa mémoire. Il ne pensait qu'à s'y replonger, le retrouver et le revivre. Le présent pour lui c'était Claudia !

Le lendemain matin, après un copieux déjeuner, Gilbert proposa à Nicolas de se rendre chez le concessionnaire Renault, dont le patron était un grand ami de son père.

— Ma foi, si tu trouves une voiture qui te plaît, tu auras au moins une bonne remise sur le prix... Qu'en penses-tu Nicolas ?

— Parfait Gilbert ! Tu viens avec nous Cloclo, si je trouve une voiture qui me convienne, on rentre ensemble à Nancy ?

— Dis mon frère, tu ne crois pas que je vais te laisser seul ! Pour négocier les prix, je suis imbattable ! s'exclama Cloclo.

Le patron de chez Renault s'occupa lui-même de Nicolas et lui fit visiter le parc automobile de sa concession. Nicolas arrêta son choix sur une « Dauphine » neuve, d'un blanc nacré, avec des sièges en cuir rouge. Le patron lui annonça le prix... Cloclo commença alors son cirque :

— Nicolas, tu ne vas pas prendre ce modèle ! Elle est belle, mais bien trop chère, par rapport au prix de la superbe Peugeot que l'on t'a proposée.

Le patron parut étonné mais répliqua en bon commerçant :

— C'est le prix pour des clients ordinaires, mais comme vous êtes recommandé par Monsieur Pillet, je vous fais une remise exceptionnelle de 5 % !

Nicolas n'eut pas le temps d'en placer une, que déjà Cloclo s'adressait au patron.

— 5 % ! Une misère Monsieur ! Peugeot pour un modèle supérieur au vôtre, nous fait une remise de 11 % Bon ! Attendez, nous allons en discuter avec mes amis, pour voir ce qu'ils en pensent.

Il se tourna vers Nicolas et Gilbert, qui ne savaient plus où se mettre tellement ils étaient gênés, en leur faisant un clin d'œil et un sourire plein de malice.

— Pas d'inquiétude, mes amis laissez-moi faire, le poisson est pris au piège, murmura-t-il !

Puis il s'adressa de nouveau au Patron :

— Merci pour votre accueil Monsieur, nous avons bien réfléchi, nous préférons acheter le modèle de chez Peugeot.

Le patron réagit rapidement.

— Attendez, il ne sera pas dit que je n'honore pas les clients recommandés par mon notaire et néanmoins ami ! Je vous fais 13 % sur le prix, et en plus je vous installe la radio à bord... Marché conclu ?

— D'accord, mais avec antenne électrique sur l'aile, rajouta Cloclo.

— Vous êtes durs en affaire jeune homme ! Ce n'est pas pour me déplaire... Si un jour vous cherchez un poste de vendeur, je vous embauche sur-le-champ. Repassez dans la soirée, la voiture sera prête.

Une fois sortis de la concession, Nicolas et Gilbert remercièrent Cloclo, tout en lui faisant remarquer la gêne qu'ils avaient ressentie, à le voir marchander de cette manière.

— Tu es doué pour le commerce Cloclo, merci encore pour l'économie que tu m'as permis de réaliser s'exclama Nicolas.

Les jours se faufilèrent dans le labyrinthe des temps incertains. Nicolas résidait chez Cloclo, dans un vaste appartement prêté à titre gracieux par la communauté pied-noir de Nancy. Il reçut une multitude de réponses à ses demandes d'emploi. Il opta pour une place de directeur adjoint dans une mutuelle de la région. Ce fut une expérience de courte durée, il se rendit compte que rester assis à vérifier des dossiers n'était pas fait pour lui.

Puis il passa un concours à l'E. D. F pour un poste dans le service informatique, où il fut admis. Cet emploi représenta sa plus longue expérience, fort enrichissante au demeurant. Son chef de service lui fit passer les diplômes nécessaires chez IBM, pour se parfaire avec le matériel informatique utilisé chez EDF. Le personnel, tous de bien bonnes gens, prêts à rendre service, à expliquer à tout moment ce qui n'allait pas. Bref, une très bonne ambiance, qui n'était pas sans déplaire à Nicolas.

Les samedis après-midi, dans sa « dauphine », Nicolas partait, en compagnie de Cloclo, rejoindre Josette, Gertrude et Viviane pour se retrouver au Paradiso où Gilbert les attendait.

Le temps passa, petit à petit les couples se formèrent. Gilbert prit la succession du cabinet notarial de son père, et épousa Gertrude. Cloclo devint premier vendeur chez Renault à Longwy.

Quant à Nicolas et Josette, ils continuèrent à gagner des coupes en dansant le Boogie-Woogie dans les bals de la région. Ils eurent quelques relations plus intimes, jusqu'au jour où Nicolas fit part à Josette de sa lassitude à continuer leur duo…

Josette s'était éprise de Nicolas sans jamais le lui montrer. Elle avait vite compris que le cœur de ce beau et séduisant jeune homme traînait derrière lui une tristesse que seule la perte d'une femme aimée pouvait engendrer.

— Je te comprends Nicolas… On s'entend bien pourtant ! Pourquoi ne pas nous marier, fonder une famille. Tu as un bon poste à l'EDF, moi, d'ici deux ou trois ans, je serai certainement chef de service aux impôts… On a tout pour être bien ensemble, non ?

Nicolas la prit dans ses bras, la regarda avec une grande tendresse dans les yeux, et lui dit :

— Tu es une jeune fille adorable Josette, tu mérites le bonheur… Mais je ne suis pas l'homme qu'il te faut, j'ai trop de regrets et de cicatrices dans mon cœur pour pouvoir rendre une femme heureuse… Pendant la guerre d'Algérie, à la suite d'une blessure, j'ai appris que je ne pourrai jamais être père ! Fonder une famille sans enfants, c'est comme bâtir une maison sans fondation… Non Josette je préfère que nous restions bons amis, tu veux bien ?

Nicolas avait parlé avec une franchise résolue. Il exprimait ses sentiments, comme s'il s'agissait d'une personne regardant à l'intérieur de son propre miroir, pour y voir ses angoisses et les narrer.

— Bien sûr Nicolas ! Pardonne-moi, mais je ne comprends pas comment une fille amoureuse peut abandonner un garçon aussi beau, aussi intelligent que toi… Elle n'était pas digne de ton amour Nicolas… Au fond de moi, ce n'est pas elle que tu regrettes, mais c'est tout l'amour que tu lui portais, qu'elle ne méritait pas… Moi j'ai confiance en toi, je suis persuadée qu'un jour, le bonheur viendra frapper à ta porte.

Nicolas la serra contre lui, cachant son visage dans ses cheveux pour ne pas montrer qu'il pleurait.

Nicolas restait régulièrement en contact avec ses parents. Si ce n'était pas lui qui téléphonait, c'était sa mère ou son père qui l'appelait. Il leur parlait de sa vie à Nancy. Il les informait sur son travail à l'EDF, qui lui procurait beaucoup de satisfaction, à découvrir l'informatique, qui d'après lui, allait bouleverser le monde de l'entreprise.

Un dimanche ensoleillé de juillet, Gilbert, invita Nicolas et Cloclo à venir passer la journée à Liverdun. C'était un lieu très prisé par les Nancéiens, qui aimaient le week-end venant, passer la journée pour pique-niquer sur les bords de la Moselle, tout en se dorant sur les rives ombragées de la rivière.

Cloclo de par sa fonction de vendeur chez Renault, avait toujours à sa disposition un véhicule de fonction. Il proposa à Nicolas de l'emmener :

— On prend Josette au passage ? lui demanda-t-il.

— Non, elle est invitée à un repas de famille… Et toi tu n'emmènes pas Viviane ?

— Viviane ! C'est de l'histoire ancienne mon frère… Gentille, mais un peu pot de colle ! Ça va nous faire des vacances « mon lieutenant » on va passer la journée entre copains, ce n'est pas mieux ! s'exclama Cloclo hilare.

— Cloclo, tu m'appelles encore une fois lieutenant, je ne t'adresse plus la parole.

— Pari tenu « mon lieutenant » !

— OK ! Tu as gagné Cloclo.

Nicolas en souriant de toutes ses dents blanches, haussa les épaules en montant dans la voiture de Cloclo puis ils prirent la direction de Liverdun.

Gilbert les accueillit en compagnie de son épouse Gertrude.

Gertrude fut étonnée de ne pas voir Josette. Nicolas donna la même explication fournie à Cloclo. Gilbert avait réservé une table dans un restaurant situé rue du Commerce.

— En attendant midi, je vous propose de faire un tour en ville… Ici, la spécialité, ce sont les madeleines ! Un vrai délice les amis, ça fond si vite en bouche, qu'il en faut plusieurs pour vraiment les apprécier… Après le repas on vous laissera, j'ai un dossier d'héritage à boucler pour demain matin !

— Ho ! Gilbert mais c'est dimanche aujourd'hui, s'exclama Cloclo.

— Je suis désolé, mais ce dossier mon père me l'a remis ce matin… Je ne pouvais pas savoir…

Ce fut un véritable festin offert par Gilbert. Ce restaurant était un des meilleurs de la région, et ce qu'ils dégustèrent fut à la hauteur de sa réputation. Pendant tout le repas, une des deux jeunes femmes installées à une table voisine ne cessa de dévisager Nicolas. Ce qui bien sûr n'échappa pas à Cloclo.

Il se pencha discrètement vers Nicolas et lui murmura :

— Nicolas, tu as fait une touche ! À la table d'à côté il y a une superbe blonde qui n'arrête pas de te regarder depuis notre arrivée.

Nicolas ne put s'empêcher de lui répondre :

— Décidément Cloclo, rien ne t'échappe, tu as les yeux qui traînent partout… Figure-toi que j'avais déjà remarqué cette dame… Tu trouveras toujours dans l'assistance une personne qui te regarde : soit que tu lui rappelles quelqu'un, soit qu'elle ait tout simplement envie de lier conversation ! Maintenant je ne veux plus t'entendre !

— Tu peux dire ce que tu veux mon « lieutenant » je te dis que tu as une touche !

Nicolas, sous le regard amusé des clients du restaurant, se leva d'un bond, et à l'aide sa serviette, il bâillonna Cloclo.

— Je t'ai prévenu… Je ne veux plus t'entendre !

Gilbert régla l'addition. Ils se séparèrent tous les quatre par une accolade amicale. Nicolas et Cloclo descendirent vers les rives de la Moselle.

— Je vais me baigner, tu viens Nicolas ?

— Non merci… Prends ton temps, j'ai la digestion un peu lourde, je vais faire une petite sieste.

Il s'approcha des rives de la Moselle, trouva un tapis verdoyant sur lequel il s'étendit. Les mains derrière la tête il se sentit à la fois las et heureux. L'herbe sentait bon, le ciel d'un bleu azuré était tout près, quelques nuages se perdaient en fuyant sous la poussée du petit vent.

Brusquement, il sombra dans un sommeil si profond, qui lui sembla s'être endormi durant des heures. Il se frotta les yeux, regarda la rivière et eut un sourire amusé en apercevant Cloclo discuter avec une jeune Femme.

— Sacré Cloclo, murmura-t-il !

C'est alors qu'il sentit des petites pierres venir frapper son dos. Il se retourna et vit à quelques mètres de lui, la jeune femme blonde du restaurant, le visage souriant, lui faisant un petit signe de la main. Il la salua sans trop savoir quoi dire.

— Puis-je m'approcher ? lui dit-elle spontanément.

— Je vous en prie madame, répondit-il en se levant.

Ils s'assirent l'un près de l'autre, Nicolas n'était pas très à l'aise. Cette personne plus âgée que lui était d'une grande beauté, vêtue avec élégance, ce qui dénotait un certain rang social.

Ils se serrèrent la main :

— Je m'appelle Jacqueline Turka et vous ?

— Nicolas… Nicolas Fonzenac !

— Je sais que cela peut paraître impoli, je vous prie de m'en excuser, mais je n'ai pas cessé de vous observer pendant le repas. Vous aviez l'air si absent, si lunaire, si détaché du monde, vous détonniez avec la gaieté de vos amis… Cela a éveillé ma curiosité ! J'ai désiré faire votre connaissance, pour comprendre comment un beau jeune homme comme vous pouvait dégager une telle tristesse ? Cela vous gêne-t-il de vous parler ainsi ?

— Non, absolument pas Madame, bien des gens m'ont déjà fait cette remarque… Je suis un homme dont les souffrances sont encore fraîches, qui cherche à retrouver son équilibre. Ce n'est pas toujours facile à faire comprendre !

— Ne m'appelez pas Madame, mais Jacqueline ! Vous êtes là pour vivre votre vie, pas pour l'expliquer… C'est vrai, la vie est parfois compliquée… Il y a des moments difficiles, et vous vous demandez pourquoi cela tombe sur vous… Mais souvenez-vous Nicolas, chaque blessure, chaque trahison, chaque larme versée, rend une personne plus forte. Ne vous arrêtez jamais Nicolas… Ne vous retournez pas sur votre passé, cela risque de vous rendre bossu ! Vivez pleinement, rêvez, aimez, je pense que vous le méritez… Vous verrez les ennuis s'apaiseront d'eux-mêmes. Croyez en ma vieille expérience, lui dit-elle souriante.

Nicolas buvait littéralement les paroles rassurantes de Jacqueline. Il ressentit ce bref sentiment de paix, de parfaite satisfaction qu'on éprouve de temps à autre, sans s'y attendre, sans savoir pourquoi. Un sentiment de confiance s'instaura immédiatement entre eux.

Une pluie fine se mit à tomber, Nicolas couvrit Jacqueline de sa veste, ils partirent en courant s'abriter sous la tonnelle de la guinguette de la plage. Ils prirent place à une table qui donnait sur les rives de la Moselle et commandèrent des rafraîchissements. La pluie avait cessé. Le vent balayait le ciel de ses nuages ; un arc-en-ciel parfait encadrait l'horizon, Le paysage avait repris ses couleurs : le ciel d'un bleu profond, par contraste, faisait paraître les toits des maisons de Liverdun plus rouges. Dans l'étrange lumière de cet arc-en-ciel, tout paru alors d'une beauté féerique.

Jacqueline le regarda avec des yeux emplis d'une certaine curiosité. Ce garçon lui plaisait beaucoup, mais en dehors d'une envie de passer d'agréables moments avec lui, elle se sentait irrésistiblement attirée par ce jeune homme ombrageux. Il était si différent des aventures qu'elle avait connues. Elle eut le sentiment que cette rencontre n'était pas fortuite. Une envie inexplicable s'infiltra en elle, celle de mieux connaître sa vraie personnalité, en l'aidant à retrouver sa joie de vivre.

— Vous ne pensez pas que parler avec des gens heureux, vous offrirait une expérience enrichissante Nicolas ?

— Certes Jacqueline ! Personnellement, je choisis les gens pour la façon dont ils font me sentir bien, et non pas pour ce qu'ils peuvent m'offrir… Je ne sais pas si c'est très correct de ma part de vous dire combien je me sens bien avec vous… Vos paroles m'ont touché…

— Il faut toujours dire ce que l'on a sur le cœur… Évidemment, ce n'est pas toujours facile, être soi-même est la mission la plus difficile Nicolas. Elle vous éloignera de beaucoup de personnes, mais vous laissera avec celles qui en valent vraiment la peine.

Pour la première fois, elle posa sa main sur la sienne avec dans ses yeux de femme mûre, un visage plein de lumière, dont le sourire refléta une réelle déclaration. Nicolas en fut troublé.

À cet instant, on entendit des cris joyeux provenant de la plage. C'était Cloclo qui sortait de l'eau, courant vers la guinguette, en tenant par la main l'amie de Jacqueline. Lorsqu'ils virent Nicolas et Jacqueline ensemble ils les rejoignirent.

— Alors mon lieutenant ! C'est encore moi qui avais raison ! s'écria Cloclo en lui faisant un clin d'œil.

Nicolas hilare se tourna vers Jacqueline et fit les présentations :

— Je vous présente Jean-Claude Galéra, dit Cloclo : un ami sincère, il est pour moi, comme un trèfle à quatre feuilles, difficile à trouver, mais chanceux de l'avoir !

Cloclo fut très touché par les paroles de Nicolas, fier d'être reconnu comme l'ami de celui qu'il respectait le plus. L'amie de Jacqueline tendit la main à Nicolas :

— Je m'appelle Mireille Buisson, enchantée de faire votre connaissance.

— Moi de même mademoiselle, mon nom est Nicolas, Nicolas Fonzenac !

Jacqueline les invita à prendre place près d'eux, puis se tourna vers Nicolas :

— Lieutenant ! Vous êtes militaire de carrière ? s'étonna-t-elle.

Nicolas ne put s'empêcher de sourire :

— Non ! Non ! Jacqueline, Cloclo prend un malin plaisir à m'appeler lieutenant pour me taquiner… Nous étions dans le même régiment de paras en Algérie. Nous avons été libérés ensemble à Nancy. Depuis ce temps-là, je lui ai demandé de ne plus m'appeler Lieutenant… J'étais un officier E.O.R et non pas de carrière !

— J'ai remarqué que votre ami ne manquait pas d'humour… Vous êtes donc ces héros que toute la ville de Nancy applaudissait sur la place Stanislas !

— Et oui mes Jolies damoiselles ! Vous avez devant vous les plus beaux spécimens de ce prestigieux régiment, répliqua Cloclo, en faisant une révérence à la manière des damoiseaux d'antan.

Jacqueline et Mireille devant ces pitreries éclatèrent de rire. Ce jour-là Nicolas vécut dans une ambiance qu'il n'avait pas connue depuis longtemps. Ils discutaient de tout, riant comme des personnes ravies de s'être rencontrées. La soirée se fit chaleureuse, et soir tomba dans une douce torpeur.

— J'ai bien peur que nous ayons raté le dernier train pour Nancy ! On est si bien ensemble que je n'ai pas vu le temps passer, à cette heure-là il n'y a plus de bus… Nous voilà dans de beaux draps !

— Pas d'inquiétude Jacqueline, nous sommes venus en voiture, elle est garée juste devant le restaurant ! C'est avec plaisir que nous allons vous raccompagner à Nancy… Allez chauffeur en route, ordonna Nicolas à Cloclo.

— À vos ordres, mon lieutenant !

— Ah, tu continues ! Je vais t'en faire voir des « mon lieutenant » !

Jacqueline et Mireille, pliées en deux par un four rire contagieux, regardèrent Nicolas prendre le fond du pantalon de Cloclo, qui dans une folle course à l'échalote, le mena en courant jusqu'à leur véhicule.

Ils arrivèrent rue Kléber, au domicile de Jacqueline. Elle les invita à venir prendre un dernier verre avant de se séparer. Une heure plus tard, Cloclo se leva proposant de raccompagner Mireille, tout en faisant un discret clin d'œil à Nicolas.

Nicolas comprit que Cloclo avait envie d'être seul. Ce coup d'œil n'avait pas échappé à Jacqueline qui saisit la balle au bond :

— Allez-y, ne vous inquiétez pas, je ramènerai Nicolas !

Mireille embrassa Jacqueline, en lui murmurant à l'oreille :

— Merci de me laisser seule avec Cloclo… Je suis tombée sous le charme de ce garçon… Je crois bien que toi aussi tu n'es pas mécontente de rester avec Nicolas, n'est-ce pas ?

Jacqueline, en guise de réponse, eut un sourire plein de malice.

Jacqueline et Nicolas se retrouvèrent l'un en face de l'autre dans le salon. C'est Nicolas qui rompit le silence :

— Ils avaient envie de rentrer seuls... Mais j'avoue ne pas être mécontent de me retrouver en tête à tête avec vous Jacqueline... Votre chemin a croisé le mien, qui sait, peut-être que l'on ira loin !

— J'en suis persuadée Nicolas, aucune rencontre n'est innocente ! Bien sûr, nous faisons parfois l'erreur de donner à certaines personnes, une place qu'ils n'ont jamais méritée dans notre vie... Et d'autres qu'on voudrait qu'elles restent éternelles !

Elle se leva en lui prenant la main :

— Voulez-vous rester dîner avec moi, j'en serais très heureuse ?

— Avec grand plaisir Jacqueline !

— Venez ! On va s'installer dans le jardin.

Ils descendirent quelques marches et débouchèrent dans un agréable jardin. Il y avait des pots de géraniums alignés les uns contre les autres. Au pied du mur, une bordure de fleurs variées et odorantes faisait une tache sur cet ensemble de vieilles pierres. Juste à côté de la porte, un vieux rosier aux fleurs blanches, grimpait le long du mur embaumant l'atmosphère. Ce parfum avait une telle pureté que cela lui rappela son enfance. Un bassin de pierre, d'où fusait un petit jet d'eau, dispensait une agréable fraîcheur. Un lampadaire éclairait la table d'une douce lumière. Nicolas resta admiratif de ce lieu idyllique.

— C'est un endroit de rêve ! s'exclama Nicolas.

— Je savais que cela vous plairait, lui dit Jacqueline.

Ils se regardèrent longuement, Jacqueline ferma les yeux. Pour un instant seulement, elle se sentit revivre. Toutes les parcelles de son corps frémirent comme au temps de sa jeunesse.

Tout à coup une envie irrésistible de sentir les lèvres de Nicolas se poser sur les siennes, fut plus forte. Elle s'approcha de lui, et ils échangèrent un long baiser.

— Asseyez-vous Nicolas, je vais chercher les couverts, lui dit-elle le visage rouge de confusion.

— Voulez-vous de l'aide Jacqueline ?

— Non merci, Nicolas, je n'en ai pas pour longtemps.

Nicolas resta seul, contemplant la voûte étoilée. Quand soudain les notes nostalgiques d'un violon lui parvinrent aux oreilles. Les couches supérieures de l'air les portèrent sans trembler, dans une émotion grandissante. Pendant de longues minutes, la symphonie se prolongea à la fois tendre et lointaine, dans un tempo romantique. Avant qu'elle ne cessât, elle était devenue l'essence même du silence de la nuit.

Bien plus tard, ils regagnèrent la chambre de Jacqueline.

La longue nuit d'amour s'écoula dans la fièvre de l'aiguillon de la chair. La lune glissa lentement à travers le ciel. Peu à peu le désir s'effaça, s'abandonnant dans les bras l'un de l'autre, savourant un bonheur pour un instant retrouvé. Au petit matin, lorsque Nicolas s'éveilla, il était seul dans le lit. Il s'étira.

Quelque chose l'excitait au point que son corps était tout entier tendu comme la corde d'un arc : Il sentit pour la première fois, une paix intérieure s'instaurer en lui. Il ne s'abandonnait plus à ses rêveries, ne cherchait plus à s'évader du monde des vivants. Son attitude depuis cette nuit de grande volupté, l'avait transformé… Il fit l'amour dans le feu d'une passion ressentie. Il n'était pas amoureux, non, il évoluait dans un havre de paix, tel un coucher de soleil qui se meurt à l'horizon.

Il entendit alors la voix de Jacqueline se trouvant dans la salle de bains jouxtant la chambre :

— Prends la robe de chambre qui est dans l'armoire. Ton petit-déjeuner est prêt dans la cuisine.

En sortant de la chambre, il accéda directement à la salle de bains. Jacqueline prenait une douche. Il resta subjugué par le corps de cette femme aux courbes voluptueuses. Elle représentait pour lui l'incarnation de la beauté, du désir, de la rêverie, et de l'interdit. Quelqu'un frappa à la porte, suivi d'un aboiement bref et unique, tirant Nicolas de son extase.

Jacqueline se retourna, nullement gênée par sa nudité, fit un sourire empli d'une grande tendresse :

— Va ouvrir s'il te plaît Nicolas, c'est ma mère, elle vient certainement me rappeler que nous déjeunons ensemble… Fais attention au chien, prends tes distances, il est méchant et mord facilement tout ce qui est étranger à la maison !

— Tu es belle ! lui dit-il en partant ouvrir.

Lorsqu'il entrouvrit la porte, il découvrit une femme âgée, toute vêtue de noir dans une élégance raffinée. À ses pieds, un berger aux longs poils noirs eut un mouvement de recul, puis fixa Nicolas de ses yeux brillants comme deux boules de feux. Au grand étonnement de la mère de Jacqueline, il s'approcha de Nicolas, le flaira longuement, et lui tendit la patte.

— Je ne sais pas qui vous êtes jeune homme, mais c'est la première fois que je vois Mochad tendre sa patte à quelqu'un ! En principe je suis obligée de le retenir pour ne pas qu'il morde… À qui ai-je l'honneur jeune homme ?

— Je m'appelle Nicolas Fonzenac Madame, je suis un ami de votre fille. Elle prend une douche, elle ne va pas tarder.

— Je suis Madame Turka, la maman de Jacqueline… Je vais l'attendre avec vous puisque je vois que le petit-déjeuner est sur la table.

Nicolas la fit entrer. Il recula une chaise pour lui permettre de s'asseoir. Cette simple attention fut très sensible à la mère de Jacqueline. Il prit place en face d'elle, tandis que Mochad vint poser sa tête sur sa cuisse, avec un regard empli de bienveillance.

— Tu n'as rien d'un méchant chien Mochad, lui dit Nicolas d'un ton apaisant, tout en le caressant tendrement.

Jacqueline sortit en peignoir de la salle de bains, les cheveux couverts d'une serviette mise en bandeau autour de sa tête.

— Bonjour maman, as-tu bien dormi…

Elle s'arrêta net, voyant Mochad se laisser caresser par Nicolas.

— Ça alors ! Comment as-tu fait Nicolas ?

Nicolas eut un sourire amusé. Pour la première fois, il retrouva son humour :

— Que veux-tu, entre bêtes, on se reconnaît, et il éclata d'un rire franc et joyeux.

Jacqueline et sa mère ne purent s'empêcher de sourire.

Le petit-déjeuner terminé, Nicolas partit s'habiller, puis revint pour prendre congé.

Nicolas s'inclina devant la mère de Jacqueline, lui prit la main avec délicatesse, et l'approcha de ses lèvres, en signe de baisemain :

— Enchanté d'avoir fait votre connaissance Madame ! J'espère que ma présence ne vous a pas trop dérangée.

Ravie de cette attention d'un autre siècle, mais qui la toucha beaucoup, elle lui répondit :

— Bien au contraire Nicolas, ce fut un grand plaisir de bavarder avec vous.

Puis il caressa Mochad, et gagna la sortie, suivi de Jacqueline. Ils s'embrassèrent longuement, promettant de se revoir le plus vite possible.

Au moment où il allait partir, la mère de Jacqueline apparut sur le pas de la porte et l'interpella :

— Nicolas, que faites-vous à midi ?

— Rien de particulier madame Turka !

— Nous sommes toutes les deux à déjeuner, accepteriez-vous de vous joindre à nous ?

— Avec joie Madame, lui répondit-il en souriant.

— Parfait Nicolas, venez vers douze heures trente !

Puis elle se retira, laissant Jacqueline sur le pas de la porte totalement abasourdie.

— Alors là, Nicolas, les bras m'en tombent, c'est la première fois que ma mère invite un goy à sa table… Tu dois vraiment lui plaire !

— Un goy ! qu'est-ce que c'est Jacqueline, je ne connais pas ce terme ?

— Nous sommes Juifs, un goy, c'est une personne non juive !

— Chacun a ses appellations Jacqueline ! Chez nous quelqu'un qui n'est pas noble, est un roturier… Ce n'est guère plus flatteur, lui dit-il.

Nicolas partit à pied rejoindre son appartement, se retournant souvent en faisant des signes de la main.

Jacqueline avait les yeux de Chimène pour Nicolas. Elle buvait littéralement ses paroles. Après cette folle nuit d'amour, elle venait de se rendre compte qu'elle en était tombée amoureuse. Sachant leur différence d'âge, elle comprit que ce sentiment, si sincère soit-il, ne pouvait être qu'éphémère :

« Pourtant se dit-elle, je suis persuadée que nous avons besoin l'un de l'autre » !

Pendant tout le déjeuner, la conversation battit son plein sur Nicolas. Jacqueline et sa mère lui posèrent mille questions :

l'envie de connaître la personnalité de ce jeune homme les troublait l'une et l'autre pour différentes raisons.

— Je suis étonnée Nicolas, que tu n'es pas cherché un poste dans le marketing… Travailler à l'EDF, même au service informatique, n'a rien à voir avec le diplôme prestigieux que tu possèdes, lui fit remarquer Jacqueline !

— C'est vrai, tu as tout à fait raison, depuis que j'ai été démobilisé, j'ai occupé deux postes, pour lesquels je n'ai été sélectionné que par la renommée de mon diplôme, et non sur mes compétences ! La preuve en est, le premier poste je n'y suis resté que quelques mois… Quant à l'EDF, cela m'a permis de découvrir toutes les possibilités qu'offrait l'informatique pour une gestion plus fine, plus sûre, d'une entreprise… Ce diplôme pour l'instant, me permet d'enrichir mes connaissances sur la réalité du monde du travail… C'est très instructif ! J'ai tout mon temps, je sais qu'un jour mon tour viendra de montrer ce dont je suis capable de réaliser… Je vous ennuie peut-être, de vous parler de tout ça ?

— Mais pas du tout Nicolas ! s'exclama sa mère, bien au contraire, je prends plaisir à vous écouter ! Quel âge avez-vous Nicolas ?

— Je pense avoir l'âge de savoir ce que je veux, mais surtout ce que je ne veux plus ! Pour être précis, j'ai vingt-trois ans Madame !

— Vous êtes jeune, mais vous avez l'air de savoir ce que vous voulez… Depuis que je vous observe, votre sourire, votre joie de vivre, votre gentillesse, votre regard qui parfois se perd dans je ne sais quel rêve inabouti cache certainement une grande souffrance ! Est-ce que je me trompe mon garçon ?

— Maman, tu ne crois pas que tu dépasses les bornes !

Nicolas calma Jacqueline.

— Vous avez raison, Madame… Dans ma vie j'ai aimé, j'ai souffert, j'ai pleuré sur la femme infidèle que j'avais choisie pour fonder un foyer. Nous nous connaissions depuis notre plus tendre enfance… Cet amour me rendait heureux, sa trahison m'a désarmé ! Tout cela me ramène bien des années en arrière, dans une vie qui était celle de mon adolescence. Une époque où j'aimais ce que j'apprenais, où je comprenais ce que l'on m'enseignait avec amour… Mais aussi, disparition d'amis dont la vie fut fauchée en plein cœur de l'âge, dans une guerre qui n'était pas la nôtre… J'ai perdu, à la suite d'une blessure, également tout espoir de fonder une famille. Je me rends compte qu'une existence c'est tellement court et tellement fragile aussi. Elle dépend d'une multitude d'aléas, aussi imprévisibles les uns que les autres… Alors, avec le temps, Madame, nos sourires, notre humour, notre semblant de joie de vivre, ne sont parfois qu'un masque qui cache habilement nos souffrances… Est-ce que je me trompe ?

Il y eut un silence profond, où l'on n'entendit que le tic-tac monotone scander les secondes de l'horloge.

Pour toute réponse, Madame Turka posa sa main à la blancheur opaline, maculée de taches brunes, sur la sienne, en la serrant très fort. Son regard profond, scintillant de larmes dans le globe jauni de ses yeux usés, le fixant avec la compréhension d'une femme ayant elle aussi connu les malheurs et les souffrances de la déportation.

Ils passèrent au salon. Mochad, son fouet sans cesse en mouvement, suivit Nicolas, s'assit, posant sa tête sur ses genoux. Tout en prenant le café, Jacqueline malgré les sentiments profonds qu'elle éprouvait pour Nicolas, n'en perdait pas pour autant le sens des affaires :

— Nicolas, j'ai une proposition à te soumettre !

— Honnête, j'espère ! dit-il en éclatant de rire.

— Nicolas, je ne ris pas ! C'est sérieux ce que j'ai à te proposer ! Tu veux bien m'écouter ?

— Je suis tout ouïe !

— Voilà, notre famille possède une très importante affaire de vente de télévisions, de postes radio, d'électrophones, dont nous avons l'exclusivité pour tout le grand Est. Les ventes de ces produits progressent de 25 à 30 % par an !

— C'est excellent, que veux-tu de plus ? s'exclama Nicolas !

— Attends Nicolas je n'ai pas fini… J'ai conclu un contrat de distributeur exclusif, pour la vente de disques sur les départements de Lorraine et d'Alsace avec les plus importantes maisons d'édition de France. Nous avons énormément investi dans un stock, réparti dans les différentes catégories : variétés, classique, etc. Nos représentants, qui sont payés à la commission, ne savent pas, promouvoir ce produit. Ce sont les clients qui passent leurs commandes par téléphone ou lors de la visite des représentants. Bref, ce secteur est en déficit par manque d'organisation, et d'un plan marketing parfaitement défini… Je crois en ce produit, et j'ai horreur d'investir à perte… J'ai besoin de ton aide Nicolas !

— Cela me tenterait, mais ce que tu me proposes demande un travail à temps complet, et des études approfondies… Hélas, à mon grand regret, vu mon emploi à l'EDF, je n'ai pas cette disponibilité pour réaliser ce projet, Je le regrette infiniment Jacqueline !

— Mon cher Nicolas, lui dit sa mère, tout à l'heure vous nous disiez qu'un jour votre tour viendrait où vous pourriez montrer ce dont vous êtes capables, n'est-ce pas ?

— C'est exact madame !

— Et bien, écoutez simplement votre cœur, et votre intuition. Dans la vie, ils sont vos seuls guides. Vous avez là une opportunité. Croyez-moi Nicolas si ma fille vous propose cette offre, c'est qu'elle vous juge capable de la réaliser ! Je l'ai rarement vu se tromper sur la qualité des gens… Si je lui ai confié la direction de notre entreprise, ce n'est pas sans raison.

— Tu sais Nicolas, si c'est le salaire qui te freine, tu auras une rémunération à la hauteur de ton savoir.

— Il n'est pas question de salaire Jacqueline, cela m'importe peu, c'est le travail qui me tente, pas l'argent ! Voilà ce que je te propose. J'accepte ton offre à trois conditions : primo, laisse-moi deux semaines pour terminer le travail pour lequel je me suis engagé envers l'E.D. F. Secundo, je ne veux percevoir aucun salaire, non par altruisme, mais le défi que tu me confies est une opportunité que je ne veux en aucun cas laisser passer. Sa réussite, dans mon cursus, aura un débouché qui m'ouvrira toutes les portes pour un poste de Marketing.

— Tu me surprendras toujours Nicolas ! C'est la première fois que j'entends un tel raisonnement… Enfin, je suis heureuse que tu acceptes… Mais tu as mis trois conditions, quelle est la troisième ?

— Je souhaite être logé et blanchi ! Pour la nourriture je paierai ma quote-part part… Alors, marché conclu, Madame la Présidente !

Jacqueline fit mine de prendre un air sérieux, déclarant sur un ton solennel :

— Sachez cher futur collaborateur, autant j'adhère à vos deux premières propositions, autant je refuse la troisième ! Vous serez, pour ma plus grande joie, logé, blanchi et nourri… Ma décision est irrévocable… Alors cher futur directeur du Marketing… Affaire conclue ?

Nicolas se leva en souriant, et s'inclina devant Jacqueline.

— Affaire conclue Madame la Présidente, non pas pour le poste de directeur du Marketing, mais pour la réussite de ce projet !

— Vous avez reçu une excellente éducation mon cher Nicolas, lui dit sa mère, vos parents doivent être fiers d'avoir un enfant comme vous.

— J'adore mes parents Madame, ce sont des êtres exceptionnels, ils ont fait de moi l'homme que je suis. Ils m'ont appris à demander pardon et à dire merci. Cela semble normal, mais je me suis rendu compte que ce sont des valeurs que beaucoup n'ont pas. Ils m'ont enseigné à considérer chaque problème comme le départ d'une solution… Ils m'ont fait comprendre que dans notre civilisation, on maltraite le présent, on est sans cesse tendu vers ce que l'on voudrait avoir, et l'on ne s'émerveille plus de ce que l'on a ! Revenir au bonheur de ce que l'on a, c'est un savoir-vivre ! Vous ne pensez pas madame ?

— Oh que si Nicolas… Vous savez très bien exprimer vos sentiments à l'égard de vos parents, cela est très touchant !

Mochad se mit à gratter de la patte en poussant de petits cris plaintifs.

— Ah, c'est l'heure de sa sortie quotidienne. Allez les enfants nous allons faire un tour en forêt cela nous fera le plus grand bien… Qu'en pensez-vous ?

— Avec plaisir, lui répondirent d'une seule voix Jacqueline et Nicolas qui avaient des fourmis dans les jambes.

Jacqueline prit sa voiture, et tous trois, accompagnés de Mochad, partirent pour la forêt domaniale de Haye, située à quelques kilomètres de Nancy.

Une fois arrivé en forêt, Nicolas s'amusa avec Mochad en courant près de lui. Puis il lui lançait un bout de bois qu'il ramenait aussitôt pour le déposer à ses pieds. Il s'asseyait, le regardant avec ses bons yeux de chien affectueux, lui faisant comprendre qu'il avait envie de continuer ce jeu.

— Jacqueline et sa mère bras dessus bras dessous, regardaient Nicolas jouer avec Mochad avec une tendresse particulière.

— Ce garçon est étonnant, je ne sais comment te dire, mais ses paroles sur cet amour de jeunesse perdue, ses malheurs en Algérie, l'impossibilité d'avoir des enfants, l'amour qu'il porte à ses parents m'a profondément touchée… Je me demande comment un homme aussi jeune peut raisonner avec autant de sagesse… Tu sais ma fille, j'ai bien vu que tu n'étais pas insensible à son charme ! Je te comprends, il est intelligent, il est beau… Mais il a vingt-trois ans ! Ne l'oublie jamais ma fille.

— Je sais maman, je ne me fais aucune illusion à ce sujet… Un jour tout cela prendra fin, pour l'instant il va demeurer à la maison, le temps de mettre au point le projet pour notre société… J'ai eu trop de malchance, de misère dans ma vie sentimentale, pour ne pas vouloir profiter de ces instants de bien être… Ce temps sera un temps pris sur le bonheur de vivre avec lui maman ! Je ne veux penser à rien d'autre.

Mochad, soudain se mit aux pieds de Nicolas, leva son museau, en adressant au ciel une longue plainte. Ce cri, telle une prière déchira le silence du soir. Au même instant, l'écho nostalgique d'une complainte d'antan s'échappa de la forêt. Des notes s'envolèrent vers les cieux. Nicolas écouta cette symphonie dont les sons limpides et purs se propagèrent au fond de lui.

Nicolas avait donné sa démission à l'E. D. et vivait désormais chez Jacqueline. Pendant plus de six mois, il partait avec elle rejoindre son entreprise, où un bureau lui était réservé, afin d'étudier en toute tranquillité. Il passait dans chaque service, s'informant de tout. Le personnel des bureaux, conquit par sa gentillesse et sa simplicité, répondait à toutes ses demandes. Nicolas prenait des notes. Il questionnait les représentants sur leurs motivations, concernant la vente des disques. Il vérifiait le stock, passait des heures à écouter les différentes catégories de disques. Parfois, il partait en tournée avec les représentants s'informant des besoins de la clientèle. Le soir il enregistrait sur un magnétophone, toutes ses impressions de la journée. Puis un jour, il dit à Jacqueline :

— À présent, je possède tous les éléments pour développer ce produit… Dès demain soir, je serai en mesure de te présenter un rapport en deux parties : une pour le marketing, l'autre pour l'aspect financier. Pour cela il me faudrait une sténo dactylo qui puisse prendre en note et frapper ce rapport… Tu penses que c'est possible Jacqueline ?

— Bien sûr, Nicolas, il n'y a aucun problème.

Le lendemain soir, Nicolas en rentrant en voiture avec Jacqueline rue Kléber, semblait plus inquiet que d'habitude :

— Tu n'as pas l'air dans ton assiette, lui fit-elle remarquer en souriant.

— Tu sais, c'est le premier rapport que je conçois pour le lancement d'un produit, dans une entreprise… J'ai beau être sûr de moi, j'ai toujours le doute d'avoir omis un détail… Et puis réussir ou échouer, c'est la même sensation, l'angoisse est identique ! Je suppose que ta maman sera également là.

— Tu parles ! Elle est aussi impatiente que moi de connaître le résultat de ton étude… Détends-toi mon Nicolas, j'ai vu la manière dont tu travaillais, je suis sûre que tu vas encore nous épater.

Arrivé rue Kléber, Nicolas monta au premier étage chercher la mère de Jacqueline. Il lui offrit son bras, et descendit dans le salon. Mochad comme à son habitude lui fit la fête. Ils s'installèrent tous les trois autour de la table, sur laquelle Nicolas déposa une imposante enveloppe.

— Je vous laisse le soin d'en prendre connaissance, dit-il le visage anxieux.

Jacqueline décacheta l'enveloppe et sortit deux dossiers : l'un intitulé Marketing, l'autre, aspect Financier du projet. Sa mère se rapprocha de sa fille et en prit connaissance. Par moments, elles regardaient Nicolas, d'un air aussi admiratif qu'étonné... Jacqueline prenait des notes, soulignait certains chapitres à l'aide d'un Stabilo. Tandis que sa mère, au fur et à mesure de la lecture, semblait approuver, par des mouvements de tête, l'originalité dont Nicolas proposait la vente des disques. Jacqueline referma les dossiers :

— Tu as fait là un excellent travail Nicolas ! J'étais sûre que tu nous surprendrais, j'approuve sans aucune réserve ton projet... Qu'en penses-tu maman ?

— Que veux-tu que je dise de plus, je n'en reviens pas, ce garçon est doué pour les affaires... Même un juif n'aurait pas fait mieux, c'est dire ! s'exclama-t-elle le visage radieux.

Nicolas prit la parole :

— Avant toute chose, comme vous avez pu le constater, la diffusion ne peut être effectuée que par des représentants spécialistes de la vente de ce produit et rien d'autre. Je souhaiterais mettre en pratique moi-même cette vente telle que je l'ai conçue : d'abord, investir dans une « estafette », l'aménager avec des casiers où seront rangés les disques par catégories, et un magnétophone pour faire écouter les nouveautés... Donnez trois semaines, le temps de visiter votre clientèle en Lorraine et parfaire ainsi mon plan Marketing pour la formation des futurs représentants…

— Pour moi tu as carte blanche Nicolas, qu'en dis-tu maman ?

— Les yeux fermés, je le suis !

— Je vais voir avec Jean-Claude pour l'achat de « l'estafette » et l'aménagement intérieur. Cela devrait se faire rapidement… Ensuite je prendrai la route, et c'est seulement à mon retour que l'on pourra savoir si mon étude est aussi prometteuse que nous l'espérons.

Nicolas se tourna vers la mère de Jacqueline, et sur un ton gentiment taquin, il lui fit remarquer :

— Jean-Claude n'est pas un goy, Madame Turka, c'est un juif, et c'est mon ami !

— Alors là, Nicolas c'est la réussite assurée !

Un lundi matin, le soleil prenait doucement de la hauteur, pas un nuage ne cachait le ciel déjà bleu, la matinée baignait dans une douce clarté que le vent du sud balayait de sa tiède chaleur. Nicolas arriva le premier dans l'entreprise où « l'estafette », entièrement équipée par les bons soins de Cloclo, l'attendait. La veille, il avait chargé plus de six cents disques, classés par catégories, dans les différents compartiments. Il jeta un dernier coup d'œil, afin de s'assurer qu'il ne manquait rien. Puis il monta dans le véhicule.

Les premières employées des bureaux arrivèrent et vinrent saluer Nicolas :

— C'est le grand jour Nicolas ! On croise les doigts pour toi !

— Merci les filles, répondit-il en souriant.

Au moment où il prenait la route, Jacqueline arriva. Il baissa la vitre :

— Je ne voulais pas rater ton départ mon Nicolas... Tu trouveras dans cette mallette, un calepin avec les hôtels et restaurants où tu pourras descendre. Tu n'auras rien à débourser. J'ai ajouté quelques affaires de rechange, ainsi qu'un portefeuille avec du liquide pour tes faux frais... J'attends avec impatience ton retour vendredi... Je suis persuadée que tout va bien se dérouler... Allez va, et sois prudent sur la route !

— Tu es un amour lui dit-il en démarrant.

Quelques heures plus tard, il arriva à Pont-à-Mousson, et se présenta chez le plus grand revendeur de télévisions de la ville. Ce fut l'épouse de celui-ci qui monta dans « l'estafette ». Elle fut surprise par ce nouveau procédé de vente, avec autant de disques dans les présentoirs. Elle en sortit plusieurs :

— Qui sont ces chanteurs ? demanda-t-elle.

— On va les écouter sur le tourne-disque Madame ! ... Celui-ci, c'est Adamo, un chanteur qui bat déjà tous les records de vente avec une chanson « vous permettez Monsieur ... Vous allez me dire ce que vous en pensez madame :

— Ah oui ! Je l'ai déjà entendu à la radio, tout le monde m'en demande au magasin... Je vais en prendre deux ou trois !

— Si je puis me permettre, Madame, nous sommes grossistes, le minimum, c'est vingt ! Je vous assure, dans la semaine vous les aurez tous vendus !

Le mari intrigué de ne pas voir son épouse revenir, monta à son tour dans « l'estafette ». Nicolas passa plus de deux heures avec ce client, expliquant toute la stratégie commerciale pour vendre un maximum de disques. Il lui conseilla d'installer dans son magasin des bacs de rangement pour les disques, et un endroit, genre cabine d'essayage, où les clients pourront écouter les nouveautés.

Le client convaincu de la méthode acheta plus de deux cents disques, variétés et classiques confondus. Nicolas fut très satisfait, son procédé semblait tenir la route. À Verdun, ce fut à peu près la même démarche, chez les deux plus grands revendeurs de télévisions. Nicolas joua sur la concurrence de l'un et de l'autre, ce qui eut pour résultat que les bacs se vidèrent.

Sur les six cents disques, il ne resta plus que quelques classiques dans les bacs en fin de journée. Nicolas décida de rentrer, impatient de montrer à Jacqueline que son plan marketing était une réussite. Sur le chemin du retour, il rata une bifurcation et se retrouva en pleine campagne.

Il déboucha dans un petit village perdu au bout du monde. Il fit demi-tour sur la place, et remarqua un petit magasin ouvert. Il descendit pour demander la direction pour rejoindre Nancy. À l'intérieur, c'était un vrai capharnaüm où on trouvait de tout. Une personne entre deux âges, vêtue d'une blouse grise s'approcha :

— Que cherchez-vous jeune homme ?

— Bonjour Monsieur, je me suis perdu, je cherche à rejoindre Nancy.

La personne sortit, lui indiquant la direction à prendre.

— Merci beaucoup, Monsieur.

— Dites jeune homme que vendez-vous ?

— Des disques monsieur !

— Ne partez pas si vite, cela m'intéresse, les jeunes du village me demandent toujours les dernières nouveautés…

— Hélas, Monsieur, il ne me reste plus que des classiques et une dizaine de quarante-cinq tours.

— Montrez-les-moi s'il vous plaît, vous avez bien cinq minutes à m'accorder !

Nicolas le fit monter dans « l'estafette » pour écouter les disques. La personne très impressionnée par ce concept de vente acheta sans discuter le stock restant, et le paya en espèces.

Alors, Nicolas rentra tout joyeux au bureau.

Lorsque Jacqueline, et les filles du bureau aperçurent Nicolas rentrant si tôt, elles pensèrent qu'il avait eu un problème. Nicolas, en descendant du véhicule, prit une mine désabusée, tel un homme qui a perdu ce en quoi il croyait. Il accentua volontairement cette attitude. Jacqueline et le personnel s'approchèrent de lui.

— Qu'est-ce qui se passe, Nicolas ? Ça n'a pas marché comme tu voulais ?

Nicolas avec une voix d'une tristesse à faire fondre les âmes sensibles, murmura :

— Je ne sais quoi dire Jacqueline, regarde donc dans « l'estafette » et tu comprendras !

Jacqueline, suivie des filles du bureau, ouvrit les portes de « l'estafette » et resta bouche bée devant les bacs entièrement vides.

— Mon Dieu, Nicolas ! On t'a volé la marchandise pendant que tu étais chez un client ! C'est affreux !

Nicolas explosa d'un rire joyeux :

— Mais non Jacqueline, j'ai tout vendu en trois clients, même quatre devrais-je dire ! Je n'en reviens pas moi-même, je suis tellement heureux que mon concept ait fonctionné au de-là de toutes mes espérances.

Toutes les filles, admiratives, applaudirent criant en chœur : Bravo Nicolas ! Jacqueline se retint pour ne pas lui sauter au cou, mais n'en fut pas moins époustouflée par ce succès étonnant.

Nicolas était aux anges, il avait retrouvé confiance en lui, grâce à la ténacité d'une femme qui lui avait donné les moyens de pouvoir s'exprimer.

Une semaine plus tard, il renouvela l'opération, en passant chez les mêmes clients, y compris dans le petit village perdu au bout du monde. À sa grande stupéfaction, tous leurs bacs étaient vides ! Ce jour-là, la fidélité des clients lui fut acquise.

Jacqueline, et sa mère étaient impressionnées, elles ne tarissaient pas d'éloges Nicolas sur le travail accompli.

— Tu sais Nicolas, lui fit remarquer Jacqueline : si tu veux revenir sur ta décision, le poste de directeur du Marketing tient toujours.

— Non-Jacqueline, restons sur ce que l'on a décidé ! Pour ma part, dans les affaires, travailler et vivre ensemble n'est pas souhaitable. Ceci dit, la possibilité que tu m'as offerte à mettre sur pied ce concept m'a fait vivre une expérience qui m'a changé pour toujours… Jamais je n'oublierai la confiance que tu… Que dis-je, que vous m'avez accordé…

Puis en se tournant, tout souriant vers sa mère, il lui dit :

— Acceptez Madame Turka, toute la reconnaissance, et l'amitié d'un pauvre goy qui vous aime beaucoup !

Elle s'approcha de lui très émue, et l'embrassa tendrement sur les joues :

— Moi aussi mon petit Nicolas j'ai beaucoup d'affection pour vous… Vous êtes un goy qui surpasse beaucoup de juifs dans les affaires, c'est peu dire ! lui dit-elle en souriant.

Merci beaucoup, Madame ! Puis il poursuivit :

— Mon travail n'est pas encore fini, loin de là ! Il faut mettre à présent en place, la création et l'autonomie de ce service… Recruter et former deux représentants à ce concept de vente, un responsable pour les encadrer afin d'avoir une activité commerciale, autonome et rentable… Dans votre service comptable, il faudra trouver une personne qui gère les stocks et passe les commandes de réassort… Ce poste ne devrait pas poser de problèmes… Mais là, Jacqueline, l'informatique devient indispensable !

— J'ai une personne sérieuse en comptabilité, qui peut s'en occuper, mais elle n'a aucune notion d'informatique… Je dirais même qu'elle en a peur !

— Ce n'est pas un souci Jacqueline ! … Tous les comptables craignaient de perdre leur emploi à l'arrivée de l'informatique… Il y a des stages organisés chez I.B.M qui durent environ trois mois pour apprendre à manipuler les différentes machines nécessaires à la gestion des stocks. Le réassort se fera automatiquement.

— Tu as toute ma confiance ! Mais je ne pensais pas que cette étude allait entraîner un tel bouleversement dans l'entreprise… Tu t'es totalement investi dans ce projet et tu as démontré son efficacité au de-là de mes espoirs… Ce n'est pas maintenant que je vais faire marche arrière, je fonce avec toi !

— Dans la partie financière de mon rapport, l'achat de ce matériel est prévu pour être amorti en cinq ans. Je suis toujours pessimiste dans l'élaboration des différents budgets prévisionnels… Cela m'évite d'avoir des surprises désagréables ! Par contre j'ai pensé, en ce qui concerne le responsable, à mon ami Jean-Claude Galéra. J'ai pu constater chez Renault à Longwy, que non seulement c'était un vendeur hors pair, mais en plus un excellent manager. Il a une équipe de cinq vendeurs de voitures qu'il dirige de main de maître… Qu'en penses-tu Jacqueline ?

— Oui, c'est vrai… Lors de l'achat de « l'estafette », il a très vite saisi notre demande en nous livrant en un temps record, le véhicule entièrement équipé… Il a une très bonne place chez Renault, certainement très bien rémunérée… Crois-tu que ce poste puisse l'intéresser ?

— On ne peut pas se permettre de mettre n'importe qui à ce poste Jacqueline ! Il faut quelqu'un de toute confiance, qui s'investisse entièrement dans ce projet… Passer des annonces de recrutement pour cet emploi, va prendre du temps, pour trouver la personne apte à remplir cette fonction. Avec Jean-Claude, on a l'avantage de le connaître… C'est une personne sur qui on peut s'appuyer… Si tu le permets, je vais le rencontrer, puis faire avec lui une tournée ou deux chez les clients… Si cela lui convient, je le saurai tout de suite… Laisse-moi au moins essayer !

Madame Turka mère ne laissa pas le temps à sa fille de répondre :

— Écoute ma fille, jusqu'à présent Nicolas à mener cette affaire avec beaucoup de lucidité et de réussite ! Je suis d'avis de le laisser finir son projet comme il l'entend… Si son idée marche, tant mieux ! Sinon je lui fais confiance pour trouver d'autres solutions !

Quelque temps plus tard, au cours d'une soirée au café des Arts, en compagnie de Cloclo, Nicolas exposa son idée.

— J'ai appris par un ami qui est représentant dans la boîte de Jacqueline que tu as mis au point un procédé de vente, dont les résultats ont laissé tout le monde sur le cul ! De toute manière « mon lieutenant » je te suis les yeux fermés.

Cloclo accepta avec enthousiasme son offre. Ils décidèrent d'un rendez-vous pour faire une tournée ensemble.

Une heure plus tard, deux jeunes filles vinrent se joindre à eux. Cloclo fit aussitôt les présentations :

— Voici Mireille mon amie, et sa collègue Murielle, elles sont toutes les deux en stage à la poste.

Nicolas serra la main de chacune :

— Enchanté de faire votre connaissance Mesdemoiselles !

Ils commandèrent des boissons, et firent plus amples connaissances. Murielle, légèrement en retrait, observait Nicolas avec beaucoup d'attention. Par son amie Mireille, elle savait tout de lui, et ce dans les moindres détails. C'est alors qu'un plan machiavélique commença à germer dans son esprit.

Nicolas trouva Murielle charmante, sans plus. Pour lier conversation il lui posa quelques questions sur son stage à la poste : elle se montra enjôleuse, expliquant, qu'au grand désespoir de ses parents, elle avait échoué à son bac philo… N'ayant aucune envie de redoubler, elle passa le concours de contrôleur à la poste. Son stage à Nancy prenait fin dans un mois. Elle rejoindrait alors son poste définitif à Bourges où habitaient ses parents.

Tout en parlant, Nicolas sentit un certain malaise dans son attitude. Il avait du mal à discerner ses yeux. Lorsqu'elle parlait, elle les tenait souvent baissés sur les carreaux rouges de son chemisier. Ses mains, qui ne tremblaient pas, ne pouvaient lui révéler qu'elle vivait dans la crainte, depuis quelques mois, de rentrer chez elle.

Nicolas regarda sa montre, salua tout le monde et prit congé, tout en rappelant à Cloclo leur rendez-vous.

— Pas de souci Nicolas, je serai à l'heure !

En disant au revoir à Murielle, elle lui donna son numéro de téléphone :

— J'espère que l'on pourra se revoir, lui dit-elle.

— Bien sûr, avec plaisir Murielle !

Il regagna la rue Kléber où Jacqueline l'attendait avec impatience :

— Alors comment s'est passé ton entretien avec Jean-Claude ? lui demanda-t-elle.

— On ne peut mieux ! Je n'ai pas eu de gros efforts à faire pour le convaincre de partir en tournée avec moi… Il était déjà au courant du succès du concept par un de tes représentants ! Nous partons en tournée lundi matin, il me semble qu'au bout de deux ou trois jours, nous saurons si le produit lui convient ou non.

— Il a parlé salaire ?

— Oui et non ! Lorsque j'ai abordé ce sujet, il m'a répondu : on verra plus tard, si le travail me passionne, votre salaire sera le mien !

Deux semaines plus tard, Jean-Claude était embauché en tant que Chef des ventes du service disques. Ses résultats furent spectaculaires. En plus des gros clients que Nicolas avait développés, il visita dans les villages adjacents, une clientèle plus modeste lui permettant par ce concept d'augmenter de 30 % les ventes. Nicolas était ravi de ces résultats :

La mère de Jacqueline fit remarquer à sa fille :

— Tu vois, notre Nicolas a du flair, j'avais raison de lui faire confiance !

— Dis donc maman, tu ne crois pas que tu exagères un peu, moi, depuis le début, je lui ai toujours fait confiance !

Toutes les deux rirent de cette plaisanterie, même Mochad, dès que l'on prononçait le nom de Nicolas, pointait son museau vers le ciel, poussant de longues plaintes à n'en plus finir.

Le noir dessein d'une femme sans scrupule

Le week-end suivant, Cloclo invita Nicolas à venir passer la journée sur les bords du lac de Gérardmer. Mireille et Murielle faisaient partie du voyage. Cloclo tenta de nager mais trouva l'eau trop froide. Il sortit en grelottant, ses dents claquaient, et son corps était secoué de frissons… Il marmonna :

— Ma parole mon frère, l'eau est plus froide que ne laissait paraître sa surface ensoleillée ! Je téléphone de suite à Bab-El-oued pour qu'il m'envoie un peu de la tiédeur et du bleu de ma Méditerranée !

Murielle prit le bras de Nicolas, lui proposant d'aller faire une balade dans les bois de sapins des alentours. Mireille et Cloclo en les voyant partir eurent un sourire sous-entendu. Tout en marchant Murielle posa sa tête sur l'épaule de Nicolas, quelque peu surpris, il se dit : « Encore une qui se laisse aller un peu facilement ».

Mais qu'importe, la fille était si belle, si provocante, qu'il ne se posa guère de questions. Il l'embrassa fougueusement lui montrant ainsi son désir. Murielle eut une attitude surprenante :

— Je vous en prie Nicolas, ne gâchez pas tout ! Je veux juste me promener, je me sens bien avec vous… Veuillez me pardonner, mais j'ai trop de problèmes en ce moment pour penser au plaisir ! Je sais que vous vivez avec quelqu'un, et je ne veux pas être une aventure pour vous !

Nicolas se sentit mal à l'aise, presque gêné. Il lui présenta aussitôt ses excuses.

Ils continuèrent à marcher un long moment bras dessus bras dessous sans échanger le moindre mot.

De longues bourrasques du vent du sud, apportèrent des senteurs inattendues, en se fracassant sur le fût des sapins, comme des coups frappés à la porte par un inconnu. Ils longèrent un long ruisseau, où les fleurs n'étaient plus les mêmes : plus de clochettes, plus de boutons d'or, plus de campanules. Le rose et le bleu du début de l'été s'en étaient allés, laissant place aux asters venant parer l'automne.

Le beau temps malgré tout se maintenait encore. Murielle l'invita à s'asseoir au bord de l'eau :

— Nicolas, je peux vous demander une faveur s'il vous plaît ?

— Je vous en prie Murielle !

Elle baissa la tête comme une femme portant un lourd fardeau, ne pouvant s'en défaire.

— Je ne sais pas pourquoi mais j'ai confiance en vous Nicolas… J'ai besoin de parler à quelqu'un, même si cela ne règle pas mon problème, je suis sûre que je serai soulagée d'un poids qui me pèse… Cela ne vous dérange pas ?

— Pas le moins du monde Murielle ! Si se confier à moi vous apporte un soulagement, je ne demande pas mieux… En espérant effacer mon attitude indélicate de tout à l'heure !

— C'est oublié Nicolas, n'en parlons plus !

Elle se déchaussa, trempant ses pieds dans le petit ruisseau. L'eau bouillonnait doucement sur ses jambes. La peur colorait de sa pâleur bleutée, tout son visage, tel un être, à l'esprit lucide, que la mort prévient de son approche. Son regard fuyant observait sans cesse Nicolas, comme si elle voulait saisir le moment le plus propice, pour entamer la deuxième scène d'un scénario mûrement réfléchi. C'est alors qu'elle éclata en sanglots en se blottissant contre la poitrine de Nicolas.

Nicolas sursauta ! Ne sachant que faire, il pencha son visage tout près d'elle, en plongeant ses yeux dans les siens. Il fut bouleversé, croyant lire dans ses prunelles noyées de larmes savamment dosées, comme un appel au secours.

— Parlez Murielle, je vous en prie, vous avez l'air de tellement souffrir !

Elle releva sa tête, parvenant à maîtriser ses émotions, elle lui dit :

— Je suis tétanisée à l'idée de rentrer à Bourges chez mes parents !

— Pourquoi donc, s'étonna Nicolas ?

— Même à vous, j'ai honte de le dire !

— Quoi qu'il vous en coûte, ce que vous avez de mieux à faire, c'est d'expulser tout de suite ce qui vous fait mal, on se sent beaucoup mieux, croyez-moi Murielle.

Le visage blême, les pupilles légèrement dilatées, elle détourna sa tête pour éviter de montrer un petit air de triomphe. Elle sentit que Nicolas était pris au piège ! Il ne lui restait plus qu'à sortir le grand jeu. Elle minauda, esquivant quelques gestes précieux, jouant la comédie de la pucelle effarouchée.

— Ce que je vous demande Nicolas, c'est de ne pas me juger trop sévèrement ! Ne soyez pas inquiet, vous avez vous-même bien assez de soucis…

Nicolas s'impatienta, presque énervé par le ton condescendant qu'elle prenait !

— Écoutez, Murielle, allez droit au but, bon sang ! Je ne suis pas là pour vous juger, mais pour écouter ce qui vous tourmente, rien d'autre !

Murielle sentit qu'elle en faisait un peu trop… Elle baissa la tête, respira une bouffée d'air frais, et raconta ce qui la rendait si malheureuse.

— C'était au cours d'une soirée anniversaire, organisée en l'honneur de Daniel Morange, un copain de stage, que tout est arrivé. Un bal avait été organisé… Nous avions beaucoup bu, les esprits étaient pas mal éméchés. Je ne me suis rendu compte de rien… Le lendemain matin lorsque je me suis réveillée dans ma chambre d'hôtel, Daniel dormait à mes côtés… Je vous laisse deviner mon désarroi. Daniel est parti se confondant en excuses !

— Et alors s'exclama ! Nicolas, c'est une simple histoire de coucherie, qui vous met dans cet état ! Vraiment je ne vous comprends pas Murielle… Je vous en prie rentrons, Cloclo et Mireille doivent s'impatienter !

Nicolas, passablement agacé, se leva, considérant un tel évènement comme de peu d'importance.

— Ne vous fâchez pas Nicolas, je vous en prie, je n'ai pas fini… Cela fait deux mois que je suis enceinte ! Au bout de trois semaines, je suis allée voir Daniel pour lui faire part de mon état. Il a réfuté toute paternité, allant jusqu'à m'accuser de coucher avec tout le monde… Vous comprenez à présent pourquoi j'ai si peur de rentrer à la maison !

Nicolas resta béat… Sans prendre le temps de la réflexion, une idée, tel un éclair éblouissant un ciel assombri, fusa alors dans sa tête :

— Vous l'aimiez ce garçon ?

— Absolument pas, c'était un collègue de stage c'est tout ! Pourquoi vous me posez cette question Nicolas ?

— J'ai peut-être une solution, mais laissez-moi le temps d'y réfléchir Murielle ! Venez, rejoignons nos amis, nous en parlerons demain soir, vous voulez bien ?

— Bien sûr Nicolas.

Sans que Nicolas ne s'en aperçût, elle eut dans son dos, le sourire d'une femme savourant d'avance, la réussite de son plan machiavélique, minutieusement élaboré.

Ils retrouvèrent Cloclo et Mireille sur la plage du lac de Gérardmer. Ils rentrèrent à Nancy déposant au passage Mireille et Murielle à leur hôtel.

Pendant le trajet pour ramener Nicolas rue Kléber, Cloclo ne put s'empêcher de le remercier pour le poste qu'il lui avait obtenu.

— Tu as monté un concept génial Nicolas, sans vouloir te flatter, je n'ai jamais eu autant de plaisir à vendre un produit tel que ces disques… Mais toi maintenant, puisque tu ne veux pas rester, que vas-tu faire ?

— Je pense avoir trouvé la solution à mon problème : celui de créer une famille !

— Attends mon « lieutenant », tu ne vas pas me dire que tu veux te marier avec Murielle ?

— Au contraire, j'y pense sérieusement Cloclo ! Elle est enceinte, le père ne reconnaît pas la paternité… Elle est de bonne famille, elle me semble sincère, pour moi c'est une occasion inespérée à ne pas laisser passer.

Cloclo, par respect pour son ami, ne voulut pas parler de Murielle, dont il connaissait les frasques amoureuses, et les histoires qu'elle provoquait auprès de ses camarades de travail :

— Bien sûr Nicolas… Je connais ton désir de fonder une famille, mais en toute amitié, ne t'emballe pas sur Murielle, réfléchis bien avant de prendre une décision… Il ne faut pas te fier à son apparence de sainte-nitouche

Nicolas eut un sourire amusé. Ils arrivèrent rue Kléber. Avant de le quitter, il lui serra la main :

— Quoi qu'il arrive, tu es, et resteras mon ami. Je suis heureux que tu te plaises dans la société de Jacqueline… Si je pars d'ici, dis-toi bien qu'il n'y a que les montagnes qui ne se rencontrent pas ! Bonne soirée et merci pour cette journée.

Cloclo baissa la vitre de sa voiture, et le visage ému il lui dit :

— Nous sommes comme les deux doigts d'une main mon frère, tu es mon ami, à la vie à la mort, mon lieutenant.

Ses yeux brillaient, submergés par une pluie d'émotions. Il remonta la vitre, et partit en trombe pour cacher son trouble.

Lorsque Nicolas rentra, Jacqueline n'était pas encore arrivée. Dès qu'il l'entendit, Mochad dévala les escaliers et vint à sa rencontre, poussant de petits gémissements de joie, secouant le fouet d'un air de contentement.

— C'est vous Nicolas ?

— Oui Madame !

— Montez donc ! Il me reste une part de tarte aux mirabelles que j'ai mise de côté pour vous.

Nicolas toujours aussi gourmand ne se fit pas répéter deux fois l'invitation. Il monta quatre à quatre les marches, suivi de Mochad qui ne le quittait pas d'un pouce.

Ils s'installèrent dans la salle à manger, et sous les yeux attendris de Madame Turka, il dégusta ce délicieux dessert…

— Vous avez l'air soucieux Nicolas ! Votre visage n'est pas aussi détendu et souriant que d'habitude…

— C'est vrai… Difficile de cacher ses sentiments avec vous, Madame, rien ne vous échappe ! J'attends Jacqueline, pour vous faire part à toutes les deux, d'un choix que je viens de faire sur le déroulement de mon existence... Ensuite j'informerai mes parents... Mais vous savez bien, il y a des décisions que personne ne pourra jamais comprendre, parce que personne n'a pleuré avec les mêmes larmes, et souffert avec la même douleur.

— Oh que oui Nicolas ! À l'intérieur de chaque être, il y a des souffrances que personne ne connaît, des sacrifices que personne n'a oubliés, des cicatrices que personne n'a guéries. Chacun d'entre nous sait ce qu'il garde fermé dans son cœur, que personne au monde n'a le droit de juger.

Quelques instants plus tard, Jacqueline arriva. Elle monta directement dans les appartements de sa mère. Lorsqu'elle vit la gravité du visage de Nicolas, et la tristesse de sa mère, elle comprit que cela ne présageait rien de bon.

— Tu en fais une tête Nicolas, que se passe-t-il ?

— Assieds-toi Jacqueline je t'en prie... Ce que j'ai à vous apprendre m'est d'autant plus difficile à dire, du fait que je suis heureux de vivre ici entouré d'amour et d'amitié.

Le regard mouillé, empli d'une éternelle reconnaissance, il prit la main de Jacqueline, en la serrant fortement. Les yeux au fond des yeux, il lui parla la gorge étranglée par l'émotion.

Avant qu'il ne parle, Jacqueline devina à cet instant que ce jour tant redouté était arrivé... Nicolas allait partir !

— Je suis arrivé ici en homme égaré, ayant perdu tout espoir par la faute d'un destin qui n'arrêtait pas de s'acharner sur moi... Lorsque je t'ai rencontrée, j'étais loin de me douter que tu ferais de moi ce que je suis aujourd'hui. Tu as fait refouler les malheurs qui obsédaient mon cœur et mes nuits... Grâce à toi ils n'occupent plus le premier plan dans mon esprit. Je les ai enfermés dans les oubliettes de cette mémoire que l'on voudrait hermétique... Je n'oublierai jamais la chance que vous m'avez offerte, toi et ta maman, de me confier le projet de créer ce service dans votre entreprise… Grâce à cette expérience, et à la réussite qui s'ensuivit, j'ai su où se trouvait ma voie professionnelle… Sur bien d'autres points, je te dois tout Jacqueline !

Nicolas se tut. Tout en gardant la main de Jacqueline dans la sienne, de l'autre il caressa Mochad, qui avait sa tête posée sur ses jambes… Il murmura à Mochad :

— Je n'oublie jamais que les chiens comprennent tout ce qu'on leur dit… L'amitié avec un animal prend un caractère très différent… On communique essentiellement par le regard, et il sait vous faire comprendre qu'il vous aime ! Pas vrai Mochad ?

Aussitôt, Mochad mit ses deux pattes sur les cuisses de Nicolas en lui témoignant par de larges coups de langue sur son visage, toute son affection. Puis Nicolas hésita à expliquer ce qui lui pesait le plus : avouer à Jacqueline les raisons qui motivent son départ !

Madame Turka sentit sa gêne. Elle se leva, proposant d'aller préparer une boisson légère pour détendre l'atmosphère ! Jacqueline, profitant de cet intermède, demanda à Nicolas :

— Tu as bien passé la journée à Gérardmer avec Jean-Claude et son amie ?

— Bien entendu Jacqueline, où voulais-tu que je sois ! Mireille, la petite amie de Jean-Claude était accompagnée d'une collègue de travail… Elle s'appelle Murielle !

— Et bien sûr, tu es tombé amoureux de cette fille, ne put s'empêcher de s'écrier Jacqueline !

— Qu'est-ce que tu vas chercher là ! Pas du tout, bien au contraire, elle n'a fait que m'exaspérer par ses manières timorées… Je t'en prie Jacqueline, laisse-moi finir, quand je t'aurai expliqué, tu comprendras… Lorsque nous sommes arrivés au lac de Gérardmer, Jean-Claude et Mireille sont partis se baigner. Moi, je suis resté sur la plage, cela ne me disait rien… Murielle s'est mise tout de suite à l'écart. Elle avait l'air si triste que je n'ai pu m'empêcher de lui demander ce qui la tracassait… Elle m'a fait part de ce qu'à la fin de son stage, elle était morte de peur à l'idée de rentrer chez ses parents à Bourges !

Madame Turka déposa les boissons sur la table et prit place pour écouter avec attention, la suite des évènements.

— Et pourquoi avait-elle si peur de rentrer chez elle ? lui demanda Jacqueline d'une voix angoissée.

Nicolas sentant son désarroi eut le sentiment de se comporter comme un ingrat. Il ne voulait pas lui faire de peine, mais il était au pied du mur, il ne pouvait plus reculer ! Il serra plus fort sa main et continua :

— Parce qu'elle est enceinte, et celui qui l'a mis dans cet état refuse de reconnaître cette paternité !

Il y eut un moment de silence assourdissant. Les visages de Jacqueline et de sa mère se figèrent. En une fraction de seconde, chacune venait de comprendre ce que désirait Nicolas.

L'atmosphère se fit pesante. Nicolas déglutit sa salive avec difficulté. Il ne pouvait plus parler. C'était un des moments les plus terribles de sa jeune vie. Mochad, comme une petite statue brune, appuyé sur ses pattes de devant, le regardait fixement, pressentant lui aussi son départ. Sur la fenêtre entrouverte du salon, une abeille sortit du pot de pétunias, et se mit à voler en rond, goûtant successivement aux autres fleurs. Madame Turka comprenant le désarroi de Nicolas se porta à son secours :

— Je comprends votre désir de vouloir fonder une famille, mais cette personne vous ne la connaissez que depuis quelques heures !

Nicolas leva lentement la tête. Après un long silence, regardant avec tendresse le visage désespéré de Jacqueline, il répondit à sa mère, mais c'est à elle qu'il s'adressait.

— Vous avez raison, Madame, je ne sais pas grand-chose d'elle, si ce n'est qu'elle est de bonne famille… Mais l'essentiel, c'est l'occasion inespérée qui m'est offerte de reconnaître cet enfant, et de fonder une famille… Lorsque ce médecin à Constantine m'a dit que je ne pourrais jamais être père, j'étais au seuil du désespoir… Je n'étais plus rien, l'amour m'avait fui ! En plus, apprendre à vingt ans, qu'on n'est même pas une moitié d'homme, je vous laisse deviner tout ce qui a pu se passer en moi.

Il baissa la tête. Il n'y avait plus sur son visage qu'une expression d'indifférence totale, pareille à celle d'un condamné à perpétuité qui entre dans sa cellule sachant qu'il n'en sortira jamais.

— Claudia m'a broyé le cœur, il ne me reste rien d'elle, pas même un grain de poussière, quelque part emporté par les vents mauvais des amours infidèles. Il n'y a pas un jour où je ne pense à elle… Toujours solitaire, n'osant plus rien espérer. Devant moi, il n'y a que les souvenirs de mon amour bafoué. La lumière de l'espoir s'est éteinte dans cet amour que je croyais éternel. À ce moment-là, dans mon silence, j'ai fermé des portes que j'avais juré de ne jamais rouvrir, non par fierté, mais par respect pour moi-même.

Il fit une pause et rajouta :

— C'est grâce à toi Jacqueline que j'ai retrouvé le goût de vivre, je ne suis pas un ingrat, je sais tout ce que je te dois… Mais cette occasion qui se présente, je ne peux pas la laisser passer. Cet enfant portera mon nom, je l'élèverai avec amour, comme mes parents m'ont élevé… Il faut que tu me comprennes

Jacqueline, sans ton consentement et celui de ta maman, je ne pourrai jamais être heureux !

Jacqueline émue jusqu'aux larmes lui répondit :

— Chaque personne que nous rencontrons dans notre existence est comme une feuille qui embellit notre arbre de vie ! Certaines tombent avec le vent, d'autres ne se détacheront jamais… Toi Nicolas tu resteras à tout jamais dans mon cœur comme un homme que l'on aimerait garder éternellement… Je regardais tes lèvres, je les ai vues trembler quand tu as prononcé son prénom. Quel gâchis cette fille a fait de ton amour… Je te souhaite du fond du cœur d'être heureux. Tu es intelligent, tu as tout pour réussir… Ta seule faiblesse, ce sont les femmes ! Sois prudent, mon Nicolas, mais sache que, quoi qu'il arrive, notre porte te sera toujours ouverte…

Elle se pencha vers son oreille en lui murmurant : je t'aime mon Nicolas

Madame Turka s'adressa à Nicolas, en le tutoyant pour la première fois :

— Parfois mon petit Nicolas, nous faisons l'erreur de donner à certaines personnes une place qu'elles n'ont jamais méritée dans notre vie. Lorsque je t'ai vu, j'ai tout de suite deviné que tu étais un être à part. Ta sensibilité transpirait par tous les pores de ta peau, Mochad ne s'y est pas trompé d'ailleurs. Tu as égayé ma vie de vieille femme… Tu as écouté, sans jamais m'interrompre mes malheurs de déportée… Je te souhaite moi aussi tout le bonheur que tu mérites… Je t'aime comme un fils mon petit goy.

Nicolas se leva, la prit dans ses bras, et ils pleurèrent longuement ensemble. Jacqueline se rapprocha se serrant très fort contre Nicolas.

Pauvre Nicolas, ignorant à cet instant qu'il vivait là ses derniers moments de tendresse et d'amitié sincère… Dans les chemins tortueux d'une femme sans scrupule, s'échafaudait à cet instant, un plan qui allait le poignarder en plein cœur.

Bien plus tard, au château de Lastour, dans la quiétude du grand salon, le téléphone résonna. Béatrix décrocha, tandis que Guylhem prenait l'écouteur. Ils écoutèrent, la gorge serrée, la décision qu'avait prise leur fils.

Béatrix regarda son époux et d'une voix tremblante lui dit :

— Comme il doit souffrir pour prendre une décision aussi rapidement… Cet enfant a fait de brillantes études, il a réussi sur le plan professionnel, mais Claudia et cette satanée guerre d'Algérie l'ont détruit sentimentalement et physiquement… Je sais qu'il nous aime, nous écoute, mais rien ne semble vraiment l'intéresser. Le passé de cet amour le suit dans l'inconscient de sa mémoire. Il ne pense qu'à s'y replonger, le retrouver, le revivre… Le présent pour lui c'est Claudia. Quant à cette Murielle, le fait qu'elle soit enceinte, est la seule chose qui l'intéresse… Pouvoir fonder une famille !

Elle posa sa tête sur la poitrine de Guylhem, qui la pressa très fort contre lui. Devant la fenêtre grande ouverte, ils regardèrent tous les deux vers un ciel satiné de velours noir, sans lune. Les étoiles innombrables y brillaient d'un éclat singulier. Lorsqu'une brise légère se leva, emportant avec elle l'écho nostalgique d'une trompe de chasse, Béatrix pleura !

Le lendemain matin, Jacqueline le corps encore frémissant de cette folle nuit, vint se blottir plus près de Nicolas :

— Mon Nicolas, ce matin tu vas emmener ma mère dans ta voiture, je prendrais la mienne, et tu me rejoindras au bureau vers midi… Une surprise t'y attend !

Nicolas voulut en savoir plus, mais Jacqueline lui mit l'index sur les lèvres :

— Ne me pose pas de questions, tu ne sauras rien ! On prend une douche et on monte au premier… Maman nous a préparé le petit-déjeuner.

Lorsque Nicolas arriva au bureau sur les coups de midi, il descendit, alla ouvrir la portière côté passager, fit descendre Madame Turka, lui prit le bras, et bras dessus bras dessous ils se dirigèrent vers l'accueil. Lorsqu'il ouvrit la porte, ils furent reçus par une salve d'applaudissements de tout le personnel réuni dans le hall. Les filles des bureaux vinrent l'embrasser, lui souhaitant bonne chance, lui faisant part de toute la tristesse qu'elles éprouvaient de le voir partir. Cloclo, l'œil brillant tant il était ému se mit au garde à vous :

— Mon lieutenant, mon frère, mon ami, j'ai beaucoup de peine à te voir partir, je veux que tu saches que rien ne pourra briser notre amitié ! Là où tu vas, surtout sois prudent : si tu vas te baigner Nicolas, ne t'éloigne pas de la plage, si tu t'éloignes de la plage, tu risques de te noyer, et si tu te noies mon frère je te tue.

Ils tombèrent dans les bras l'un de l'autre.

Une table, dressée dans le centre du hall, était garnie de petits fours et d'amuse-bouche. Ce fut une belle réception, où l'amitié régna en Maître, mais avec en toile de fond, la déchirure des adieux. À quatorze heures, tout le personnel, après avoir souhaité une nouvelle fois bonne chance à Nicolas, regagna ses occupations. Cloclo à la demande de Jacqueline, resta.

Nicolas s'apprêtait à prendre congé, lorsque Jacqueline et sa maman l'interpellèrent :

— Nicolas, la fête n'est pas finie, il y a une surprise qui t'attend de la part de nous deux !

— Je pensais que le cadeau, c'était ce moment inoubliable d'amitié que vous venez de m'offrir !

Madame Turka prit le bras de Nicolas. Ils sortirent en direction du parc de stationnement, suivis de Jacqueline, et de Cloclo qui était au courant de la surprise. Ils s'arrêtèrent à quelques mètres du parc de stationnement, où un véhicule, dissimulé sous une bâche, nouée par un long ruban rouge, les attendait.

Cloclo avec des gestes cérémonieux défit le ruban. Jacqueline et sa maman enlevèrent la bâche avec une lenteur étudiée, C'est alors, sous le regard admiratif de Nicolas, qu'apparut une magnifique Simca 1500, de couleur gris métallisé. Les roues, étaient ornées de pneus à flanc blanc, et les sièges recouverts de cuir bordeaux… Une véritable merveille pour l'époque !

Madame Turka s'approcha de Nicolas en lui tendant les clés :

— Ton humilité eut-elle à en souffrir mon petit Nicolas, ce cadeau est bien modeste, à côté du travail, et de la passion, que tu as mis à créer ce service, qui a fait progresser le chiffre d'affaires de notre entreprise… Et puis mon petit goy, je trouve que cette voiture que nous a dénichée Cloclo est bien plus représentative pour un futur grand directeur de Marketing… Tu ne trouves pas ?

Pour toute réponse, Nicolas l'embrassa. Puis sans la moindre gêne, il s'approcha de Jacqueline, la prit dans ses bras, et l'embrassa avec toute la fougue de sa jeunesse, et la passion qu'il éprouvait pour elle :

— Merci pour ce merveilleux cadeau Jacqueline… J'étais heureux avec toi, tu m'as fait découvrir l'amour, tu m'as appris à aimer la vie, à reprendre confiance en moi, à découvrir mes propres capacités… Je pars, sans amour ni sentiments pour cette femme, mais je suis en face d'un devoir qui me dépasse, et que je dois accomplir… Jamais tu entends, jamais je ne t'oublierai… Qui sait, peut-être qu'un jour nos chemins se croiseront à nouveau.

Avant de partir, il fit une accolade chaleureuse à Cloclo, lui remettant les clés de sa Dauphine ainsi que les papiers, et la gorge serrée il lui dit :

— Cadeau mon ami, prends soin de toi !

Quand la maturité commence, elle colore le regard d'une flamme plus profonde. Il monta à bord de sa nouvelle voiture, baissa la vitre. Ils se regardèrent une dernière fois, puis il démarra sans se retourner, pour ne pas montrer son visage bouleversé.

Quelques instants plus tard, il arriva à l'hôtel où logeait Murielle. Il frappa à sa porte, et attendit de longues minutes avant qu'elle vienne lui ouvrir :

— Nicolas ! Quelle surprise… Je ne vous espérais plus, s'exclama-t-elle ! Désolée de vous avoir fait attendre, mais je m'apprêtais à prendre le train pour Bourges.

— Avez-vous quelques instants à me consacrer Murielle ?

— Bien sûr ! Mon train ne part que dans une heure, répondit-elle !

Ils prirent place autour d'une petite table ronde qui trônait au milieu de la chambre.

— Hélas le frigo est vide, je n'ai rien à vous offrir Nicolas !

— Aucune importance Murielle, je ne suis pas venu pour ça ! Depuis que vous m'avez informé de votre situation, j'ai longuement réfléchi, j'ai une solution où chacun de nous pourrait y trouver son compte.

— Ne me donnez pas de faux espoirs, vous savez bien qu'il n'y a aucune solution possible Nicolas ! Ma peur est toujours présente… Je suis enceinte, et Daniel refuse toujours de reconnaître la paternité… Je ne suis plus qu'une fille mère qui doit affronter la colère de ses parents ! s'exclama-t-elle, le regard baissé, mimant l'air d'une femme bafouée et trompée.

— Attendez Murielle, ne dramatisez pas les évènements outre mesure, écoutez au moins ce que j'ai à vous proposer !

La tête toujours baissée, elle haussa les épaules, l'air de dire, parle toujours, cela ne changerait rien à ma détresse. Mais dans son esprit aussi tortueux qu'un pied de vigne, elle jubilait sentant son but proche d'être atteint.

Nicolas lui raconta, sans omettre le moindre détail, le malheur qui lui était arrivé en Algérie. Murielle, qui connaissait déjà son histoire par cœur, prit un air de grande compassion, poussant sa perfidie jusqu'à poser sa main sur la sienne. Les yeux noyés de larmes de crocodile, elle lui dit :

— C'est terrible ce que vous m'apprenez là Nicolas, j'en suis tout émue. La vie n'est pas juste, j'ai beaucoup de peine pour vous !

Nicolas fut sensible à sa remarque :

— Voilà ce que je vous propose Murielle : si je reconnais votre enfant, accepteriez-vous de m'épouser ? Réfléchissez bien avant de me répondre. Vous, vous pouvez rentrer la tête haute chez vos parents, et moi je peux fonder une famille… Vous ne manquerez de rien… Je viens d'obtenir un poste d'adjoint au directeur de marketing à Paris, au siège d'une importante entreprise de la sidérurgie.

Elle jubila en son for intérieur, son plan avait fonctionné au-delà de ses espérances. Mais le rideau de cette diabolique comédie n'était pas encore tombé ! À peine eut-il fini sa phrase, qu'elle retira sa main, et prit un air outré !

— Je ne peux accepter votre proposition Nicolas ! Moi j'ai des sentiments pour vous, je ne vous l'ai jamais caché ! Au lac de Gérardmer, sachant que vous viviez avec une autre personne, j'ai refusé d'être une aventure pour vous… C'est non Nicolas, je refuse votre proposition ! Je préfère affronter les foudres de mes parents.

— C'est exact Murielle ! Mais je veux que vous sachiez que j'ai rompu avec mon amie. Votre comportement exemplaire au lac de Gérardmer, la confiance que vous m'avez témoignée en me faisant confidence de vos soucis, m'a incité à prendre cette décision… Si je n'avais eu aucun sentiment pour vous, jamais je ne vous aurais proposé cette solution !

— Vous avez bien réfléchi Nicolas ? Vous êtes sûr de ne pas le regretter et m'en faire grief plus tard ?

— Je n'ai jamais pris de décision à la légère Murielle ! Mais je pourrais vous retourner la question : êtes-vous sûre, plus tard, de ne pas me reprocher que je ne suis pas le père de votre enfant ?

Murielle blêmit à cette question, comme une personne prise à son propre piège, elle balbutia :

— Bien sûr que non Nicolas, loin de moi cette idée…

Elle ferma les yeux, s'en voulant de la gêne provoquée par la question ouverte de Nicolas. Quand elle releva les paupières, elle le regarda longuement, mimant la femme éprise, déplorant ce qui venait de se passer. Elle posa à nouveau sa main sur la sienne, puis d'une voix énamourée, elle lui murmura sur un ton qui se voulait pathétique :

— J'accepte du fond du cœur votre proposition Nicolas, veuillez me pardonner d'avoir douté un seul instant de vous.

— Il n'y a rien à pardonner Murielle, je suis trop heureux que vous ayez accepté… Puisque nous sommes d'accord, je pense que vous pouvez annuler votre train… Je passerai demain matin, vous prendre sur les coups de sept heures… Nous partirons ensemble en voiture rejoindre Bourges… Qu'en pensez-vous Murielle ?

Elle regarda Nicolas avec l'envie irrésistible de lui faire l'amour. Sans trahir sa fausse ingénuité, elle lui répondit sur un ton d'une grande naïveté, jouant sa dernière carte pour tenir définitivement Nicolas à sa merci :

— Au point où nous en sommes Nicolas, vous ne croyez pas qu'il serait plus normal que nous passions cette nuit ensemble ? Je sais que vous avez envie de moi, autant que j'ai envie de vous… Je me trompe ?

Nicolas ne répondit pas. Il regarda, l'air absolument sidéré, Murielle se dévêtir… Ses seins étaient l'image même de la perfection, les pentes de ses hanches étaient aussi douces que les courbes des dunes façonnées par les vents du désert. Ses cuisses étaient longues et fines, et le nid discret du sexe était recouvert de boucles dorées, courtes et frisées. Murielle, dont la sexualité vibrait par tous les pores de sa peau, s'approcha de Nicolas, le poussa sur le lit, en se jetant sur lui. Murielle n'eut aucune retenue, se montrant d'une incroyable perversité pour faire l'amour.

Nicolas connut un instant de stupeur, surpris par l'expérience de Murielle, qui venait sans le vouloir, détruire le visage de la jeune fille prude qu'elle voulait paraître. Mais le désir l'emporta sur toute réflexion, la nuit fut torride.

Le lendemain matin ils se levèrent tôt, et à sept heures pile ils prirent la direction de Bourges. Pendant tout le voyage, ils n'échangèrent que peu de mots, de temps en temps presque machinalement elle l'embrassait, puis se rendormait. Nicolas n'était pas dupe, son expérience sexuelle débridée, ses froides embrassades, peu à peu glacèrent les sentiments qu'il éprouvait envers elle !

Ils arrivèrent à Bourges en début d'après-midi. Elle lui indiqua l'adresse de la caserne du vieux Castel et ils débouchèrent entre un alignement parfait de petites maisons accolées les unes aux autres.

— C'est la dernière au bout de l'allée… Je suis morte de trouille, avoua-t-elle !

Pour une fois elle ne mentait pas !

Nicolas, se sentant dans son bon droit, eut un haussement d'épaules. Il stationna devant la porte et vint ouvrir la portière à Murielle.

Un officier subalterne en tenue, le faciès plutôt souriant, une femme, le visage crispé et l'air revêche les attendaient sur le pas de la porte.

Murielle toute penaude s'approcha de ses parents, embrassa son père puis sa mère et fit les présentations :

— Nicolas Fonzenac, mon fiancé, dit-elle les yeux toujours baissés.

Nicolas s'empressa de saluer sa mère et tendit la main à son père :

— Enchanté de faire votre connaissance dit-il l'air le plus assuré du monde.

Sa mère s'adressa à lui d'un ton sec :

— Moi, ce n'est pas mon cas, rentrez jeune homme j'ai beaucoup de questions à vous poser !

Le père fit un clin d'œil à Nicolas l'air de dire, « ne soyez pas inquiet, elle va se calmer ».

Une fois à l'intérieur, Quine, tel était le surnom de la mère de Murielle, apostropha Nicolas sur un ton virulent.

— Vous vous rendez compte, jeune homme, que vous avez mis ma fille encore mineure enceinte… Et vous avez le culot de vous présenter chez nous, qui sommes une famille honorablement connue, comme si de rien n'était ! Je ne félicite pas vos parents pour l'éducation qu'ils vous ont donnée. Vous n'avez aucune moralité ni aucun sens des devoirs qui vous incombent… Je me dois de porter plainte contre vous !

Nicolas, le visage crispé par tant d'outrances à son égard, n'en croyait pas ses oreilles. Il regarda Murielle, cherchant à comprendre ce qui se passait, mais cette dernière, fuyant son regard, fit mine de ne pas le voir. Le père semblait plutôt gêné, mais ne disait mot.

— Je vous remercie Madame, je ne pouvais rêver mieux comme accueil… Chacun de nous Madame est porteur de points de vue, pas de vérité absolue ! Je ne vous autorise pas à porter des jugements sur l'éducation que j'ai reçue ! Et ma famille est aussi honorable que la vôtre, Madame ! Alors vous allez baisser d'un ton vos accusations infondées à mon sujet… J'étais venu chez vous, pour vous demander la main de votre fille, pas pour me faire insulter et accuser sans preuves… Étant donné vos paroles blessantes à mon encontre, permettez-moi, Madame, de me retirer… Je n'ai plus rien à faire chez vous !

Nicolas sortit, humilié et furieux d'avoir été ainsi traité… Déçu surtout par l'attitude de Murielle qui jamais n'intervint pour le soutenir. Il monta précipitamment dans sa voiture, fermement décidé à oublier ce jeu de dupe que Murielle lui avait fait jouer. Il fit quelques manœuvres pour quitter le lotissement.

Leur altercation n'était pas passée inaperçue, dans le quartier, quelques têtes pointaient le bout de leur nez aux fenêtres. À ce moment-là Murielle et son père sortirent, faisant signe à Nicolas de s'arrêter.

— Nicolas, je t'en conjure, ne t'en va pas, si tu pars je suis perdue ! Ma mère, quand elle est dans cet état, elle me fait peur ! Je me demande ce qui lui a pris de te parler ainsi.

Puis son père s'approcha à son tour :

— Revenez Nicolas je vous en prie, c'est inutile de nous donner en spectacle… J'ai exigé que mon épouse vous fasse les plus plates excuses pour ses paroles inqualifiables… Sachez que j'ai apprécié la manière dont vous vous êtes exprimé pour défendre votre honneur, cela dénote une excellente éducation.

Nicolas accepta sans aucun enthousiasme. À peine entré, le père de Murielle s'adressa à son épouse :

— Bon sang ! Avant de t'emporter écoute d'abord ce que les gens ont à te dire… Présente tout de suite tes excuses à Nicolas qui ne mérite pas les injures que tu lui as infligées, lui dit-il d'un ton cinglant.

Nine, le visage contrit, se rendant compte de sa stupidité, se confondit en excuses. Le climat peu à peu se détendit. C'est le père qui posa le plus de questions. C'est ainsi qu'il apprit le cursus de Nicolas, son passage en Algérie en tant que sous-lieutenant, et le poste d'adjoint au directeur de marketing qu'il venait de décrocher à Paris. Ils parlèrent bien sûr du déroulement et des modalités du mariage.

Quine observait Nicolas avec un regard nouveau, presque enjôleur, ne sachant comment se comporter pour s'attirer ses bonnes grâces, afin de lui faire oublier son attitude. Murielle, la peur d'échouer si près du but qu'elle venait de connaître, poussa un ouf de soulagement discret.

Nicolas, mal à l'aise, fronçait les sourcils d'un air sombre. Il venait de comprendre que Murielle l'avait abusé, il se sentit pris à son propre piège. Il ressentit le mensonge planer dans cette fausse ambiance familiale, tel un violoniste qui s'évertue à jouer juste, avec un instrument désaccordé… Il aurait préféré connaître la vérité, au mensonge qui empoisonne… Mais il savait qu'il ne pouvait plus reculer ni revenir sur sa parole. Le fait de penser à l'enfant qui allait naître lui redonna de l'espoir.

La journée se termina autour d'un bon repas concocté par Quine. Nicolas demanda de prendre congé pour chercher un hôtel : il devait se lever tôt pour se rendre à Paris signer son contrat de travail avec la Générale de Fonderie.

— Il n'en est pas question lui dit Quine, vous allez rester dormir ici !

Nicolas déclina poliment l'invitation, prétextant qu'il désirait partir de bonne heure ne voulant en aucun cas déranger qui que ce soit ! Murielle restait chez ses parents. Le lendemain, elle devait embaucher à la poste. Tous raccompagnèrent Nicolas à sa voiture, il démarra, heureux enfin, de se retrouver seul. Nicolas ouvrit en grand la fenêtre de sa chambre d'hôtel, il s'adossa à la rambarde. La brise d'Ouest, à peine fraîche, tourbillonnait autour de lui, caressant son visage d'une tendre douceur. Soudain l'image lumineuse du château de Lastour se mit à flotter dans le vent léger, comme le reflet d'un paradis à jamais perdu.

Nicolas avait pris son poste de directeur adjoint au Marketing à la générale de fonderie et logeait avec Murielle dans un appartement de la résidence des « Goulevents » à Bourges.

Quelques semaines plus tard, le mariage fut célébré. Guylhem, Béatrix, les tantes, les oncles, les cousins et cousines de Nicolas, Jean-Claude et Mireille, plus tous les amis des amis s'étaient joints pour assister à cette union. Cela représentait environ une bonne cinquantaine de personnes. Murielle, le visage aussi hermétique qu'une porte de prison, le ventre quelque peu rebondi, était accompagnée de son père en grand uniforme, de sa mère, de sa tante et de son amie du moment.

Bien sûr, vu la disproportion du nombre d'invités, ce fut Béatrix et Guylhem qui s'occupèrent de tous les détails de la cérémonie, réglant par la même occasion les frais du restaurant. Après le repas, dans les jardins du restaurant, tous, parents et amis de Nicolas s'aperçurent que cette union n'avait rien d'un mariage d'amour. Il y avait trop d'indifférence de la part de la mariée qui n'adressa la parole à personne, encore moins aux parents de Nicolas. Elle se tenait à l'écart, discutant avec sa tante comme étrangère à cette cérémonie. Nicolas, lui, semblait indifférent à son attitude. Il était tout à la joie de retrouver ses parents et son ami Jean-Claude.

— Tu as tous les vœux de bonheur de Jacqueline et de sa maman ! Mais moi en tant qu'ami, je crois que tu as fait une belle connerie mon lieutenant, Murielle est ce que l'on appelle une fille à soldats, j'ai tenté mille fois de te le faire comprendre !

— J'apprécie ton franc-parler mon ami ! Tu as certainement raison… Depuis qu'elle m'a présenté à ses parents, j'ai découvert Murielle sous un autre jour ! Je suis persuadé qu'elle me ment depuis le début, mais j'en ignore les raisons… Peu importe, l'essentiel pour moi : c'est la naissance de cet enfant, qui lorsqu'il verra le jour portera mon nom… Pour l'instant c'est ma seule priorité !

— Je voudrais que tu saches, mon fils, que ta mère et moi comprenons les motifs de ta démarche… Surtout après tous les malheurs qui t'ont frappé. Vouloir créer une famille à tout prix, qui pourrait t'en blâmer ? Mais avoir un enfant dont on n'est pas le père, épouser une femme qui, le moins qu'on puisse dire, ne déborde pas d'amour à ton égard, menteuse de surcroît, ne réunit pas là tous les éléments pour fonder une famille heureuse !

— Je sais papa… Je dois affronter mes propres erreurs… Je ne sais quelle fourberie cette femme à tramer en se servant de moi, mais qu'importe. J'ai besoin de cet enfant, de l'aimer et l'élever avec autant d'amour que vous en avez eu pour moi.

Béatrix s'approcha de son fils :

— Avec le temps mon Nicolas, tout finit par se dévoiler : les mensonges les mieux tramés pour des raisons les plus sordides, et les gens les plus faux… Tu sais la vie est un cercle de bonheur, de tristesse, de temps difficiles, et de temps heureux… Sois confiant mon petit, nous savons que tu traverses une période très dure, mais souviens-toi toujours, que les moments sereins reviendront un jour ou l'autre.

Elle passa ses mains sur son visage comme lorsqu'il était enfant et qu'il avait besoin de tendresse. Puis elle l'embrassa les yeux emplis d'émotions fortes.

Ce jour-là fut une journée qui ne put s'inscrire au journal des jours heureux. Lentement les masques de l'hypocrisie tombèrent. Murielle accompagnée de ses parents s'était éclipsée prétextant un léger malaise. Il ne restait plus que la famille de Nicolas ainsi que Jean-Claude et Mireille, qui partirent se changer à l'hôtel pour dîner tous ensemble au restaurant le Jacques Cœur.

— Je reste ici, je n'ai pas envie de rentrer à l'appartement ! Je vous rejoindrai au restaurant dit-il à ses parents.

— Entendu fiston ! lui répondit son père.

Nicolas, adossé à un arbre, regardait la nuée d'oiseaux jouer parmi les branches, en sifflant de plaisir. Il sourit. Il leva le bras droit à la verticale au-dessus de sa tête, le poing fermé, l'index horizontal. C'est alors qu'un oiseau bigarré freina son élan, et vint se poser sur le doigt tendu. Doucement Nicolas l'amena près de son visage, en l'appuyant tendrement contre sa joue. Il était doux et chaud et son petit cœur battait fort. L'oiseau lui chanta quelques roucoulades d'amitié, sauta du doigt sur sa tête, donnant quelques coups de bec dans ses cheveux, battit des ailes, et se laissa emporter par un vol qui passait.

À la cité des Goulevents, l'atmosphère était tellement tendue, que Nicolas voyageant beaucoup pour son nouvel emploi trouvait tous les prétextes pour ne pas rentrer le week-end. Il téléphonait souvent pour prendre des nouvelles de Murielle, et surtout pour savoir comment se passer sa grossesse. Ses réponses étaient toujours aussi laconiques que mystérieuses, dans le genre : « ne sois pas s'y pressé », « je vais bientôt être délivrée d'un poids qui me pèse », « tu seras prévenu le jour de mon accouchement » ou bien, « j'ai besoin de repos », et surtout « j'ai envie d'être seule, merci de le comprendre » !

Lorsqu'il n'y a plus de possibilité d'échanger des mots, Nicolas ne chercha pas de faux-fuyant, ni à renouer le dialogue. Il sut que le silence avait sa propre éloquence, souvent bien plus précieuse que les paroles.

Pendant cinq mois, il attendit patiemment le jour de la naissance. C'est Quine qui le prévint par téléphone l'informant que Murielle avait mis au monde, un fils dénommé Pascal ! Prénom choisit par Murielle sans consulter Nicolas ! Le cœur battant, il se rendit en ce mois de septembre 1964 à la clinique des Prés le Roy à Bourges. Il monta rapidement au premier étage, chercha la chambre 12. Au moment où il allait entrer, la porte s'ouvrit, et un homme entre vingt-cinq et trente ans, fort élégamment vêtu, sortit en le toisant d'un regard méprisant.

Nicolas pénétra dans la pièce. Murielle était allongée dans son lit, un berceau près d'elle.

— Bonjour Murielle, qui est cette personne que je viens de croiser, dit-il en s'approchant du berceau ?

Murielle eut un petit sourire pincé, telle une personne au regard empli de haine qui jubile d'avance au mal qu'elle va faire. Elle éructait plus qu'elle ne parlait, laissant déverser tout le mépris qu'elle éprouvait pour Nicolas…

— Tu ne t'approches pas du berceau de Pascal, cet enfant n'est pas de toi, il portera seulement ton nom de famille ! Quant à cette personne que tu as croisée, c'est l'homme de ma vie ! C'est pour lui que j'ai tramé tout ça ! Je me suis servie de toi pour te faire accepter cet enfant… Bien avant de te connaître, je savais tout de ton vécu par Mireille, cela n'a pas été trop difficile de te faire avaler mon plan… À présent c'est moi qui ai le beau rôle ! Mon honneur est sauf pauvre nigaud ! Grâce à tes absences, que je t'ai volontairement imposées… Tu ne représentes pour l'homme que j'aime, qu'un père qui a abusé de moi, qui m'a lâchement abandonnée, pour folâtrer avec d'autres filles pendant ma grossesse…

Elle éclata de rire, voyant Nicolas abasourdi par ses propos. Il était devenu livide, meurtri, ulcéré qu'on pût bafouer ainsi son honneur.

— Il faut te remettre jeune homme de bonne famille ! Tu t'es bien fait avoir mon pauvre ami, ton éducation de grand seigneur ne t'a pas tout appris ! Maintenant, sors d'ici, tu n'as plus rien à y faire, on se reverra devant un juge, j'ai demandé le divorce… Si tu tentes de révéler la vérité, je te préviens, j'ai d'autres cordes à mon arc !

Nicolas resta cloué, humilié par tant de bassesse et de méchanceté. Toutes ses espérances s'effondraient en une fraction de seconde. Ne pas hurler, rester calme, laisser seulement la mémoire faire son œuvre… Ne pas oublier !

Murielle toujours sur un ton sarcastique répliqua :

— Pourquoi tu ne te rebelles pas lorsqu'on te fait du mal ?

— Lorsqu'un âne te bouscule, est-ce que tu le bouscules ? Est-ce qu'un chien lorsqu'il aboie après toi, tu aboies ? Non ! Pour moi le silence est le seul moyen de te faire prendre conscience de ton ignominie.

Murielle resta figée, le regard emplit de haine, à l'encontre de Nicolas.

— J'espère que tu pourras toujours te regarder en face dans une glace. Ce que tu as tramé là est d'une bassesse poussée jusqu'à l'infamie. Tu es écœurante… Tu ne m'inspires que du dégoût… Mais écoute bien Murielle, quand le mensonge prend l'ascenseur, la vérité prend l'escalier. Elle met beaucoup plus de temps, mais elle finit toujours par arriver. Adieu !

Nicolas se tourna et sortit sans dire un mot de plus. Quand il arriva sur le pas de la porte, il tomba nez à nez avec l'homme qu'il avait croisé en pénétrant dans la chambre de Murielle.

— Vous pouvez être fier de vous, Monsieur ! Vous vous rendez compte du mal que vous avez infligé à Murielle, lui dit-il !

— Je n'ai que faire de vos remarques Monsieur ! Voyez-vous, en vous écoutant, je ne sais pas ce qui est le plus pitoyable, les commères qui répandent des rumeurs, ou les imbéciles qui les écoutent… Au revoir, Monsieur !

Nicolas lui tourna le dos, et partit laissant pantois son interlocuteur.

Quel que soit notre passé, quelle que soit la manière dont nous bâtissons notre vie, demain reste toujours une incertitude. Avoir vingt ans, cinquante, ou quatre-vingts, le temps qui nous reste à vivre, peut se chiffrer en décennies, en années ou en mois. Nous avons tous le droit de rêver en un futur meilleur… Cela s'appelle l'espoir !

Monsieur Escalas, mentor de Nicolas

Le temps passa. Il habitait, depuis son divorce, dans une résidence à Olivet. Il oubliait peu à peu les manœuvres diaboliques de Murielle tramées à son encontre. Sa carrière se déroulait sous les meilleurs auspices à la générale de fonderie.

Mais le temps commençait à lui peser, une sorte de routine s'était installée dans son travail, cela ne convenait pas du tout à sa nature. D'une voix sans passion, un peu voilée, il en fit part à son directeur Monsieur Guingan.

— Je te comprends Nicolas ! Comme je pars bientôt à la retraite, je pensais que tu allais me succéder. Mais le nouveau DG sort de HEC ! Je suis persuadé qu'il nommera une personne de son école à ma place… Malgré tes bons résultats, je ne suis même pas sûr que tu garderas ton poste d'adjoint !

— Que me conseillez-vous alors ?

— Tu es jeune, tu as d'excellentes références, prends ton temps en prospectant auprès de moyennes entreprises un poste de directeur de Marketing…

— Vous avez raison ! Dès à présent je vais chercher du côté d'Orléans, voir les entreprises qui seraient susceptibles de recevoir ma candidature.

— Je croyais que tu habitais Bourges ! Tu habites Orléans ?

— Oui ! Depuis mon divorce je réside à Olivet, c'est la proche banlieue d'Orléans.

— Ah ! Cela change tout Nicolas. Si cela t'intéresse, je peux te recommander à un grand ami à moi, qui dirige une société d'informatique et de services de maintenance à Orléans… Cette société s'appelle « Orgamega », elle est située rue de Bourgogne ! Je peux lui téléphoner et prendre un rendez-vous pour toi !

— Volontiers Monsieur Guingan ! Je ne sais comment vous remercier !

— Chut, Nicolas ! Je le fais parce que j'ai beaucoup d'estime pour toi. Tu mérites mieux que cette ambiance nauséabonde que l'on connaît depuis quelque temps, dans cette boîte… Crois-moi, il me tarde de partir à la retraite !

C'est ainsi que Nicolas obtint un rendez-vous avec Monsieur Escalas le PDG de « Orgamega ». Cette rencontre allait bouleverser sa vie professionnelle mais également financière.

À quatorze heures pile Nicolas se présenta à l'hôtesse d'accueil « de Orgamega », précisant qu'il avait rendez-vous avec Monsieur Escalas.

L'hôtesse demeura, un instant subjugué par Nicolas, puis se reprit.

— Je vais le prévenir de votre arrivée, je reviens tout de suite… Voulez-vous un café en attendant ? lui dit-elle.

Nicolas avec un large sourire déclina l'offre

Quelques secondes plus tard, un homme, âgé d'une quarantaine d'années, vêtu avec élégance, mais de manière plutôt décontractée, descendit les escaliers, le visage souriant, et lui tendit la main :

— Nicolas Fonzenac, très heureux de faire votre connaissance.

— Moi de même répondit Nicolas, en lui serrant la main

— Venez nous allons nous installer dans mon bureau, nous y serons plus à l'aise pour discuter.

Nicolas croisa de nouveau le regard de l'hôtesse, qui baissa aussitôt les yeux, le visage rosi par une certaine émotion.

Ils entrèrent dans son bureau, et Nicolas prit place dans le siège que lui présentait Monsieur Escalas :

Il sortit un dossier qu'il ouvrit devant lui.

— Je dois vous avouer Monsieur Fonzenac, que j'ai rarement lu des certificats de travail comportant autant d'éloges et de recommandations que les vôtres ! Mon ami Guingan m'a raconté la manière dont vous avez contré l'arrivée des radiateurs acier d'Italie, en faisant parvenir aux plus importants grossistes de votre marque, un train entier de radiateurs en fontes à chacun, avec des remises qui ont fait grincer des dents de vos supérieurs… Pouvez-vous m'expliquer ?

— Ho ! C'est très simple : nous étions avertis de l'arrivée imminente sur le marché, de radiateurs acier Italiens, bien plus légers que nos radiateurs en fonte… Moins performant, certes en termes de rendement calorique… Mais pour les plombiers sur les chantiers, la légèreté prévalait sur la qualité thermique. En proposant aux grossistes une remise de 70 %, s'ils achetaient des quantités importantes de radiateurs en fonte, tout le monde y trouvait son compte. D'une part, les grossistes avec de telles remises ont grandement amélioré leur bilan. Par voie de conséquence le marché des radiateurs Italiens ne s'est pas développé aussi vite. De ce fait, la générale de fonderie a gagné du temps, ce qui lui a permis de sortir sur le marché des radiateurs acier d'une qualité nettement supérieure à celle des Italiens.

Monsieur Escalas l'écouta, surpris par l'éloquence avec laquelle Nicolas exposa son travail, et la modestie dont il fit preuve tout au long de son énoncé.

— En peu de mots vous venez de me faire comprendre un marché que j'ignorais, s'exclama-t-il avec un sourire amusé.

Il décrocha son téléphone en demandant à Nicolas s'il désirait prendre un café ?

— Volontiers.

— Claudine, pouvez-vous nous préparer deux cafés s'il vous plaît ?

Quelques instants plus tard, Claudine, qui n'était autre que l'hôtesse d'accueil, apporta les cafés sur un plateau, garni de petits gâteaux. Elle posa le plateau, et s'en retourna, non sans avoir jeté un regard furtif à Nicolas. Ce qui n'échappa pas à Monsieur Escalas.

— Je veux que vous sachiez, Monsieur Fonzenac, que j'ai eu également un long entretien téléphonique avec Madame Turka. Elle ne tarit pas d'éloges à votre égard. J'ai appris avec elle énormément d'aspects sur votre personnalité, sur votre manière de travailler. Si j'ai bien compris, lorsque vous vous engagez sur un objectif, votre but serait de l'atteindre coûte que coûte ! Mais pour cela, il faut vous laisser seul, être patient, vous faire confiance, et attendre vos conclusions détaillées dans un rapport, pour confirmer si le marché est valable ou non !

— C'est vrai que lorsque je m'engage sur un objectif, j'y mets toute mon énergie. Mais de là à dire qu'il faut me laisser seul, comme un homme qui travaillera sans partager l'avancement du projet, là je ne suis pas d'accord ! Bien au contraire, je suis une personne ayant besoin de dialogue permanent. Je consulte, j'écoute, j'analyse, j'établis ma propre synthèse que je soumets à mon supérieur hiérarchique. Je suis un homme ne travaillant qu'en équipe Monsieur Escalas !

— Décidément Monsieur Fonzenac vous sortez de l'ordinaire. C'était un petit piège que je vous tendais pour voir comment vous réagiriez… Votre réaction fut rapide et explicative. J'aime ça ! Ne m'en voulez pas de ce stratagème… Mais votre profil correspond exactement à la personne que je recherche pour lancer le produit que j'ai l'intention de créer… Je vais essayer de vous résumer rapidement, le marché que je souhaiterais développer… Avez-vous une idée de ce qu'est l'intérim ?

— J'en ai vaguement entendu parler, répondit Nicolas.

— En connaissez-vous au moins le principe ?

— Je le classerai comme celui des négriers des temps modernes ! s'exclama-t-il en souriant.

— Aie ! Je sens que je vais devoir être très convaincant pour vous prouver le contraire.

Monsieur Escalas, pendant plus d'une demi-heure, développa avec beaucoup d'enthousiasme et de persuasion le marché de l'intérim. Nicolas, très attentif, écouta, prit des notes, montrant parfois un air assez sceptique, hochant la tête de bas en haut lorsqu'il admettait les arguments, de droite à gauche lorsqu'il était en désaccord.

— Je vois que vous avez pris des notes… Alors Monsieur Fonzenac quelles sont vos conclusions ?

Nicolas regarda une dernière fois ses notes et répondit sans aucune ambiguïté à Monsieur Escalas.

— J'avoue que vous m'avez convaincu sur ce marché, qu'en fin de compte j'ignorai totalement… Mais je vais être franc avec vous, Monsieur Escalas ! Malgré l'envie que j'ai de travailler avec vous, je ne puis accepter le poste que vous me proposez !

— Et pourquoi grand Dieu ! Expliquez-moi ?

— Malgré tous vos arguments qui ont failli me faire changer d'avis, je ne me sens pas moralement prêt à accepter un marché, lié à l'image des négriers des temps modernes.

— C'est parfaitement exact, tout le monde pense ainsi ! C'est justement pour cette raison que j'ai besoin d'un homme comme vous Nicolas… Vous permettez que je vous appelle Nicolas ?

— Bien sûr Monsieur Escalas.

— Vous êtes l'homme qu'il me faut pour effacer cette fausse image de l'intérim. En prouvant aux entreprises toute l'utilité et le bénéfice qu'elles ont à recourir à ce processus. Apprendre aux intérimaires, que par la multiplication des missions qu'ils effectueront, ils enrichiront leur savoir-faire, facilitant ainsi, leur embauche à un emploi fixe qu'ils auront librement choisi… Alors Nicolas n'est-ce pas là un beau défi à relever ?

— Vous m'avez définitivement convaincu, Monsieur Escalas ! Vous pouvez compter sur moi, je suis partant pour relever ce défi.

— Bravo, Nicolas, vous m'en voyez ravi ! J'aime également les défis… Je vais m'arranger avec mon ami Monsieur Guingan, pour vous éviter les trois mois de préavis que vous devez à la générale de fonderie.

De nouveau il prit son téléphone, appela l'hôtesse qui faisait également office de secrétaire :

— Claudine, voulez-vous m'apporter le contrat de travail de Monsieur Fonzenac, s'il vous plaît ?

Claudine posa le contrat sur le bureau, en demandant si elle pouvait prendre congé, il était près de vingt heures, et tous les employés étaient partis.

— Bien sûr Claudine, avec toutes mes excuses ! Je n'ai pas vu le temps passer.

— Ce n'est rien, Monsieur Escalas, cela m'a permis de mettre à jour certains dossiers… Bonsoir Messieurs, je vous souhaite une bonne soirée !

Elle regarda Nicolas, lui fit un grand sourire, et sortit toute rougissante.

Nicolas s'adressa à Monsieur Escalas :

— Mon contrat était déjà prêt ! Comment pouviez-vous savoir que j'accepterais votre proposition ?

— Je n'ai aucun secret mon cher Nicolas, j'ai tout simplement écouté les conseils donnés par Madame Turka, pour vous convaincre d'adhérer à un projet !

Nicolas ne put s'empêcher d'éclater de rire.

— Voici votre contrat de travail. Il ne stipule aucune période d'essai. Par contre j'ai fait figurer une clause de non-concurrence, pendant cinq ans, et ce, sur tout le territoire Français où vous ne pourrez exercer aucun emploi dans une entreprise d'intérim concurrente… Prenez votre temps, lisez-le attentivement, si un paragraphe vous pose question, passez un coup de « stabilos » dessus. Pendant ce temps je vais retenir une table à la « Taverne » J'espère que vous aimez la choucroute Nicolas ?

— J'en suis un grand amateur Monsieur !

Lorsque Monsieur Escalas revint, Nicolas lui demanda où il devait signer.

— Un paraphe sur chaque page recto verso, sur la dernière page, à côté de ma signature, vous apposez la vôtre avec la mention « lu et approuvé » Mais avant de signer, vous n'avez pas d'autre question à me poser Nicolas ?

— Non ! J'ai bien lu et étudié chaque paragraphe, la clause de non-concurrence est tout à fait justifiée ! Vraiment je ne vois rien d'autre à rajouter !

— Décidément, Nicolas, cette Madame Turka vous connaît sur le bout des doigts !

Monsieur Escalas s'installa à côté de Nicolas :

— Savez-vous Nicolas, lorsque j'embauche la plupart de mes collaborateurs, les premières questions qu'ils me posent ?

— Je n'en ai aucune idée !

— C'est le salaire, et les congés payés ! Le poste qu'ils vont occuper, la politique de l'entreprise, ses objectifs, à court et moyen terme, sont des questions qu'ils me posent, longtemps après… Vous êtes la seule personne qui s'est d'abord intéressée uniquement à la mission proposée ! Je sais l'accord inimaginable, que vous avez passé avec Madame Turka lorsque vous avez décidé de créer votre concept pour vendre ses disques… J'ai essayé de comprendre votre décision : j'en ai déduit que c'était celle d'un homme qui réfléchit à long terme. En ne lésant personne, vous avez prouvé que chacun trouvait son compte dans votre proposition ! Pour les deux parties concernées, tout le monde était gagnant… J'aime les gens qui veulent briller sans faire de l'ombre aux autres… J'espère Nicolas que nous allons réaliser de belles choses ensemble.

— Je le souhaite aussi ! J'ai hâte de me mettre au travail…

Monsieur Escalas prit le contrat de travail, inscrivit dans le paragraphe salaire, le montant de la rémunération de Nicolas. Il lui tendit, avec un sourire amusé :

— À présent vous pouvez signer Nicolas, votre contrat est complet.

Nicolas lorsqu'il prit connaissance du salaire qui lui était offert, n'en crut pas ses yeux. C'était le double de ce qu'il touchait mensuellement à la générale de fonderie.

— Je vous remercie, Monsieur Escalas… J'espère me montrer à la hauteur de la confiance que vous me témoignez !

— J'investis dans votre savoir, j'investis dans votre personnalité, j'investis dans le guerrier courageux que vous êtes, luttant pour toujours réussir, ce qui justifie votre salaire !

— Je n'ai gagné qu'une seule fois sur le plan professionnel, Monsieur Escalas ! J'ai encore tout à prouver, votre défi m'en donne l'occasion… La difficulté ne me fait pas peur, bien au contraire, elle me stimule… Je voudrais vous dire qu'un jour la vie m'a touché si fort, qu'elle m'a appris à résister. On m'a tant menti qu'on m'a blessé. Alors j'ai appris à toujours dire la vérité… Pour moi, le meilleur guerrier n'est pas celui qui gagne toujours, mais celui qui repart au combat sans avoir peur !

— Décidément Nicolas, vous êtes une personne très attachante ! Toujours souriant, mais derrière vos paroles se cache un homme qui a dû vivre de douloureuses situations, pour parler avec autant de sagesse et de lucidité…

Le visage sérieux, ils se regardèrent droit dans les yeux. À cet instant, il n'y eut plus, ni patron, ni collaborateur, mais deux individus qui s'estimaient. Ils venaient de découvrir que le plus beau cadeau que l'on puisse faire à un être que l'on apprécie, c'est de lui donner son temps pour l'écouter, parce qu'on lui offre une partie de sa vie qui ne reviendra jamais.

Le lendemain matin, à sept heures précises Nicolas se présenta chez « Orgamega ». Il salua Claudine à l'accueil :

— Bonjour Mademoiselle, j'espère que vous n'êtes pas rentrée trop tard hier au soir dit-il en souriant.

— Bonjour Monsieur ! Non pas du tout ! Ici personne ne compte ses heures… Je tiens à vous souhaiter la bienvenue parmi nous… Venez, Monsieur Escalas vous attend, lui dit-elle toujours aussi intimidée.

— Merci beaucoup ! Je vous suis, Mademoiselle !

En montant les escaliers, elle se retourna et lui dit :

— Dans l'entreprise, tout le monde s'appelle par son prénom… Je m'appelle Claudine !

— Et moi Nicolas ! répondit-il avec une expression amusée.

Arrivée sur le palier, la porte du bureau de Monsieur Escalas était ouverte. Il vint aussitôt à sa rencontre, en lui tendant la main :

— Bonjour Nicolas, pas trop fatigué ?

— Bonjour Monsieur Escalas, pas du tout, au contraire je me sens en pleine forme !

— Les employés du restaurant avaient hâte que l'on parte, Il était plus de trois heures du matin lorsque nous sommes sortis… Ce fut une soirée intéressante, qui nous a permis de mieux nous connaître ! Mais je parle trop… Que diriez-vous avant de nous mettre au travail, d'un bon café bien serré ?

— Ce n'est pas de refus, répondit Nicolas !

Claudine qui était restée sur le palier :

— Je m'en occupe tout de suite, Monsieur Escalas !

— En attendant Nicolas, je vais vous présenter à mes collaborateurs du service informatique, ainsi qu'à ceux du service comptabilité.

Les programmeurs, les analystes, les commerciaux, leur chef de service, lui firent un accueil chaleureux. Dans tous les services régnait un véritable esprit d'équipe. Tous se battaient pour la réussite de leur entreprise. Ils étaient au courant de sa nomination en tant que directeur de Marketing, et de la mission qui lui était confiée. Ils lui souhaitèrent bienvenue et bonne chance pour la réussite du projet. Nicolas, reconnut là, la main d'un grand patron qui savait motiver et convaincre ses collaborateurs à adhérer à une politique d'entreprise.

— Je vous présente Orphée Tombart… C'est un phénomène. Il a quitté la menuiserie de son père, pour suivre à Grenoble des études qui le passionnaient. Sorti premier, avec un an d'avance de l'école d'ingénieur en électronique, il aurait pu transformer son diplôme en un pont d'or vers n'importe quelle grande industrie du monde… Eh bien non c'est nous qu'il a choisis !

— Pour quelle raison ? demanda Nicolas à Orphée.

— Pratiquer l'électronique ici c'est le Pérou Nicolas ! On est à deux encablures du pôle magnétique de Paris, en plein vent de particules d'idées nouvelles… Cela fait une salade intéressante… On peut bricoler ! Et il éclata de rire.

Dans le « bricolage » qu'il manifestait se cachait un génie.

Nicolas regarda ses gros doigts boudinés incroyablement adroits. Sa science associée à un instinct infaillible lui disant exactement ce qu'il fallait faire : trois bouts de fil, un circuit, trois grenailles semi-conductrices, il tordait, assemblait, soudait, une fumée, et ça y était ! Une arabesque palpitait en ondulant dans l'écran vert de l'ordinateur !

Monsieur Escalas et Nicolas regagnèrent le bureau. Claudine déposa deux cafés accompagnés de quelques croissants, sur la table ronde de conférence, et s'esquiva discrètement…

— Voici le programme que j'ai prévu pour cette première journée Nicolas : vers dix heures nous partirons pour Paris visiter l'agence d'intérim implantée, il y a environ six mois place Denfert-Rochereau, pour tester le marché de l'intérim. Les résultats sont loin d'être brillants… Mais je pense que cette agence peut vous servir de base de lancement pour étudier le marché… Qu'en pensez-vous Nicolas ?

— Bien sûr, il ne faut négliger aucun détail ! Quel est le responsable de cette agence ?

— C'est Monsieur Bibas, une personne qui travaillait comme chef d'agence chez « BIS », n° 1 du travail temporaire… J'attendais beaucoup mieux de sa part… Pour l'instant il est en période d'essai, ainsi que son commercial Monsieur Tiburioz qui sort également de la même société. Quant à l'hôtesse d'accueil, elle ne pense qu'à participer à des rallyes de voitures plutôt que d'être à son poste… Vous avez carte blanche Nicolas pour régler cette situation qui me déçoit beaucoup.

— Il va me falloir plus d'une journée pour étudier cette affaire, Monsieur Escalas ?

— J'y ai pensé Nicolas… Je vous ai retenu une chambre à l'hôtel Saint-Jacques jusqu'à vendredi soir. Quatre jours devraient suffire pour vous faire une première idée de ce qui ne fonctionne pas, Non ?

— Je le pense aussi !

— Vendredi en fin d'après-midi, lorsque tout le personnel sera parti, je viendrai vous rejoindre à l'agence. Vous me ferez part de vos impressions, puis nous rentrerons ensemble. Cela vous convient-il ?

— C'est parfait pour moi Monsieur Escalas.

— Bien ! Je serai absent jusqu'à jeudi soir Nicolas… Si vous avez besoin de quoi que ce soit, Claudine est à votre disposition, lui dit-il avec un clin d'œil.

— Je n'avais pas prévu de m'absenter une semaine, puis-je demander à Claudine d'aller prendre ma valise à mon appartement ?

— Certainement Nicolas… Je suis persuadé qu'elle va s'en faire une joie !

Il descendit dans le hall et s'adressa à Claudine :

— J'ai un service à vous demander Claudine ! Je dois partir à Paris pour quatre jours. Pourriez-vous passer à mon appartement prendre mes affaires, j'ai toujours une valise de prête au cas où, elle est posée au pied de mon armoire dans la chambre à coucher.

— Bien sûr avec plaisir Nicolas !

— Je vous remercie Claudine, voici les clefs et mon adresse.

Il remonta, et ils finirent tranquillement leur petit-déjeuner, tout en philosophant avec humour sur l'avenir du monde.

Ce n'est que vers onze heures, à bord de la Porche de Monsieur Escalas, qu'ils partirent pour Paris. Cinquante-cinq minutes plus tard, arrivé Porte d'Orléans, Monsieur Escalas proposa à Nicolas :

— Il est trop tard pour se rendre à l'agence… En attendant quatorze heures nous allons déjeuner au « Faisant Doré », c'est ma cantine lorsque je me rends à Paris. Ça vous va Nicolas ?

— Avec plaisir… À la vitesse où nous sommes arrivés à Paris, cela m'a ouvert l'appétit, lui répondit-il en éclatant de rire !

— Vous avez eu peur ?

— Pas du tout, au contraire vous êtes un excellent pilote ! Mais c'est la première fois que je voyage dans une voiture à plus de deux cents à l'heure ! À cette vitesse, j'ai eu la curieuse sensation, que nous étions à l'arrêt, et que c'était la route qui nous avalait…

Monsieur Escalas eut un sourire amusé :

— C'est exact Nicolas ! Cela s'appelle aussi la griserie de la vitesse, il ne faut surtout pas tomber dans ce piège, mais toujours rester maître de son véhicule !

Ils se garèrent dans le parc de stationnement de l'hôtel Saint-Jacques, et partirent à pied rejoindre le restaurant.

La salle du restaurant était comble. Monsieur Henri, le patron de l'établissement, connaissant bien les habitudes de Monsieur

Escalas, les installa dans une pièce particulière, à l'écart du brouhaha où ils seraient plus tranquilles.

Monsieur Escalas et Nicolas commandèrent deux flûtes de champagne en apéritif, et choisirent leur menu.

Quelques instants plus tard, une serveuse apporta les coupes de champagne. Lorsqu'elle vit Nicolas, elle resta figée de stupeur… Le regard fixe, perdu dans un vide de perplexité, telle une personne qui croit voir un fantôme ! Elle s'adossa au dos d'une chaise, se mettant à trembler de toute part. Son visage offrait une telle puissance tragique, que Nicolas se leva. Il se plaça devant elle et lui dit doucement :

— Germaine…

Elle ne bougea pas. Il répéta :

— Germaine…

Il lui tendit la main :

— Tu ne me reconnais pas Germaine, c'est moi Nicolas ! Assieds-toi, je t'en prie.

Monsieur Escalas très étonné de voir cette personne aussi bouleversée à la vue de Nicolas, s'empressa de lui offrir un siège.

Elle regarda la main tendue de Nicolas, comme celle d'une main qui reviendrait du royaume des morts. Elle hésita un instant, puis elle ferma lentement ses doigts autour de la paume, posée dans la sienne… Elle balbutia :

— Ce n'est pas possible Nicolas, ce ne peut-être toi ! Tu es mort depuis plusieurs années pendant la guerre d'Algérie. À Meudon tout le monde l'a lu dans les journaux… Dis-moi que je rêve Nicolas !

Nicolas sous les regards effarés de Monsieur Escalas et de Germaine, raconta en détail la méprise tragique dont il fut victime.

— Tu sais Nicolas quand je vais apprendre cette nouvelle aux amis, ils seront fous de joie…

Nicolas lui posa la question qui lui brûlait les lèvres :

— Comment va Claudia ? Est-elle heureuse au moins ?

Le visage de Germaine pâlit brusquement. Elle eut un moment d'hésitation :

— Cela serait trop long à t'expliquer Nicolas. Je finis mon service vers 18 heures… Si tu peux te libérer, il faut absolument que tu viennes avec moi à Meudon. Ce que j'ai à t'apprendre et à te montrer sera un choc pour toi… Pourras-tu venir Nicolas ?

— Il viendra, Mademoiselle, soyez-en sûre ! répondit sans hésiter Monsieur Escalas.

Germaine, émue, mais heureuse d'avoir retrouvé son ami d'enfance, les salua, et retourna à son service…

Monsieur Escalas resta un instant immobile. Il y eut un moment de silence pendant lequel on aurait pu entendre le bruit d'un flocon de neige tomber.

— Nicolas, si vous le souhaitez on peut remettre la visite de l'agence à demain…

— C'est très aimable de votre part, mais il n'en est pas question… Revoir Germaine, apprendre qu'elle me croyait mort m'a causé un choc, bien sûr ! Ce soir après dix-huit heures j'apprendrai des nouvelles qui d'après ce que j'ai compris me feront mal… Et alors ! J'ai toujours su encaisser les coups pour ne pas souffrir, et être fort pour vivre avec mes cicatrices… Mais je veux que vous sachiez que mon seul but, c'est celui de me mettre au travail, et de m'y consacrer entièrement !

— D'accord Nicolas ! Je ne veux pas m'immiscer dans votre vie personnelle… Mais au lieu de prendre le métro et le bus pour vous rendre à Meudon, je serai plus rassuré de vous y conduire moi-même avec cette personne… Je vous attendrai le temps qu'il faudra dans ma voiture, mais je tiens absolument à vous ramener personnellement à votre hôtel. OK Nicolas ?

— Avec plaisir, mais je ne voudrais pas que vous vous sentiez obligé Monsieur Escalas !

— Je ne m'oblige en rien Nicolas…

Pendant le repas, Monsieur Escalas, regardant Nicolas, dont le teint avait légèrement pâli, orienta la discussion sur sa passion des voitures de sport, ce qui permit de détendre l'atmosphère. Il était quatorze heures passées, lorsqu'ils quittèrent la table.

Nicolas le remercia pour cet excellent déjeuner. Sans plus attendre, ils se rendirent à l'agence qui se trouvait à quelques centaines de mètres de là. Monsieur Escalas y pénétra le premier, et ce qu'il vit le laissa sans voix. L'hôtesse, en jean et baskets, les deux pieds posés sur le bureau, lisait une revue de rallye automobile. Une dizaine d'intérimaires patientaient dans le hall, attendant d'être reçus par le chef d'agence. Sans se soucier de savoir qui venait d'entrer, l'hôtesse continua sa lecture comme si de rien n'était.

Monsieur Escalas fit un signe à Nicolas, et sans dire un mot ils prirent place sur deux sièges vacants. Ils attendirent patiemment que l'hôtesse finisse sa revue… Lorsqu'elle plia son magazine, et qu'elle vit Monsieur Escalas, son visage vira aux couleurs des tomates mûrissantes. Elle se leva, c'est en bafouillant qu'elle se confondit en excuses.

— C'est ainsi que vous recevez les intérimaires, Madame ? Les pieds sur le bureau ? Sans même un mot de politesse pour les personnes qui entrent ? Où est votre chef d'agence Monsieur Bibas et le commercial Monsieur Tiburioz ?

— Ils ne vont pas tarder, répondit-elle.

Monsieur Escalas regarda sa montre :

— L'agence ouvre à quatorze heures, il est quatorze heures trente ! C'est tous les jours ainsi, je suppose ?

— Nous ne savions pas que vous veniez, Monsieur Escalas !

Il retint son exaspération, devant cette réponse dénotant la triste mentalité pouvant régner dans cette agence.

— Occupez-vous immédiatement des personnes qui attendent ! Nous, nous allons patienter dans le bureau jusqu'à l'arrivée de Monsieur Bibas et de son commercial.

— Tout de suite Monsieur, je m'en occupe !

— Je comprends à présent le manque de résultat, cette agence est à l'abandon ! Il est plus de seize heures et toujours personne, s'emporta Monsieur Escalas ! Il faut trouver une solution rapidement… Qu'en pensez-vous Nicolas ?

Le problème exposé par Monsieur Escalas n'en était pas un pour lui. Il répondit aussitôt :

— À Orléans, y a-t-il une personne connaissant l'intérim que vous pourriez libérer pour venir m'aider, demanda Nicolas ?

— Oui je pense ! Claudine connaît parfaitement l'intérim ! Mais pour quelle raison vous me demandez ça Nicolas ?

— Pendant que vous compulsiez les dossiers, je me suis rendu près de l'hôtesse pour consulter le fichier clients… Il se résume à cinq clients, tous d'anciens de chez « BIS », et une dizaine d'intérimaires en mission ! Ne sachant pas qui j'étais, j'ai obtenu quelques renseignements intéressants… Le lundi et le jeudi elle est toute seule à l'agence, Bibas et son commercial jouent au tennis ! Pour moi c'est clair, cette agence est au point mort ! Je n'ai pas besoin d'eux pour faire mon étude ! Avec Claudine, pour m'épauler, je puis vous assurer, quitte à y travailler jour et nuit, vendredi soir, je serai en mesure de vous présenter un rapport détaillé de la situation !

Nicolas resta un moment immobile, silencieux, laissant le temps à Monsieur Escalas d'apprécier sa proposition.

— Excellente initiative, Nicolas, j'approuve votre idée ! Je vais signifier, par lettre recommandée, la fin de leur période d'essai à ces deux tennismen d'opérette ainsi qu'à cette charmante amatrice de rallye.

Puis il téléphona à Claudine.

— Parfait Nicolas, Claudine vient en voiture, elle sera là demain matin sur les coups de huit heures. Comme nous devons passer au Saint-Jacques récupérer ma voiture pour partir à Meudon, nous en profiterons pour lui retenir une chambre.

Il jeta un coup d'œil à sa montre :

— On a encore plus d'une heure devant nous ! Je vais faire changer immédiatement les serrures, et demander à l'hôtesse de rentrer chez elle…

Amicalement, il posa sa main sur les épaules de Nicolas :

— Vous réagissez vite Nicolas, vous me surprenez à chaque instant ! Nous avons quelque chose en commun qui me semble bien plus fort que nos différences : le besoin de se dépasser. Votre curiosité naturelle, quand elle est servie par l'intelligence, représente pour moi la plus grande qualité de l'homme… Je suis persuadé que nous allons former une excellente équipe…

Une heure plus tard, sur les indications de Germaine assise à la place du passager, Monsieur Escalas gara sa voiture avenue de la paix à Meudon. Les portes du cimetière se trouvaient à quelques mètres de là. Germaine descendit, baissa le dossier de son siège en demandant à Nicolas de l'accompagner. Ils marchèrent jusqu'à l'entrée du cimetière.

Au-dessus d'eux, la lune se levait en son dernier quartier. Elle se glissait entre des nuages furtifs portés par des vents frileux. Quand les nuages s'évaporaient, elle apparaissait alors d'une brillance semblable à celle du soleil, baignant le cimetière de sa blonde lueur. La nuit s'effaça pour faire jour au destin cruel de Nicolas.

— Claudia repose ici à tout jamais, Nicolas !

— Elle est morte ! s'exclama Nicolas profondément choqué.

— Je t'avais dit que cela te ferait très mal Nicolas… Tu vas subir encore un choc : c'est en lisant le journal annonçant ton décès qu'elle a hurlé ton nom. Elle s'est évanouie, et ne s'est plus jamais réveillée… Même dans la misère où elle se trouvait, elle n'avait jamais cessé de t'aimer.

— De quelle misère veux-tu parler Germaine ?

— Tu n'as pas besoin de le savoir Nicolas, je veux que tu gardes d'elle l'image d'une jeune fille qui t'aimait, en dépit du destin maudit qui vous a séparés… Son caveau est au bout de ce chemin, c'est le dernier à ta droite, lui dit-elle en fixant de son index l'allée centrale.

Le ciel à cet instant n'offrit plus rien que ses étoiles. Nicolas avança lentement le cœur serré d'une intense émotion vers son amour à jamais disparu. Il s'agenouilla sur la tombe.

IL ferma lentement ses paupières, et ne vit qu'elle dans ses yeux de nuit. Il murmura : « Claudia mon amour », et les larmes enfin coulèrent. Lorsqu'il n'y a plus de mots pour exprimer sa peine, le silence en cet instant eut sa propre éloquence, parfois bien plus précieuse que les paroles.

La mort de Claudia marquera l'existence de Nicolas tout au long de sa vie. Peu importe, du temps qui s'écoule, cet amour d'enfance, restera gravé dans son cœur, comme les rêves bleutés de son enfance, à la recherche de l'étoile inaccessible.

À cet instant, telle une âme qui s'éveille, une multitude de lucioles se mirent à papillonner au-dessus du caveau. Elles tournoyèrent quelques instants, formant une aura au-dessus de la tête de Nicolas, puis disparurent.

Nouveau défi relevé avec succès par Nicolas.

Le lendemain matin, à l'hôtel Saint-Jacques, Nicolas se leva tôt, impatient de se rendre à l'agence. Il descendit prendre son petit-déjeuner, lorsque le garçon d'étage lui signifia qu'une personne l'attendait dans le hall. Nicolas aperçut Claudine, il se dirigea aussitôt vers elle :

— Bonjour Claudine ! Vous êtes déjà là, s'étonna-t-il.

Elle lui tendit la main :

— Bonjour Nicolas ! Je suis partie de bonne heure ce matin, pour ne pas me trouver dans l'embouteillage parisien… J'ai déjà déposé ma valise dans ma chambre… Racontez-moi ce qui se passe, hier je n'ai pas tout saisi des explications données par Monsieur Escalas.

— Venez, allons prendre notre petit-déjeuner, je vais vous expliquer avec quelle désinvolture l'agence était tenue. D'abord je tiens à vous remercier d'avoir accepté d'être venue m'épauler Claudine…

— Il n'y a pas à me remercier Nicolas, j'étais trop heureuse de pouvoir vous apporter mon aide, lui dit-elle toujours rougissante

— Vous êtes gentille Claudine, moi aussi je suis ravi de travailler avec vous… En effet, hier, Monsieur Bibas et son commercial étaient absents, ces messieurs jouaient au tennis ! Monsieur Escalas a mis fin à leur période d'essai. Il a également changé les serrures. Ce matin, nous allons certainement les trouver à la porte, se demandant ce qui se passe, n'ayant pas encore été informés. Je me charge de leur faire savoir qu'ils ne font plus partie du personnel… Ensuite Claudine je vous expliquerai comment nous allons nous organiser... Cela vous convient-il ?

— C'est parfait pour moi Nicolas... Ça risque de chauffer avec Bibas et Tiburioz, ils ne vont pas accepter d'être virés sans rien dire.

— Pas de soucis Claudine, je vais régler ça en douceur !

Lorsqu'ils arrivèrent, il n'y avait personne à la porte de l'agence. Nicolas pénétra dans le bureau, frissonnant un peu, tout excité à l'idée du travail qui l'attendait. Claudine s'occupa aussitôt de chercher les comptes clients, et la liste du personnel en mission. Quelques instants plus tard, elle le rejoignit :

— C'est un vrai capharnaüm dans les classements ! Mais dans tout ce fatras, j'ai réussi à trouver les fichiers clients, le nom des responsables et leurs numéros de téléphone... Apparemment ils n'ont plus aucun intérimaire si je me fie à l'organigramme des gens en mission.

— Super Claudine ! Prenez-moi rendez-vous avec deux ou trois de ces clients, afin que je me rende compte de l'image qu'ils ont de la société.

— C'est déjà fait Nicolas ! J'ai pris un rendez-vous avec le seul client qui passe commande régulièrement... Et un autre au hasard sur les quatre restants, qui n'ont pas commandé depuis plus de trois mois !

Nicolas demeura coi devant la rapidité et le professionnalisme de Claudine. Cela le rassura. Il la regarda à la dérobée, se sentant brusquement attiré par le charme innocent qui émanait de sa personne. Son nez était mince, droit, ses narines légèrement bombées et bien ouvertes. Ses cheveux, d'un roux chatoyant, semblaient balayés d'une lumière d'or. Ils entouraient sa tête de courtes ondulations aux reflets de soleil, cachant en partie le front et les joues parsemées de taches de rousseur.

Il eut un grand soupir, quand soudain une voix intérieure venant de nulle part lui insuffla : ça suffit Nicolas ! Tu ne vas pas recommencer à voir les femmes comme tu voudrais qu'elles soient… Pense à ton travail !

En fin de journée, Nicolas après avoir rencontré les clients de l'agence, et en avoir prospecté d'autres de la zone industrielle, se fit une idée assez précise du marché parisien, et de l'image peu flatteuse de l'agence, concernant le manque de sérieux de celle-ci.

Le soir, au restaurant de l'hôtel, pendant le dîner, ils échangèrent leur conclusion sur cette journée. Claudine lui fit part de ce que Bibas et Tiburioz étaient passés prendre leurs affaires, ils étaient repartis sans poser la moindre question. Elle ne reçut aucun appel téléphonique ni de visite de chercheurs d'emploi.

— Cette agence Nicolas, du moins en ce qui me concerne, est au point mort… En fait, c'est comme si elle n'existait pas ! Tout est à reprendre de A à Z !

— Pour ma part il n'y a rien à reprendre Claudine. L'image de l'agence auprès des quelques clients que j'ai rencontrés est absolument désastreuse. D'après ce premier aperçu, le marché parisien semble soumis à une telle concurrence, que les parts de marché envisageables seront assez restreintes. En l'état actuel de nos moyens, il ne convient pas de gaspiller notre énergie pour un résultat, qui au final, sera très incertain. Je pense qu'il y a beaucoup mieux à faire Claudine !

— Que voulez-vous dire Nicolas ?

— Depuis que je suis rentré de mes visites, j'ai tout de suite compris que nous faisions fausse route en voulant commencer par Paris, pour développer l'intérim !

— Si Monsieur Escalas veut être connu sur le plan national, il faut bien commencer par Paris ! Non ?

— Oui et non Claudine ! Personnellement, je préférerais démarrer en province, dans des villes industrielles, comme Bourges, Orléans Vierzon, Châteauroux par exemple, qui ont toutes besoin de ce service, mais qui en ignorent parfois l'existence. De plus, il n'y a pratiquement aucune concurrence ! Quitte à y passer la nuit, je vais mettre au point un concept, qui permettrait de démontrer aux entreprises tout l'intérêt qu'elles auraient d'utiliser nos services… Constituer dans les villes où nous nous installerions, un fichier du personnel disponible dans chaque catégorie : tourneur, fraiseur, ajusteur P1, P2, P3, etc. ainsi que du personnel de bureau. Nous pourrions ainsi répondre immédiatement à la demande… Pour conquérir le marché national, Claudine, nous devons être les meilleurs ! Pour être les meilleurs, il nous faut une expérience sans faille de ce marché.

Claudine écouta, médusée et admirative, le projet de Nicolas.

— Votre raisonnement est très astucieux et logique à la fois… Je suis enthousiasmée par votre idée… Ils nous restent à peine trois jours pour monter votre concept, cela me paraît court pour qu'il soit fini jeudi ! Est-ce que je peux vous soumettre une proposition Nicolas ?

— Je vous écoute, Claudine !

— J'ai dans ma valise un magnétophone, ainsi qu'une petite machine à écrire qui ne me quittent jamais… Vous avez dit « quitte à y passer la nuit » eh bien je suis partante ! Vous, vous enregistrez votre concept, moi je prends en sténo. Le matin, puisqu'on ne retourne plus à l'agence, chacun dormira jusqu'à midi. L'après-midi je passe à la frappe ! En deux jours je pense que l'on devrait avoir fini. Ensuite, je trouverai bien une papeterie qui me reliera le tout afin qu'il soit présentable… Alors ?

— Attendez Claudine, c'est très aimable à vous, mais je ne peux en aucun cas accepter de vous faire veiller deux nuits de suite !

— Ah bon ! Et pour quelle raison ! lui dit-elle en prenant un air qui se voulait sévère.

Nicolas ne sut quoi répondre.

— On perd du temps Nicolas ! Allez au boulot, Monsieur le grand Directeur du Marketing.

Elle éclata d'un rire franc et sonore, puis regagna sa chambre, suivie de Nicolas. Ils se mirent aussitôt au travail. À cinq heures, Nicolas posa son magnétophone, se leva en s'étirant, rêvant à un croissant trempé dans un café crème. Il vit alors Claudine, dormant d'un profond sommeil, sur ses bras croisés en forme d'oreiller, au coin du bureau. Il la souleva en la prenant délicatement dans ses bras, et la déposa sur son lit. Il la recouvrit d'une couverture, la regarda quelques instants, puis s'éclipsa sans faire le moindre bruit, pour rejoindre sa chambre…

Sur les coups de midi, il se réveilla, prit une douche, s'habilla, et s'empressa de se rendre à la chambre de Claudine : il frappa trois petits coups à sa porte, il n'eut aucune réponse ! Il réitéra, toujours pas de réponse. Il se dit qu'elle devait dormir à poings fermés et n'insista pas. Il descendit au restaurant où à sa grande surprise, Claudine, assise à une table, compulsant ses documents, l'attendait.

— Bonjour Claudine ! Je suis passé à votre chambre, j'ai frappé à votre porte et n'ayant aucune réponse, j'ai pensé que vous dormiez encore !

— Bonjour Nicolas ! Merci de m'avoir déposée sur mon lit, c'est très élégant de votre part... Cela m'a permis de bien récupérer... Tenez, jetez un coup d'œil sur ce que j'ai frappé.

Nicolas n'en crut pas ses yeux... Tout ce qu'il avait dicté cette nuit sur le magnétophone était transcrit sur le document de Claudine. Il le relut plusieurs fois, rien ne manquait, tout était conforme à ce qu'il avait enregistré !

Je vous félicite Claudine, vous avez fait là un excellent travail !

Puis il rajouta d'un air bienveillant :

— Je me demande ce que je ferais sans vous !

— Ho ! Il ne faut pas exagérer Nicolas. Votre concept m'a conquise, et je m'investis totalement... De plus, je suis sûre du succès... Reste à convaincre Monsieur Escalas !

— Merci, Claudine ! Vous savez je me prépare à cet entretien, comme un avocat à sa plaidoirie... Il me reste quelques détails à régler pour peaufiner le rapport. J'ai prévu d'y insérer un croquis, qui sera plus explicite qu'un long discours. Ensuite il nous faut trouver une papeterie pour la mise en page. Jeudi matin, vous pourrez rejoindre Orléans... Qu'en pensez-vous ?

— Je suis à vos ordres, Monsieur le Directeur... J'ai déjà pris rendez-vous avec une imprimerie rapide, qui s'occupera de la mise en page... Vous ne rentrez pas avec moi ?

— Je le regrette sincèrement Claudine, mais Monsieur Escalas doit me rejoindre à l'agence jeudi dans la soirée, pour prendre connaissance de mon rapport. C'est lui qui me ramènera à Orléans.

— Dommage Nicolas ! dit-elle le teint rougi.

Elle se reprit, et lui dit les deux mains jointes en forme de prière :

— Par pitié, Monsieur le Directeur… Si vous avez un tant soit peu de cœur, je n'ai rien mangé depuis hier au soir… Je suis au bord de la syncope ! Je meurs de faim !

Tous deux éclatèrent de rire, et commandèrent leur repas. Au cours du déjeuner, un garçon de salle vint à leur table :

— Monsieur Fonzenac, on vous demande au téléphone.

Quelques minutes plus tard, Nicolas revint tout souriant :

— Claudine, on rentre ensemble ! Monsieur Escalas a un empêchement de dernière minute, il ne pourra pas passer me prendre jeudi soir. J'ai rendez-vous avec lui vendredi matin au siège… On a donc tout notre temps.

Claudine ne put s'empêcher de montrer sa satisfaction :

— Chic alors, j'en suis ravie Nicolas !

Le jeudi matin, tout était prêt. Ils prirent un copieux petit-déjeuner, et partirent tranquillement à bord de la voiture de Claudine, rejoindre Orléans. Quelques dizaines de kilomètres avant d'arriver à Orléans, ils traversèrent un village, et Claudine lui demanda :

— Vous avez prévu quelque chose pour midi Nicolas ?

— Pas spécialement, pourquoi ?

— J'habite à quelques centaines de mètres de là, si cela vous dit, je vous invite à la maison, mes parents seront ravis de faire votre connaissance.

— Volontiers Claudine ! Vous êtes sûre que ça ne va pas les déranger que nous arrivions à l'improviste ?

— N'ayez crainte Nicolas, Sachant qu'on avait la journée de disponible ! Je me suis permise, avant de partir de l'hôtel de leur téléphoner pour leur dire qu'ils auraient un invité… Ma mère est une excellente cuisinière, je suis persuadée que vous allez vous régaler.

— Chapeau Claudine, et si j'avais refusé !

— Mais vous n'avez pas refusé, lui répondit-elle en éclatant de rire.

Il fit connaissance des parents de Claudine, des gens charmants qui lui souhaitèrent, avec beaucoup de chaleur, la bienvenue. Jacques le père de Claudine, un petit homme tout souriant impressionné par le titre de Directeur de Marketing de Nicolas, titre dont il en ignorait la signification, lui posa mille questions sur son travail.

En attendant que le repas soit prêt, il lui fit visiter la propriété, qui fut, jadis, une ferme d'élevage bovin, exploitée par ses parents.

Tout en visitant le domaine, Nicolas entendit un bruissement derrière lui. Il se retourna, et vit une poule aux couleurs chatoyantes, qui gloussait en picorant de-ci de-là les mottes de fumier. Elle était entourée de sa couvée de poussins jaunes, dont les petits pieds se hâtaient à son appel, tandis que leurs ailerons duveteux battaient l'air. Nicolas se sentit tout de suite à l'aise, il écoutait avec intérêt les explications de Jacques, sur les légumes du potager qu'il cultivait. Puis ils s'arrêtèrent devant une grande mare, où un canard, fier, au plumage coloré, se dressait sur un gros caillou. Sa patte levée, de son bec cliquetant, il nettoyait ses plumes.

— Déjeuner ! chanta alors la voix de Claudine.

Elle s'approcha d'eux, frappa dans ses mains en leur criant de passer à table.

Quelle belle journée ce fut-là ! Il y avait bien longtemps que Nicolas n'avait goûté une telle quiétude. En observant Claudine et ses parents au cours du repas, il se rendit compte que la vie était belle quand on sait être heureux avec peu de choses.

Il eut droit, en entrée, à une flambée d'écrevisses arrosée d'une vieille fine de cognac, suivie d'un délicieux brochet au beurre blanc, pêché la veille par la maman, dans le canal latéral à la Loire. Fromage, dessert ! Nicolas n'eut de cesse de féliciter sa mère pour ses talents de cuisinière. Repu, il prit congé, en les remerciant pour leur accueil.

Claudine le ramena à son domicile :

— Vous avez conquis mes parents Nicolas… J'espère que nous aurons l'occasion de vous revoir à la maison… Dimanche, si vous êtes libres, avec mes parents et quelques amis, nous déjeunons au bord de la Loire au cours d'une partie de pêche… Ça vous dit ?

— Avec plaisir Claudine !

Elle se gara devant le seuil de la résidence. Elle mit le changement de vitesse au point mort, laissant sa main sur le pommeau. Ils se regardèrent longuement, hésitant à se serrer la main pour se dire au revoir. Nicolas, très ému, osa faire le premier pas. Il posa sa main sur celle de Claudine restée sur le levier.

Leurs visages se rapprochèrent lentement l'un de l'autre, Claudine extrêmement troublée, ferma les paupières. Lorsqu'elle sentit les lèvres de Nicolas se poser sur les siennes, elle fut parcourue d'un délicieux frisson. Nicolas sortit de la voiture en se dirigeant vers la portière du conducteur :

— Je vous demande pardon, Claudine, je ne sais pas ce qui m'a pris, je suis vraiment confus ! Veuillez accepter mes excuses pour ce geste inqualifiable.

Claudine ne put formuler la moindre parole tant elle était bouleversée et heureuse à la fois. Nicolas lui souhaita bon retour en lui renouvelant ses excuses.

Elle se reprit en répliquant aussitôt :

— Il n’y a rien à excuser Nicolas… Qui vous dit que je n’attendais pas ce baiser avec impatience ? À demain au bureau pour la grande confrontation !

Elle lui adressa un baiser, en soufflant dans la paume de sa main, puis fit demi-tour en agitant son bras en guise d’au revoir.

La nuit de Nicolas fut des plus agitées. En se levant, il était courbatu. Il ressentit des douleurs musculaires dans le bas du dos, certainement dues à une mauvaise position pendant son sommeil. Il prit une douche froide qui lui redonna un peu de tonus. Il s’habilla, et tout en prenant son café, il relut son rapport, pour la énième fois. Il était serein, confiant, prêt à défendre son projet contre vents et marées.

Il arriva au bureau où Claudine l’accueillit avec un grand sourire.

— Bonjour Nicolas, bien dormi ?

— Bonjour Claudine ! Pas trop, mais je me sens en pleine forme… Monsieur Escalas est-il là ?

— Oui ! Il m’a posé un tas de questions sur notre séjour à l’agence. Croyez-moi, il est impatient de prendre connaissance de votre rapport.

— Vous ne m’en voulez pas trop pour hier au soir Claudine ? lui dit-il avant de monter rejoindre Monsieur Escalas.

Elle haussa les épaules, en le regardant avec un sourire empli d’une grande tendresse :

— Ai-je l’air d’une personne qui vous en tient rigueur Nicolas ? Allez, filez, montez défendre votre rapport… Je n’ai aucune crainte quant à la réussite de votre projet ! Vous êtes le meilleur Nicolas… Après moi bien sûr ! lui répondit-elle dans un grand éclat de rire.

— Cela va de soi Claudine !

Il hésita un instant :

— Je suis heureux avec vous ! lui dit-il en échangeant un clin d'œil.

— Moi aussi ! lui répondit-elle d'une voix emplie d'émotion.

Monsieur Escalas ne cacha pas son impatience.

— Bonjour mon cher Nicolas ! Asseyez-vous, je vous en prie… Je vous avoue ne plus tenir en place, depuis mon entretien avec Claudine… Je connais le travail que vous avez effectué, jour et nuit, et je vous en félicite ! Aussi j'ai hâte de lire votre rapport où vous théorisez que l'intérim serait plus rentable en province qu'à Paris !

Nicolas posa son rapport, sur le bureau :

— Du moins pour l'instant Monsieur Escalas ! Mais je suis prêt à répondre à vos questions. J'ai juste besoin d'un « paperboard » pour expliquer, si besoin était, certains détails techniques du rapport.

Sans perdre un instant, Monsieur Escalas se plongea dans la lecture du compte rendu. Il tournait les pages avec lenteur, tel un étudiant qui révise ses cours. Il s'imprégnait, ligne après ligne, de la façon dont Nicolas concevait le développement de l'intérim.

Son visage prenait de temps à autre des expressions d'étonnement. Parfois, il approuvait par des hochements de tête de bas en haut, les lèvres esquissant un léger sourire, la justesse de certaines analyses. Plusieurs passages le laissaient béat de surprise. Il levait ses paupières vers Nicolas, le pouce levé, telle une personne qui approuve un travail bien accompli. Jamais il ne lui posa la moindre question. Il se passa un long moment avant que Monsieur Escalas ne referme le rapport, pour informer Nicolas de son opinion :

— Mon cher Nicolas, je ne peux que vous complimenter sur votre travail ! Prendre connaissance de votre rapport est une lecture que l'on aimerait prolonger, tant elle est pertinente en tout point de vue… J'en ressens presque une frustration, de ne rien pouvoir ajouter… À partir d'aujourd'hui vous avez carte blanche pour lancer ce service !

— Je vous remercie, Monsieur Escalas !

— Quand je pense Nicolas, il y a une dizaine de jours, vous refusiez ce poste pour des raisons morales ! À présent vous défendez l'intérim avec une telle conviction, que je ne peux m'empêcher d'être satisfait de vous avoir persuadé d'analyser ce marché ! Pour étudier le potentiel client de la région de Bourges, vous n'utiliserez pas votre voiture, vous passerez voir mon ami Claude Sorel, qui dirige l'agence de location AVIS, pour y louer le véhicule qui vous convient.

— Entendu, Monsieur Escalas !

Nicolas, fit donc connaissance de Claude Sorel, et au fil du temps, une véritable et solide amitié fraternelle allait s'instaurer entre eux.

Ainsi démarra, au-delà de toute espérance, la société « Orga-intérim ». Elle allait être pendant plus de dix ans, sur le plan régional, N° 1 de l'intérim. Elle fut également sur le plan professionnel et financier, une réussite des plus remarquables.

De nombreux mois venaient de s'écouler. Les industries de la région Centre découvraient ce nouveau service, par l'intermédiaire de Nicolas. Il les informait avec moult explications, de l'utilité à recourir aux services « de Orga-intérim » Très rapidement, les demandes affluèrent au de-là des prévisions les plus optimistes. En quelques mois, l'agence de Bourges tournait à plein.

Nicolas, ne comptait pas son temps, il démarchait les entreprises de la région du matin au soir. Claudine faisait fonction de chef d'agence. Elle gérait par téléphone les demandes des clients, en mettant à leur disposition le personnel qu'ils réclamaient. Une hôtesse d'accueil recevait les intérimaires, ouvrait les fichiers et les classait par catégorie de métiers et de niveaux, qu'elle remettait à Claudine.

Ce lancement fut un énorme succès commercial, laissant pantois Monsieur Escalas. Il décida, devant le succès grandissant, d'inaugurer l'agence de Bourges, qui désormais, allait devenir le siège social de la société « Orga-intérim ». Il demanda à Claudine de prévoir pour le samedi suivant, un traiteur, d'autant plus qu'il ne lésine sur rien, je veux que cette journée soit mémorable pour l'ensemble de nos collaborateurs.

Tout le personnel de l'informatique, de la comptabilité, fut convié à cette fête, dans les locaux de l'agence, située au premier étage d'un immeuble place Cujas.

Nicolas et Claudine les accueillirent, et furent chaleureusement félicités par des bravos, et des applaudissements à tout va. Une fraternité, entre collègues d'une même entreprise, éclatait au grand jour. C'était un temps où personne ne comptait ses heures. Ils avaient tous, du chef de service jusqu'au simple employé, l'esprit d'entreprise vissé au corps, insufflé par Monsieur Escalas.

Monsieur Escalas offrit une coupe de champagne à Nicolas et à Claudine

— Mon cher Nicolas, vos succès sont à la hauteur de votre talent. En six mois, le premier résultat comptable de « Orga-intérim » est supérieur en bénéfice net à celui du service informatique… J'en suis agréablement surpris !

— Je vous remercie, Monsieur Escalas… Je dois avouer que j'étais loin de m'attendre à une telle réussite… Mais je ne peux être le seul à être félicité, il faut associer Claudine dans ce résultat, car sans elle, rien n'aurait été possible !

Monsieur Escalas posa amicalement sa main sur l'épaule de Nicolas, et pour la première fois il le tutoya :

— Je sais ! Je sais ! Nicolas, tu crois que je ne m'en suis pas rendu compte ! Je suis heureux pour vous les enfants, vous formez un excellent binôme, je ne voudrais pour rien au monde, vous dissocier l'un et l'autre de cette formidable réussite.

Ils levèrent leurs flûtes, et trinquèrent joyeusement à leur succès.

— Monsieur Escalas, j'ai une demande à vous faire !

— D'abord, plus de Monsieur Escalas, s'il te plaît ! Tu as remarqué qu'ici tout le monde s'appelle par son prénom, moi y compris… Cela renforce l'esprit d'équipe auquel je suis très attaché… La confiance se gagne Nicolas, lorsque les promesses se tiennent ! Tu es désormais des nôtres, et mon prénom est Stéphane !

— Entendu… Stéphane ! répondit Nicolas quelque peu gêné.

— Parfait ! À présent je t'écoute.

— Nous avons recruté un chef d'agence, formé à notre concept de vente, ainsi qu'une Hôtesse secrétaire, parfaitement initiée à nos méthodes. Pour l'instant, il est inutile de démarcher de nouveaux prospects. Il faut, pour bien fidéliser notre clientèle actuelle, qui s'élève à cinquante industries, et deux cent cinquante personnes en mission, les visiter régulièrement afin de connaître leurs impressions sur la qualité de nos prestations.

Il déclara tout net que la relève de l'agence était assurée, tout était donc prévu.

— Deux cent cinquante intérimaires en fichier à Bourges, contre dix à Paris pour le même temps d'exploitation ! Je n'arrive pas à m'y faire ! s'exclama Stéphane.

Nicolas imperturbable continua :

— Serait-il possible… Stéphane ! De nous accorder trois ou quatre jours de congé, pour nous rendre chez mes parents ?

— Si je comprends bien, quand tu dis « nous accorder », c'est bien de Claudine et de toi-même qu'il s'agit ? lui demanda Stéphane avec un sourire amusé.

— Bien sûr ! répondit Nicolas sans hésiter.

— Vous avez travaillé tous deux d'arrache-pied ! Vous méritez largement un peu de repos… Prenez toute la semaine prochaine, cela vous fera le plus grand bien, et revenez-nous en pleine forme.

Claudine et Nicolas le remercièrent, et la soirée se termina dans un brouhaha de liesse collective.

Le lendemain matin, sur les coups de dix heures, Nicolas se rendit, à pied, rue Moyenne, à l'appartement de Monsieur Olivier Lebowsky avec qui il avait rendez-vous pour essayer une Triumph TR6 que cette personne avait mise en vente. Il monta au dernier étage, frappa à sa porte, qui s'ouvrit aussitôt. Un jeune homme, les cheveux d'un roux flamboyant, le visage illuminé d'un sourire radieux, vêtu avec une très grande élégance, le reçut. En voyant Nicolas, il resta un moment interdit, mais se reprit très vite :

— Nicolas Fonzenac, je suppose ? lui dit-il.

— Lui-même, répondit Nicolas.

Ils se serrèrent la main.

— On va descendre au garage prendre la TR6. Je vais la sortir, mais avant que vous la pilotiez, j'ai quelques détails de conduite à vous montrer… Rassurez-vous, rien de bien compliqué… Je ne vous ai jamais vu, vous venez d'arriver à Bourges ? s'enquit Olivier.

— Oui ! Nous sommes là avec mon amie, depuis environ six mois. Nous dirigeons une agence d'intérim située place Cujas.

Le travail de lancement nous a énormément accaparés ! Ce qui fait que nous ne connaissons personne.

— Vous savez, les bruits vont vite en province, votre affaire n'est pas passée inaperçue. Ce nouveau job à l'air de bien marcher. Je suis content pour vous Nicolas ! Si le cœur vous en dit, nous sommes une bande d'amis qui se réunissent de temps en temps pour faire la fête. Nous serions heureux de vous accueillir vous et votre amie parmi nous.

— Avec plaisir Olivier !

Nicolas fut enchanté de l'essai. Il apprécia la souplesse de l'overdrive, ainsi que la musique si particulière du ronronnement des six cylindres en ligne. Il ramena Olivier à son appartement. Ils se mirent d'accord sur le prix, et l'affaire fut traitée immédiatement.

Olivier lui remit les papiers de la TR6, en lui indiquant le garagiste qui s'occupait de son entretien :

— Si vous avez le moindre souci avec le véhicule, n'hésitez pas à me téléphoner Nicolas… Tenez voici ma carte de visite. Soyez prudent sur la route des vacances… À bientôt, Nicolas.

— À bientôt, Olivier, lui répondit Nicolas, qui avait hâte de prendre le volant.

Lorsqu'il arriva à son appartement, Claudine, telle une gamine qui s'émerveille à la vue d'un jouet, voyant la TR 6, elle se mit à applaudir des deux mains en s'écriant :

— Oh ! Je n'ai jamais vu une voiture aussi belle Nicolas ! On part à Baziège avec ?

— Bien sûr ma belle ! On fait les bagages et direction le midi.

— Nous déjeunerons au restaurant où je prépare des sandwichs Nicolas ?

— Nous sommes en vacances Claudine ! À nous la belle vie, je crois que nous l'avons bien méritée. On va se payer du bon temps ! Je connais une petite auberge sur la Nationale 20, à la sortie de Châteauroux, tu m'en diras des nouvelles… Nous avons tout le temps devant nous, mes parents nous attendent qu'en fin de soirée.

Rouler en cabriolet procura à Claudine et Nicolas des sensations, qu'une voiture fermée n'aurait pu leur offrir. Le vent s'engouffrait dans la chevelure de Claudine, l'étirant en une longue natte chatoyante. La vision était plus panoramique, les odeurs plus perceptibles, et le son ambiant était restitué sans filtre. Tous les sens étaient ainsi flattés. Nicolas éprouva le sentiment de mieux profiter de la nature, telle une impulsion de liberté retrouvée.

Au château de Lastour, l'effervescence régnait. Béatrix, sous l'œil amusé de Guylhem, se déplaçait avec une rapidité étonnante autour de la table du grand salon, vérifiant si tout était en ordre. Répétant dix fois les mêmes consignes à la pauvre Pauline, qui levait les yeux au ciel en signe d'exaspération !

— Ma mie, pour l'amour du ciel, calme-toi ! Tu affoles notre chère Pauline, elle est complètement perdue, tu ne vois pas ! Viens avec moi, nous allons nous asseoir sur la terrasse, et attendre tranquillement l'arrivée de Nicolas et de son amie.

Béatrix posa son bras sur les épaules de Pauline :

— Ne m'en veux pas, Pauline, mais je suis si impatiente de revoir mon petit Nicolas que je ne sais plus où donner de la tête.

— Ce n'est rien, Madame, moi aussi j'ai hâte de retrouver ce petit coquin, lui répondit-elle en posant sa main sur le bras de Béatrix.

— Mon petit Nicolas ! Mon petit coquin ! Et puis quoi encore Mesdames ! Je vous rappelle que Nicolas a vingt-neuf ans, c'est un homme ! s'exclama Guylhem en riant aux éclats.

— Je sais mon chéri, tu as raison, mais pour moi, quel que soit son âge, Nicolas restera toujours mon petit.

Ils prirent place sur la terrasse avant que le temps ne se gâte. Guylhem leva les yeux au ciel :

— Regarde, à présent les nuages s'étirent et le ciel est devenu bleu !

C'est à cet instant même, que retentit, la symphonie si particulière de ces orgues de la route, qu'était le rugissement du puissant moteur V6 en ligne. Le fils prodigue fit irruption dans la cour du château dans son bolide bleuté. Il stationna au pied du perron, en soulevant un léger nuage de poussière. Il se précipita pour ouvrir la portière à Claudine, ils gravirent main dans la main, les escaliers du perron. Nicolas, le visage illuminé du bonheur de retrouver ses parents, embrassa tendrement sa mère et son père, et présenta Claudine :

En s'inclinant courtoisement devant elle, Guylhem, lui dit tout souriant :

— Enchanté de faire votre connaissance Mademoiselle !

— Moi de même, répondit Claudine, quelque peu intimidée.

Béatrix, moins protocolaire que son mari, l'embrassa sur les joues, en lui souhaitant la bienvenue.

Puis ce fut Pauline qui accourut pour venir embrasser son petit Nicou et Claudine !

— Dis donc mon fils quelle est cette superbe torpédo que tu possèdes là ! Montre-moi cette merveille, que je vois ça de plus près, s'exclama Guylhem !

— Cette torpédo papa, c'est une Triumph TR6 ! Un vrai bijou !

Tout le monde y compris Pauline descendit admirer le cabriolet. Guylhem tourna autour du véhicule, et Nicolas l'invita à s'asseoir au volant.

— Magnifique mon fils, félicitations pour ton choix : intérieur en cuir couleur beurre frais, tableau de bord en ronce de noyer, tapis de velours épais au pied de la même couleur que les sièges ! On reconnaît là, toute la classe du style Anglais. C'est une voiture qui a beaucoup de cachet !

Béatrix s'installa à la suite de Guylhem :

— Il faudra que demain tu m'emmènes faire un tour Nicolas, cette voiture est vraiment splendide !

Soudain un aboiement bref et unique venant du chenil, rompit le silence. Un autre lui répondit, un autre encore, puis ce fut toute la meute, qui, dans un hourvari chaleureux, salua la venue de Nicolas. Chacun des chiens fit entendre son solo, d'abord timide, puis gagnant en force, emplissant l'air de ses trémolos gémissants.

— Tu vois, personne ne t'oublie mon fils, lui fit remarquer Guylhem.

Le soir venu, après avoir souhaité le bonsoir à ses parents, ils regagnèrent la chambre de son enfance. Nicolas, dès qu'il entra, sentit comme une présence flottant dans les airs. Le fantôme de Claudia se rappela à sa mémoire. Alors, il se dirigea directement vers la fenêtre et l'ouvrit en grand :

— Viens voir comment le ciel ici ne ressemble à aucun autre.

Claudine posa délicatement sa tête sur l'épaule de Nicolas. Le visage émerveillé, elle porta son regard vers la voûte des cieux, qui scintillait de mille feux. Soudain, une claire lumière argentée brilla, et dans la douceur d'une brise nocturne, les herbes se relevèrent, dont chaque brin, se mit à luire comme de petit poignard.

— Regarde là-bas, juste à droite, ce sont les deux ourses qui tournent autour de l'étoile Polaire. Et là, au zénith, un œil semblable à un diamant bleu, c'est la belle Véga. Ce n'est pas beau le ciel à la campagne ?

— J'ai l'impression de vivre un rêve éveillé avec toi Nicolas. Cette vieille demeure, avec ses vieux murs, son passé chargé d'histoire, comté par tes parents, semble sortir d'un songe où le temps se serait arrêté. Nicolas l'embrassa tendrement, il lui prit la main et ils se couchèrent amoureusement, dans la tiédeur câline du mitant du vieux lit à baldaquin.

Après ces quelques jours de repos, qui leur fit le plus grand bien, ils rentrèrent, heureux à Bourges.

Tout là-bas, dans ce monde inconnu des aléas de la vie, tapi au fond d'un nid de ronces impénétrables, l'oiseau au noir plumage veillait. Il attendait patiemment, savourant déjà le mal qu'il allait provoquer en plantant ses griffes dans le cœur de Nicolas…

Manoir du « loup errant »
l’enfant maudit

Une semaine plus tard, après une journée de travail bien rempli, lorsque Claudine regagna l’appartement, elle présentait un visage étiré, pâle, fatigué, voire soucieux ! Elle se renversa dans un fauteuil avec une mine dubitative.

Bien plus tard, quand Nicolas rentra, il trouva Claudine toujours prostrée dans un fauteuil.

— Que se passe-t-il Claudine ? Des problèmes au bureau ? s’inquiéta Nicolas.

— Non ! Non ! Tout va bien, au contraire les affaires marchent du feu de Dieu !

— Qu’est-ce qui ne va pas alors ?

Elle haussa les épaules :

— BOF ! Des problèmes de femme, lui dit-elle le visage très inquiet.

— Que veux-tu dire par là ?

— Je suis en retard d’une dizaine de jours pour mes règles, cela me soucie !

— Enfin Claudine, tu sais bien que je ne peux pas avoir d’enfant. Inutile de te mettre martel en tête, c’est juste un peu de retard !

— Et si ton médecin s’était trompé !

— S'il s'était trompé ! Il y a longtemps que je m'en serais aperçu… J'en ai pour preuve qu'à chaque fois que j'ai eu des rapports avec des femmes, je n'ai jamais fait attention ! Alors !

— Certainement Nicolas, mais ce n'est pas une preuve, tu es peut-être toujours passé à côté de la période d'ovulation !

— Ah bon ! Alors, explique-moi pourquoi j'aurais reconnu un enfant qui n'était pas de moi, pour fonder un foyer ! Hélas pour mon plus grand malheur !

— Ce n'est pas très gentil ce que tu me dis là Nicolas, c'est comme si tu mettais ma fidélité en doute. J'étais vierge quand je t'ai connu, et je n'ai aimé que toi !

— Pardon, Claudine, ce n'est pas ce que je voulais dire ! Je sais bien que tu es fidèle ! Mais pour moi, cela me paraît si invraisemblable d'imaginer une seconde, que je puisse envisager l'hypothèse d'avoir un enfant.

Claudine s'approcha en lui parlant tendrement :

— Ce n'est pas la peine de se fâcher… Je vais prendre un rendez-vous chez le médecin, il me fera un test de grossesse, de cette façon nous serons fixés. Qu'en penses-tu Nicolas ?

— Tout à fait d'accord avec toi Claudine. Comme ça, tu te rendras compte que tu t'es tracassée pour rien !

Le lendemain matin, après avoir pris rendez-vous, Claudine se rendit chez le médecin, situé au rez-de-chaussée de leur immeuble. Nicolas, quant à lui, était parti tôt, pour se rendre à Orléans. Il avait réuni toutes les données nécessaires, afin que le responsable Informatique ait tous les éléments, pour la création d'un logiciel, parfaitement adapté à une bonne gestion de la société d'intérim.

Lorsqu'il rentra sur les coups de dix-huit heures, Claudine l'attendait, le visage beaucoup plus détendu que la veille :

— Alors ! Raconte-moi comment cela s'est passé avec le responsable du service informatique.

— Il m'a posé mille questions, noté tous les besoins comptables que je lui ai communiqués. Je crois que nous avons fait du bon travail ! Il possède à présent, tous les éléments pour sortir un logiciel bien adapté à nos besoins ! Il m'a prévenu qu'il faudrait quand même compter un bon semestre, si ce n'est plus, avant d'effectuer les premiers tests. Si tout se passe comme je le souhaite, notre travail, une fois informatisé, sera grandement facilité. Nous pourrons alors, en toute sérénité, envisager de créer d'autres agences !

— Super, Nicolas ! répondit joyeusement Claudine.

— Je vois que tu es plus détendue qu'hier au soir ! Te voilà rassurée ! Tu vois bien que j'avais raison, tu n'es pas enceinte !

— Je suis désolée Nicolas, mais il n'a pas voulu me donner les résultats, avant de t'avoir vu… Je lui ai tout expliqué de notre situation, de la blessure que tu avais eue en Algérie, et du diagnostic de ce médecin militaire… Tu peux passer le voir, il t'attend, il ne ferme son cabinet qu'à vingt heures !

— Et pourquoi veut-il me voir ? Tu es enceinte oui ou non Claudine ?

— Je n'en sais rien Nicolas, tout ce que je sais c'est qu'il tient absolument à te voir avant de nous communiquer les résultats !

— Viens avec moi alors ! Parce que là je ne comprends plus rien !

— Non Nicolas, il désire te voir seul… D'une part, il veut effectuer des analyses sur toi, et d'autre part, t'expliquer en tête à tête, certaines incohérences et inepties du diagnostic de ce médecin militaire… Vas-y Nicolas, je t'en prie, moi aussi je suis impatiente de savoir.

— D'accord, j'y vais tout de suite ! Mais je dois t'avouer que revivre ce cauchemar ne me plaît pas, mais alors ne me plaît pas du tout !

Elle s'approcha de lui, l'embrassa avec beaucoup d'amour et de tendresse :

— Aie confiance mon Nicolas, tu as surmonté beaucoup d'épreuves dans ta vie, et tu surmonteras celle-ci, comme toutes celles qui t'attendent… Va ! Sache que je t'aime !

Une semaine plus tard, le médecin les convoqua tous les deux, en s'adressant avec la plus grande prudence à Nicolas :

— Avant de vous communiquer les résultats Nicolas, Je tenais à vous dire que si j'avais devant moi cet inconscient, ce sinistre, cet incompétent de toubib militaire, osant vous dire que vous pouviez faire une croix sur toute paternité, je ferais tout ce qui est en mon pouvoir pour qu'il soit radié à vie de l'exercice de la médecine. Vos analyses sont excellentes, vous êtes père Nicolas !

Il y eut un moment de silence assourdissant. Nicolas était blême. Il regardait le docteur comme quelqu'un qui n'arrive pas à croire ce qu'il entend. Il ferma les paupières. Son passé se mit alors à défiler devant ses yeux. Tous les malheurs psychiques et physiques qui l'avaient torturé pendant toutes ces années, tout cela pour rien ! Était-il maudit pour supporter ce destin qui ne lui laissait aucun répit depuis sa naissance ? Mais qu'ai-je fait pour mériter de telles épreuves ?

Puis il se leva en se tournant vers Claudine :

— J'ai besoin d'être seul, je suis perdu. J'ai l'impression de vivre un cauchemar tout éveillé ! Veuillez me pardonner Docteur, mais je ne suis pas en état de poursuivre notre conversation.

— Je comprends Nicolas… Tenez, prenez ce cachet cela vous détendra et vous permettra de mieux dormir.

Dès qu'il rentra, il s'empressa d'appeler ses parents et leur fit part du résultat de ses analyses.

— C'est une excellente nouvelle mon Nicolas… Ton père et moi sommes heureux pour toi ! Souviens-toi je t'avais conseillé de faire une contre-expertise. Enfin on ne va pas revenir là-dessus… Que comptes-tu faire à présent, tu vas épouser Claudine et reconnaître cet enfant ?

— Je n'ai aucune intention de me marier maman ni de reconnaître cet enfant… Aujourd'hui j'apprends que je peux être père, et que tout cela est dû à une erreur de diagnostic ! Résultat, j'ai reconnu un enfant qui porte mon nom, mais qui n'est pas de moi ! Comment veux-tu que je réagisse maman, j'ai une telle colère en moi ! Si j'avais sous la main ce médecin qui a brisé une partie de ma vie par son incompétence, je ne sais pas comment je réagirais !

— C'est vrai Nicolas, je te comprends mon petit, mais essaie de retrouver ton calme, ne te laisse pas aller à ces néfastes pensées. Puis-je te donner un conseil : le secret pour vivre est de laisser couler, les méchancetés, les déceptions, les critiques, les gens. L'indifférence dans certains cas est toujours la meilleure solution pour retrouver la paix intérieure.

— Merci, maman, tu as toujours su trouver les mots qu'il fallait pour me redonner confiance… Je t'aime !

Nicolas raccrocha, le cœur enfin apaisé.

Les mois s'écoulèrent au rythme du temps. Claudine était dans son septième mois, et se portait à merveille. Nicolas s'était fait à l'idée qu'il allait être père. Il s'était lié d'une grande amitié avec Olivier et son ami Claude La fosse.

Comme tous les matins, Nicolas prenait une boisson au café de Paris. Le vent était tombé au sol, dégageant une douceur inattendue. Il déchaînait ses bourrasques très hautes dans le ciel, nettoyant le moindre germe de nuage, jusqu'au plus petit grain de poussière de brume, qui faisait briller le ciel d'un bleu de carte postale. Olivier vint rejoindre Nicolas.

— En route Nicolas ! Je crois que j'ai trouvé la maison de tes rêves, c'est Jacques qui me l'a signalée pour toi... Il y a beaucoup de travaux à effectuer, mais connaissant tes goûts aristocratiques, je sais que rien ne t'arrêtera ! N'est-ce pas mon prince ! lui dit-il avec son éternel sourire empli de gentillesse.

— Arrête de te foutre de moi Olivier, rétorqua Nicolas, en lui donnant une tape amicale sur l'épaule.

Une vingtaine de kilomètres plus tard, ils arrivèrent dans un petit village, perdu au fin fond de la campagne Berrichonne, habité par une centaine d'âmes.

— C'est quoi ce bled Olivier ? C'est le trou du cul du monde !

Olivier haussa les épaules, gara sa voiture sur la place de l'église, invitant Nicolas à le suivre.

— Tu n'aimes pas la foule, non ?

— Oui ! Mais de là à m'enterrer dans la cambrousse, il y a une marge !

— Tu me fais confiance oui ou non Nicolas ?

— Bien sûr, Olivier, je me tais, je te suis.

Quelques centaines de mètres plus loin, Olivier demanda à Nicolas de fermer les yeux et de se laisser guider.

— À présent, tu peux les ouvrir !

Nicolas découvrit, émerveillé, le manoir délabré du « Loup errant », avec son vieux donjon à l'entrée, et son grand portail de bois vermoulu, caché et étouffé par une vigne vierge envahissante ! Il poussa la petite porte du grand portail, et vit au bout d'une grande allée, la vieille bâtisse du manoir dont les ardoises de la toiture scintillaient au soleil. Il n'avait pas dit un mot, mais Olivier en le regardant, savait qu'il avait vu juste.

— Alors là, Olivier, c'est tout à fait ce qu'il me faut ! Tu as eu un sacré flair… À qui dois-je m'adresser pour conclure cet achat ?

— C'est le maire du village ! Un important agriculteur, client de la minoterie de Jacques. Ne t'inquiète pas, Jacques va arranger ça, il t'obtiendra un prix ! Réfléchis quand même Nicolas, c'est vraiment un tas de ruines, cela va te coûter bonbon pour rendre ce manoir habitable.

— C'est tout vu Olivier, dans ma tête les travaux sont déjà terminés, je le vois fini. Il me faut absolument faire l'acquisition de cette bâtisse !

— OK, Nicolas ! Je m'en occupe auprès de Jacques, je te tiens au courant.

Ils rentrèrent à Bourges, où Nicolas s'empressa de faire part à Claudine de sa visite du manoir, et son intention de l'acquérir.

Les trente glorieuses étaient encore en plein boom, les affaires florissaient. Grâce au succès sans cesse grandissant de Bourges, Nicolas ouvrit les agences de : Châteauroux, Montluçon, et Orléans. Cette année-là, le chiffre d'affaires excédait les trois milliards de francs, avec des résultats financiers, dépassant toutes les espérances les plus optimistes de Monsieur Escalas.

Nicolas avait pratiquement triplé son salaire, ce qui lui permit en trois ans de terminer les travaux du manoir du « Loup errant », où il résidait désormais, avec Claudine et son fils Jean-Marie.

Ce fils, qui dès sa naissance allait lui causer les pires soucis… Ce fils, qui le dérouta par sa cruauté envers les animaux, par sa méchanceté envers ses camarades d'école. Il les mordait jusqu'au sang, avec un sentiment d'impunité du fait de la position sociale de son père. Nicolas rendait visite aux parents pour les dédommager afin qu'ils ne portent pas plainte. La vie de collégien de Jean-Marie fut une suite d'échecs et de renvois successifs de tous les établissements scolaires de Bourges.

Un soir, en rentrant au manoir, Nicolas fut étonné de trouver la porte d'entrée grande ouverte. Il la referma, appela Claudine. Aucune réponse ne vint. Il se rendit dans leur chambre pour se changer, et trouva la porte close. Il frappa, mais personne ne répondit. En prêtant l'oreille, il lui sembla entendre des sanglots ainsi qu'un murmure de paroles incohérentes !

— Que se passe-t-il bon sang, s'exclama Nicolas, en frappant de nouveau !

Silence complet. Mais toujours ces pleurs et ces faibles gémissements.

— Ouvre-moi Claudine, je sais que tu es là ! Je veux savoir ce qui se passe ! Ouvre ou j'enfonce la porte !

Il entendit la clef tourner dans la serrure, et Claudine apparut !

— Mon Dieu ! s'exclama Nicolas à la vue du visage tuméfié de Claudine… Que t'est-il arrivé ? Qui a bien pu te faire ça !

Elle se jeta dans ses bras, en répétant sans cesse : c'est un monstre, c'est un monstre Nicolas, j'ai cru qu'il allait me tuer !

— Mais de qui parles-tu Claudine ?

— De Jean-Marie bien sûr ! Je ne sais pas ce qui lui a pris, mais quand je lui ai dit d'aller se laver les mains avant de se mettre à table, il est devenu comme fou ! Il m'a insultée, craché au visage, me criant qu'il n'y avait que son père pour lui donner des ordres. Moi je n'étais rien !

Elle reprit son souffle :

— Cela a été plus fort que moi, devant tant de méchanceté, je n'ai pas pu me retenir, je l'ai giflé !

— Tu as bien fait Claudine, c'est tout ce qu'il méritait ce petit voyou !

— Il s'est alors rué sur moi, il m'a fait tomber, et j'ai heurté le bord de la table. Il en a profité pour me rouer le visage de coups. J'ai réussi à me dégager. Il s'est enfui en me vomissant d'injures. J'étais morte de peur, je suis partie me réfugier dans notre chambre… Mais qu'est-ce qu'on a fait pour mériter un tel enfant ?

— Ou qu'est-ce qu'on n'a pas fait ! Nous avons certainement notre part de responsabilité… Mais devant un tel comportement, ni toi ni moi n'y pouvons rien. J'ai peur que si nous ne réagissons pas, cela puisse se terminer par un drame ! Cet enfant a besoin d'être pris en main par un psychanalyste ! répondit Nicolas d'une voix blasée.

— Comment faire Nicolas, moi je ne veux plus le voir ! J'ai honte, mais il me fait peur… Lorsqu'il me regarde, ses yeux sont d'une telle méchanceté, qu'on dirait qu'il veut me tuer !

— Ne t'inquiète pas Claudine, demain je téléphonerai à mon père, en lui expliquant ce qui se passe. Il est magistrat, je suis persuadé qu'il saura nous conseiller, pour placer Jean-Marie dans un établissement qui corresponde à son cas… En attendant, je vais essayer de le retrouver et de le ramener à la maison. Ne sois pas inquiète Claudine, tu n'as rien à craindre.

C'est ainsi que Jean-Marie fut placé jusqu'à sa majorité, dans un établissement spécialisé de la région parisienne.

Depuis ce jour-là, leur vie de couple ne fut plus la même. Nicolas s'absentait souvent, son travail ne le motivait plus autant. Il en fit part à Monsieur Escalas :

— Je te comprends Nicolas ! C'est vrai que les agences tournent à merveille. Tu peux être fier de toi, cette routine n'est rien d'autre que le résultat de la réussite de « Orga-intérim »

— Je voulais vous dire Stéphane, que je souhaite créer ma propre société. Je ne suis plus indispensable, et Claudine possède toutes les capacités pour diriger « Orga-intérim ».

— Je n'en doute pas Nicolas ! Tu es un garçon loyal, et je te remercie de me prévenir. Si tu as besoin de finance, sache que tu peux compter sur moi. C'est indiscret de m'expliquer ton projet ?

— Bien sûr que non ! Vous savez Stéphane, l'idée m'est venue par un concours de circonstances inattendues. Au cours d'un voyage à Toulouse, j'ai fait la connaissance du chef du restaurant où je déjeunais. Je l'avais félicité pour la qualité de son menu. Le personnage était un passionné de son métier, nous parlâmes gastronomie, et de fil en aiguille, il m'emmena visiter ses fourneaux. Il me montra le process de cuisson de viande cuite sous vide, qu'il avait mis au point pour son restaurant.

— Et alors ? demanda Stéphane de plus en plus intrigué.

— Il m'a expliqué que la cuisson des viandes sous vide demeure peu connue. Et pourtant le process a été mis au point, il y a quelques années, au restaurant Troisgros de Roanne, propriété des frères Pierre et Michel Troisgros, et de leur chef Georges Pralus. Ils ont découvert qu'en cuisant sous vide, on préservait l'aspect originel de l'aliment, sans perdre ses valeurs nutritives, en conservant sa texture non cuite ! Cette technique a été aussitôt adoptée par plusieurs grands chefs français réputés, comme Paul Bocuse, et Joël Robuchon !

Stéphane, médusé, écoutait les explications de Nicolas.

— J'ai tout de suite imaginé que ce système pouvait s'adapter aisément à la restauration collective, tel que les repas servis pour l'ordinaire de l'armée ! Des viandes semi-cuites, à des prix défiant toute concurrence, me semblent un marché innovant et rentable… Je pars faire un stage chez Pralus, pour lui expliquer mon projet, et étudier les différentes techniques de cuisson.

— Mais c'est génial Nicolas ! Décidément, tu me surprendras toujours ! Mais où vas-tu chercher tout ça ? Te connaissant, je suis persuadé que ton projet aboutira et sera ta plus belle réussite. En attendant, tu gardes ton salaire, avec en plus un intéressement sur les résultats des agences ! Ce sera ma participation à ta réussite, mon cher Nicolas.

Nicolas se confondit en remerciements.

Deux années plus tard, au manoir du « Loup errant » Claudine et Nicolas prenaient leur repas, dans un silence lourd de tristesse. Nicolas venait de prendre la décision de mettre fin à leur liaison, après dix ans de vie commune, Cet enfant qui aurait dû faire leur bonheur, n'engendra que le malheur. Il y avait en Nicolas, ni regrets ni remords, simplement un sentiment d'échec et de gâchis.

Des larmes amères roulèrent sur les joues de Claudine. Nicolas était son seul et unique amour, cette séparation fut pour elle une véritable déchirure. Elle gardait malgré tout au fond d'elle-même, le secret espoir, qu'un jour ou l'autre ils se retrouveraient. Claudine s'installa à Orléans et prit la direction de « Orga-intérim ».

Nicolas au faîte de sa vie professionnelle !

Nicolas avait quarante ans, il resta seul au manoir, travaillant sur son concept de viande cuite sous vide à cuisson lente. Ce projet lui tenait à cœur, il était convaincu de sa réussite. Il tenait là une idée qui allait bouleverser le monde de la restauration collective. Il n'était pas sans savoir que le premier sur un marché essuyait toujours les plâtres. Qu'importe ! Il allait innover, étudier avec le plus grand soin les besoins, le budget, dont l'armée disposait pour composer un repas quotidien pour la troupe. Il effectua un stage chez Georges Pralus pour maîtriser la cuisson sous vide, au cours duquel il expliqua son projet industriel. Personne ne lui accorda la moindre chance de réussite !

Il monta malgré tout, un mini-laboratoire de sous vide dans la région de Toulouse, avec l'aide d'un ingénieur, d'un représentant d'une importante coopérative de viande de Guéret, et d'un chef cuisinier Serge Morin. Ils mirent au point différents modes de cuisson, ainsi qu'une méthode originale pour faire connaître ses produits.

À la demande de Nicolas, le représentant de la coopérative de viande, Monsieur de Pourquay, lui apprit à préparer un sauté d'agneau, afin de démontrer la tendreté des viandes cuites sous vide, leur simplicité d'utilisation, et surtout le faible coût que cela entraînait par assiette.

Le plan Marketing, et la partie financière établie par un expert-comptable étaient ficelés. Il fallait à présent, prouver son efficacité sur le terrain. Nicolas prit la décision de téléphoner directement au Général commandant la cinquième région militaire, l'invitant à une dégustation de ses produits.

Le général, fort surpris par cette démarche inhabituelle, trouva l'invitation originale, voire alléchante, et l'accepta avec une certaine curiosité. Il lui donna rendez-vous à la caserne Niel à Toulouse.

Au jour J, Nicolas, nanti de ses produits, se présenta à la caserne où il fut accueilli par un serveur du mess en smoking et nœud papillon, qui le conduisit dans les cuisines. Le serveur lui fit part, que le Général, ainsi que nombreux officiers supérieurs, l'attendait dans la salle, afin qu'il se présente, pour lui expliquer sa démarche.

Nicolas lorsqu'il pénétra dans la salle du mess, il trouva des tables disposées en demi-cercle, avec le général en son centre, entouré de part et d'autre, d'une dizaine d'officiers supérieurs. Il resta figé par le trac, durant quelques secondes, devant une assemblée aussi impressionnante.

Le général s'en rendit compte :

— N'ayez aucune crainte mon garçon, détendez-vous ! Vous m'avez tellement étonné par votre démarche, et surtout alléché lors de notre conversation téléphonique, que je n'ai pu m'empêcher de réunir mes officiers les plus gastronomes… Allez, du cran mon garçon, je vous laisse la parole

Nicolas, pendant une vingtaine de minutes, avec beaucoup de conviction et de persuasion, détailla son cursus, les raisons et les motivations qui l'avaient poussé à créer cette société pour le marché de l'armée. Expliquant que la meilleure façon de démontrer la qualité de ses produits et du bénéfice gustatif et pécuniaire que l'armée pouvait en tirer était de les faire déguster sur place.

Aujourd'hui, il allait leur servir une blanquette de veau à l'ancienne. Avant de se retirer en cuisine, il se retourna vers le général en rajoutant avec une pointe d'humour :

— Sans oublier, mon général, dans mes motivations, je n'ai pas oublié que « bien manger garantit à la fois la santé et le moral des troupes » ! Tout le monde éclata de rire.

Il se retira en cuisine. Il prépara avec soin son sauté de veau à l'ancienne. Il fit part au chef cuistot de ce qu'il n'était pas cuisinier, il avait simplement appris cette recette par cœur. Conquis par sa simplicité, le chef cuistot s'empressa de lui venir en aide, apportant quelques touches personnelles pour améliorer la sauce. Pour une présentation beaucoup plus gustative, il dressa lui-même la blanquette de veau dans les assiettes. Le serveur prit les plats et les porta dans la salle du mess.

Il revint en cuisine, attendant avec Nicolas et le chef cuistot, le verdict. De temps en temps le serveur entrebâillait la porte du mess, jetant un œil pour voir comment se déroulait le repas.

Après plus d'une heure d'attente, le serveur partit relever les plats. Lorsqu'il revint, il fit remarquer à Nicolas qu'il ne restait plus rien dans les assiettes.

Le chef, qui s'était pris d'amitié avec Nicolas, lui dit :

— J'avais goûté la viande, avant de la dresser dans les plats, elle est cuite à point et fondante à souhait ! Tu as joué sur la carte de la qualité, petit, ne change rien… Crois-moi tu es sur le bon chemin !

Quelques instants plus tard, le Général fit demander Nicolas, pour le rejoindre dans la salle du mess.

Nicolas était mort de trouille, il savait que du résultat de cette dégustation dépendait son avenir. Le chef cuistot lui donna une tape amicale dans le dos :

— Allez courage petit, si les assiettes sont propres c'est qu'ils ont apprécié !

Lorsqu'il pénétra, tout fébrile, dans la salle, le général aussitôt se leva :

— Voyez-vous mon garçon, je suis un Général qui n'est plus très loin de la retraite. Votre délicieux sauté de veau à l'ancienne, tous ces arômes, la tendreté de la viande m'ont ramené bien loin, au temps de mon enfance, où ma grand-mère me faisait déguster ces plats longuement mijotés dans l'âtre de la cheminée. Bravo, mon garçon, vous avez vu juste, vos produits remonteront le moral de nos troupes… Et des officiers !

Tout le monde se leva et applaudit Nicolas, à tout rompre. Le général l'invita à leur table, ils prirent le dessert et le café ensemble, tout en discutant sur les modalités des appels d'offres, des différents régiments qui composaient la cinquième région.

Nicolas était heureux, il avait réussi ce en quoi il avait toujours cru ! N'accorder de valeur qu'au spontané, par rapport au réfléchi, revenait à refuser tout intérêt au travail fini, et ne s'en tenir qu'à l'ébauche. Mais, lui avait toujours recherché la perfection, à partir d'un état brut. D'une cuisse de canard dégustée par hasard dans un restaurant, il conçut, à l'échelle industrielle, un concept de viande cuite sous vide à basse température !

Cette première réussite, dans la dégustation qu'il fit à la caserne Niel avec des viandes de très haute qualité gustative, ne fit que confirmer qu'il était sur la bonne voie. Le général ordonna par écrit à toutes les casernes de la cinquième région de recevoir Monsieur Nicolas Fonzenac pour déguster ses produits carnés. Il lui restait environ six mois pour bâtir les infrastructures définitives de son entreprise, et trouver son financement qui s'élevait à plus de huit cents millions de francs. En attendant, il fonctionnait avec le mini-laboratoire, pour cuire les différents échantillons nécessaires aux dégustations, et fournir les commandes qui commençaient à affluer.

Un petit village, situé sur les bords de l'Ariège, à proximité de Foix, lui proposa de monter le bâtiment de son entreprise, à la condition expresse que dès le démarrage, il recrute uniquement son personnel dans la commune. Nicolas signa le protocole pour un nombre de trente-huit personnes. Les travaux démarrèrent aussitôt. Il ne lui restait plus qu'à financer le process de cuisson pour environ quatre cents millions de francs.

Il regagna Bourges, où Olivier et ses amis l'attendaient au château de Jean-Pierre Cisterne, pour fêter l'anniversaire de son épouse Martine. Ils étaient tous heureux de se revoir. Nicolas avait retrouvé son sourire, sa bonne humeur, et expliquait à Olivier le bon déroulement de son projet, ponctué par de grands éclats de rire.

Lorsqu'ils passèrent à table, Nicolas se trouva à côté de Yves Beaurevoir, syndic de faillite de Bourges, ami de longue date de toute la bande.

— Je te trouve bien détendu Nicolas, après ce qui vient de t'arriver… Tu n'as pas l'air de te rendre compte de la gravité de cette décision !

Nicolas le regarda, les yeux écarquillés d'étonnement :

— Qu'est-ce que tu me chantes là, Yves… Je viens de créer ma société, qui de plus, démarre sur les chapeaux de roues, et tu voudrais que je ne sois pas heureux ?

Ce fut à son tour qu'Yves le regarda avec surprise :

— Mais enfin Nicolas, ta société d'intérim vient de tomber en faillite ! Tu es quand même au courant ! s'exclama Yves.

Tout le monde posa les couverts, lorsqu'ils entendirent cette annonce. Nicolas avait atteint son plus haut degré d'épanouissement par la réussite de son projet… La nouvelle de cette faillite lui provoqua un accablement, une compression, et le sentiment de suffoquer. « Orga-intérim » en faillite, était pour lui une vérité insoutenable !

— Je ne suis absolument pas au courant Yves ! D'abord ce n'est pas ma société comme tu dis, je suis salarié en tant que directeur de marketing, le poste de directeur Général, c'est Claudine, mon ancienne compagne, qui m'a remplacé à ce poste ! Le PDG de « Orga-intérim » est Monsieur Escalas… Je n'arrive pas à y croire, toutes les filiales de sa société de portefeuille étaient rentables, tout marchait à merveille… Comment a-t-il pu faire faillite ?

— Je suis vraiment désolé Nicolas de t'apprendre cette mauvaise nouvelle, mais j'étais persuadé, comme tous tes amis ici présents, que c'était toi le PDG « de Orga-intérim ».

— Bah tu sais, c'est un peu de ma faute, je n'ai jamais dissuadé personne du contraire… Tu peux m'en dire plus sur cette faillite ?

— Hélas, non, pas grand-chose ! Ce n'est pas moi le syndic de faillite. Tout ce que je sais, c'est en finançant une équipe de coureurs professionnels qu'il s'est mis sur la paille.

— Une équipe de coureurs professionnels ! Jamais il ne m'en a parlé !

Olivier s'approcha, posa sa main sur son épaule :

— Dis donc Nicolas tu as eu un sacré flair de monter ton affaire si je comprends bien.

— Attends Olivier, Monsieur Escalas était parfaitement au courant, c'est lui-même qui m'a déchargé de toutes mes responsabilités, afin que je puisse mettre au point mon concept. C'est pour cela que je tombe des nues… Je lui dois tout, sans son aide, jamais je n'aurais pu finaliser mon projet !

La soirée se termina et Nicolas regagna le manoir. Son sommeil cette nuit-là fut des plus agités. Il devait revoir Stéphane pour lui apporter son soutien dans ces moments difficiles. Il décida de le rejoindre dans sa résidence à Orléans. Tôt le matin, il s'arrêta à l'appartement d'Olivier, pour lui demander s'il pouvait, le temps de son absence, passer au manoir sur les coups de neuf heures, ouvrir la petite porte du portail, pour sa femme de ménage.

— Bien sûr, Nicolas, aujourd'hui on ne travaille pas ! Par la même occasion on va en profiter pour sortir les chiens, qui pourront se défouler dans le parc ! Tu penses rentrer pour Midi ?

— Je pense ! Mais vous pouvez rester tout le temps qu'il vous plaira, si Claude veut cuisiner, il y a tout ce qu'il faut dans le frigo.

Nicolas lui remit les clefs et le remercia chaleureusement.

Lorsqu'il arriva au domicile de Stéphane, la maison semblait déserte. Il s'approcha, jetant un coup d'œil furtif au travers des vitres du séjour. Il n'y avait plus de meubles, plus de tableaux au mur, juste un chausson d'intérieur qui traînait sur le parquet. Un aspect de désolation régnait sur toute la propriété. Il fit le tour de la maison mais impossible d'entrer. Tout était sous scellés. Il ne put se résoudre à quitter les lieux. Mû par un sixième sens, il décida de visiter l'immense parc de la propriété, il aperçut une silhouette fuyante tenant un fusil à la main, pénétrant, tête baissée, dans un épais bosquet.

— Stéphane c'est vous ? s'écria-t-il ?

Aucune réponse. Son sang ne fit qu'un tour, il courut précipitamment en direction où la forme avait disparu. Il pénétra dans le bosquet, lorsqu'il entendit à quelques mètres de lui, le bruit caractéristique d'un fusil de chasse que l'on arme. Il se précipita comme un fou, il eut juste le temps d'arracher le fusil, que Stéphane plaçait sous son menton pour se suicider.

Stéphane resta assis par terre, l'air hagard, les jambes légèrement écartées, les bras ballants. Il dévisagea Nicolas de ses yeux vitreux. Il semblait frustré, comme lorsqu'on s'éveille au milieu d'un rêve, dont on sait qu'on ne le reverra jamais. Des larmes se mirent alors à couler le long de son visage émacié recouvert d'une barbe de plusieurs jours…

— Nicolas ! Mon cher Nicolas ! Pourquoi as-tu fait ça ? Je suis ruiné par mes propres erreurs, mis au ban de la société, comme un vulgaire hors-la-loi : radié des listes électorales et interdiction de gérer une entreprise pendant cinq ans… Mon épouse m'a abandonné comme si j'étais un pestiféré, ainsi que mes soi-disant amis… Alors, à quoi bon vivre ?

— J'ignorais toutes ces interdictions Stéphane ! Mettre un honnête homme comme vous, pour une erreur de gestion, au banc de l'infamie me semble démesuré… Alors qu'aux États-Unis, dans la même situation, on ne sévit pas ainsi… Au contraire, la faillite est vécue là-bas, comme une expérience positive, voire enrichissante. Les banquiers n'hésitent pas à investir, sachant que l'échec rendra le responsable, beaucoup plus attentionné à la gestion de sa nouvelle entreprise !

Stéphane, le regard hébété, écoutait Nicolas. Son visage exprimait une tristesse infinie. L'homme était au bout d'un combat qui le laissait brisé.

— Pour vos amis, vous n'êtes pas sans savoir que la plupart des hommes oublient tout, sauf une seule chose, leur ingratitude ! Pour moi rien n'a changé, quoi qu'il arrive, vous êtes l'homme que j'ai toujours respecté. Je ne pourrai jamais oublier tout ce que vous avez fait pour moi ! Quand j'ai appris votre faillite, je suis parti aussitôt pour vous apporter mon soutien… C'est grâce à vous, à la confiance que vous m'avez toujours témoignée, que j'ai pu créer mon entreprise…

Il s'ensuivit un pénible silence. Stéphane se força à lever les yeux, son regard croisa celui de Nicolas.

— Regarde-moi bien Nicolas, lui dit-il les paupières baissées : je ne suis plus l'homme que tu as connu, je suis devenu une loque, un homme qui se dégoûte tellement, que la vie n'a plus aucun sens pour lui… Tu es gentil Nicolas, mais je ne veux pas de ta pitié !

— Pitié ! s'écria Nicolas, mais je n'ai aucune pitié pour vous Stéphane, la pitié est un sentiment de supériorité que l'on éprouve pour une personne plus malheureuse que soit ! Je réagis par amitié et non par pitié Stéphane. Vouloir mourir ainsi, c'est accomplir un acte d'une portée inéluctable. Il faut croire en la vie ! J'ai remarqué, lorsqu'un malheur nous arrive, il est toujours suivi d'un bonheur que l'on n'espérait plus. Debout Stéphane ! Si l'existence semble moche, elle vaut le coût d'être vécue… Je suis votre ami, rien que votre ami, qui vous propose de partager avec lui une nouvelle aventure !

Stéphane dévisagea gravement Nicolas, il fut touché par ces paroles :

— Tu as toujours été différent des autres Nicolas ! Non par ton travail, mais par cette faculté innée chez toi à aider les gens… En particulier ceux qui souffrent. Tu as un cœur ouvert aux autres, tu sais mieux que quiconque, ce que sont la souffrance et l'abandon ! Merci, Nicolas ! Merci de m'avoir sauvé de ma lâcheté !

Nicolas vit soudain dans le visage fatigué de Stéphane, ses grandes dents blanches découvertes, en un sourire de remerciement. Il se pencha, l'aida à se relever, et l'installa sur le siège passager de sa voiture, puis il prit la direction du manoir.

Nicolas, tout en conduisant, jeta un regard sur sa chevalière et pensa : tu vois, papa, je t'écoute. Quand tout va mal, je relis la devise de notre maison, et je me sens prêt à affronter tous les défis.

En arrivant au manoir, Nicolas donna un coup de klaxon, tout en aidant Stéphane, qui tenait à peine sur ses jambes, à descendre du véhicule. Olivier et Claude se précipitèrent à leur rencontre. Stéphane faisait peine à voir, il semblait comme un vieillard impotent, incapable de se déplacer seul. Olivier et Claude le prirent chacun sous les bras et le conduisirent à l'intérieur du salon, l'installant sur le canapé face à la grande cheminée.

Olivier s'éloigna près d'une des fenêtres faisant signe à Nicolas de s'approcher :

— Je pense qu'il vaut mieux que l'on parte Nicolas, je suppose que vous devez avoir pas mal de sujets à débattre avec ton ancien patron… Claude a préparé un lapin à la moutarde, il n'y a plus qu'à le réchauffer.

— Tu plaisantes Olivier ! Il n'est pas question que vous partiez, vous restez là ! Tu vas me donner un coup de main à préparer la chambre de Stéphane. Qu'il prenne un bon bain, se rase, et s'habille correctement… C'est une personne à qui je dois tout, c'est à mon tour de lui témoigner ma gratitude et mon amitié ! Il est au fond du trou pour l'instant, mais c'est un battant, je ferai tout mon possible pour qu'il se relève de ce mauvais pas. En déjeunant avec nous, cela lui permettra de retrouver un peu de dignité.

Ses vertus morales ennoblissaient Nicolas aux yeux de ses amis.

— Tu sais Nicolas, je suis fier d'avoir un ami comme toi !

— Moi aussi Olivier, je suis ravi d'être ton ami… Pendant que j'y pense, demande à Claude, comme il est de la même taille que Stéphane, s'il n'a pas quelques vêtements à lui prêter, le temps que je m'organise !

— Pas de problème Nicolas !

Lorsque la comtoise sonna les douze coups de midi, Claude avait dressé les couverts et posé son lapin à la moutarde, tout fumant, au centre de la table. Tous les trois sirotaient un verre de whisky en attendant Stéphane. Lorsqu'il les rejoignit, propre et élégant avec son complet de flanelle grise, et un feutre mou posé légèrement de biais sur ses cheveux noirs, qui lui conféraient un aspect de grande dignité.

Il s'inclina, un léger sourire moqueur sur ses lèvres, et les salua chapeau bas :

— Merci, mes amis, merci à toi, mon cher Nicolas… Souvent, on garde le silence, n'osant pas remercier, pensant pour beaucoup que c'est humiliant. Il y a quelques heures, je n'étais qu'une épave qui se perdait au fond d'un puits noir ! À présent, grâce à vous tous, bien que l'habit ne fasse pas le moine, je me sens un autre homme… Le passé c'était bien, mais l'exaltation du présent, c'est une façon de se tenir debout, un devoir !

Il prit place près d'eux. Quelques instants plus tard, l'alcool avait coloré ses joues habituellement pâles.

Tout le monde félicita Claude pour son lapin à la moutarde. La journée se déroula dans ambiance conviviale. Nicolas, accompagné d'Olivier et de Claude, fit visiter le parc du Manoir à Stéphane. Sa main droite, mise en visière sur son front, telle la vigie guettant l'île au trésor du haut de son mât de misaine, il découvrit les diverses essences d'arbres qui décoraient l'espace de verdure.

— Magnifique Nicolas, un vrai coin de paradis, s'extasia Stéphane.

Le lendemain matin, sur les coups de neuf heures, Nicolas, après avoir pris rendez-vous, se rendit chez son banquier Monsieur Guychard, avec qui il nouait d'excellentes relations. Celui-ci, depuis le début, suivait avec beaucoup d'attention l'évolution de l'affaire, et lui accordait toute sa confiance. Nicolas lui fit part du succès rencontré auprès de l'armée pour ses produits. Il l'informa de la construction terminée, d'un bâtiment à titre gracieux, par la municipalité d'une ville de l'Ariège, sous condition d'embaucher le personnel résidant dans la commune. Il était donc urgent d'obtenir un prêt, pour financer le process de cuisson, et le budget prévisionnel de l'entreprise... Vu l'importance des premières commandes, l'affaire fut rapidement conclue. Monsieur Guychard lui accorda les quatre cents millions, sans aucune hypothèque. En échange, il demanda que la totalité de son chiffre d'affaires soit versée à sa banque. Nicolas sentit une bouffée de joie emplir sa poitrine. Le prêt fut paraphé et signé de part et d'autre. Nicolas remercia Monsieur Guychard, et rejoignit, sans perdre une seconde, le manoir où Stéphane l'attendait avec impatience.

— Alors, raconte, lui demanda Stéphane !

— Tout s'est déroulé à merveille, j'ai eu le prêt, mais j'avoue que j'étais très inquiet !

— Pour quelle raison ?

— Comme le bâtiment était terminé, j'ai brûlé les étapes, en faisant installer le process de cuisson, et acheter une longère à proximité du village. Mes parents se sont occupés de l'aménager… Imaginez Stéphane, si le prêt ne m'avait pas été accordé !

— Sacré Nicolas ! Tu as pris des risques, mais je suis persuadé qu'ils étaient parfaitement calculés, tu es tellement convaincu de ton projet, à juste titre d'ailleurs ! Pendant ton absence j'ai reçu un appel téléphonique d'un certain monsieur de Pourquay, qui m'a annoncé que tu avais obtenu le marché des viandes, sur une quinzaine de casernes de l'armée de terre et de l'air. La Légion étrangère à Aubagne réclame elle aussi une dégustation. Alors qu'en penses-tu ?

— Je n'arrive pas à y croire, tout se déroule avec une telle facilité, que j'ai peur de me laisser dépasser par cette réussite ! Il faut retourner le plus rapidement possible à l'usine, il y a encore le logiciel de cuisson à créer !

— Tu n'es pas seul Nicolas, si tu m'y autorises, j'aimerais à mon tour te rendre service, en particulier en mettant au point ce logiciel de cuisson… Je n'ai plus un sou vaillant, mais j'ai toujours mes compétences d'ingénieur en informatique ! Je suppose qu'il est prévu dans ton cahier des charges ?

— Oui bien sûr ! J'ai justement rendez-vous demain matin avec mon notaire, pour finaliser la vente le manoir, afin de financer ce logiciel.

— Et bien tu vois, cela ne te coûtera rien, tu peux garder ton manoir Nicolas !

— Je vous remercie infiniment pour ce geste, Stéphane, de toute façon, il faut que je le vende, j'ai encore besoin de fonds pour bien équilibrer mon budget prévisionnel… Pour gagner du temps, vous pourriez partir à l'usine dès aujourd'hui, pour mettre au point votre logiciel, l'ingénieur a toutes les données des temps de cuisson pour chaque catégorie de viande.

— Cela me convient parfaitement Nicolas !

— Vous prenez ma voiture ! Vous logerez dans la longère, voici les clefs et l'adresse. Lorsque j'aurai terminé toutes mes démarches, je vous passerai un coup de fil, pour vous donner l'heure d'arriver de mon train en gare Matabiau à Toulouse... Cela vous convient Stéphane ?

— Tout à fait Président ! lui répondit-il d'un air sérieux.

Nicolas ne put s'empêcher d'éclater de rire.

— Je ne serai jamais votre Président, Stéphane, vous le savez bien ! Nous resterons toujours amis, quoi qu'il advienne... Tenez prenez ceci pour vos frais... En attendant, allons déjeuner au « Jacques Cœur », ensuite vous pourrez prendre la route. Quant à moi, avec mes cheveux qui me tombent dans le dos, je ressemble à un hippy ! Je vais aller voir Joëlle, afin qu'elle me fasse une coupe digne d'une personne respectable ! Je m'arrangerai avec Olivier et Claude pour qu'ils me ramènent au manoir... Ils vont être déçus d'apprendre que je le vends !

— Il n'y a pas qu'eux qui seront déçus Nicolas !

— Je sais Stéphane ! Je ne vous dis pas, lorsque je vais en parler à mes parents, mon père va être extrêmement dépité, il adorait ce lieu !

Nicolas, après le départ de Stéphane, entra dans le salon où Joëlle Bass, la gérante, l'accueillit avec des yeux admiratifs. Depuis la première fois où elle le vit, elle fut séduite par ce personnage qu'elle trouvait beau ! Toujours un mot aimable pour ses employées, et cet éternel sourire, qui le rendait si charmant. Sa façon de se comporter, sa courtoisie naturelle envers les femmes, semblait le faire sortir d'un monde oublié, d'un monde où les bonnes manières s'appelaient le savoir-vivre.

Elle choisit un siège, et lui fit signe de prendre place.

— Cécile va s'occuper de vous, elle n'en a pas pour longtemps. Comment allez-vous, Monsieur Fonzenac ?

— Bien, Joëlle ! Enfin presque, ma société démarre dans quelques jours, je suis sur des charbons ardents. J'ai encore quelques détails à régler, puis je pars m'installer définitivement dans l'Ariège !

— Voulez-vous dire qu'on ne se verra plus ?

— Vous savez Joëlle, dans la vie, il faut parfois savoir tourner la page. Bourges a été pour moi une étape enrichissante, surtout dans ma vie professionnelle. J'ai rencontré des amis sincères, et fidèles ! Mais ma vie sentimentale, hélas, n'y fut pas une réussite.

— Oui je sais, j'ai appris votre séparation avec Claudine… Et les ennuis causés par votre fils. J'en suis vraiment désolée pour vous.

— Allez, ne parlons plus de tout ça, pour moi c'est du passé, je ne veux vivre qu'au présent ! Mais vous Joëlle comment vont les affaires ?

— Bien, je vous remercie ! Je suis heureuse, je viens d'obtenir mon diplôme de comptable ! Moi aussi, j'ai envie de changer d'air… Gérer les trois salons de coiffure devient une lourde charge, et rester debout toute la journée me cause beaucoup de soucis de santé… J'ai prévenu mon patron de mon intention de cesser mon activité… Dès qu'il aura trouvé une remplaçante, je pourrai me libérer ! Si un jour vous avez besoin d'une comptable, pensez à moi, Monsieur Fonzenac !

— Pourquoi pas Joëlle, je ne dis pas non ! Depuis le temps que je viens chez vous, j'ai pu constater que vous êtes une personne sérieuse, attentionnée, et surtout digne de confiance… Je vous promets de vous avertir, dès que l'on structurera le service comptable.

— Merci beaucoup, Monsieur Fonzenac ! Moi aussi, depuis que vous venez au salon, j'ai appris à vous connaître, et je serai heureuse de travailler pour vous… Puis-je vous demander le nom de votre société, si ce n'est pas indiscret ?

— Absolument pas Joëlle, le logo de la société, est : « SOCUIVIT », société de cuisson des viandes du terroir ! L'usine est située dans un village ariégeois près de Foix… C'est une région magnifique !

Cécile arriva et s'occupa de Nicolas. Lorsqu'il quitta le salon, tous les employés lui souhaitèrent bonne chance. Joëlle, émue de le voir partir, lui dit :

— À bientôt j'espère !

Une réussite sans pareille

Quelques semaines plus tard, lorsqu'il arriva à l'usine sur les coups de quatorze heures, c'était le branle-bas de combat. Stéphane avait programmé et terminé la mise au point du logiciel, vérifiant l'avancement du process de cuisson avec une minutie de chirurgien. Il se tenait, le visage tendu, devant le pupitre informatique près des bacs, pour lancer la cuisson des viandes. Néanmoins, Il régnait parmi le personnel, une ardeur au travail, qui révélait la volonté de voir la réussite de leur entreprise. La plupart des employés sortaient du chômage et n'avaient aucune envie d'y retourner. Stéphane salua Nicolas, et l'air solennel il lui dit :

— Le moment crucial est arrivé Nicolas ! Pour notre premier essai, nous allons utiliser les trois premiers bacs à bain d'eau. Sur les rails qui sont au-dessus circuleront les trois paniers contenant les sachets de viande sous vide. Le premier panier contient un rôti de porc, le second un rôti de bœuf, le troisième un rôti de dindonneau. La température, et la durée de cuisson sont différentes pour chaque aliment, et sont prises en charge par le logiciel ! Dès la fin de la cuisson, les paniers se soulèveront et seront descendus automatiquement dans les bacs d'eau froide pour arrêter la cuisson ! Puis ils seront dirigés vers les chambres de stockage, prêts à la livraison ! Nicolas, tout cela en appuyant simplement sur ce bouton ! C'est à toi que revient l'honneur de lancer la chaîne !

Stéphane s'écarta pour laisser la place à Nicolas. C'était un moment vital pour l'entreprise. Lorsque Nicolas pressa le bouton, les paniers se mirent instantanément en mouvement sur les rails et descendirent chacun à leur tour, dans les bacs de cuisson. Tout le personnel cria des hourras de joie et applaudit à tout rompre.

Nicolas le visage épanoui s'adressa à ses employés.

— À présent, Mesdames et Messieurs, il va falloir attendre six heures de cuisson, avant de savourer comme nous l'espérons tous, la qualité de nos viandes cuites. Puis nous fêterons comme il se doit le démarrage de « SO.CUI.VIT » notre société !

Les viandes étaient prêtes pour le repas du soir, la salle de réunion, fut transformée pour cette occasion, en salle de dégustation. Une nappe blanche recouvrait l'immense table située au centre de la pièce. Le couvert était dressé, le champagne, les vins et jus de fruits disposés de part et d'autre, de manière à accueillir le personnel de l'usine. Nicolas avait invité les épouses et enfants des employés à venir se joindre à ce repas, afin de sceller des liens plus étroits au sein de l'entreprise.

Le chef, Serge Morin, afin de convaincre de la performance du procédé de cuisson sous vide, avait utilisé, une pièce de bœuf, achetée bon marché, remplie de tendons, de nerfs et de muscles. Bref ! Pour ainsi dire immangeable ! Avec le bouillon tiré du sachet sous vide, il arrosa la pièce de viande, disposa quelques pommes de terre rissolées, et la réserva dans un four vapeur.

Les épouses, quelque peu intimidées, arrivaient par petits groupes. Nicolas les accueillait sur le pas-de-porte du hall d'entrée, puis les accompagnait vers leurs époux, déjà installés autour de la table. Il s'assura que tout le monde était là, et à l'instant même où il referma la porte, une Simca 1 000 arriva en trombe, et vint se garer sur le parc de stationnement.

— Ça doit être Monsieur le Maire, se dit-il !

Nicolas sortit et s'approcha du véhicule pour le recevoir.

— Bonsoir Monsieur le Maire, on n'attendait plus que vous !

— Bonsoir Nicolas, point de protocole entre nous, appelez-moi Jean-Pierre… Je suis heureux de vous compter parmi nos administrés… Vous êtes un homme de parole, et vous avez tenu vos engagements pour les trente-huit personnes… Ce qui par les temps qui courent, n'est pas monnaie courante !

— Tout comme vous qui avez tenu les vôtres, en montant les bâtiments en temps et en heure ! Venez Jean-Pierre, rentrons, tout le monde nous attend pour l'inauguration du lancement de la chaîne de cuisson de nos produits.

— Ah j'oubliais Nicolas, une jeune femme, fort charmante au demeurant, est passée à la Mairie, juste avant mon départ, pour s'enquérir de l'adresse de votre entreprise. Je pense qu'elle ne va pas tarder, sa voiture suivait la mienne… Tenez la voilà !

— Je me demande qui cela peut bien être ?

La voiture, une mini Cooper, immatriculée dix-huit, se gara près de celle du Maire. Nicolas, suivi de Jean-Pierre, s'approcha du véhicule. Quelle ne fut pas sa surprise lorsque Joëlle en descendit !

— Joëlle ! Alors là, pour une surprise, c'est une surprise ! Je suis très heureux de votre venue, vous ne pouviez pas mieux tomber…

Il l'embrassa en lui souhaitant la bienvenue, et se tourna vers Jean-Pierre :

— Jean-Pierre, j'ai l'honneur de vous présenter Madame Joëlle Bass, la future comptable de l'entreprise !

— Nous avons déjà fait connaissance. Néanmoins, Madame Bass je vous félicite pour ce poste à responsabilité, et vous souhaite un agréable séjour dans notre commune.

Tous les trois rejoignirent la salle de réunion. Quelques instants plus tard, le chef cuisinier, Serge Morin, accompagné de Stéphane, et du responsable cuisson Jean Dudefant, arrivèrent, portant chacun un plateau garni du rôti de bœuf, du rôti de porc, et du rôti de dindonneau. Les viandes étaient découpées, et présentées avec une décoration digne d'un grand restaurant. Ils les déposèrent sur la grande table sous les applaudissements des cinquante-trois personnes.

Nicolas se leva, félicita le chef pour la présentation de ses plats, puis il saisit sa flûte de champagne, en s'adressant au Maire :

— Mon cher Jean-Pierre je lève mon verre en votre honneur ! C'est grâce à vous si aujourd'hui on peut fêter l'inauguration et le lancement de « SOCUIVIT » ! Dès le départ, vous avez cru en notre projet. Vous avez convaincu votre conseil municipal d'investir afin que l'usine soit prête pour l'ouverture des marchés de l'armée… Nous vous en sommes tous ici reconnaissants.

Puis il fit face à ses employés :

— Je propose de lever nos verres en l'honneur de notre Maire, et lui faire un ban d'applaudissement pour le remercier.

La réaction ne se fit pas attendre, pour offrir une ovation à n'en plus finir à leur Maire, réélu depuis vingt et un ans !

Monsieur le Maire leva son verre, remercia tout le monde, ne voulant pas, par un long discours, faire attendre le repas, il souhaita bon appétit à tout le monde.

Serge Morin, le chef cuisinier prit la parole en s'adressant à l'ensemble de la tablée :

— Vous avez près de vos assiettes un questionnaire anonyme qui comporte des cases de sélections telles que : le goût, la tendreté, les arômes, le côté gustatif ! Je vous demande, de les cocher avec sincérité lorsque vous goûterez chaque viande ! Les notes vont de 0 à 3 ! C'est-à-dire : 0/immangeable, 1/moyen, 2/bien, 3/excellent et goûteux. Tout le monde a compris ?

La tablée approuva d'une seule et même voix.

— Avant de vous laisser apprécier ces viandes, je voudrais ajouter un détail connu de moi seul ! Dans ces trois différents rôtis, j'ai volontairement acheté une pièce bon marché ! Elle est remplie de tendons, de nerfs et de muscles… Ceci pour démontrer la qualité des viandes cuites à basse température, à notre personnel, y compris à notre PDG, qui n'est pas au courant de cette démarche ! En espérant qu'il ne m'en tiendra pas rigueur…

Nicolas ne put s'empêcher de répondre en souriant :

— Faute avouée est à demi pardonnée Serge !

— J'ai la facture de cette « carne » en ma possession ! J'attends avec impatience, vos conclusions sur cette méchante viande. ! Allez, à vos fourchettes et bon appétit à tous !

Une ambiance assez exceptionnelle régnait pendant cette dégustation. Chaque employé se sentait partie prenante. Ils éprouvaient une certaine fierté, d'être ainsi consultés pour donner leurs avis sur les produits de leur entreprise. Ils n'étaient pas de simple numéro, mais des personnes responsables et intégrées à la réussite de leur société. Le Maire se pencha vers Nicolas, et lui dit à l'oreille :

— Voyez-vous Nicolas, l'enthousiasme de vos employés, leur détermination, me donne de l'espoir… Vous avez gagné leur confiance, en tenant vos promesses… Dans la vie, vous pouvez posséder n'importe quel bien de valeur, mais si vous n'avez pas le respect des autres… Vous n'avez rien ! Bravo, Nicolas.

— Merci, Jean-Pierre, vos paroles me vont droit au cœur !

Joëlle dégustait quelques tranches de chaque rôti, notant soigneusement ses appréciations sur le questionnaire. Nicolas, Jean-Pierre, Stéphane et tout le personnel faisaient de même. Tout le monde semblait se régaler, à tel point que Nicolas ne put s'empêcher de demander :

— Dis donc Serge, ton rôti, qui soi-disant serait une méchante « carne », ce ne serait pas une blague dont tu es coutumier ?

— Hé non ! Monsieur le Président, en voici la preuve, dit-il en brandissant la facture !

Il ne restait plus rien dans les trois plats. Serge ramassa les questionnaires, en les déposant devant Joëlle tout étonnée.

— Joëlle, en qualité de future comptable de la maison, il vous incombe de nous dévoiler le classement des trois rôtis.

Nicolas Jean-Pierre, Stéphane et tous les employés attendaient avec impatience les conclusions… Il ne fallut pas longtemps à Joëlle pour définir les résultats… Un peu intimidée, elle prit sa feuille de calcul et énonça le classement des viandes par catégorie :

— Le rôti de porc sur l'ensemble des cinquante-trois réponses obtient 48 fois la note 3 ! Le rôti de dindonneau, 50 fois la note 3, et le rôti de bœuf 53 fois la note 3 ! Bien que les trois viandes aient obtenu la note 3, le rôti de bœuf gagne à l'unanimité cette dégustation.

Serge vint reprendre la feuille de calcul, et se dirigea vers Nicolas :

— Président, voici la facture du rôti bon marché que j'ai acheté. … Avant de dévoiler la nature de ce rôti, je voulais vous dire, sans aucune flatterie, au nom de tout le personnel ici présent, que ce succès, c'est à vous et à vous seul que nous le devons. Lorsque vous avez effectué le stage sous vide en expliquant votre projet, personne n'y croyait, moi y compris ! Votre détermination, la certitude que ce marché pouvait intéresser l'armée, et les résultats obtenus par vos dégustations, ont non seulement convaincu les banquiers, mais aussi Monsieur le Maire. Moi-même j'ai quitté mon emploi pour vous rejoindre… Président, nous sommes tous très fiers de travailler avec vous, pour la réussite de notre entreprise.

Tout le monde se leva et applaudit à tout rompre Nicolas.

Nicolas se sentit soudain gêné, comme si tous ces compliments ne le concernaient pas. Il ne put répondre à ces éloges qui lui étaient destinés. Une étrange sensation de gêne le gagna. Il regarda la facture, et d'un air absent il annonça, à la surprise générale, que le rôti bon marché n'était autre que le rôti de bœuf qui avait obtenu autant de succès !

Puis, lourd d'une fatigue inattendue, il se laissa choir sur son siège.

Joëlle avait remarqué que Nicolas ne se comportait pas normalement, elle le fixait avec inquiétude.

À cet instant Nicolas fut emporté dans un étrange tourbillon. Il se sentit comme quelqu'un qui serait rentré dans ce lieu par mégarde. Il fut saisi d'une envie de s'enfuir. Retrouver ce qu'il n'avait jamais considéré comme un fait négligeable, l'odeur du muguet ! Tous ces moments que la nature lui avait donnés, il les avait tellement aimés, chéris, choyés, qu'il désirait revenir à la vraie vie, en s'étonnant de tout ! Revoir son château de Lastour, quitter les affaires, et fuir ce monde qu'il n'avait jamais vraiment voulu. Des larmes coulèrent le long de ses joues, et il perdit connaissance !

Aussitôt Stéphane et Joëlle se précipitèrent vers lui. Le personnel, tout aussi inquiet, fit cercle autour de Nicolas. Stéphane le redressa sur son siège en demandant à Jean-Pierre d'appeler le médecin de garde. Joëlle avait honte de sa frayeur, elle ne parvenait pas à maîtriser les battements de son cœur ni le tremblement de ses mains. Elle s'efforça de prendre une attitude plus calme, et tapota les joues de Nicolas :

— Monsieur Fonzenac, revenez à vous, je vous en prie !

Nicolas peu à peu reprit connaissance. Il souleva ses paupières, étonné de voir tout ce monde autour de lui.

Ce fut aussitôt un soulagement pour tous.

— Qu'est-ce qui m'arrive ? s'étonna-t-il.

— Ce n'est rien Nicolas ! Reste tranquille, le médecin ne va pas tarder, lui répondit Stéphane.

Vingt minutes plus tard, le médecin arriva. Il fit écarter tout le monde. Il prit la tension de Nicolas, l'ausculta, tout en lui posant de nombreuses questions sur ses activités professionnelles… Le visage apaisé, il retira son stéthoscope, et regardant Nicolas, il lui fit part de son diagnostic :

— Votre tension est trop basse, Monsieur Fonzenac, ce n'est pas bon signe ! D'après vos explications, sans vous en rendre compte, la création de votre entreprise vous a épuisé physiquement, et je dirai même psychologiquement… Il faut absolument prendre du repos, si vous ne le faites pas, votre état risque de s'aggraver !

— M'arrêter ce n'est pas possible Docteur, nous inaugurons aujourd'hui le lancement de « SOCUIVIT » ma présence est indispensable… Mais que voulez-vous dire Docteur, si je ne prends pas de repos cela risque « d'aggraver mon état » ?

— Vous êtes au bord d'une dépression ! Organisez-vous avec vos collaborateurs pour faire tourner l'usine en votre absence, au moins pendant un mois, c'est impératif Monsieur Fonzenac !

Le docteur rédigea une ordonnance, et la tendit à Nicolas.

— Vous prendrez ces cachets pendant un mois : un le matin et un le soir avant de vous coucher, surtout repos absolu ! Ensuite, soyez plus modéré dans la reprise de vos activités. Si vous suivez à la lettre ces recommandations, au bout d'un mois de ce traitement, je puis vous assurer que vous aurez retrouvé toute votre puissance de travail !

— Merci Docteur, je vais suivre vos conseils.

Stéphane et Joëlle aidèrent Nicolas à monter dans sa voiture pour le raccompagner chez lui. Stéphane prit le volant. C'est alors que tout le personnel vint souhaiter à Nicolas un prompt rétablissement, l'assurant que tout serait fait, pour que les commandes partent en temps et en heure. Nicolas les remercia chaleureusement. La voiture démarra, il leur fit un signe d'au revoir de la main, tandis que Joëlle monta dans son véhicule pour les suivre.

Arrivé à la fermette, Nicolas se laissa choir dans le grand canapé du salon. Il se sentit mal à l'aise, un afflux de sang gonfla les veines de son cou, sa salive eut un goût amer, son cœur se mit à battre si fort qu'il en redouta le bruit. Il reprit peu à peu son calme et s'adressa à Joëlle et Stéphane :

— C'est la première fois que je ressens une sensation aussi étrange, avoir le sentiment, au cours du repas, d'être un inconnu arrivé là, par on ne sait quel miracle… Je voulais fuir, mais je ne pouvais pas bouger, comme le pilote d'une voiture, conscient qu'il va droit sur un obstacle, et ne fait rien pour l'éviter… Il faut absolument que je me ressaisisse !

— Ne t'inquiète pas Nicolas, le fait de pouvoir analyser ce que tu as ressenti, est déjà une preuve que tu es lucide… Détends-toi, essaie de ne penser à rien ! Je vais aller à Foix trouver une pharmacie de garde… Joëlle, je vous laisse auprès de lui ?

— Je veillerai sur lui, n'ayez crainte ! Puis-je vous demander un service ?

— Bien sûr Joëlle.

— J'ai complètement oublié de retenir une chambre à l'hôtel, pourriez-vous vous en occuper s'il vous plaît ?

— Il n'en est pas question Joëlle, s'insurgea Nicolas, ici, il y a suffisamment de chambres. Désormais, vous logerez ici ! Allez chercher vos bagages puis montez vous installer… Prenez celle du fond elle possède une salle de bains !

Une heure plus tard, Nicolas, Stéphane et Joëlle étaient en grand conciliabule. Nicolas proposa de répartir les responsabilités de chacun afin que l'entreprise puisse fonctionner en son absence.

— Stéphane, j'ai une totale confiance en vous, et vous connaissez parfaitement le concept et la politique de « SOCUIVIT », Je vous en confie donc la responsabilité… Le personnel, Serge Morin, ainsi que le chef d'atelier Jean Dudefant sont tous formés et compétents dans leur domaine… Y voyez-vous une objection ?

— Aucune Nicolas… Merci pour cette preuve de confiance ! Je te promets que tout sera mis en œuvre pour que SOCUIVIT soit le leader de ce marché… Et surtout, reviens-nous en pleine forme !

Puis Nicolas s'adressa à Joëlle :

— Joëlle, bien qu'agréablement heureux de votre venue, il me semble que nous avions convenu, que je devais vous appeler lorsque nous serions prêts… Le poste est pour vous bien sûr, mais financièrement, du moins pour l'instant, je vais avoir quelques difficultés à vous rémunérer à votre juste valeur.

— Je sais Nicolas, j'ai brûlé les étapes, mais je ne vous demande aucun salaire, on verra ça plus tard ! J'ai perçu une très forte indemnité de départ de mon poste de gérante. Pour l'instant tout ce que je souhaite c'est de participer à la réussite de « SOCUIVIT ».

— Joëlle vous me posez un cas de conscience, cela m'est difficile d'accepter votre…

— Stop, Nicolas ! lui dit Stéphane, arrête de chipoter ! À partir de cet instant, tu es au repos complet… Tu m'as nommé responsable, c'est donc à moi de prendre une décision en ce qui concerne Joëlle. J'en ai besoin pour mettre au point le logiciel de comptabilité. S'il y a des dégustations à effectuer, je verrai avec Serge. Le soir en rentrant, nous te ferons un compte rendu détaillé de tous les évènements de la journée. Cela te convient-il Président !

— J'ai compris mes amis, je sais que tous ces conseils sont pour mon bien… Mais ce n'est pas dans mes habitudes de rester à ne rien faire !

— Il faut un début à tout, Nicolas, ajouta timidement Joëlle.

Nicolas heureux, comme un homme égaré qui soudain retrouve sa route, lui prit la main et sa voix fut pleine de larmes :

— Merci, merci à tous les deux ! Je ne sais comment vous exprimer combien votre soutien me procure un bien immense.

Nicolas tenait toujours la main de Joëlle. Elle le regarda, émue, et vit deux larmes couler sur ses joues, si lentes qu'elle suivit leur cours jusqu'à ce qu'elles viennent mourir à la commissure de ses lèvres.

— Pardon, s'excusa Nicolas en lâchant la main de Joëlle.

— Sa sensibilité est à fleur de peau, comme il doit souffrir ! pensa-t-elle.

La soirée se termina dans une ambiance de bonne entente, puis chacun rejoignit sa chambre.

Le lendemain matin lorsque Nicolas se réveilla, il entendit des couverts qui s'entrechoquaient ainsi que des chuchotements provenant du salon. Il enfila sa robe de chambre, lorsqu'il ouvrit la porte, une bonne odeur du café vint fleurer ses narines. En arrivant au bas des escaliers, quelle ne fut pas sa surprise de voir ses parents qui l'attendaient avec impatience ! Il les embrassa heureux de leur présence :

— Papa, maman ! Comment se fait-il que vous soyez là ?

Béatrix lui répondit :

— C'est une personne de ton entreprise, Madame Joëlle Bass, qui nous a téléphoné ce matin, nous prévenant que tu avais eu un léger malaise hier au soir. Il n'y avait rien de grave, mais si nous pouvions passer, elle pensait que cela te ferait le plus grand bien !

— Sacrée Joëlle ! Bien sûr maman, même à quarante et un ans, rien ne peut me faire plus plaisir que de vous sentir près de moi… Il n'y a pas d'inquiétude à avoir, Je me suis laissé emporter par la création de mon affaire, j'ai un peu trop abusé de mes capacités physiques. J'ai oublié de me reposer. Le docteur m'a conseillé un mois de repos, et m'a prescrit un traitement.

— Tu es aussi fougueux que je pouvais l'être à ton âge fiston, cela m'a joué des tours à moi aussi ! Sans compter les reproches de ta maman qui n'arrêtait pas de me répéter que j'en faisais trop ! N'est-ce pas ma mie ?

Béatrix, en souriant lui fit une tape sur le bras :

— Oui c'est vrai mon chéri, mais tu ne m'écoutais pas, tu n'en faisais qu'à ta tête… Tel père tel fils, aussi têtu l'un que l'autre…

— Pouvez-vous rester quelques jours, demanda Nicolas ?

— Bien sûr, répondit Guylhem, tout le temps qu'il faudra, d'autant plus qu'à présent je suis à la retraite !

— Ravi pour toi papa, tu vas pouvoir enfin te reposer

— Ton père se reposer ! Tu n'y penses pas Nicolas ! Tu sais bien que pour rien au monde il ne céderait son équipage de chasse à courre ! Il a beau me promettre chaque année, qu'il va la transmettre à son cousin le comte de la Selle, mais il trouve toujours une excuse pour me dire que rien ne presse… Il ne se rend pas compte qu'il n'a plus vingt ans, et qu'il lui faut un escabeau pour monter sur son cheval… Je ne te parle pas de son mal de dos à chaque fin de chasse ! N'est-ce pas mon chéri ?

— Ma mie, chacun de nous est porteur de points de vue, pas de vérité absolue. Si je t'écoutais, je finirais sur un fauteuil roulant, c'est ça que tu veux Madame je sais tout ?

Béatrix haussa les épaules, avec un tendre sourire elle lui répondit :

— Avec ce que nous savons mon cher, on pourrait écrire un livre, avec ce que nous ignorons, une bibliothèque !

Puis elle se tourna vers Nicolas.

— Que veux-tu que je réponde d'autre aux arguments de ton père… Je lui demande de prendre du repos pour un exercice qui n'est plus de son âge, il me répond qu'il va finir sur un fauteuil roulant… Mais je ne désespère pas, il s'en rendra compte tout seul…

Guylhem tout souriant, fit un clin d'œil à Nicolas., l'air de dire « ne t'inquiète pas fiston, maman va se calmer ».

Puis Béatrix, le regard empli d'une grande tendresse à l'encontre de Guylhem :

— Allez vieux grincheux viens t'asseoir, on va prendre notre petit-déjeuner.

— Ma mie, pour preuve de mon amour, et je prends ici notre fils à témoin, cette année je céderai mon équipage au cousin… Mais tu sais ma mie, la vie à deux, c'est comme un arc-en-ciel, il faut de la pluie et du soleil.

Il l'embrassa tendrement.

Nicolas regardait ses parents avec tout l'amour qu'il leur portait. À travers ses chamailleries, il admirait depuis toujours cette flamme qui se dégageait de leur couple. Il comprit alors que les gens heureux n'ont pas tout ce qu'il y a de mieux, ils font juste de leur mieux pour s'aimer avec ce qu'ils ont.

Un mois plus tard, Nicolas qui n'avait toujours pas repris son travail, ressentit une énergie nouvelle envahir tout son corps, le nettoyer de ses recoins de solitude, l'emplir jusqu'à la peau, d'une sève pareille à celle des forêts qui se réveillent au printemps. La force d'entreprendre, l'équilibre, et la paix lui étaient revenus !

Béatrix et Joëlle s'étaient liées d'amitié. Elles avaient transformé le jardin de broussailles, en un magnifique parc. Guylhem s'était mis à l'écriture, passant ses journées à rédiger un manuscrit à la gloire de son équipage et de la vénerie.

Les affaires de SOCUIVIT avaient pris en peu de temps, un tel développement inattendu, que Nicolas envisageât une nouvelle politique pour sa société. Maintenant, il n'était plus cet adolescent romanesque, mais un homme raisonnablement, raisonnable, certes toujours sentimental, mais capable de maîtriser ses émotions.

Ce soir-là, c'était la dernière soirée passée en famille. Stéphane et Joëlle arrivèrent assez tard, les bras chargés de lourds paniers. Ils saluèrent tout le monde :

— Nicolas ! s'exclama Stéphane, ton concept de viande cuite sous vide, est une idée géniale, c'est un véritable succès ! Depuis un mois, SOCUIVIT, croule sous les commandes, en plus nous avons gagné un client qui dirige une chaîne de restaurants couvrant pratiquement la France entière… J'ai été obligé de prendre une dizaine d'intérimaires pour assurer les expéditions. Mais je t'expliquerai tout cela pendant le dîner !

Joëlle, toute souriante, s'approcha de Guylhem et Béatrix :

— Je vais passer en cuisine pour préparer trois plats à déguster. Une paella, un couscous, et une choucroute de la mer… Je sais que c'est un peu copieux pour un soir, mais je tiens, avant que vous ne partiez, à vous montrer mes talents de cuisinière…

Elle éclata de rire, et fila en cuisine, sous le regard effaré de Béatrix et Guylhem.

— Elle est vraiment adorable, remarqua Guylhem. Ce petit bout de bonne femme pétille de joie comme un bouchon de champagne, qui explose en libérant des milliers de bulles d'allégresse.

C'est ainsi que « P'tit bouchon » allait devenir le surnom de Joëlle !

Pendant ce temps, Stéphane exposa à Nicolas le déroulement d'une dégustation effectuée auprès du PDG et du directeur des achats, de cette fameuse grande chaîne de magasins, réputée pour la qualité de ses restaurants.

— Tu vas voir, comme parfois, le hasard offre des rencontres inopinées !

— Tu m'intrigues Stéphane, viens-en aux faits !

— Il y a environ quinze jours, nous faisions avec Serge, une dégustation au mess de la garde républicaine. Au cours du repas, un certain monsieur Grandmaison, ami du commandant, ne cessa de tarir d'éloges la qualité de nos viandes. Le déjeuner terminé, il vint vers nous et se présenta comme étant le PDG des magasins NOVICA ! Il nous demanda s'il était possible de concevoir en exclusivité : une paella, et un couscous, pour l'ensemble de ses restaurants. Serge lui promit d'étudier sa proposition, et de le tenir au courant.

— Et alors ? demanda Nicolas de plus en plus intrigué !

Stéphane se pencha à l'oreille de Nicolas :

— Cerise sur le gâteau, après la dégustation effectuée au siège de NOVICA, nous venons de recevoir une première commande de 900 kg de paella autant de couscous et 300 kg de choucroute de la mer… Ce sont justement les plats que Joëlle nous prépare, tu vas m'en dire des nouvelles ! Alors mon cher Président… Heureux ?

— Bravo, Stéphane, mais je suis surtout ravi de votre enthousiasme retrouvé !

Joëlle arriva et déposa les plats sur la table :

— Madame de Villardahian, comme je sais que vous n'aimez pas les plats relevés, puis-je vous suggérer de goûter la choucroute de la mer ?

— Avec plaisir Joëlle, mais point de Madame entre nous, appelez-moi Béatrix !

— Merci, Béatrix, je vais prendre également la choucroute de la mer !

Joëlle se tourna vers les trois hommes :

— Messieurs, je vous laisse seuls juges de la qualité de mes plats, et surtout je ne veux aucun favoritisme, laissez parler uniquement vos papilles gustatives ! En attendant, je vous souhaite un bon appétit.

Nicolas connaissant les piètres talents de cuisinière de Joëlle ne put s'empêcher de pouffer de rire. Guylhem surpris, demanda ce qui le rendait hilare.

— Rien papa, tu comprendras plus tard !

Autour de la table les conversations battaient leur plein, tous étant épatés par les talents de cuisinière de Joëlle…

Guylhem, goûtant pour la première fois de sa vie une paella et un couscous, leva alors son verre, demandant à tous de porter un toast en l'honneur de Joëlle !

— Ma chère Joëlle, je ne connaissais pas ces plats, mais je dois reconnaître que je me suis régalé. C'était parfait, et surtout très original… Je n'ai qu'un mot à vous dire : Joëlle, vous êtes un véritable cordon-bleu !

Béatrix ne fut pas en reste, elle l'embrassa en la félicitant à son tour :

— C'était délicieux Joëlle, votre choucroute de la mer est une création digne d'un grand chef… Très goûteux, et le saumon fondait en bouche, vraiment je vous adresse toutes mes félicitations.

Nicolas se leva à son tour :

— Moi-même je ne connaissais pas ces plats, mes chers parents, j'étais plutôt habitué aux cuisses de canard ou à notre bon cassoulet que nous préparait Pauline… Mais là, c'est avec une certaine fierté que je reconnais m'être délecté de ces trois spécialités… D'autant plus, qu'elles sortent des cuisines de SOCUIVIT !

— Que veux-tu dire fiston ?

— Tu voulais savoir tout à l'heure pourquoi je riais lorsque Joëlle vous a demandé de la noter sur la qualité de ses plats, je t'ai dit : tu comprendras plus tard !

— Exact Nicolas !

— Joëlle est la plus mauvaise cuisinière que j'ai connue… Regardez-la, à présent, c'est elle qui pouffe de rire pour le tour qu'elle vous a joué ! Ne lui en veuillez pas, elle a organisé cette supercherie, dans le seul but de vous démontrer les qualités gustatives de nos plats cuisinés !

— Tu veux dire que ces succulents plats que nous venons de déguster et d'apprécier sont cuisinés par le procès que tu as mis au point ?

— Absolument papa !

Béatrix toute souriante regarda Joëlle :

— Vous êtes une petite coquine Joëlle, mais une coquine adorable, félicitations pour cette démonstration, mais cela ne change rien à mes appréciations sur la choucroute de la mer !

Guylhem regardait son fils avec une telle admiration que Nicolas en fut troublé.

— Comment ne pas être fier de toi Nicolas ! Bien que tu sois le seul dans la lignée des Villardahian à ne pas être dans la magistrature, dans l'armée ou bien dans le clergé, tu ne dénotes en rien à nos traditions. Pour arriver où tu en es, il t'a fallu, penser, analyser, réfléchir, croire en ton projet, et le mettre en application ! Tu as trouvé ta voie, bravo fiston… Les mots nous manquent, pour exprimer tout le bonheur que tu nous procures !

— Je te remercie papa, tes paroles me touchent énormément, même dans les moments difficiles, j'ai toujours appliqué la devise de notre famille : « Eundo, Agendo, Ascendo » Par mes pas, par mes actions, je m'élève !

La soirée s'acheva et chacun rejoignit sa chambre.

Béatrix fit part à Guylhem de ce qu'elle désirait s'entretenir avec Nicolas.

— Viens Nicolas allons faire un tour dans le parc ! Tu veux bien ?

— Bien sûr maman… Tu as l'air soucieuse ! J'espère que tu ne vas pas m'annoncer de mauvaises nouvelles ?

— Mais non, au contraire !

Ils sortirent. Devant eux, au ras du bassin, la lune se levait en son dernier quartier. Elle était boursouflée, comme enveloppée d'un nuage fuyant, se teintant d'une couleur rougeâtre. Parfois, elle brillait d'un bref éclat comparable à celui du soleil. Le ciel n'offrait plus rien que ses étoiles.

Ils prirent place sur deux sièges en osier.

— Avant de rejoindre Baziège, j'ai une question à te poser, elle est certes très indiscrète, mais une maman a le droit de s'inquiéter pour son fils, même s'il a quarante et un ans !

Nicolas lui sourit :

— Je n'ai rien à te cacher maman, que veux-tu savoir ?

— Il faudrait être aveugle Nicolas, pour ne pas remarquer que Joëlle est très amoureuse de toi ! Je me trompe ?

— Hélas ! Non, maman, c'est bien là mon drame ! C'est une personne adorable, honnête, sérieuse, d'une gentillesse qui me laisse pantois, et malgré sa jeunesse, elle s'est montrée d'une remarquable efficacité dans son travail ! Plus le temps passe, et moins je peux me passer de sa présence ! Mes sentiments à son encontre, sont difficiles à définir… Comme dit papa, c'est un vrai P'tit bouchon qui pétille d'ardeur… Néanmoins, ce n'est pas de l'amour comme tu l'entends maman ! Plutôt une grande tendresse que j'éprouve pour ce petit bout de chou Elle a tout abandonné pour venir me rejoindre. J'ai su par Stéphane qu'elle n'avait pas touché, comme elle le soutenait, d'indemnité de départ. Je me suis senti alors responsable d'elle, je ne pouvais plus l'abandonner…

— Je te reconnais là, mon Nicolas ! Ta gentillesse et l'empathie que tu as pour les gens me ravissent ! Certes, tu es devenu un homme d'affaires, créatif et avisé, mais le côté matérialiste de ta réussite, surtout ne te fâche pas, je n'y attache aucune importance. Sous cette carapace d'homme inflexible que les gens semblent te donner se cache le cœur déchiré de mon petit Nicolas ! Celui qui depuis son enfance croyait en un seul et unique amour, qui a tout perdu en évitant de voir les êtres tels qu'ils étaient…

— Maman c'est en partie vrai ce que tu m'expliques, mais je t'assure, le passé ne me préoccupe plus du tout ! Tout cela est bien loin à présent !

— Je n'en crois pas un mot Nicolas ! Tu peux cacher ton chagrin à qui tu veux mais une mère sait mieux que personne si son enfant est malheureux. Maintenant tu vas m'écouter attentivement.

— Vois-tu, Nicolas, lorsque j'étais enfant, j'étais follement amoureuse de ton père. Guylhem aimait ma compagnie, mais ses sentiments à mon égard n'avaient pas la même intensité… Qu'importe, je l'aimais et cela seul comptait. Puis ton père a connu Michelle, ta mère biologique, et ce fut là…

— Maman, je t'en prie, je ne veux pas aborder ce sujet, tu es ma mère, je te dois ce que je suis aujourd'hui. Tu m'as élevé avec tout l'amour qu'une mère peut offrir à son enfant et je t'aime comme un fils qui t'en sera éternellement reconnaissant. Ma naissance fut un triste incident, qui m'a enlevé le droit de porter mon véritable nom. Cette histoire ne me concerne pas !

— Nicolas, une fois de plus, tu fuis la réalité… Je suis ta mère, et je sais tout l'amour que tu nous portes, mais la question n'est pas là. Tu dois savoir qui était Michelle. Je n'ai pas le même point de vue que ton père sur ce sujet… Quitte à y passer la nuit, il faut que tu m'écoutes… Nul doute Nicolas, tu es un véritable Villardahian ! Tu as énormément de points communs avec ton père, mais tu as hérité également à ta naissance d'une partie des gênes de Michelle. Cela, tu ne peux les ignorer, ils font aussi partie de ta personnalité… Tu vas comprendre pourquoi !

— Tu lis en moi comme dans un livre ouvert, tu sais tout maman, je ne peux rien te cacher… C'est vrai, je fuis souvent la réalité comme si j'avais peur d'apprendre une vérité, différente de celle que j'imaginais… Pardon, maman, je t'écoute, je ne te couperai plus la parole !

— Après ma chute de cheval, et les conséquences qui s'en sont suivies, tes grands-parents m'ont gardée près d'eux au château de Lastour… Avant le départ de ton père pour Nancy, il nous a annoncé que Michelle était enceinte, et que dès son retour, il l'épouserait… Je ressentis à cette annonce, un choc émotionnel intense…

Elle prit un mouchoir et s'épongea les larmes qui coulaient sous ses paupières :

— Tes grands-parents ont tenu à faire sa connaissance, et m'ont amené avec eux… Nous fûmes tout de suite conquis par son charme et sa gentillesse. Très vite Michelle et moi sommes devenues amies. Bien qu'elle soit l'élue du cœur de l'homme que j'aimais, je me suis attachée à elle, sans aucune arrière-pensée… J'ai découvert une jeune femme, qui s'émerveillait de tout, et d'une sensibilité à fleur de peau ! Le dimanche, lorsqu'elle passait sa journée au château, nous étions tous subjugués par la virtuosité de son talent de violoniste. Ses mélodies nous émouvaient. Elle avait une telle capacité à faire vibrer les cordes de son instrument, que bien souvent des larmes perlaient le long de nos joues… Tout aussi étonnant que cela puisse paraître, elle avait un autre aspect de sa personnalité. C'était une femme entreprenante, novatrice, tenace, dirigeant son entreprise de bonneterie avec une main de fer… Comprends-tu mon Nicolas combien il était important pour moi de t'informer qui était Michelle ? Tu as cette même sensibilité, et ce talent inné pour les affaires !

L'altruisme, la force, le magnétisme émanant de sa mère et l'amour qu'elle lui portait, le pénétrèrent. Son corps était secoué de frissons. Il ne pouvait articuler la moindre parole. Il la regarda, ému, et vit dans les yeux de sa maman, la nuit refléter les étoiles des cieux ! Comme il l'aimait ! Elle venait de lui faire comprendre qu'affronter la vérité élevait la compréhension !

— Je n'ai pas fini Nicolas ! J'ai souffert pour toi, dès que Claudia t'a quitté. Depuis ton adolescence, tu es en quête incessante de ce grand amour que tu espères depuis toujours ! Je me suis rendu compte, en te voyant vivre avec ces femmes qui ont jalonné ta vie, que ton amour n'était qu'un rêve idéalisé, par une trop grande sensibilité mon Nicolas.

Nicolas eut un grand soupir d'homme. Sa bouche fermée, il écoutait, médusé. Ses paupières semblaient lourdes, les lignes des cils et des sourcils dessinaient le contour d'un trait d'ombre doré. Ses cheveux, châtain clair semblaient flotter dans une lueur d'or. Ils entouraient sa tête de courtes ondulations dans la lumière dormante d'un rayon de lune. Béatrix poursuivit :

— Le mot « je t'aime », ne doit s'exprimer uniquement que pour la femme que l'on aime, telle qu'elle est, avec ses qualités et ses défauts, et non comme tu voudrais qu'elle soit… Parviendrais-je jamais à te détacher de tes illusions, mon fils ? Essaie de comprendre que Joëlle se trouve dans la même situation que moi lorsque ton père a choisi Michelle… J'aimais ton père comme elle t'aime mon Nicolas, sachant qu'il n'y a aucune réciprocité… Regarde à présent comme ce destin semblant si cruel à mon encontre a formé le couple aimant que nous sommes devenus, ton père et moi. Je te demande de ne jamais l'abandonner Nicolas. Tu as près de toi la femme qu'il te faut pour retrouver la sérénité, le goût de vivre que tu as perdu, même si tes sentiments ne sont pas identiques aux siens ! Le destin ne fait jamais rien au hasard mon fils ! Je ne serais peut-être plus là pour le voir, mais je suis persuadée que l'amour que tu cherches depuis si longtemps arrivera au moment où tout semblera s'écrouler autour de toi. J'ai l'intuition que Joëlle, à la suite d'un incident inattendu, t'offrira ce que tu n'espérais plus ! Promets-moi de la garder toujours près de toi Nicolas !

Nicolas, la gorge serrée, sentit monter à ses yeux des larmes brûlantes. Sa pâleur était extrême, la respiration difficile. Il semblait épuisé, tel un homme qui s'efforce de modifier les habitudes de pensée qui dirigeaient sa vie, et répondit :

— Je t'en fais le serment maman !

C'est alors que Guylhem, en robe de chambre, apparut sur le pas de la porte. Il ne prononça aucune parole. Il vint s'asseoir entre eux deux, Béatrix posa sa tête sur son épaule, Nicolas mit sa main sur celle de son père. Guylhem les regarda tous les deux, et leur dit :

— J'ignore ce que vous aviez à vous dire, mais sachez, que je suis l'homme le plus heureux au monde, d'avoir une épouse et un fils qui m'ont comblé d'amour et de fierté… L'homme sage est guidé non par ce qu'il sait, mais par ce qu'il ressent… Je vous aime !

Puis il posa sa main sur l'épaule de Nicolas, en le regardant avec une infinie tendresse :

— Je suis fier de toi mon fils !

Nicolas bouche bée de surprise, vit dans le visage fatigué de son père, ses grandes dents blanches, découvertes en un sourire de fierté.

À l'aube, quand la clarté aurait dû venir, apparut d'abord une lueur rose, suivie d'un demi-jour persistant. Le vent était tombé, les nuages triomphants se rassemblaient sur les cimes des Pyrénées ariégeoises. Derrière eux, dans les prés adjacents, un hennissement plus proche retentit, suivi du bruit mou des pas d'un cheval dans l'herbe. C'était un cheval blanc de lune, il s'approcha d'eux, prit peur, et disparut au galop dans la nuit. Un oiseau dérangé dans son sommeil pépia, puis se rendormit.

Entre l'épais feuillage des arbres bordant le parc, une silhouette se faufilait dans le clair-obscur… Une branche bougeait doucement… Une ombre… Une brise légère… Un violon qu'on accorde… Soudain, en cette nuit fascinante, on entendit, comme l'écho venant d'un autre monde, une symphonie merveilleuse s'envoler dans les airs… Sous les mains éthérées d'une archère virtuose, faisant vibrer les cordes de son violon, déversant ses notes aux intonations sentimentales dans les cœurs de Nicolas, Béatrix, et Guylhem.

Le passé ressurgit
L'adieu aux affaires

Les semaines succédèrent aux mois, les mois aux années. SOCUIVIT par appels d'offres obtenait les marchés des viandes cuites pour l'ensemble des casernes de la cinquième région militaire, y compris la Légion étrangère. Dans une partie de l'usine, Nicolas voulant renforcer les liens entre les employés et l'entreprise, fit construire un réfectoire pour les repas du midi. Tout le personnel, cadres, employés, Nicolas y compris, prenait le repas ensemble. Ces repas étaient gratuits. Serge, le cuisinier, préparait pour la semaine les plats cuisinés. Tout le monde s'appelait par son prénom, seul Nicolas, était vouvoyé !

Joëlle en tant que responsable comptable, réussit à réaliser des économies budgétaires importantes, sous le regard épaté de l'expert-comptable. Ce qui permit d'obtenir pour l'ensemble des employés, des salaires 30 % plus élevés que ceux des entreprises de la région. Cela garantissait une certaine stabilité à SOCUIVIT !

Stéphane, qui évoluait dans SOCUIVIT comme un poisson dans l'eau, fut promu Directeur Général adjoint. Serge Morin prit la responsabilité des « conseillers culinaires » qu'il avait lui-même formés pour les dégustations, suivant les critères établis par Nicolas. Bref, tout le concept était parfaitement huilé, et fonctionnait à merveille !

Nicolas dans son bureau étudiait les derniers résultats financiers du mois écoulé, lorsqu'on frappa à sa porte.

C'était la standardiste lui faisant part d'un appel téléphonique émanant du commissariat de Foix qui désirait lui parler !

— Qu'est-ce qu'ils peuvent bien me vouloir ?

— C'est dans l'intérêt des familles, c'est tout ce que j'ai pu savoir ! Je vous le passe Nicolas ?

— Passez-moi la communication, on verra bien !

Quelques instants plus tard, Nicolas décrocha le téléphone.

— Monsieur Fonzenac ?

— Lui-même ! De quoi s'agit-il ?

— Brigadier-chef Moreau, je vous appelle pour une demande dans l'intérêt des familles, de la part de Madame Murielle Lavisse, qui demande si vous pouvez prendre contact avec elle… Je vous signale Monsieur Fonzenac, que vous n'êtes pas obligé de répondre !

— Vous connaissez le motif de sa demande, Monsieur Moreau ?

— Absolument pas, j'ai juste son numéro de téléphone ! Si vous voulez, je peux vous le laisser, vous aurez tout le temps de réfléchir si vous souhaitez la joindre ou pas ! Cela vous convient-il, Monsieur Fonzenac ?

— Donnez toujours, j'aviserai plus tard.

Nicolas nota le N° de téléphone sur son agenda de rendez-vous, et remercia le brigadier-chef.

Il resta un long moment pensif, se rappelant, malgré les années passées, l'infâme tour qu'elle lui avait joué. Il pensa tout bas : elle ne manque pas de culot cette garce ! Essayer de me joindre, après m'avoir fait subir une telle humiliation, en déversant tant de haine à mon égard… Que peut-elle bien me vouloir ? Quel piège a-t-elle encore préparé ? Connaissant le personnage, j'aurai vite fait de le déceler et couper court à tout entretien.

Il décrocha son téléphone et composa le numéro de Murielle.

Il se leva, le téléphone à la main, ouvrit la fenêtre de son bureau, et regarda la pelouse. Les feuilles des jeunes peupliers, dorées par l'automne, tombaient en pluie à chaque bouffée de vent, avec un bruissement doux… La sonnerie continuait à carillonner… Nicolas embrassa le paysage, et s'aperçut tout à coup qu'il avait perdu toute sa couleur… La sonnerie n'arrêtait pas de tinter… C'était toujours brusquement que les verts de l'été faisaient place à ces couleurs mordorées, qui transformaient les alentours jusqu'à ce la neige vienne les draper de son blanc-manteau… La sonnerie n'en finissait pas de résonner dans l'écouteur !

Au moment où il allait raccrocher, une voix, aux accents fielleux, se fit entendre à l'autre au bout du fil :

— Allo, cabinet du docteur Lavisse.

Nicolas reconnut aussitôt la voix de Murielle.

— Bonjour Murielle, c'est Nicolas !

— Nicolas ! s'exclama-t-elle ! Comme je suis heureuse que tu aies répondu à ma demande… Je ne peux pas te parler pour l'instant, je remplace pour une heure ou deux l'assistante de mon mari. Dès que je serai libre, je te rappellerai. D'accord ?

— OK, répondit laconiquement Nicolas, il raccrocha aussitôt.

Au même instant Joëlle entra pour déposer un classeur sur le bureau de Nicolas.

— Ce sont les statistiques des tonnages, détaillées par catégorie de viandes, et des plats cuisinés, depuis le premier janvier… Je pense que tu as tous les éléments pour faire le point sur les résultats commerciaux et financiers ! Cette année Nicolas, nous allons battre des records, il nous reste deux mois avant de sortir le bilan définitif, et nous sommes déjà à plus de 33 % de progression par rapport à l'année dernière, à la même époque… Tu sembles bien soucieux, ça n'a pas l'air de te faire plaisir ?

— Bien sûr que si, je suis satisfait Joëlle ! Mais je viens de recevoir un appel téléphonique dans l'intérêt des familles, d'une personne dont je pensais ne plus jamais entendre parler… Elle doit me rappeler d'un instant à l'autre. Lorsque j'étais jeune, elle m'a fait tellement de mal que j'appréhende ce qu'elle peut bien me vouloir !

— Je te laisse Nicolas, je suppose que tu as besoin d'être seul !

— S'il te plaît Joëlle, reste ! Au contraire, cette personne est d'une telle perfidie que j'aurai besoin de ton avis… Elle m'inspire autant de méfiance qu'autrefois. … Je t'en prie, assieds-toi !

Le téléphone sonna. Nicolas fit signe à Joëlle de prendre l'écouteur.

— Allo !

— C'est Murielle ! Cela me fait vraiment plaisir de t'avoir au téléphone, comment vas-tu ?

— Personnellement je ne partage pas le même plaisir que toi, alors s'il te plaît Murielle, tu vas directement au fait… Que veux-tu ?

— Ho, là, là, Nicolas ! Tu es encore en colère pour ces broutilles qui datent de plus de vingt ans… J'étais une gamine qui ne se rendait pas compte de ce qu'elle faisait, tu pourrais avoir…

— Tu en viens aux faits Murielle, ou je raccroche !

Il y eut une seconde de silence qui parut une éternité, puis d'une voix larmoyante Murielle expliqua son appel :

— Cela concerne, Pascal, ton fils !

— Mon fils ! Tu ne manques pas de culot Murielle, tu n'as pas honte ! J'ai une excellente mémoire, tu sais bien que son père s'appelle Daniel Morange ! C'est seulement et uniquement, par tes mensonges et ta fourberie, que Pascal porte mon nom.

— Oui je sais parfaitement Nicolas, mais ne t'emporte pas, je t'en prie ! Je ne suis pas très fière crois-moi, j'adore mon fils, mais je n'ai jamais eu le courage de lui avouer la vérité ! Depuis quelque temps, il n'arrête pas de me questionner sur qui était son père… Il veut simplement te rencontrer, c'est tout ! Il est à Toulouse en ce moment. Réfléchis Nicolas, passer un moment en sa compagnie, lui rendra son équilibre… Je te demande ce service, au nom d'une mère qui aime par-dessus tout son fils… Sans rien lui révéler, reçois-le, une heure seulement !

— Je vais y réfléchir Murielle, cet enfant que je ne connais pas porte malgré tout mon nom, je vais voir ce que je peux faire ! Tu vois où tes manigances t'ont conduite… Quand tu m'as chassé de la clinique, n'oublie pas ce que je t'ai dit : quand le mensonge prend l'ascenseur, la vérité prend l'escalier. Elle met beaucoup plus de temps, mais elle finit toujours par arriver… J'espère pour toi que cela te servira de leçon !

Murielle, au bout du fil était verte de rage, elle se retint pour ne pas lui répondre, que ses leçons de morale, il pouvait se les garder pour lui, mais elle n'en fit rien. Murielle était toujours aussi roublarde, ne tirant aucune leçon du passé. Sans y réfléchir, elle donnait à Nicolas le bâton pour se faire battre ! De sa voix fielleuse, elle lui répondit :

— Tu es sévère avec moi, mais je dois reconnaître que tu as raison Nicolas… J'attends ta réponse… À bientôt j'espère !

— Au revoir, Murielle ! Nicolas raccrocha immédiatement !

— Qu'en penses-tu Joëlle ?

— Difficile à dire Nicolas ! Si je m'en remets à mon intuition, j'ai ressenti chez cette personne une certaine fourberie, comme quelqu'un qui veut se faire passer pour ce qu'elle n'est pas… Mais ceci n'est qu'une impression !

— Que me conseilles-tu ?

— Personnellement, si tu veux connaître la vérité, je recevrai ce garçon… Il doit avoir vingt-trois ans, si j'ai bien compté. Le mieux c'est de l'écouter, connaître ses motivations. Ce sera facile de voir s'il n'est pas manipulé, et surtout s'il n'y a pas anguille sous roche de la part de sa mère… Qui sait, l'occasion aussi pour toi de rétablir la vérité ! À toi de voir Nicolas !

— Très juste Joëlle, je vais suivre ton conseil ! Il est à Toulouse, invitons-le pour dimanche midi, on verra bien ce qu'il cherche réellement… Je fais ce geste plus par humanisme, mais au fond de moi cela ne me plaît guère ! Le rencontrer me ramènera immanquablement à parler de ces moments qui m'ont profondément blessé. Tu sais Joëlle, j'ai gardé longtemps le silence sur ces blessures, parce que beaucoup ne pouvaient pas comprendre, et d'autres ne méritaient pas de savoir. Murielle s'est comportée au moment de notre séparation, avec une telle cruauté, une telle haine, que j'avais perdu toute positivité. Je ne pensais qu'à me venger !

— Nicolas, qui n'aurait pas souffert à ta place, qui n'aurait pas eu des idées noires à l'encontre d'une personne aussi cruelle et dépourvue d'humanité que cette Murielle… Être une personne positive, ce n'est pas, ne jamais ressentir de colère, de tristesse, ou étouffer certaines émotions. Non Nicolas… Être une personne positive c'est décider de se relever encore plus fort qu'avant, après une défaite, une humiliation. C'est comme tu l'as toujours fait, décider que dans chaque échec, il y a quelque chose d'utile, une leçon. C'est faire le choix de croire en toi, en ton accomplissement… Croire en la vie, malgré ses coups durs, a toujours été ta seule solution Nicolas !

À cet instant, Nicolas comprit combien sa mère avait eu raison en lui faisant promettre de ne jamais quitter Joëlle !

Le dimanche arriva vite. Il était environ onze heures. Joëlle de la fenêtre de la cuisine regarda en souriant, son gros matou, surnommé Pin's, faire le guet devant le terrier d'une taupe. Il attendait patiemment qu'elle montrât le bout de son nez. Immobile, comme une petite statue tigrée, appuyée sur ses pattes de devant, ses yeux ne quittaient pas l'ouverture de la taupinière.

Tout à coup, sa patte fit un mouvement vif comme l'éclair, et quelque chose de vivant se débattit… La tête tournée de côté, Pin's fit craquer sous ses dents acérées la petite créature aveugle. La tenant dans sa gueule, il partit en trottant pour venir la déposer à la porte de la longère en miaulant vigoureusement, afin que l'on vienne voir son trophée !

Joëlle sortit et caressa Pin's pour le féliciter. Il repartit fièrement, en reprenant la taupe, et se dirigea vers les broussailles du fond du parc, pour la dévorer en toute tranquillité !

Stéphane, vêtu comme un prince, vint prévenir Joëlle et Nicolas qu'il rentrerait tard.

— Oh là mon ami ! s'exclama Nicolas. Iriez-vous à un rendez-vous galant ?

— Et oui mon cher Nicolas ! Je file car je n'aime pas faire attendre… Ne t'inquiète pas, je t'expliquerai tout cela ce soir, mais tu as devant toi un homme heureux… À ce soir, les amis !

Soudain la sonnette du hall d'entrée résonna. Stéphane s'écria, en se dirigeant vers la porte :

— Je vais ouvrir Nicolas !

Alors, il se trouva nez à nez avec un jeune couple qui se tenait devant la porte.

— Monsieur Fonzenac ? lui demanda le jeune homme d'un air peu aimable.

— Bonjour jeune homme ! Non je ne suis pas Monsieur Fonzenac, mais la moindre des choses serait de vous présenter ?

— Pascal Fonzenac ! répondit-il sur le même ton tranchant.

Stéphane eut un moment d'hésitation, puis en se tournant :

— Nicolas c'est pour toi, je file ! Un certain Pascal Fonzenac te demande !

— J'arrive répondit Nicolas.

Nicolas accompagné de Joëlle se rendit dans le hall. Lorsqu'il aperçut Pascal, il crut voir le père de Murielle.

— Bonjour, Pascal, entrez, je vous en prie, nous vous attendions avec impatience, dit-il en lui tendant la main.

Pascal dédaigna la main tendue !

— Pas autant que moi Monsieur, il m'a fallu attendre vingt-trois ans, pour que vous consentiez à me donner de vos nouvelles !

La réplique de Nicolas ne se fit pas attendre.

— Si je vous reçois, ce n'est pas de gaieté de cœur, c'est uniquement à la demande votre mère qui se morfond de vous voir malheureux. Me rencontrer, paraît-il, pendant une heure ou deux, vous rendrait la joie de vivre ! Ou vous vous comportez en homme bien élevé, ou vous pouvez repartir d'où vous êtes venu. Choisissez vite jeune homme, je n'ai guère de temps à perdre.

La jeune fille qui l'accompagnait intervint timidement :

— Il ne faut pas lui en vouloir Monsieur, mais ce n'est pas du tout ce que sa mère nous a dit !

— Qui êtes-vous, Mademoiselle ? lui demanda Nicolas.

— Pardon, Nolwenn le Bouy ! Sa mère nous a fait part de votre appel téléphonique, car vous étiez tellement rongé de remords d'avoir abandonné Pascal à sa naissance, que vous teniez absolument à réparer vos fautes !

Nicolas, l'air sidéré regarda Joëlle :

— Elle n'a vraiment pas changé ! Puis il se tourna vers Pascal :

— Acceptez-vous de m'écouter Pascal, car il y a là un profond malentendu… Votre mère, comme à son habitude, ne vous a raconté qu'un tissu de mensonges.

Pascal parut déconcerté. Il hésita une seconde, puis sous une pression du bras de Nolwenn, il finit par accepter. Tous les quatre s'installèrent au salon.

Aussitôt Nicolas prit la parole :

— Vous savez Pascal ce que j'ai à vous dire va certainement vous faire beaucoup de peine, mais je préfère être détesté pour vous avoir dit la vérité, que d'être aimé pour vous avoir menti.

— Je préfère la vérité Monsieur ! Pour moi, les jours sont pareils, quand on n'attend rien de bien de ses parents… Depuis ma naissance je suis rejeté, par mon beau-père qui ne me porte guère dans son cœur, et ma mère qui ne montre à mon égard aucune affection… Malgré tout le mal, que l'on disait de vous, lorsque j'ai appris que vous vouliez me voir, cela m'a redonné un peu de baume au cœur… Veuillez bien m'excuser pour mon comportement !

Pauvre garçon, je vais lui infliger une grande déception quand il apprendra la vérité… Mais après tout c'est bien cette garce de

Murielle qui est la seule responsable du drame de cet enfant ! Pensa Nicolas.

— C'est oublié Pascal, vous n'y êtes pour rien, vous avez été manipulé comme je l'ai été à votre âge !

Sans oublier le moindre détail, Nicolas, dans un silence absolu, qui dura une bonne heure, rétablit la vérité. Expliquant, point par point, comment il était tombé dans les manigances ourdies par sa mère, pour qu'il porte son nom. Comment elle l'avait humilié et insulté en le chassant de la clinique. Au fur et à mesure que Pascal écoutait les révélations, et le nom de son vrai père, son visage prenait une expression de grand désarroi. Lorsque Nicolas se tut, Pascal était blême. Nolwenn posa son bras autour de son cou, et Pascal, sans aucune retenue, pleura !

Peu à peu, Pascal reprit des couleurs. Nicolas devina qu'il avait encaissé le choc et surmonté ses émotions. Il n'y avait plus sur son visage que l'expression pétrifiée d'un homme qui n'en croit pas ses oreilles !

— Ce qui me dépasse Pascal, lui fit remarquer Nicolas : si votre mère avait été un tant soit peu intelligente, je ne comprends pas le risque qu'elle a pris en provoquant cette entrevue où la vérité risquait d'éclater à tout moment ? Bien sûr, j'avais fait la promesse de ne rien vous révéler, car j'avais cru à la sincérité, d'une mère qui semblait agir par amour pour son enfant !

— Par amour pour son enfant ! Laissez-moi rire Monsieur Fonzenac ! Elle ne m'a jamais aimé, j'ai toujours été mis à l'écart. Seuls mes deux demi-frères avaient droit à son amour. Quant à mon beau-père, son comportement envers moi n'était que mépris ! Elle doit être intelligente, elle n'arrête pas de me seriner qu'elle a un bac philo avec mention, et que moi je suis nul à l'école !

— Premièrement Pascal, lui rétorqua Nicolas, avoir son bac n'est pas forcément un signe d'intelligence, c'est un diplôme qui clôture un savoir acquis à la fin de sa période lycéenne ! Deuxièmement, j'ai le regret de vous apprendre que votre mère a raté son Bac ! C'est pour cette raison qu'elle faisait un stage à Nancy, pour être préposée à la poste !

Nolwenn, qui n'avait rien dit, ne put s'empêcher d'exprimer sa colère à l'encontre de cette mère indigne, qui n'avait eu de cesse de manipuler son entourage.

— Je ne l'ai jamais bien-aimée, pas plus qu'elle ne m'aimait d'ailleurs, mais ce que j'entends là, me laisse abasourdie… C'est une personne machiavélique, immonde, qui a passé sa vie à mentir à tout son monde ! Si son mari, et ses parents savaient cela, ils tomberaient de haut !

Puis elle regarda Pascal :

— Mon pauvre chéri, tu n'as vraiment plus rien à faire avec eux !

— Au contraire Nolwenn, pendant vingt-trois ans j'ai été ni plus ni moins son souffre-douleur, alors à mon tour de demander des explications. Nous allons rentrer à Carnac, réunir la famille, pour faire éclater la vérité. Mettre au grand jour tous les mensonges qu'elle a ourdis, qui ont fait de ma vie un véritable cauchemar… Je veux également mettre les choses au clair en ce qui vous concerne, Monsieur Fonzenac… Je dois avouer que j'aurais aimé avoir un père comme vous ! Hélas, la vie en a décidé autrement. Je tiens malgré tout, à ce que l'on sache l'homme juste, et droit que vous êtes, uniquement sali par les infamies de ma mère !

Nicolas ne sut que dire. Il était soulagé de voir Pascal réagir de cette façon, il avait eu peur en lui disant la vérité, qu'il ne se détruise encore plus.

— Vous êtes un garçon courageux Pascal ! Je vous souhaite sincèrement vous et votre amie Nolwenn, tout le bonheur que vous méritez… Je suis enchanté d'avoir fait votre connaissance !

Nolwenn devança Pascal :

— Nous aussi Monsieur Fonzenac nous sommes heureux d'avoir rencontré un homme tel que vous… Qui est aux antipodes de l'image noircie, décrite par la mère de Pascal !

Joëlle fit le service et le déjeuner se passa dans une ambiance bon enfant ! Ce fut une belle journée, sans nuage, avec un soleil doré, qui promenait sa lueur avec optimisme à l'horizon. En milieu de journée, Pascal et Nolwenn prirent congé, en remerciant chaleureusement Joëlle et Nicolas pour leur accueil, et pour l'excellent repas qui leur avait été offert. Nicolas les accompagna jusqu'à leur véhicule, et leur fit de grands signes d'adieu.

Lorsqu'il rejoignit Joëlle :

— Ce garçon a fait preuve de beaucoup de pudeur, en cachant le mal qu'il a dû ressentir en apprenant que je n'étais pas son père… C'est une épreuve terrible qu'il vient de vivre. Je salue la manière dont il a réagi… J'ai l'intime conviction que cette garce de Murielle, aussi cruelle qu'imbécile, va payer très cher le mal qu'elle a fait subir à son enfant !

— Elle n'aura qu'un juste retour de ses fourberies Nicolas ! Ne pensons plus à ça, tu as fait ton devoir, ce qui ensuivra ne te concerne plus.

— Tu as raison Joëlle ! Parlons d'autre chose… J'aimerais avoir ton avis sur une idée qui me trotte dans la tête depuis quelque temps… Je verrai plus tard avec Stéphane, car je compte également la lui soumettre ! Viens, on va s'installer confortablement dans le salon, je vais t'expliquer ce qu'il en est, tu veux bien ?

— Bien sûr Nicolas ! Veux-tu du café ?

— Volontiers !

Joëlle, suivie comme son ombre par Pin's, partit préparer le café.

Nicolas, en attendant, ferma les paupières. Depuis quelque temps, il avait envie de retrouver la vraie vie. Il avait perdu quelque chose, et cette chose lui manquait terriblement. C'était un endroit tout à fait secret où il s'était accoutumé à se réfugier lorsqu'il était seul pour y être heureux. Le monde réel dans lequel il évoluait, où toutes ses entreprises réussissaient, ne l'intéressait plus. Cette vie-là lui semblait factice, dépourvue de toute humanité. Mais là dans ce lieu que personne d'autre que lui ne connaissait, il lui suffisait de fermer les paupières pour s'évader dans le monde merveilleux de son enfance, au château de Lastour où le ciel était toujours bleu de bonheur. Ses rêves n'ont pas de fin ; l'un prend la suite de l'autre, un brouillard le couvre qui l'efface ; derrière ce brouillard se forme un nouveau rêve… À l'infini.

Pendant toute cette semaine, il avait essayé de retourner dans ce refuge secret, mais à quarante-huit ans, la porte en était définitivement close.

Joëlle déposa les tasses sur la petite table et prit place dans le fauteuil face à Nicolas. Pin's sauta sur ses jambes et s'allongea. Les griffes rentrées, il fit glisser ses pattes sur la jupe de Joëlle, et finit par s'endormir dans un sourd ronronnement.

Nicolas ouvrit les paupières, prit son café, et sans ambages il fit part à Joëlle de ses intentions :

— D'après les résultats que tu m'as transmis, je pense que pour le bilan de l'année prochaine nous aurons remboursé la totalité de nos emprunts !

— Absolument Nicolas ! C'est même une certitude, puisque toutes les casernes de la cinquième région, y compris la Légion étrangère d'Aubagne, ont renouvelé nos appels d'offres pour l'année prochaine.

Nicolas fixa Joëlle qui, les deux coudes sur ses genoux, son menton sur ses mains, attendait où Nicolas voulait en venir.

— J'ai l'intention de céder toutes mes parts de SOCUIVIT, Joëlle !

En entendant cette demande, aussi brutale qu'inattendue, Joëlle eut un brusque sursaut :

— Vendre ton affaire alors qu'elle est au top ! Tu as pratiquement remboursé les dettes de l'entreprise… C'est à présent que tu vas pouvoir récolter le fruit de ton travail, en te rémunérant à ta juste valeur… Tu veux céder tes parts au moment où tu pourrais vivre plus sereinement ! Tu ne parles pas sérieusement Nicolas !

— Je n'ai jamais été aussi sérieux, Joëlle… La sérénité dans les affaires ça n'existe pas, surtout lorsqu'elles tournent bien, c'est là qu'il faut être le plus vigilant… L'argent, Joëlle, n'a jamais été et ne sera jamais une motivation pour moi… J'ai rencontré dans mon existence des personnes qui m'ont fait évoluer sur le plan professionnel, non pour mon cursus, mais pour mes capacités imaginatives à développer des produits bruts, en les rendant commercialisables… À chaque fois, je reconnais avoir pris beaucoup de plaisir à relever ces défis. Mais aujourd'hui c'est fini ! Je veux vivre Joëlle ! Vivre loin de ce monde des affaires qui n'a jamais été le mien. Cette compétition à vouloir croire qu'on est le meilleur dans ce que l'on entreprend, conduit indubitablement à la déshumanisation de l'être. C'est un cercle vicieux dans lequel je ne veux pas tomber… Je n'agis pas sur un coup de tête Joëlle, ce serait mal me connaître. J'ai mûrement réfléchi ! C'est le moment de vendre ; ce n'est pas quand elle bat de l'aile qu'il faut négocier une affaire, bien au contraire, c'est quand elle est saine et rentable qu'il faut imposer son prix ! Les diverses charges salariales qui pèsent sur nous deviennent de plus en plus lourdes ! Lorsque tu vois toutes ces contraintes administratives, qui chaque jour nous sont imposées, découlant d'une non-connaissance de ce qu'est une entreprise, n'ont comme conséquence que détruire l'envie d'entreprendre…

— Tu ne crois pas que tu noircis les évènements Nicolas ? lui fit remarquer Joëlle.

— Je ne crois pas ! On prévoit la pluie ou la tempête, mais nul ne sait si la perturbation pressentie va survenir ou non ! Eh bien moi c'est pareil ! Je suis fatigué de ce monde, où l'on veut supprimer l'élitisme, c'est ainsi qu'en mettant le baccalauréat à la portée de tous, on a tout simplement abaissé le niveau pour parvenir à cette stupidité ! Où l'on renie notre passé, en bafouant son histoire, où l'on couvre d'injures un homme juste, dont le seul défaut est de dire la vérité ! Tout cela, au nom d'une minorité dont l'idéologie ne supporte aucune contradiction… Je suis las de tout ça ! Demain, diriger une entreprise deviendra de plus en plus contraignant. Non Joëlle, ma décision est prise, je vends ! Le personnel ne sera pas lésé, je m'y engage ! Il conservera les mêmes droits et les mêmes salaires… Quel que soit le futur acquéreur, il comprendra vite qu'on ne change pas une équipe qui gagne !

Le fait d'avoir parlé en toute franchise, sans aucune arrière-pensée, Nicolas se sentit libéré, allégé d'un poids qui l'angoissait. Immobile, les yeux grands ouverts, il fixa Joëlle. Son visage se détendit ; la bouche entrouverte il lui sourit.

Dehors la lumière changea ; les ombres s'allongèrent. Un oiseau se mit à pousser un cri monotone.

Joëlle ne pouvait que souscrire au raisonnement de Nicolas. Mais la crainte de ne plus le revoir la saisit. Elle était venue le rejoindre par amour, sachant pertinemment que les sentiments qu'elle lui portait étaient loin d'être partagés. Peu importe, ce qui comptait c'était de rester près de lui ! S'il vendait qu'allait-elle devenir ? Elle avait honte, ne parvenant pas à maîtriser le tremblement de ses mains. Ce fut un soulagement pour ses nerfs trop tendus, lorsqu'elle prit la parole :

— Je comprends ton argumentation Nicolas, je ne puis que souscrire à ta décision… Je suis venue te retrouver pour apporter mon humble contribution au succès de ton affaire… Si tu vends qu'est-ce que je deviens ? lui demanda-t-elle les yeux larmoyants.

Nicolas posa sa tasse de café, se leva et entoura Joëlle de ses bras. Il la serra contre lui, tenant son cou d'une main, en lui caressant la tête de l'autre. Il appuya sa joue contre ses cheveux, comme il le faisait souvent, en y déposant de petits baisers.

Quand elle cessa de trembler, il lui dit avec beaucoup de tendresse :

— Mais je t'emmène P'tit bouchon ! Comment peux-tu penser qu'il en soit autrement ?

Et Joëlle en cet instant, fut emplie d'un grand bonheur.

— Dès demain matin, P'tit bouchon, tu vas contacter notre comptable pour voir avec lui comment augmenter notre capital par la méthode du goodwill !

Joëlle écarquilla les yeux :

— Qu'est-ce que c'est cette méthode qui porte un nom à coucher dehors ?

— Ne t'inquiète pas ! C'est notre expert-comptable qui va s'en occuper, il t'expliquera lui-même… Pour moi c'est très important, ce nouveau capital sera la base de négociation avec mon futur acheteur ! Est-ce que tu comprends P'tit bouchon ?

Joëlle ne put s'empêcher de pouffer de rire !

— En tous les cas Nicolas ce que j'ai compris c'est que tu n'as rien laissé au hasard ! Pour le reste, ton truc machin chouette, c'est de l'hébreu pour moi ! Mais n'aie aucune inquiétude, dès demain j'avise notre expert-comptable de tes décisions. Y a-t-il d'autres dispositions à prévoir ?

— Bien sûr ! Avant la vente de mes actions, j'augmenterai ton salaire, et celui de Stéphane à sa juste valeur !

— Ah bon, dans quel but Nicolas ?

— Ça, petite curieuse, tu le sauras plus tard !

Sur les coups de dix-huit heures, Stéphane arriva, le visage épanoui d'un homme bien aise. À peine l'eut-elle aperçu, que Joëlle, d'un air mutin lui demanda :

— Alors Stéphane peut-on savoir le nom de l'heureuse élue ?

— Non mais voyez-vous ça ? J'arrive à peine, j'ai tout juste le temps de respirer, que cette petite curieuse veut savoir qu'elle est l'élue de mon cœur ?

Nicolas éclata d'un rire amusé :

— Je venais de lui faire la même remarque ! Asseyez-vous, Stéphane… J'expliquais à notre adorable Joëlle, les raisons et les motifs de la décision que je venais de prendre. ! J'ai besoin de vous en faire part, et connaître votre avis !

— Oh là là Nicolas, tu m'effraies, j'espère qu'il n'y a rien de grave !

— Rassurez-vous Stéphane tout va bien !

Pendant près d'une heure, Nicolas fit part à Stéphane, de sa décision dans la plus grande clarté, et dans un langage équilibré !

Stéphane sans hésiter répondit à Nicolas :

— Comme je comprends et partage ta décision, mon cher Nicolas… Ton choix est conforme à l'homme que j'ai toujours connu : Un homme juste, parfois loup solitaire, mais surtout un humaniste invétéré… Qui aime les gens, mais ne supporte pas les injustices ! C'est pour cela que dans ton entreprise, l'homme, ça compte ! Tu as toujours pressenti, par je ne sais quelle intuition, le chemin qu'il fallait prendre ! Je voulais Paris, tu as choisi la Province, et tu as vu juste ! Sans vouloir te flatter, Nicolas, mais ce que tu viens de m'expliquer sur la vision que tu as de ce monde, est celle d'un homme qui a mûrement réfléchi et pesé en toute connaissance de cause ses résolutions !

— Vous êtes trop aimable Stéphane ! On m'a toujours prêté des vertus que j'étais loin de posséder ! Je suis, comme tout un chacun, un homme qui aspire à une seule chose, être heureux ! Plus on vieillit, plus on essaie d'éviter les drames, car on sait que le temps est précieux, et surtout que l'on n'a pas envie de le gaspiller !

— Oh les enfants ! s'écria Joëlle, cessez de vous congratuler, vous allez me faire pleurer… La petite curieuse que je suis veut toujours savoir qui est l'élue de Stéphane ?

— Décidément elle est tenace la petite, elle n'abandonne jamais ! s'écria Stéphane en éclatant de rire :

— Tu peux me mettre dans le même panier Stéphane, j'ai autant envie que Joëlle de connaître la personne qui te rend si heureux.

— Bien sûr, les amis, je suis heureux… Comblé au-delà de toute espérance… Ce bonheur, je le dois avant tout, à un ami véritable… Il y a plus de six ans, au moment où j'allais commettre un geste irréparable, c'est à cet instant que l'amitié d'un homme est intervenue, pour me redonner goût à la vie… Je ne pourrai jamais l'oublier.

Stéphane fit un effort pour sourire :

— Elle s'appelle Sophie, Sophie Moreno… Elle est employée dans une entreprise de vente de matériel informatique à Foix ! Vous voyez, parfois le hasard facilite les rencontres… Nous sortons ensemble depuis deux ans, et nous commençons d'envisager l'avenir ! J'ai été séduit dès que je l'ai vue, non par sa beauté physique, mais par la tendresse, et la gentillesse qui émanaient de cette femme meurtrie par l'existence… Mais comme disait Proust « laissons les belles femmes aux hommes sans imagination ». J'attendais le moment opportun pour vous en faire part… Voilà les amis, vous savez tout !

Le jour déclinait. Dehors, dans le parc, un oiseau ressemblant à un merle, mais dont le plumage était bleu et la queue frisée, sautillait dans le gazon en jetant de brefs regards vers l'entrée de la longère. Puis il s'envola pour se poser sur le faîte de l'arbre le plus haut, et se mit à siffler. De tous les arbres, de tous les buissons de fleurs, des oiseaux de toutes les couleurs lui répondirent. C'était comme une aubade, pour eux il n'y avait pas de crainte, car dans ce jardin ils ne ressentaient aucune angoisse… Il n'y avait pas de chasseur… P'ins dormait paisiblement en ronronnant sur les genoux de Joëlle !

Tout se déroulait selon les plans de Nicolas. Stéphane et Joëlle furent augmentés et confirmés dans leur fonction respective. Le capital était augmenté d'une somme qu'il jugea suffisante pour pouvoir négocier. La vente de SOCUIVIT fut confiée à un cabinet spécialisé dans la vente d'entreprises. Quelques mois plus tard, il ne tarda pas à lui faire part de deux propositions sérieuses. L'une était le groupe Verunile n° 1 mondial de l'agroalimentaire, qui ne rachetait que les entreprises leaders dans leur spécialité, l'autre, Sofidal, un puissant traiteur, spécialisé dans les repas aux entreprises et maisons de retraite.

Sofidal fut éliminé après plus de six mois de négociations infructueuses. C'est Vérunile, au bout d'un an de tractation, qui acheta la totalité des parts, à un prix dépassant largement celui fixé par Nicolas. Les garanties du personnel, tant sociales que salariales, furent maintenues dans le contrat. Stéphane demeura directeur général, chargé de poursuivre la politique de la société, dont le nom de SOCUIVIT fut conservé ! La seule exigence de Vérunile, étant de mettre à la tête du service comptable, une personne de leur groupe comme responsable ! Joëlle fut donc mise au chômage, ce qui arrangeait les affaires de Nicolas. Stéphane lui proposa de racheter la longère pour s'y installer avec Sophie. Nicolas lui fit un prix on ne peut plus correct, et l'affaire fut conclue.

C'était le dernier vendredi, avant que Vérunile ne devienne le vrai patron de SOCUIVIT. Tous les employés, à l'insu de Nicolas, avaient organisé une petite fête pour la fin de soirée, en l'honneur de son départ. Ils s'étaient également cotisés pour lui offrir un magnifique cadeau.

Ce matin-là, Nicolas et Joëlle vérifiaient que rien n'avait été oublié. Les déménageurs chargeaient dans le camion, tous les meubles de la longère. Vers dix-sept heures, le véhicule étant archi plein, le camion prit la direction d'Auterive.

— Je laisse la cuisine en son état, ainsi qu'un peu de vaisselle creuse et plate, et quelques meubles, afin que Stéphane et Sophie aient le temps de remeubler la longère, dit-il à Joëlle.

— C'est bien Nicolas, je suis persuadée que Stéphane appréciera !

— Je crois qu'il est temps de rejoindre l'usine pour faire nos adieux à tout le personnel… Je n'ai préparé aucun discours. J'avoue être très ému à l'idée de leur dire au revoir… Si je leur parle, je veux être le plus sincère possible, sans démagogie, sans bla-bla, sans mot creux, surtout sans phrases pompeuses.

— J'ai une totale confiance en toi Nicolas, je sais que tu trouveras les mots qui doivent être employés, pour exprimer ce que tu ressens à leur égard, et non pour l'effet produit… Allez courage Monsieur le futur retraité !

— Ah, tu me la bailles belle, Monsieur le retraité ! Il ne manquait plus que ça ! Passe devant, petite impertinente, avant que les foudres de ma colère ne tombent sur toi !

Joëlle éclata de rire et partit en courant vers l'entreprise en s'écriant :

— Je tremble d'effroi, je suis morte de peur, au secours, braves gens, par pitié, donnez-moi un paratonnerre !

— C'est ça, fais la maline, répondit Nicolas en souriant devant les facéties de Joëlle.

La soirée se déroula dans une chaleureuse ambiance, pleine de respect et d'amitié sincère. Serge Morin, au nom du personnel offrit en cadeau, un vélo de course, de couleur jaune, équipé de jantes larges, et d'un compteur de performance. Nicolas fut sensible à cette attention. La voix, emplie d'un léger tremblement, il fit un discours où l'émotion, et les souvenirs des débuts de l'entreprise, suscitèrent sur toute l'assemblée, une envolée d'applaudissements et de hourra !

Stéphane s'approcha, sans dire un mot, il prit dans ses mains, les deux mains de celui qui était devenu un véritable ami pendant toutes ces années, en les serrant doucement, il murmura :

— Nicolas, prends bien soin de toi… Tu vas me manquer, que dis-je, tu vas nous manquer !

Les paupières de Nicolas frémirent légèrement, tant il était troublé. Il ne put que presser plus fort les mains de Stéphane.

Ainsi s'acheva la vie professionnelle de Nicolas Fonzenac.

Adieux déchirants de Nicolas à ses parents

Pendant les travaux de réfection de la maison d'Auterive, offerte par ses parents, Nicolas et Joëlle résidèrent au château de Lastour. Béatrix, de temps en temps, emmenait Joëlle à Toulouse, visiter l'église Saint-Cernin, le musée des Augustins, ainsi que tous les beaux monuments de la ville rose. Pendant ce temps, sous le regard ironique de Guylhem, Nicolas en tenue de cycliste, enfourchait son beau vélo, pour gravir les côtes environnantes.

Guylhem pouffa de rire :

— Tu sais que tu as fière allure sur ton destrier, mon fils ! Partirais-tu seul à la conquête des monts inaccessibles de notre vieille Gascogne, sans aucune arme sur toi ? Ce n'est plus du courage Nicolas, cela s'appelle de l'héroïsme !

Guylhem fit alors une révérence, en tendant sa jambe droite et fléchissant légèrement sa jambe gauche, suivi d'un geste circulaire en se découvrant d'un illusoire chapeau, comme le faisaient jadis les mousquetaires saluant leur roi !

— Rira bien qui rira le dernier papa ! Sache que je ne pars jamais sans munitions, car mes seules armes pour conquérir les dénivelés de nos coteaux, c'est ça ! répondit-il, en pointant ses mollets de son index.

Les travaux terminés, Joëlle et Nicolas regagnèrent leur domicile à Auterive. Chaque fin de semaine, ils alternaient leurs visites. Un dimanche ils passaient la journée au château de Lastour, le suivant c'étaient ses parents qui leur rendaient visite.

La vie de Nicolas connut une certaine sérénité. Il s'inscrivit dans un club cyclo sportif de la région, perdit une bonne dizaine de kilos, s'entraîna avec détermination, accumulant kilomètre sur kilomètre. Ce qui lui permit, de remporter plusieurs médailles d'or dans des épreuves telles que : « L'Ariégeoise », « La Pyrénéenne Saint Larry », « La Transfrontalière » d'obtenir le brevet des « cent cols pyrénéens », et bien d'autres récompenses !

Quant à Joëlle, pendant près d'un an, elle prit des cours concernant l'art d'utiliser le pastel aux beaux-arts de Toulouse. Béatrix lui offrit un chevalet ainsi qu'une boîte de pastel. Un beau jour, Joëlle, maîtrisant parfaitement la technique du pastel, réalisa de nombreux tableaux du château de Lastour, de la place Jeanne d'Arc du village de Baziège, avec son église aux clochers si particuliers. Elle peignit également les paysages bucoliques, bordant les berges ombragées de platanes du canal du midi. Béatrix l'accompagnait partout, émerveillée par sa créativité.

Guylhem, lorsqu'il se promenait ensemble, plusieurs fois, au grand étonnement de Nicolas, lui faisait part de son souhait de mourir. Pour lui, ne plus pouvoir être sur son cheval menant sa meute sur la voie du cerf le déprimait.

Le temps semblait s'écouler sereinement, dans la fuite inexorable des quatre saisons. Le destin n'est ni malveillant ni bienveillant, il dirige simplement Nicolas, vers le but qu'il lui a assigné depuis sa naissance. Il veut simplement lui faire comprendre que la vie est une magnifique aventure, où nul ne peut renoncer, sans livrer de durs combats ! Plus les épreuves seront éprouvantes, difficiles à surmonter, et plus belle sera la récompense !

Après une période d'accalmie, Nicolas allait de nouveau être confronté à une épreuve dramatique.

Ce matin-là, Joëlle et Nicolas prenaient leur petit-déjeuner sur la terrasse, lorsque le téléphone sonna dans le salon. Nicolas aussitôt se leva :

— Ne bouge pas « P'tit Bouchon », Je vais répondre.

Lorsqu'il décrocha le combiné, la voix anxieuse de sa mère retentit au bout du fil :

— Bonjour mon Nicolas, je suis désolée de te déranger si tôt, mais ton père ne va pas bien du tout. Je suis désemparée ! Nous discutions sur la manière dont nous allions négocier le domaine du château de Lastour, quand ton père brusquement s'est arrêté de parler, me regardant comme s'il ne m'avait jamais vue… Viens vite mon Nicolas, de le voir ainsi, me fait craindre le pire !

— Je pars immédiatement maman ! Surtout, ne t'inquiète pas, ce n'est peut-être qu'un simple malaise.

— Que se passe-t-il Nicolas ? lui demanda Joëlle :

— Mon père vient d'avoir un malaise, il faut absolument que je me rende à Lastour voir ce qui se passe.

— Je t'accompagne Nicolas !

Une demi-heure plus tard, en passant par les coteaux, Nicolas et Joëlle arrivèrent au château de Lastour. Ils garèrent la voiture aux pieds des escaliers du grand perron, et gravirent les marches quatre à quatre. Béatrix les yeux embués de larmes, les attendait sur le pas-de-porte.

— Venez vite, dit-elle, en prenant la main de Nicolas, je ne l'ai jamais vu dans cet état.

Nicolas vit son père droit sur son fauteuil, le dos appuyé au dossier. Le coin de ses yeux, encore jauni de sommeil, le fixait d'un regard vide de toutes expressions. Tout à coup, Guylhem eut un haut-le-corps. Il ouvrit ses mains devant lui, comme s'il voulait s'assurer de la réalité de quelque chose. Il se releva lentement, un sourire illumina son visage, et il chuchota quelques mots :

— Je te vois mon amour, je te vois ! J'entends les notes de ton violon ma belle… Joue encore ne t'arrête pas… Ne t'en va pas, reste, je t'en supplie, attends-moi !

Guylhem avança, les mains tendues, comme pour saisir une vision qui le fuyait. Il arriva jusqu'à la grande table du salon. Les yeux remplis d'une joie intense, il s'arrêta, sa tête brusquement s'affaissa, et son torse s'abattit sur la table. Guylhem en perdant la raison, et pour ne pas sombrer dans la folie, s'éteignit devant les siens, le visage apaisé, dans le château de ses ancêtres !

Nicolas, le visage en larmes, s'approcha de lui. Ce père qu'il aimait par-dessus tout, qu'il admirait, et qui fut durant toute sa vie son modèle. Nicolas ne put croire qu'il n'entendra plus cette voix si chaleureuse, si aimante à son égard. Il tomba à genoux, et sans aucune retenue, murmura, le ton entrecoupé de longs sanglots :

— Papa ! Mon papa, si tu savais combien je t'aime, et t'aimerai jusqu'à la fin de ma vie ! Tu vas me manquer, tu sais ! Sache que je saurai me montrer digne de tes enseignements, ainsi que de notre devise papa ! Je la répéterai, comme tu me l'as appris, lorsque le malheur s'abattra sur moi ! Aujourd'hui, mon malheur est si grand qu'il n'a pas de nom :

Il se pencha vers lui, et lui murmura d'une voix à peine audible :

— « Eundo, Agendo Ascendo » ! Adieu, mon Papa !

Quelques jours plus tard, au petit matin, Pauline trouva Béatrix dans le lit conjugal, endormie pour l'éternité, partie rejoindre celui qui fut son seul et unique amour.

Nicolas, anéanti par la perte de ses parents disparus en si peu de temps, n'était plus le même. Abasourdi, détruit, hébété, il eut du mal à comprendre que la mort venait de lui prendre ce qu'il avait de plus cher.

Cette nuit-là, Nicolas, vint seul, contempler une dernière fois le château de Lastour. Ce berceau de son enfance, de la longue lignée de ses ancêtres, se mourait lentement sous la voûte étoilée des cieux. Un petit vent se leva faisant frémir les feuilles des grands arbres. Nicolas scruta la nuit sans rien voir d'autre que la forêt sous la lune. Puis tout à coup, deux formes flottantes et pâles, à peine réelles, se mirent à tournoyer en voletant, autour des vieilles pierres du château, tendrement enlacées, en une danse d'adieu. L'âme du château en cet instant, venait à son tour de s'éteindre, pour s'envoler vers la mémoire à jamais perdue des souvenirs d'antan.

La célébration mortuaire se déroula à la cathédrale Sainte-Marie à Auch. Une foule impressionnante était venue des quatre coins de la Vendée, pour se recueillir sur les cercueils de Béatrix et Guylhem installés côte à côte face à l'autel. L'inhumation eut lieu au cimetière du manoir « des Mortes Mares », où seuls les parents proches y furent invités. Joëlle, malgré l'insistance de Nicolas, préféra ne pas se joindre à eux.

Nicolas, Pauline, la cousine Anne-Marie, les cousins, Arthur, Henri et Hugues, les oncles Raymond et Amaury, la tante Angèle reçurent les condoléances.

Nicolas, la cérémonie terminée, se pencha vers Anne-Marie :

— Tu vois Anne-Marie, je viens de me rendre compte que je n'ai connu qu'un seul amour dans ma vie : ma mère !

À ces mots, elle l'embrassa, se serrant très fort contre lui. Nicolas sentit alors couler dans son cou, les larmes de sa cousine. Puis elle se détourna, portant son mouchoir à ses yeux pour les essuyer.

Sa tante Angèle, vêtue de noir, demanda à Nicolas :

— Restes-tu avec nous pour déjeuner ?

— Non ma tante, il ne faut pas trop m'en vouloir, mais en ce moment je préfère être seul, je désire rentrer.

— Je sais la douleur que tu peux ressentir Nicolas. Va, tout le monde comprendra ton chagrin et le besoin de solitude que tu éprouves.

Nicolas, les yeux rougis, salua tout le monde et partit accompagné de Pauline, rejoindre Joëlle qui les attendait à « L'hôtel de France ». Ils regagnèrent leur domicile d'Auterive, dans un silence endeuillé. Nicolas déposa Pauline place Jeanne d'Arc à Baziège, dans la maison que lui avaient léguée ses parents.

Ce soir-là, Joëlle, se tenait à l'écart, respectant le besoin de solitude de Nicolas. Avant d'aller se coucher, au travers des rideaux de la fenêtre du salon, elle le regarda, assis dans un fauteuil d'osier de la terrasse, contemplant le ciel illuminé d'étoiles scintillantes. À l'horloge céleste du temps qui se meurt, Nicolas finit par s'assoupir. Alors, comme dans un songe que l'on vivrait éveillé, il entendit la douce symphonie d'un archer aux doigts de fée, faisant vibrer les cordes d'un violon, en une merveilleuse mélodie, emplie d'espoir.

Il se réveilla en sursaut. La nuit était noire de silence. Seule une lune pâlotte, reflétait sa faible lueur sur le bassin, où flottaient à la surface de l'eau, le lotus et quelques nénuphars.

— Ai-je bien entendu, ou n'était-ce qu'un rêve ? se dit-il.

Nul ne pouvait lui répondre… Ce qui est abstrait est difficile à comprendre, parce qu'il s'agit de quelque chose qui s'éloigne du concret, des idées communes. Pourtant, les ondes de cette mélodie surnaturelle, venant d'un pays où le temps n'existe pas, étaient bien parvenues à toucher l'âme sensible de l'enfant de l'amour, en un bonsoir d'espérance.

Nicolas, quelques semaines plus tard, reçut un courrier, le convoquant à l'étude de Maître Maraine, Notaire de la famille des Villardahian depuis des lustres. Le notaire remit à Nicolas une enveloppe, cachetée d'un tampon de cire, sur laquelle figuraient les armoiries des Villardahian.

Nicolas, quelque peu surpris, demanda des explications.

— Mon cher Nicolas, je devais, en cas de malheur, vous remettre à vous, et à vous seul, cette enveloppe… Je suis absolument désolé, mais ce sont les seules instructions que votre père m'a laissées !

Nicolas remercia Maître Maraine, puis regagna son domicile, impatient de connaître le contenu de ce pli mystérieux.

Il s'installa dans le salon. Joëlle lui apporta un coupe-papier pour faire sauter le tampon de cire. Nicolas sortit une lettre jaunie, boursouflée de larmes séchées. En regardant à l'intérieur, il trouva une clef sur laquelle était fixé un carton portant un code. Sur le courrier, il reconnut tout de suite l'écriture de son père :

Mon cher fils,

Lorsque tu liras cette lettre, Dieu m'aura rappelé à lui. Ta mère et moi, nous n'avons pas voulu te laisser en héritage le lourd fardeau du château de Lastour et de ses terres. Pour effacer toutes les hypothèques, le domaine viticole et les fermes attenantes ont été cédés à la coopérative agricole de Baziège, et le château à un richissime antiquaire de la région de Bordeaux. Dans ce pli, tu trouveras une clef et un code secret pour accéder à l'entrepôt n° 33 que nous avons loué à un garde-meubles. L'adresse figure au bas de cette lettre. Ceci sera ton héritage mon fils. Tu es le dernier descendant des Villardahian, prends en le plus grand soin, tout le passé de notre famille y est entreposé.

Quand je te parlais de mon désir de mourir, ne te fâche pas Nicolas, un jour tu comprendras ce qui me poussait à te le dire. Malgré ma passion pour la chasse à courre, qui finit par nous ruiner, j'ai toujours voulu le meilleur pour toi, et j'ai toujours tenté de t'aplanir la route.

Le soir, mon fils, donne-moi un peu de ton temps pour m'aider à faire mon chemin dans les cieux. Regarde briller l'étoile la plus scintillante, en échange, je te rendrai l'immense amour que j'ai toujours eu pour toi.

Je t'aime mon fils !

Nicolas, à la lecture de cette missive, resta quelques instants sous l'emprise d'une vive émotion. Joëlle, tout aussi émue, posa sa main sur son épaule et l'appuya fort.

Nicolas se reprit :

— On va se rendre à cet entrepôt, je suis curieux de savoir ce qu'il contient. Tu m'accompagnes « Bouchon » ?

— Bien sûr Nicolas !

Ils se rendirent chez le garde-meuble, situé à Toulouse route de Blagnac. Nicolas gara la voiture sur le parc de stationnement d'un immense bâtiment. Le gardien vint à leur rencontre en lui demandant son nom. Nicolas lui fit part de ce qu'il désirait accéder à l'entrepôt n° 33.

— Prenez votre véhicule. Descendez jusqu'au troisième sous-sol, vous le trouverez facilement, c'est le premier entrepôt sur votre droite.

À l'aide de la clef et du code, l'imposant battant, dans une lenteur impressionnante, se souleva. Le regard médusé, Nicolas découvrit : tous les meubles, tous les tableaux, toutes les armures, toutes les armes, toute l'argenterie, toute la vaisselle, toute la bibliothèque garnie de ses livres, ainsi qu'une multitude d'objets précieux de nature diverse.

Tout était là ! Tout ce qui fut l'âme du château de Lastour, pendant des siècles, reposait là, dans cet antre d'acier des temps modernes.

Joëlle en voyant tous ces trésors amoncelés dans cet immense espace, s'exclama :

— Nicolas ! C'est la caverne d'Ali Baba ! Que vas-tu faire de tout ça ?

— D'abord, je vais prévenir ma tante Angèle et mon oncle Raymond pour qu'ils viennent choisir ce qu'il leur plaira. Ce passé, par l'intermédiaire de ma mère, leur appartient également… Ce qui restera, ma foi, je n'en sais trop rien… Si un jour on déménage, eh bien ! Nous aurons ce qu'il faut pour meubler.

Les années passèrent. Pauline décéda au premier jour de mai et fut enterrée au cimetière de Baziège dans le caveau de ses parents.

Au cours d'une visite de routine, son médecin traitant, en auscultant Nicolas, décela une anomalie. Il lui fit une ordonnance pour passer un électrocardiogramme. Le cardiologue décela une légère arythmie. Par prudence, ce dernier mit Nicolas sous anti coagulant, lui demandant d'abandonner le vélo. Vu la fluidité du sang provoqué par le médicament, les chutes à vélos pouvaient se montrer très dangereuses.

Nicolas, âgé de soixante-dix ans était en pleine forme. Mais ne plus rouler à vélo l'avait rendu ronchon, il tournait en rond ne sachant que faire de ses journées.

Joëlle, un soir, au cours du dîner, lui fit part d'une demande qui lui tenait à cœur depuis le décès de Pauline.

— Plus rien ne nous retient à Auterive Nicolas ! Si tu es d'accord bien sûr, cela me ferait plaisir de nous rapprocher de mes parents à Châteauroux… Qu'en penses-tu ?

— Tu as raison « Bouchon », je n'ai plus aucune attache ici, tous ceux que j'aimais ont disparu… Nous partirons lundi prochain pour Châteauroux, nous essaierons de trouver une maison en centre-ville puisque tu ne veux plus conduire,

Elle l'embrassa affectueusement sur les joues :

— Tu es gentil Nicolas !

Pendant que Joëlle préparait les cartons, Nicolas profita de ce dernier jour pour aller se recueillir sur la tombe de ses parents au manoir des « Mortes Mares ». Il y resta jusqu'à la nuit tombante. Dans cette nuit chaude et transparente, toutes les étoiles se mirent brusquement à briller d'un éclat de plus en plus vif. En l'espace de quelques secondes, deux d'entre elles se mirent alors à scintiller d'un flamboiement intense. Nicolas fut attiré par cette brillance, puis se souvenant de la prière de son père :

— Je suis là comme promis mes chers parents, je sais que c'est vous qui me rendez visite ! Je vous aime, et ne vous oublierai jamais !

Le ciel alors s'embrasa, des éclairs zébrèrent la nuit, et le tombeau s'illumina de mille feux. Nicolas regarda le ciel, et fit un geste d'adieu.

C'est ainsi que la page d'Auterive fut définitivement tournée. Nicolas et Joëlle partirent rejoindre Châteauroux. Rien n'était fait au hasard. Le destin guidait toujours Nicolas vers le but qui lui avait assigné. Il allait alterner, entre le désespoir d'une perte cruelle, et l'offrande tant espérée, de l'inaccessible étoile de l'amour.

Quand le malheur survient,
Le bonheur n'est plus très loin

Ils emménagèrent dans un ancien hôtel du quinzième siècle, situé rue Grande à quelques centaines de mètres du centre-ville. Joëlle était heureuse de retrouver sa famille, en particulier une de ses sœurs, avec qui elle était très fusionnelle. Quant à Nicolas, il fit part à son nouveau médecin traitant de son désarroi de ne plus pratiquer le vélo.

— Effectivement, Monsieur Fonzenac, le vélo n'est pas recommandé avec le médicament que vous prenez… Par contre, si je puis vous donner un conseil, je vous suggérerai de jouer au golf qui est sans danger !

— Au golf ! Mais ce n'est pas un sport Docteur ! Mettre une balle dans un trou ne me semble pas très motivant.

Le docteur esquissa un petit sourire !

— Détrompez-vous Monsieur Fonzenac, c'est un sport à part entière. Je dirais même, pour avoir joué quelques fois avec mon fils, que c'est un jeu, que l'on pourrait qualifier, de stratégie et de précision, demandant énormément de concentration et d'entraînement… Je suis persuadé que cette activité devrait vous convenir. Mon fils le pratique depuis plus de quinze ans, dans un club près de Châteauroux, si vous voulez, il se fera un plaisir de vous initier.

— Après tout pourquoi pas, essayer ne coûte rien !

Le docteur décrocha aussitôt son téléphone.

— Christian ! Un de mes patients, très sympathique au demeurant, souhaiterait connaître le golf. Aurais-tu un moment à lui consacrer pour lui donner un aperçu ?

Le docteur griffonna sur un calepin le rendez-vous que lui proposa son fils.

— Une minute fiston !

— Est-ce que vendredi matin à neuf heures vous conviendrait ?

— Parfait répondit Nicolas !

Puis il raccrocha le téléphone.

Nicolas salua le médecin et regagna son domicile. Il annonça à Joëlle que vendredi matin, il allait découvrir ce qu'était la pratique du golf, avec le fils du docteur.

— Parfait Nicolas, si au moins cela pouvait te plaire, j'en serais la première ravie ! Fais un effort, il n'y a pas que le vélo dans la vie. Te voir tourner en rond toute la journée comme un désœuvré me peine beaucoup !

— Ne t'inquiète pas « Bouchon », si cela me plaît je le saurai tout de suite.

Le vendredi matin, à l'heure convenue, Christian stationna devant le domicile de Nicolas. Ils firent connaissance, et tout de suite un lien réciproque de sympathie se noua entre eux.

— Y a-t-il une tenue spéciale pour jouer au golf ? demanda-t-il à Christian.

— Bien sûr, mais on verra ça plus tard ! Pour l'instant des chaussures de sport suffiront.

Ils prirent la route en direction du terrain de golf des « Sarrays ».

Christian présenta Nicolas aux responsables du club, leur expliquant qu'il allait effectuer un parcours de trois trous avec lui, afin qu'il se fasse une idée de la pratique du golf.

Christian et Nicolas se rendirent au départ du par n° 1 :

— Nicolas, pour résumer, le jeu du golf consiste à mettre en moins de coups possibles, la balle dans le trou… Le par n° 1 se joue en quatre coups. Le par n° 2, en 3 coups, et le par n° 3, en 4 coups. Au fur et à mesure que je jouerai, je vous donnerai toutes les explications nécessaires, d'accord ?

— OK Christian !

Christian lui expliqua l'usage de ses différents clubs en fonction des distances. Pendant une demi-heure, Nicolas, admiratif, regarda les balles s'envoler haut dans le ciel, pour retomber à l'endroit précis voulu par Christian. Le tout accompli avec un swing, fait de souplesse et de rapidité. Nicolas, extasié, observait Christian, exécutant ce geste tout en finesse, pour mettre la balle sur le green. Il prit son putter, et fit dans un mouvement de balancier, rouler la balle qui tomba dans le trou avec ce bruit si particulier.

Nicolas fut conquis, par ce sport qui était fait pour lui. Cela demandait beaucoup d'attention aux différentes techniques de jeu, et d'apprentissage des fondamentaux. Ce défi lui plut, il n'eut qu'une envie, apprendre !

À partir de ce jour, le golf devint pour lui, une véritable passion. Pendant plus d'un an, il prit des leçons avec Éric, le pro du golf des Sarrays. Tous les jours, après les cours, qu'il pleuve ou qu'il vente, il s'entraînait au practice pour améliorer son swing et mettre en application les différentes leçons qu'ils avaient apprises.

Éric, jugeant qu'il était prêt, lui proposa de faire un neuf trou pour l'obtention de sa carte verte, lui permettant de jouer sur le parcours.

Une fois la carte verte en poche, Nicolas fit quelques parcours avec Christian qui le félicita pour ses progrès. Il l'encouragea à participer à des compétitions pour baisser son index. C'est ainsi que les années passant, Nicolas se trouva rapidement avec un index, lui permettant de se confronter avec les meilleurs joueurs du club.

Les années défilèrent dans un rythme serein, où Joëlle apportait à Nicolas, non pas de l'amour comme au sens où on l'entend, mais une profonde tendresse, où chacun se complaisait.

Un jour, au cours du déjeuner, Joëlle, très soucieuse, fit part à Nicolas de ses inquiétudes :

— Je ne sais pas ce qui se passe Nicolas, mais depuis quelque temps je me sens fatiguée… J'ai perdu plus de deux kilos en une semaine en mangeant normalement !

— Deux kilos ! Déjà que ton poids est à la limite de la maigreur, je préfère t'emmener tout de suite chez notre docteur, et voir ce qui se passe.

Le docteur lui fit faire des analyses. Les résultats ne tardèrent pas, et furent sans appel. Joëlle était atteinte d'un cancer à l'ovaire gauche. Elle fut transportée d'urgence à l'hôpital de Châteauroux. Nicolas chaque jour demeurait à son chevet jusqu'à la nuit tombante. Malgré les soins reçus, la maladie empirait de jour en jour. Vers onze heures, au cours de sa visite, le cancérologue prévint Nicolas qu'elle ne passerait pas la nuit… En ce mois de juillet, à minuit cinq précises, Joëlle, avant de s'éteindre, serra fortement la main de Nicolas et, dans un dernier souffle, lui murmura :

— Adieu, mon Nicolas, je t'ai…

Elle n'eut pas le temps d'achever sa phrase, sa tête brusquement s'affaissa, ses yeux se teintèrent aux lueurs jaunâtres de la mort, et se fermèrent à tout jamais.

Nicolas, au souvenir de la narration du décès de Joëlle, s'arrêta un instant, les mains tremblantes au-dessus des touches de son PC. Ses yeux se brouillèrent, l'émotion fut alors si forte, qu'il pleura sans retenue. Il referma l'ordinateur, étant dans l'incapacité de continuer à écrire.

Il sortit dans le jardin, le vent se leva, venant ébouriffer sa chevelure d'argent.

— Quand finira donc ce supplice ! À quoi bon poursuivre de coucher sur le papier ce qui me fait si mal… Maudit soit le jour où je me suis embarqué à vouloir relater ma vie. Serait-ce par orgueil, par vanité, ou je ne sais quoi, vouloir faire de ma vie un exemple ? Ma vie c'est ma vie, elle n'intéresse personne d'autre que moi… Je n'en peux plus, cela me perturbe, mes nuits sont trop agitées, je dors mal à cause de ces souvenirs qui n'en finissent pas de me réveiller en sursaut. C'est fini, j'arrête cette biographie.

Nicolas, une fois sa décision prise, téléphona au golf de Bourges, pour retenir un parcours de dix-huit trous, ainsi qu'une voiturette, pour le lendemain après-midi.

Nicolas n'était pas vraiment au jeu, par moments il jouait comme un débutant. Au cinquième trou, il perdit sa balle, et ne chercha pas à la retrouver. Il s'assit au pied d'un arbre, se souvenant soudain des paroles de sa mère :

Elle lui expliquait que le destin ne faisait rien au hasard. Elle était persuadée que l'amour qu'il cherchait depuis toujours arriverait au moment où tout semblerait s'écrouler autour de lui. Elle avait l'intuition que Joëlle, à la suite d'un incident inattendu, lui offrirait ce qu'il n'espérait plus.

Il ferma les paupières, un sourire nostalgique se dessina sur son visage et il pensa tout haut.

— Trop tard maman, pour une fois tu t'es trompée, ton vœu ne se réalisera pas !

Il se sentit seul, désespérément seul, comme abandonné de tous. Nicolas sut à cet instant que le seul moyen d'oublier cette vie était de céder à la mort, en partant dans le pays de ses rêves, où l'amour jamais ne s'achève.

C'est alors qu'il entendit une voix féminine, d'une très grande douceur, l'interpeller :

— Monsieur, SVP ! Est-ce que tout va bien ? Je me promenais, quand cette balle est tombée à mes pieds, est-ce la vôtre ?

Nicolas, surprit, se redressa :

— Je vous remercie beaucoup Madame, c'est bien ma balle.

Lorsqu'elle lui tendit la balle, leurs regards se croisèrent, ils restèrent figés pendant quelques secondes sans pouvoir prononcer la moindre parole !

Nicolas se ressaisit le premier :

— Pardon, Madame, veuillez m'excuser, lui dit-il l'air gêné.

Il lui tendit la main.

— Je m'appelle Nicolas, Nicolas Fonzenac !

Avec un sourire empli de gentillesse, elle lui serra la main :

— Je m'appelle Ginette, Ginette Pautrat… Vous savez lorsque je vous ai vu assis au pied de cet arbre, avec une mine aussi pâlotte, j'étais inquiète !

— Non, Madame, n'ayez aucune crainte, juste un peu de vague à l'âme, suite au souvenir du décès de mon épouse.

— Ah, je comprends ! Je suis veuve également, j'ai connu ces moments douloureux, désagréables à supporter ! Puis-je me permettre de vous poser une question, Monsieur Fonzenac ?

— Bien sûr !

— Je n'y connais rien, mais je m'aperçois, en me promenant tous les jours par ici, qu'il y a de plus en plus de monde qui joue. C'est si intéressant que ça le Golf ?

— Intéressant ! Comme vous y allez, Madame ! Passionnant voulez-vous dire ! Lorsque l'on joue, on est au cœur de la nature, on respire à pleins poumons, et surtout, on est loin du monde turbulent de la ville et des soucis quotidiens. Personnellement, j'oublie tous mes ennuis en me concentrant uniquement sur le plaisir de jouer ! Une fois que l'on a goûté au golf, on ne peut plus s'en défaire… Ce qui est mon cas ! répondit Nicolas la mine réjouie !

Ginette le dévisagea d'un regard à la fois séduit et amusé : quel homme charmant et passionné ! se dit-elle.

— Si je puis me permettre Madame, ceci dit, en tout bien tout honneur, accepteriez-vous de m'accompagner dans mon superbe carrosse pour finir le parcours ? Vous aurez ainsi un aperçu du golf ?

Ginette fut surprise par cette invitation. Ce personnage, rencontré par le plus grand des hasards, dénotait de toutes les personnes qu'elle avait l'habitude de côtoyer. Sa manière de s'exprimer, semblant provenir d'un autre siècle, et son éternel sourire, l'attirait irrésistiblement. Elle sut d'emblée qu'elle pouvait lui faire confiance. Elle accepta la proposition de Nicolas. Elle s'installa, prenant place sur le siège passager. Nicolas traversa la petite route goudronnée, pour s'arrêter au trou n° six. Le départ était en pente.

Sous le regard épaté de Ginette, Nicolas, dans un swing souple et aérien, fit voler la balle haute vers le ciel, qui retomba bien au-delà de sa vue.

— Ça va loin ! Je n'ai jamais vu ça ! J'ai juste eu le temps d'apercevoir la balle… À vous observer, cela paraît facile, s'exclama Ginette.

— Venez à ma place, c'est vous qui allez frapper la balle !

Timidement Ginette s'approcha de Nicolas qui lui prêta un fer sept, lui montrant la manière de tenir la prise de ce club.

— Ne cherchez pas à taper en force, cela ne sert à rien, vous n'irez pas plus loin.

Il lui montra les gestes élémentaires, en faisant quelques essais sur l'herbe :

— À présent, soufflez un bon coup, et sans trop réfléchir tapez la balle ! Allez Ginette c'est à vous.

Ginette leva son fer, frappa la balle… Mais celle-ci ne décolla pas d'un pouce, et resta sur place.

L'air penaud, elle se retourna, et tous les deux éclatèrent d'un rire franc et joyeux !

— Vous m'avez eu, Monsieur Fonzenac ! Ce qui m'a paru facile n'est en fait que le fruit d'un long apprentissage, je suppose !

— Oh je ne cherchais pas à vous avoir Ginette, simplement vous montrer que ce sport nécessite quelques leçons avant d'y prendre du plaisir… Je vous ai appelé Ginette, mais sachez qu'au golf, la tradition veut que l'on se tutoie, je n'irai pas jusque-là, mais au moins on se doit de s'appeler par son prénom, cela renforce la convivialité… Vous êtes sur un terrain de golf Ginette, vous devez donc vous soumettre à ses règles !

— Je m'y soumets… Nicolas !

Le reste du parcours se déroula dans une ambiance de bonne humeur, riant tous deux comme de bons amis qui se connaîtraient depuis longtemps.

Nicolas, les dix-huit trous terminés, rangea la voiturette, et s'apprêta à rejoindre Châteauroux.

— Voulez-vous que je vous dépose quelque part Ginette ?

— Ce n'est pas de refus Nicolas, à présent je suis bien loin de ma maison, et je ne me sens pas le courage de rentrer à pied.

Ils arrivèrent au domicile de Ginette. Avant qu'elle ne descende, Nicolas s'empressa de lui ouvrir la portière. Elle le remercia :

— J'ai passé un excellent après-midi en votre compagnie Nicolas. Il y a bien longtemps que je ne m'étais pas autant amusée… J'espère que l'on aura l'occasion de se rencontrer à nouveau.

— Moi aussi Ginette, ce fut pour moi un moment très agréable passé en votre compagnie… Je vous laisse mon numéro de portable, avec l'espoir que nous nous reverrons bientôt.

Ginette lui donna le sien. Elle lui fit de grands gestes d'au revoir lorsqu'il prit la route.

Pendant tout le trajet, Nicolas ne cessa de penser à Ginette. Cette personne avait suscité en lui, une folle envie de la revoir. Il ne savait rien d'elle, mais dès qu'il l'aperçut, il tomba immédiatement sous son charme… Tout le subjuguait en elle : ses paroles bienveillantes, lorsqu'elle le découvrit assis au pied de l'arbre, son rire éclatant, presque enfantin, ses paupières, dont la ligne des cils et des sourcils dessinait le contour d'un trait d'ombre dorée. Ses cheveux, d'un brun grisonnant, entouraient son visage, ne laissant apparaître que le lobe rosé de ses oreilles, tels deux pétales d'une rose effeuillée. En une fraction de seconde, elle venait de conquérir le cœur de Nicolas.

Pour la première fois, depuis son amour de jeunesse, Nicolas sut qu'il était en présence de la femme de sa vie ! Il eut un grand soupir d'homme empli d'espoir. Tout en conduisant, sans même s'en rendre compte, il se mit à fredonner une romance des temps anciens. Lorsqu'il gara sa voiture, il n'eut qu'une envie : lui téléphoner, pour l'inviter à déjeuner.

Il inspira puis expira fort, comme pour se donner du courage, et composa le numéro de Ginette. Le combiné sonna un long moment avant que quelqu'un ne décroche.

— Allo, répondit-elle ?

— Bonsoir Ginette, c'est Nicolas !

— J'ai reconnu votre voix… Le retour s'est bien passé ?

— Très bien, je vous remercie.

Un silence pesant s'installa durant quelques secondes, qui parurent une éternité pour Nicolas… Il éprouvait pour la première fois, le doute que Ginette refuse son invitation.

— Allo Nicolas, que se passe-t-il ! Je ne vous entends plus.

— Ce n'est rien Ginette, j'ai une demande à vous proposer, mais je n'arrive pas à l'exprimer, j'ai le trac, c'est affreux !

Nicolas entendit alors à l'autre bout du fil, ce rire empli de bienveillance de Ginette, lui dire :

— Je vais vous aider Nicolas ; est-ce pour une invitation à déjeuner ?

— Tout à fait Ginette ! Si vous acceptez, je serais le plus heureux des hommes.

— Bien sûr que j'accepte ! Je vais même vous faire une confidence Nicolas, si vous ne m'aviez pas appelé, c'est moi qui vous invitais !

Et les rires fusèrent dans les deux combinés.

Ce soir-là, Nicolas prépara un repas léger, et dîna sous la tonnelle encore embaumée de l'odeur des glycines. Il ne toucha pas à son assiette, il n'avait plus faim, seule l'idée qu'il allait revoir Ginette, l'envahissait de bonheur. Il ne se reconnaissait plus, il se sentait dans l'état d'un jeune homme qui se rend à son premier rendez-vous !

Au petit matin, Nicolas sortit du sommeil le cœur empli d'un fol espoir. Il prit une douche, en sifflotant des airs à la mode. Il se fit un copieux petit-déjeuner, puis choisit les vêtements qu'il jugea les plus appropriés à son rendez-vous… Son impatience était telle qu'il tapotait sa montre pour s'assurer qu'elle fonctionnait bien.

L'heure approchait. Il sortit la voiture, et se rendit sans tarder chez le fleuriste, afin qu'il réalise un bouquet de roses aussi odorantes, que variées en couleur. Une heure plus tard, il garait son véhicule sur le parc de stationnement de la maison de Ginette. Le cœur fébrile et le bouquet à la main, il appuya sur la sonnette.

Ginette, au travers des rideaux de son salon, le vit arriver. Le voyant s'approcher muni d'un bouquet de fleurs, elle se dit : Quelle élégance ! Cet homme a beaucoup de classe et de savoir-vivre.

La sonnette tinta, Ginette ouvrit la porte et le visage rayonnant, elle l'accueillit. Ils se serrèrent la main, et Nicolas lui offrit l'assemblage de roses.

— Comme c'est gentil Nicolas, ce bouquet est magnifique ! Dieu qu'il sent bon ! Mais entrez donc, et prenez place sur un de ces fauteuils, j'arrive tout de suite le temps de mettre le bouquet dans un vase.

Elle lui offrit un thé, et tous deux, sans se rendre compte du temps qui passe, se racontèrent leur vie. Ce fut d'abord Ginette qui s'exprima la première. Il écouta avec beaucoup d'attention, cette ancienne professeure des écoles, raconter tous les défis, tous les combats qu'elle avait dû relever après la disparition de son mari qui mourut très jeune. Elle expliqua également son expérience malheureuse en voulant refaire sa vie. Nicolas découvrit alors toute la force de caractère qu'il lui fallut pour surmonter ces obstacles. Sous l'apparence d'un visage toujours baigné de ce sourire aimant, se cachait en réalité, une battante qui n'avait jamais rien cédé à la fatalité. L'horloge à cet instant sonna treize heures !

— Mon Dieu ! Je parle, je parle, je ne me suis pas rendu compte de l'heure ! Que diriez-vous Nicolas, si au lieu d'aller déjeuner en ville, nous restions ici ? Au restaurant nous ne serions pas aussi à l'aise pour parler de nos vies, vous ne croyez pas !

— Je pense que vous avez raison Ginette, j'accepte volontiers… Le restaurant ce sera pour un autre jour, ajouta-t-il tout sourire.

Il s'accouda sur le rebord du plan de travail qui séparait la cuisine du salon et, d'un regard attendri, suivit Ginette s'affairer en cuisine.

Le repas terminé, ils reprirent place dans le salon. Nicolas commença à parler doucement, avec des mots les plus harmonieux, il conta ses malheurs et ses réussites. Ginette l'écouta, attendrie par cette vie incroyable, comme si c'était la chanson du verbe, parfaite et apaisante. Par moments elle fut troublée, ses paupières se fermèrent, laissant échapper une larme… Ce n'était pas une chanson, ce n'était pas un récit, c'était à la fois l'un et l'autre, c'était simple et naturel, comme le murmure d'un ruisseau, d'un homme en souffrance d'amour.

Ils parlèrent ainsi jusqu'à la nuit tombante. Nicolas se leva pour prendre congé saisit les mains de Ginette, en les serrant fortement.

— Cette journée passée en votre présence m'a transformé, vous ne pouvez imaginer à quel point je suis heureux Ginette. Il faut que je parte, mais je veux absolument vous revoir. Promettez-moi d'accepter mon invitation au restaurant pour demain ?

Il la regarda, pâlit, avec toujours ce doute de refus, qui l'habitait à chacune de ses demandes. Ses yeux gris vert, scintillant de paillettes d'or, telles des pépites qui seraient restées accrochées, guettaient sa réponse.

Ginette eut la certitude à cet instant que cet homme si émouvant était celui qu'elle espérait. Elle s'était habituée à son visage, à sa voix, aux précautions de ses gestes. Il l'avait écoutée narrer sa propre vie sans jamais l'interrompre. Il lui avait dit la vérité, en chassant de son esprit ses pensées négatives. Dans ce voyage effrayant, de vivre seule sans aucune âme avec qui partager ses espoirs, le destin lui offrait ce qu'elle avait toujours souhaité : rencontrer un homme qui lui tende la main pour poursuivre la route ensemble, en l'aimant telle qu'elle était.

Les mains étroitement serrées, Ginette posa un regard plein d'amour sur Nicolas, qui lui sourit. Ils étaient heureux et beaux à la fois, ils avancèrent comme s'ils avaient toujours marché à la rencontre l'un de l'autre. Ils se découvraient. Ils étaient tranquilles et émerveillés.

— Je vous attends Nicolas avec beaucoup d'impatience… Je n'ai jamais été aussi heureuse de ma vie ! Il me tarde d'être à demain ! Surtout, soyez prudent sur la route.

Nicolas s'inclina, déposant sur le dos de la main de Ginette, un tendre baiser. Puis il partit en fredonnant dès « La ! La ! La » ! Sous la voûte étoilée des cieux, rejoindre Châteauroux.

Nicolas ignorait encore qu'il allait connaître une vie d'amour et de tendresse bien au-delà de ses rêves les plus insensés.

Le lendemain, Nicolas arriva plus tôt que prévu. Il n'avait pas de fleurs, mais une grande boîte, ficelée d'un liseré argenté, sur lequel s'inscrivait en lettre d'or, le nom d'un célèbre pâtissier de Châteauroux. Il n'eut pas le temps de sonner. Dès que Ginette l'aperçut, elle vint à sa rencontre, toute rayonnante de bonheur, en mettant son index sur ses lèvres, signifiant à Nicolas de ne pas faire de bruit.

— Je suis impardonnable Ginette, je vois que j'arrive trop tôt… Je vous prie de bien vouloir m'excuser, mais je ne tenais plus en place !

— Au contraire Nicolas, je ne pouvais rêver mieux ! Hier soir, à peine étiez-vous parti, que mon fils, dont le rendez-vous m'était sorti de la tête, est passé pour me laisser ses deux filles à garder pour le week-end. Nous avons longuement bavardé, je lui ai parlé de notre rencontre, de nos espérances. Il est enchanté pour moi, et souhaiterait faire votre connaissance.

— Bien sûr Ginette, avec plaisir !

Ils rentrèrent sans faire de bruit. La table était dressée pour le petit-déjeuner. Nicolas offrit la boîte de pâtisserie à Ginette :

— Je ne croyais pas si bien faire ! J'ai choisi des croissants, des pains au chocolat et autres douceurs, lui dit-il en souriant !

Ginette ouvrit la boîte et ne put s'empêcher de pousser un « Mon Dieu ! », d'étonnement !

— Toute cette viennoiserie pour nous deux ! Ce sont les petites filles qui vont se régaler… Vous ne seriez pas un peu devin Nicolas ?

— Non ! Simplement amoureux !

Elle s'approcha de lui, il la prit dans ses bras en la serrant très fort. Toute sa vie Ginette eut envie de câlins qu'elle ne reçut jamais. Elle posa tendrement sa tête dans le creux de son épaule, tel un oiseau qui s'endort dans son nid.

Sans se douter qu'au même moment, quatre yeux attendris, descendant de leur chambre, regardaient leur mamie fondre de bonheur dans les bras de cet inconnu ! Elles remontèrent précipitamment sans faire de bruit rejoindre leur chambre :

— Ce doit être Nicolas, tu sais, celui dont elle a fait connaissance en se promenant près du golf ! Comment tu le trouves ? demanda Émilie à Chloé.

— En tous les cas, il a une autre classe que l'autre Zozo. Plus gentil sûrement, je n'ai jamais vu mamie aussi heureuse ! Et toi ?

— Je pense la même chose… Mais je n'ose pas descendre, qu'est-ce qu'on fait ?

Chloé n'eut pas le temps de répondre, au même instant on frappa à la porte de leur chambre :

— Vous êtes réveillées, les filles ?

— Tu peux entrer mamie, répondirent-elles.

— Venez les petites, je vais vous présenter Nicolas, il est impatient de vous rencontrer.

Chloé la plus espiègle, lui fit remarquer en pouffant d'un rire enfantin :

— Tu veux dire ton amoureux mamie, tu as l'air si heureuse !

Ginette lui sourit :

— Ça se voit tant que ça !

Elles descendirent. Nicolas les accueillit, le visage souriant, en venant à leur rencontre.

— Bonjour Mesdemoiselles ! Attendez, laissez-moi deviner : Vous, c'est Chloé, je me trompe ?

Émilie, toujours un peu intimidée, lui sourit :

— Et oui, tu te trompes Nicolas, moi c'est Émilie, Chloé c'est ma sœur !

Spontanément chacune à leur tour, elles l'embrassèrent tout en le remerciant, pour le copieux petit-déjeuner qu'il leur offrait… Ginette fit un clin d'œil complice à Nicolas.

Pour le déjeuner, Nicolas demanda à Ginette s'il pouvait s'occuper du repas.

— Vous cuisinez ! lui demanda-t-elle étonnée…

— En amateur Ginette, en amateur ! Quand je ne jouais pas au golf, je n'ai rien trouvé de mieux pour oublier ma solitude.

— Décidément Nicolas, vous me surprendrez toujours !

— J'espère vous étonner le plus longtemps possible Ginette.

Nicolas passa une bonne partie de la matinée à cuisiner. Vers midi et demi, Ginette, Émilie et Chloé, confortablement installées autour de la table, firent un « Ho ! D'admiration », lorsque Nicolas posa sur le chauffe-plats, un croustillant de saumon en forme de cœur. Tout le monde se régala. À la fin du repas, les demoiselles se levèrent, remerciant Nicolas pour ce délicieux repas, et lui firent la bise. L'après-midi fut consacrée à jouer au Yantzee, où Chloé se montra de loin la meilleure. La glace était rompue, les demoiselles étaient conquises par la simplicité et la bonne humeur de Nicolas.

Le lendemain, Ginette prépara le brunch. Sylvain, son fils, arriva sur les coups de onze heures en compagnie de son épouse Aurélia. Installés autour de la table, ils bavardèrent de choses et d'autres. Nicolas répondit sans détour à toutes leurs questions. Une sympathie réciproque se noua entre eux, et la journée se termina dans une chaleureuse ambiance. Vers dix-huit heures Sylvain, Aurélia et leurs enfants prirent congé, promettant de se revoir bientôt.

Ce soir-là, pour la première fois, Nicolas ne regagna pas Châteauroux, il demeura au domicile de Ginette, où ils dormirent ensemble. À partir de ce jour-là, ils vivaient alternativement chez l'un ou chez l'autre. Puis un jour, à Bourges, Ginette, de plus en plus amoureuse de Nicolas, ne put s'empêcher de lui rédiger un pli, en posant une question qui la tenaillait depuis quelque temps. Ce soir-là, elle lui remit le mot, qui demandait clairement à Nicolas, ce qu'il entendait par une expression qu'il employait souvent, « former un couple » !

Nicolas, sous le regard attentif de Ginette, lut la missive avec beaucoup d'attention, souriant parfois sur certains paragraphes. Puis il la referma, regarda Ginette droit dans les yeux et lui dit :

— Merci, Ginette, pour ce mot plein d'amour ! Je veux que tu saches que j'éprouve pour toi des sentiments profonds et sincères, mais qu'une certaine réserve de ma part m'a empêché, peut-être par peur de te perdre, d'exprimer l'attirance que j'avais pour toi !

En lui prenant la main, il lui dit :

— Et si nous allions nous coucher ?

Lorsqu'ils se glissèrent sous les draps, ils restèrent un long moment sans faire le moindre mouvement, le moindre geste. Ils étaient soudain devenus comme des adolescents qui voudraient, mais qui n'osaient pas. Nicolas chercha la main de Ginette, et la serra très fort. C'est alors, dans un élan passionnel, que leur corps se jeta l'un contre l'autre, en échangeant un baiser reflétant toute l'ardeur et la fougue de leur passion. Cette nuit-là fut une nuit blanche. Il n'y eut ni cheveux gris ni cheveux blancs, seulement deux êtres s'aimant d'un fol amour, qui découvrait l'un et l'autre, ce plaisir charnel, qui allait les unir pour former un couple véritable.

Au petit matin, le visage souriant, ils se regardaient. Ils étaient heureux et beaux à la fois. Ils se reconnaissaient comme s'ils avaient marché toujours l'un vers l'autre, sans hâte et sans impatience, avec la certitude de se rencontrer. Ils étaient dans un état second, émerveillés par l'instant présent.

Leurs craintes, leurs peurs, n'occupaient plus le premier plan dans leur esprit ; ils les avaient enfermées dans ces oubliettes où s'enfouissaient si commodément les souvenirs désagréables.

Quelques mois plus tard, Nicolas déménagea et s'installa définitivement chez Ginette. Ils aménagèrent l'intérieur à leur propre goût et firent de cette maison un havre de paix et d'amour.

Chaque seconde, chaque minute, chaque heure, chaque mois, chaque année qui passait, ils les vivaient comme un don que la vie leur offrait.

Vint le jour des quatre-vingts ans de Nicolas. Au petit matin, Ginette finissait de préparer le petit-déjeuner, lorsque Nicolas la rejoignit. Elle lui souhaita bon anniversaire en se blottissant dans ses bras. Elle lui murmura à l'oreille :

— Ce matin, cela me ferait plaisir que tu prennes tes affaires de golf pour faire un parcours… Mais ne reviens pas avant midi !

— Si je comprends bien tu me chasses le jour de mon anniversaire ! Peut-on en connaître la raison ?

— Je te réserve une surprise ! Je tiens absolument à faire de ce jour un moment exceptionnel, qui restera comme un des plus beaux souvenirs de notre vie.

Nicolas toujours aussi curieux insista :

— Tu m'as mis l'eau à la bouche, dis-m'en plus, s'il te plaît ma chérie.

— Je viens de te dire que c'était une surprise ! Maintenant, file au golf, je ne veux plus te voir ici, allez oust ! lui dit-elle en éclatant de rire.

— Je m'en vais, Madame la cachottière, mais j'ai hâte de savoir quelle est cette surprise.

Vers midi, Nicolas gara la voiture dans le garage du sous-sol. Il monta rapidement les marches qui accédaient directement au salon.

— C’est moi ma chérie, dit-il en se déchaussant.

Aucune réponse. Le silence régnait dans toute la maison. Il regarda la table de la salle à manger, et fut étonné de n’y voir aucun couvert.

— Bizarre, bizarre ! Qu’a-t-elle bien pu imaginer ? se dit-il.

Une dernière fois il l’appela, toujours aucune réponse.

Au moment où il allait prendre place dans le salon, il entendit un « coucou », ainsi qu’un aboiement, provenant de la cuisine ! Surpris, il s’approcha, et quelle ne fut pas sa surprise de découvrir, Ginette, entourée de ses plus chers amis, Claude, Agnès, et leur chien Broadway. Ils éclatèrent de rire, en s’écriant d’une seule et même voix, « bon anniversaire, Nicolas ».

Nicolas, touché par cette visite inespérée, ne put réprimer une larme d’émotion tellement il était joyeux de leur présence. Ils s’embrassèrent heureux de se retrouver.

— Ce n’est pas tout mon chéri, s’exclama Ginette : il y a d’autres surprises qui t’attendent ! Tu sors la voiture et direction le Mac Do !

— Le Mac Do ! s’étonna Nicolas !

— Pourquoi, tu as quelque chose contre cet établissement ? lui répondit-elle d’un air taquin.

— Pour un anniversaire, ce n’est pas le meilleur endroit, me semble-t-il !

— Allez assez discuter, je vais t’indiquer la route à prendre, pour le Mac Do !

Nicolas, à son grand étonnement, sortit de la ville, et prit des chemins de campagne qui les menèrent plus loin à l’auberge du « Vieux Moulin », une des tables les plus réputées de la région.

Nicolas éclata de rire :

— Des Mac Do comme ça, j'y reviens tous les jours ! Tu m'offres là un merveilleux anniversaire ma chérie. C'est adorable, je ne m'attendais pas à une telle surprise !

— Qui te dit que c'est fini !

Tous les quatre pénètrent dans la salle. Un serveur les accueillit et les conduisit à leur table, où quatre personnes se cachaient le visage, avec leur menu.

Lorsqu'ils s'approchèrent, elles baissèrent leur masque. Nicolas les yeux écarquillés d'étonnement, découvrit alors : Sylvain, Aurélia, Émilie et Chloé, qui lui chantonnèrent en anglais, un joyeux anniversaire. Il serra chaleureusement la main de Sylvain, et couvrit de bisous Aurélia et ses enfants.

Nicolas ce jour-là, eut le sentiment exaltant, de sentir en cet instant magique, tout le plaisir de se retrouver dans une famille unie. Il était amoureux fou de Ginette. Ce qu'elle lui offrait aujourd'hui était le témoignage de son amour.

Après le repas, toute la famille se rendit dans le parc de l'auberge. L'appareil photo de Claude ne cessa de crépiter. Émilie et Chloé firent asseoir Nicolas pour lui offrir une partie de leurs cadeaux : un rébus, qu'il eut quelques difficultés à déchiffrer, une tablette de chocolat blanc, connaissant son péché mignon, un courrier de chacune empli d'amour et de tendresse à l'égard de leur vieil ami. Nicolas bouleversé, les yeux brillants, les prit chacune dans ses bras et les embrassa avec toute l'amitié qu'il leur portait.

Les visages d'Émilie, de Chloé étaient lumineux de tendresse pour Nicolas. Elles étaient emplies de jeunesse, de gentillesse, de vie, exprimant en toute spontanéité, comme seule l'enfance en a le secret, l'attachement et la bienveillance qu'elles portaient à Nicolas.

Puis ce fut autour de Sylvain et de Claude d'offrir un séjour golfique pour deux personnes, au château des « sept tours » en Touraine. Nicolas, toujours aussi touché, les remercia avec quelques trémolos dans la voix. Puis tout le monde se regroupa près de la grande roue du « vieux moulin », pour une photo de famille, commémorant ce jour qui restera gravé dans la mémoire de chacun.

Nicolas vivait tous ces instants comme un rêve éveillé. Avant de rejoindre le domicile de Ginette et Nicolas, ils firent une promenade le long de la petite rivière, bordée de peupliers aux feuilles argentées, qui frissonnaient dans la tiédeur du vent du Sud. Ginette lui donnait le bras, la tête posée sur son épaule, Nicolas ferma les paupières. Son esprit, pour un moment seulement, s'envola soixante-douze ans auparavant, au manoir des « Mortes Mares ». Il se souvint alors, de ce magnifique anniversaire pour ses huit ans, entouré de tous les siens, qui se déroula avec tant d'amour, qu'il ne pensait jamais revivre un évènement aussi fort.

Mais le plus beau restait à venir, Nicolas n'était pas au bout de ses surprises ! Lorsqu'ils arrivèrent à la maison, Aurélia fit installer tout le monde dans le salon, face à l'écran géant de la télévision, puis Émilie et Chloé s'adressèrent à Nicolas :

— Nous avons voulu, ma sœur et moi, marquer très fort ton anniversaire Nicolas. Nous t'offrons cette chorégraphie, en remerciement pour tous les bons petits plats que tu nous prépares, pour ta gentillesse, ton grain de folie, pour ta générosité, pour le bonheur que tu nous transmets, et pour nous faire rire, ce qui est très important. Nous te remercions également de rendre notre mamie aussi heureuse, et cela nous rassure pour l'avenir ! On t'aime beaucoup, surtout ne change pas !

Aurélia inséra la cassette dans le lecteur, et sous le regard médusé de Nicolas, Ginette, Claude et Agnès, ils admirèrent deux adorables jeunes filles danser dans une parfaite synchronisation, un ballet finissant par des envois de bisous, souhaitant un joyeux anniversaire à Nicolas.

Tout le monde applaudit, et Claude ne put s'empêcher de dire à Nicolas :

— Tu te rends compte, mon frère, de la chance que tu as de recevoir autant d'amour de ces petites ! Veinard !

Il était vingt et une heures, la nuit tombait vite. Après de longues embrassades, Sylvain, accompagné, d'Aurélia et de sa petite famille, prit congé, félicitant sa maman, pour son organisation, et la remerciant pour la superbe journée qu'ils venaient de passer. Claude et Agnès en firent autant.

Ginette et Nicolas, sur le pas-de-porte, firent de longs gestes d'au revoir, puis rentrèrent.

Nicolas prit Ginette dans ses bras, la serrant fortement contre lui :

— Tu es un amour, ma chérie ! Aujourd'hui j'ai vécu le plus bel anniversaire de ma vie. Cette journée fut magique, imprégnée de sentiments et d'amour sincère, elle restera gravée dans ma mémoire. … Tu es une véritable fée, je t'aime !

Le lendemain, pendant que Nicolas disputait une compétition de golf, Ginette après avoir fait le ménage, décida d'aller jardiner. Elle s'aperçut que les feuilles des laitues avaient été mises en bouillie par les limaces.

— Autant couper tous les pieds ! Pas de salade pour midi.

C'est alors que son portable résonna dans sa poche. C'était Claude la prévenant qu'il venait de transmettre par courriel, toutes les photos de l'anniversaire. Ginette le remercia. Pressée de voir les souvenirs de cette belle journée, elle rejoignit le bureau de Nicolas, situé au premier étage. Elle transféra les photos dans le dossier « image », mais lorsqu'elle voulut les voir, elle fit une erreur de manipulation, au lieu de cliquer sur « image » elle cliqua sur « document ».

— Décidément, se dit-elle, je suis toujours aussi douée avec ces engins de malheur. J'espère que je n'ai rien déréglé !

Puis soudain, son regard fut attiré par un dossier intitulé « Nicolas Fonzenac ». Surprise et étonnée à la fois, elle cliqua dessus. Elle commença à lire, se rendant rapidement compte que c'était la vie de Nicolas qui se déroulait sous ses yeux. Jamais il ne lui avait dit qu'il écrivait sa biographie… Elle lut les premières pages du roman, très vite elle fut captivée par le récit.

Vers treize heures Nicolas, tout heureux de sa quatrième place, se rendit dans le salon en brandissant le sac de golf qu'il venait de gagner. Mais personne n'était là pour l'accueillir. Ginette, toujours accaparée dans sa lecture, l'entendit arriver :

— Monte vite, je suis dans le bureau.

Nicolas la rejoignit et il la trouva en train de lire son manuscrit inachevé. Elle lui fit face :

— Dis donc, tu m'en caches des choses ! Claude nous a envoyé les photos de ton anniversaire… Par inadvertance, au lieu d'aller sur les photos, je suis tombée sur un dossier « Nicolas Fonzenac ». Je l'ai ouvert, et je n'ai pas pu m'empêcher de le lire… J'ai trouvé ça tellement passionnant, si bouleversant, que je ne l'ai pas lu, mais dévoré. Ta vie mon chéri c'est un véritable roman, très prenant. On est accroché dès la première page !

— Je ne veux plus entendre parler de cette biographie, j'ai trop souffert en l'écrivant… J'étais pourtant persuadé de l'avoir mis à la corbeille.

— Sans vouloir te flatter, à part quelques erreurs d'accord de verbe, j'ai trouvé que c'était bien écrit, avec des descriptifs pleins de sensibilité, d'émotion, et de poésie aussi !

— N'insiste pas, pour moi c'est fini... Et puis, cela apporterait quoi de le continuer ?

— Parce que tu ne l'as pas terminé ?

— Non, c'était trop pénible pour moi de fouiller dans des souvenirs, et de réveiller des évènements extrêmement douloureux à revivre. Mes nuits parfois, se transformaient en cauchemar. C'est en arrivant à la période du décès de Joëlle que j'ai décidé d'arrêter cette biographie. Tu ne peux savoir à quel point c'est épouvantable de narrer sa vie... Je vais t'avouer la décision que j'avais prise à ce moment-là, qui va certainement t'étonner et te surprendre.

Nicolas resta un long moment silencieux, cherchant ses mots, comme s'il hésitait à avouer une intention qui aujourd'hui lui faisait horreur.

Ginette le regarda intensément et se rendit compte qu'il ressemblait à un être abandonné, même ses yeux avaient perdu leur candide transparence :

— Libère-toi, je t'en prie, je n'aime pas te voir dans cet état, lui dit-elle, en posant affectueusement sa main sur sa joue !

— Eh bien j'ai arrêté cette biographie, la veille où je t'ai rencontrée ! Je n'avais plus d'espoir, la vie n'avait plus aucun intérêt pour moi. J'avais décidé de rejoindre ce monde où le ciel est toujours bleu, et où l'amour est roi. Au moment où j'allais mettre fin à mes jours, je ne sais par quel miracle, tu m'es apparue avec ce visage dégageant une grande douceur. Tout de suite, j'ai su que tu étais celle que j'attendais depuis toujours. Dès cet instant, tu as fait de ma vie un vrai conte de fées ! Notre destin, depuis notre naissance, nous dirigeait vers le but qu'il nous avait assigné ! Nous unir, quel que soit notre âge, dans une parfaite communion, et dans un amour sans tache que je n'espérais jamais trouver !

Ginette s'approcha, et se blottit dans ses bras. Puis elle se recula et le regarda droit dans les yeux :

— Notre bonheur ne doit pas être ignoré, au contraire il doit être le dénouement heureux de ta biographie. Tu vas me promettre de la finir, par amour pour moi, pour Émilie et Chloé, qui le jour de ton anniversaire, t'ont prouvé toute la tendresse et l'amitié qu'elles te portent, mais aussi pour tous ceux qui t'aiment.

Nicolas médusé écouta Ginette, avec dans la voix cette intonation de douceur qui apaisait toujours ses craintes. Elle l'avait convaincu. Il eut le sentiment que sa vie prenait une dimension bien plus forte que tous les bonheurs de ce monde.

Quelques semaines plus tard, la biographie de Nicolas Fonzenac se terminait dans une apothéose d'espoir en l'amour réel et véridique, de deux êtres qui s'aimaient, et s'aimeront jusqu'au jour du retour dans la maison céleste.

Ce soir-là, Nicolas, confortablement installé dans un des fauteuils du jardin, attendait son heure. Son regard contemplait le velours noir des cieux qui se constellait peu à peu de milliers d'étoiles. Derrière les rideaux de la baie vitrée ouverte, Ginette l'observait et au moment où elle s'apprêtait à le rejoindre, elle vit Nicolas se lever, regarder le ciel, fixant deux étoiles qui scintillaient d'un éclat particulier. Ce qu'elle entendit la troubla profondément.

— Tu avais raison maman, j'ai trouvé comme tu l'avais prédit, l'amour que je cherchais tant, au moment où tout semblait s'écrouler autour de moi ! Je vous aime mes chers parents, je ne vous oublierai jamais.

Ginette intriguée sortit et lui demanda :

— À qui parles-tu mon chéri ?

Nicolas la prit dans ses bras, lui montra le ciel où deux étoiles différentes de toutes les autres, flamboyaient d'un éclat éblouissant pendant quelques secondes, puis disparurent aussi vite qu'elles étaient apparues.

— Je parlais à mes parents, en remerciant ma mère de t'avoir rencontrée mon amour.

Imprimé en France
Achevé d'imprimer en mai 2022
Dépôt légal : avril 2022

Pour

Le Lys Bleu Éditions
40, rue du Louvre
75001 Paris